La critique sociale au XXe siècle

Collection Leçons de choses
fondée par Michael POLLAK
et dirigée par Luc BOLTANSKI

Luc BOLTANSKI, *L'Amour et la Justice comme compétences (Trois essais de sociologie de l'action)*
Luc BOLTANSKI, *La Souffrance à distance (Morale humanitaire, médias et politique)*
Michael POLLAK, *L'Expérience concentrationnaire (Essai sur le maintien de l'identité sociale)*
Michael POLLAK, *Les Homosexuels et le Sida (Sociologie d'une épidémie)*
Michael POLLAK, *Une identité blessée*
Howard BECKER, *Outsiders (Études de sociologie de la déviance)*
Anselm L. STRAUSS, *Miroirs et Masques (Une traduction à l'interactionnisme)*
Francis CHATEAURAYNAUD, *La Faute professionnelle*
Christian BESSY Francis CHATEAURAYNAUD, *Experts et Faussaires*
Jean PENEFF, *L'Hôpital en urgence (Étude par observation participante)*
Jean-François LAE, *Travailler au noir*
Bruno LATOUR, *Les Microbes : guerre et paix* suivi de *Irréductions*
Jean-Louis DEROUET, *École et Justice (De l'égalité des chances aux compromis locaux ?)*
Patrice PINELL, *Naissance d'un fléau (Histoire de la lutte contre le cancer en France – 1890-1940)*
Nicolas DODIER, *L'Expertise médicale (Essai de sociologie sur l'exercice du jugement)*
Nicolas DODIER, *Les Hommes et les Machines*
Monique de SAINT-MARTIN, *L'Espace de la noblesse*
Antoine HENNION, *La Passion musicale (Une sociologie de la médiation)*
Sabine CHALVON-DEMERSAY, *Mille scénarios (Une enquête sur l'imagination en temps de crise)*
Pascale GARNIER, *Ce dont les enfants sont capables (Marcher, XVIII, travailler, XIXe, nager, XXe)*
Michèle LAMONT, *La Morale et l'Argent (Les valeurs des cadres en France et aux États-Unis)*
Antonio CANDIDO, *L'Endroit et l'Envers (Essais de littérature et de sociologie)*
Sebastian MCEVOY, *L'Invention défensive (Poésie, linguistique, droit)*

DU MÊME AUTEUR

De l'exode à la liberté, (Calmann-Lévy)
La Révolte des saints (Belin)
Régicide et Révolution (Payot)
Critique et sens commun (La Découverte)

MICHAEL WALZER

La critique sociale au XXe siècle

Solitude et solidarité

Traduit de l'anglais (américain) par Sebastian McEvoy

Traduit avec le concours du Centre National du Livre

Éditions Métailié
5, rue de Savoie, 75006 Paris
1996

Titre original : *The Company of Critics, Social Criticism and Political Commitment in the Twentieth Century*

ISBN : 2-86424-212-5
ISSN : 1152-0345

Pour mes amis à Jérusalem

Avant-propos

J'ai décidé d'écrire un livre sur la critique sociale pour des raisons aussi bien personnelles que politiques et philosophiques. Depuis un certain nombre d'années, je m'oppose, notamment dans *Spheres of Justice* (Basic Books, 1983) à l'affirmation selon laquelle les principes moraux seraient extérieurs à l'expérience quotidienne : attendant en quelque lieu retiré que des philosophes, détachés et sans passion, les découvrent. En fait, le monde quotidien, me semble-t-il, est un monde moral, et nous gagnerions à en étudier les règles, les maximes, les conventions internes plutôt qu'à nous en détacher pour rechercher quelque point de vue universel et transcendant.

De nombreux critiques et commentateurs ont cependant déclaré que cette thèse rendait toute critique sociale impossible du fait qu'elle nous lierait inextricablement à l'ordre établi. Faute de fixer notre regard sur le soleil, comme le philosophe de Platon, nous ne pourrions porter aucun jugement sur la vie dans la caverne. S'il lui est impossible d'adopter un point de vue extérieur, le critique, emprisonné à l'intérieur, ne pourra que devenir un apologiste. Je prends cette réaction au sérieux, à cœur même, puisque je n'ai pas l'intention de faire de mon propre travail une apologie de quelque société que ce soit, y compris la notre.

Aussi ai-je tenté de me représenter ce que faisaient les critiques sociaux et la façon dont ils s'y prenaient pour travailler. Où trouvaient-ils les principes de leur critique ? Où se situaient-ils lorsqu'ils critiquaient la société ? De quelle manière étaient-ils solidaires, ou non solidaires, avec les hommes et les femmes de la société qu'ils critiquaient ?

Pour répondre à de telles questions, mieux valait donc se reporter à la vie et à l'œuvre de certains critiques réels. D'où mes onze chapitres : des intellectuels, des journalistes, des hommes politiques, ayant parlé avec dureté et avec colère de leur propre société. Ils ne forment qu'une petite partie de *la compagnie des critiques sociaux* du XXe siècle, mais je crois qu'ils en sont représentatifs ; et leur vie pose, souvent de manière dramatique, la question implicite suggérée par mon titre* : de qui d'autre le critique devrait-il rechercher la compagnie ? De qui le critique recherche-t-il de préférence la compagnie ? Certains parmi eux ne cherchent à connaître que d'autres critiques : ils ne trouvent leurs pairs qu'en dehors de la caverne, dans le flamboiement de la vérité. D'autres trouvent leurs semblables et même des camarades à l'intérieur, dans l'ombre de vérités contingentes et incertaines. Mon engagement personnel m'incite à préférer ce second groupe ; mais une telle préférence n'est aucunement déterminante : ce qui est en jeu, c'est la puissance et la force, la vraisemblance et les nuances que ces différents choix communiquent à la critique.

Car la position du critique, à l'intérieur de la caverne ou en dehors, n'est pas indifférente, tout comme n'est pas indifférente sa relation aux autres habitants de la caverne. Mon projet, consiste à explorer ce facteur de différenciation dans le détail de ses circonstances et dans sa signification générale, et à indiquer ensuite une manière de se situer, de se positionner par rapport aux autres qu'il me paraît légitime d'imiter : la manière du critique solidaire. Je n'ai pas l'intention de proposer une critique de fond de la société américaine ou autre – quoique la maxime vaille ici comme ailleurs : Critiquez le monde, il en a besoin ! Ce qui m'intéresse immédiatement, c'est la pratique du critique plutôt que son message, et en particulier le chemin qu'il trace sur ce terrain difficile qu'on appelle la « distance critique ». Nul doute que son succès soit problablement lié davantage à la position et à la situation du critique qu'à sa théorie de la société ou à son idéologie politique.

En ce sens, ceux qui m'ont accusé de saper le projet critique en mettant l'accent sur l'intériorité du principe moral ont eu le mérite au moins de saisir la question qui m'intéresse.

Mais à présent il s'agira de porter notre intérêt sur les critiques que nous avons choisis afin de nous interroger sur leur propre situa-

* Le titre français gomme le jeu de mot de Walzer sur le mot *compagnie* : le mot doit se comprendre à la fois comme dénotant cette compagnie que constituent, selon la vision de Walzer, tous ceux qui au moins depuis les prophètes et Socrates ont assumé le rôle de critique social dans leur société ; et comme dans la suite du présent paragraphe. Il a paru préférable, pour la traduction française, de mettre plus en évidence le sujet du livre, et notamment qu'il s'agit de *critique sociale*, et non, comme on tend à le penser en dehors de la communautés des sociologues, de critiques littéraires. On aurait bien sûr pu utiliser le mot *intellectuel*, qu'utilise aussi parfois Walzer, mais le terme *critique social*, met en relief la fonction que certains intellectuels estiment être la leur. (D'ailleurs, tous les critiques sociaux ne sont pas reconnus, suggère Walzer au sujet des prêcheurs fondamentalistes, comme des intellectuels). Quant au sous-titre (allusion à une nouvelle de Camus), lui aussi différent du texte original, il met en relief la courbe narrative du récit et les pôles entre lesquels au XXe siècle le critique social, selon Walzer, a cherché à se positionner. NdT.

tion lorsqu'ils étudiaient, préparaient et proclamaient leurs thèses critiques.

J'ai déjà exposé quelques-unes de mes propres thèses dans *Interpretation and Social Criticism* (Harvard University Press, 1987), et il m'arrivera d'en répéter quelques phrases ou formules auxquelles je suis attaché ; mais le point de vue philosophique défendu alors est ici remplacé par celui de l'histoire et la politique. Là où il s'agissait de faire une réflexion générale sur l'entreprise critique, la réflexion porte dorénavant, moyennant une série d'exemples, plus spécifiquement sur la critique au XXe siècle, la critique au temps de la révolte populaire.

Le choix des exemples est essentiel : j'ai essayé de choisir des auteurs que connaissent la plupart des lecteurs ; et j'ai écrit sur ces derniers en les restituant dans des conjonctures historiques ou des mouvements politiques qui sont connus eux aussi. Les onze critiques sociaux que j'ai choisis ont eu à faire face, dans des circonstances différentes, à des problèmes semblables, et c'est donc davantage par cette répétition des problèmes que par la succession de leurs différences que j'en suis venu à comprendre leur entreprise : le livre a ainsi pris la forme d'une série de variations sur un même thème.

En conclusion, j'essaie aussi de résumer ma position ; mais quiconque aura su prêter attention aux exemples analysés, ne pourra avoir de doute sur la signification que je leur prête.

Introduction
La pratique de la critique sociale

L'ancienne et honorable compagnie des critiques sociaux

La critique sociale doit bien être aussi ancienne que la société elle-même. Est-il possible que des hommes et des femmes aient jamais vécu sans se plaindre des circonstances de leur vie commune ? La plainte est une des formes élémentaires de l'affirmation de soi, et répondre à la plainte, l'une des formes élémentaires de la reconnaissance mutuelle. Lorsque la question, ne concerne pas l'existence elle-même mais l'existence sociale – l'être-pour-autrui – la plainte devient une preuve suffisante : je me plains, donc je suis. Nous nous entretenons de la plainte, donc nous sommes. Et de même que le cogito de Descartes n'est pas l'aboutissement de la pensée (comme si, ayant démontré son existence en pensant, il pouvait désormais exister sans plus penser) mais plutôt ce qui en marque le début, le « Je me plains » n'est que le début de l'histoire de la plainte. La pratique de la plainte, dans le cours de l'existence sociale, fait l'objet d'un travail constant : sous forme de satire, de polémique, d'exhortation, d'accusation, de prophétie, et sous d'innombrables autres formes, communes ou spécialisées.

Le critique social moderne est un spécialiste de la plainte : non le premier, ni certainement le dernier. À quelle époque l'émergence de cette spécialisation s'est-elle produite pour la première fois ? A quelle époque l'intellectuel a-t-il pour la première fois revendiqué le droit de fustiger son semblable ? Je ne chercherai pas à établir cela. Il y a très longtemps. Une telle question n'a pour moi d'intérêt que pour autant que l'ancien éclaire le contemporain. Il est cependant important de souligner que la critique sociale a une histoire, car certains critiques aujourd'hui se prennent encore pour des nouveau-nés. Ils sont, disent-ils, des spécialistes d'une espèce nouvelle, sans antécédents historiques, les produits d'une rupture radicale, non seulement modernes mais modernistes : conscients, opposants, isolés [1]. La thèse de l'originalité est si fréquente, à la fois chez les sympathisants de l'entreprise critique et chez ses détracteurs, qu'elle doit avoir quelque chose de vrai. Je vais donc m'interroger sur les affirmations sous-tendues par ces adjectifs « conscients », « opposants » et « isolés » qui désignent les qualités dont les intellectuels et les critiques sociaux du XXᵉ siècle sont le plus fiers. Mon intention est de nier la nouveauté de chacune de ces qualités mais je terminerai en reconnaissant que quelque chose a effectivement changé, non pas tant dans la compréhension qu'a le critique de lui-même que dans sa relation aux autres. Le problème essentiel de ce livre (et le problème essentiel, me semble-t-il, de l'époque moderne), concerne le rapport entre le spécialiste et les personnes ordinaires, entre l'élite et la masse. Telle étant ma préoccupation première, je montrerai sans doute quelques signes d'impatience pour cette obstination avec laquelle le spécialiste considère que sa vie intérieure est en elle-même d'un profond intérêt.

Première affirmation : la critique en tant qu'activité consciente, ou rôle délibéré, est un phénomène récent, issu des Lumières et du romantisme (l'activité étant éclairée, le rôle romantique). Il est bien sûr difficile de juger de la conscience qu'une personne, dans un lointain passé, a pu avoir de son activité ; mais cette affirmation ne peut être justifiée. Les prophètes de l'ancienne Israël, pour prendre l'exemple le plus éloigné, étaient certainement des critiques sociaux conscients, même s'ils étaient aussi, à leurs propres yeux, des messagers divins : il n'y a pas d'anachronisme à dire que le prophète Amos, tout en parlant au nom de Dieu lorsqu'il proclamait « Je hais, je méprise vos fêtes et je ne puis sentir vos réunions solennelles », exprimait et avait conscience d'exprimer sa propre colère et son propre mépris [2]. De même Socrate, interrogeant ses concitoyens sur leur compréhension du bien, ne pratique-t-il pas ce qu'aujourd'hui on appelle « la critique idéologique » ? On ne peut guère douter qu'il ait eu pleinement conscience de son rôle critique :

> Songez-y : si vous me faites mourir, vous ne trouverez pas facilement un autre homme – je le dis au risque de prêter à rire – un homme attaché à vous par la volonté des dieux pour vous stimuler, comme un taon stimulerait un cheval grand et de bonne race, mais un peu mou en raison même de sa taille, et qui aurait besoin d'être excité. Cet office est celui pour lequel le dieu semble m'avoir attaché à votre ville, et voilà pourquoi je ne cesse de vous stimuler, de vous exhorter, de morigéner chacun de vous, en l'obsédant partout, du matin jusqu'au soir [3].

Les sophistes aussi sont nombreux à se concevoir ainsi, bien que de manière moins emphatique. De même que, les satiristes romains, les frères prêcheurs du Moyen Age, les humanistes de la Renaissance : tous sont, à leur manière, des critiques sociaux, et il ne paraît guère possible qu'ils n'aient pas réfléchi à ce qu'ils faisaient, ne fût-ce que parce que leur activité était une activité dangereuse. Tenir l'activité réfléchie pour une invention moderne est une erreur : lorsque nous ne pouvons reconnaître la conscience de soi dans un texte ancien, mieux vaut en postuler la présence.

Deuxième affirmation : tous les critiques antérieurs n'ont porté leur attention que sur le comportement et la croyance individuels ; ils ne contestaient pas l'ordre social en lui-même. Ils n'étaient des critiques sociaux que dans la mesure où on admet que la société est directement constituée par les actions et les idées de ses membres, sans la médiation des idéologies, des pratiques et des mises en ordre institutionnelles. Cette affirmation cependant a pour fondement une lecture erronée aussi bien du passé que du présent.

Pour ce qui est du passé, considérez la colère dont témoigne ce propos du prophète Osée : « Ils font des rois, mais sans mon aveu[4]. » Ou la déclaration que fait Socrate à son procès « Il n'est aucun homme qui puisse éviter de périr, pour peu qu'il s'oppose généreusement soit à vous, soit à toute autre assemblée populaire[5]. » Osée croyait apparemment que c'était la monarchie elle-même, et non seulement tel ou tel roi, qui ne convenait pas. Socrate (tout comme Platon certainement) croyait que c'était la démocratie, et non pas seulement tel ou tel groupe de citoyens, qui ne convenait pas. Il reste cependant que la critique, tout au long du Moyen Age et jusqu'au début des Temps Modernes, avait pour objet presque exclusif le caractère moral et l'engagement intellectuel des individus : les actions mauvaises et les doctrines erronées. Les « miroirs des princes » du Moyen Age et de la Renaissance, par exemple, n'ont pour objet que ce que le prince devrait penser et devrait faire, et ne disent rien sur le régime politique qu'il préside ou l'ordre hiérarchique qu'il défend. Cette littérature condamne les mauvais princes : jamais la dignité du prince en tant que tel. Dans ce cadre, on peut de manière plausible tenir la critique systématique des institutions politiques et des structures sociales pour une création de la modernité.

Toutefois, même à notre époque, cette forme de critique, aucun de nous ne la met en œuvre constamment : la critique des structures se maintient rarement sans devenir personnelle. Les critiques modernes ont produit leur propre littérature de « miroirs » : l'objet, selon le cas, est un chef d'État, le citoyen commun, le militant d'un mouvement.

« Il ne s'agit ici de personnes qu'autant qu'elles sont *la personnification des catégories économiques*, les *supports d'intérêts et de rapports de classes déterminés* », écrit Marx dans la préface du *Capital*[6]. Nul n'est besoin cependant de poursuivre bien longtemps la lecture pour constater que même lorsqu'il y a adhésion à cette position et que, disons, les capitalistes en personne échappent à la critique, d'autres individus – des intellectuels et des porte-parole de la classe ouvrière qui n'adoptent pas l'analyse marxiste des structures et ne suivent pas son exemple politique – eux, n'y échappent pas. La critique de l'opportunisme de l'intellectuel et de la « fausse conscience » de la classe ouvrière joue un rôle central dans le marxisme, de ses origines à nos jours. Axée sur le comportement et les croyances, cette forme de critique au moins est très ancienne : je n'y reconnais rien de spécifiquement moderne.

Troisième affirmation : le critique aujourd'hui est un être isolé, sans attaches, qui n'a parmi ses semblables ni de position sociale stable ni de rôle reconnu et à qui ne revient aucun honneur. *Mal assortis à la bourgeoisie* – voilà pour sûr une figure de la modernité. C'est possible.

Pourtant, les symptômes de l'isolement se détectent déjà parmi les théologiens radicaux et les ecclésiastiques dissidents de la Réforme[7]. Mal assortis à la bourgeoisie, à l'aristocratie, aux gentilshommes, comme à la classe marchande, bon nombre de ces théologiens accèdent cependant à des positions importantes dans les universités ou à l'intérieur des anciens systèmes paroissiaux ou congrégationistes. Le ministère protestant incorpore la dissidence. Le clergé monastique devait, bénéficier, si je puis dire, d'une forme d'isolement institutionnalisé : mal assortis au monde extérieur, ses membres trouvaient la sécurité à l'intérieur du monastère. Julien Benda avait de l'admiration pour le monachisme, et en cherchait quelque équivalent contemporain parce qu'il le tenait pour utile à l'indépendance philosophique et au détachement critique. N'y a-t-il pas cependant d'équivalent moderne du monachisme, de structure institutionnelle où le critique puisse être honoré (et obtenir un soutien économique) ?

Quelle que soit sa place sociale, la classe des intellectuels isolés ne coïncide pas avec celle des critiques sociaux, ni hier ni aujourd'hui. L'isolement a pour expression la plus fréquente le désengagement ou le désintérêt politique ou la fuite ; et alors, tout engagement dans le projet critique fait défaut : ce n'est que circonstanciellement que, par exemple, la « bohème » du XIXe siècle, en dépit de son dédain pour le philistinisme de la société bourgeoise, a, de temps à autre, montré de l'intérêt pour le changement social. Elle se nourrissait de son dédain : elle n'a pas produit de critique sociale sérieuse. « La sensibilité de la bohème, écrit Alasdair MacIntyre, a pour effet de la couper de la grande masse de l'humanité, que parasite la bohème du point de vue économique[8]. » Il ne semble guère y avoir un grand désir d'instruire ou de réformer la masse, quoiqu'il y ait souvent un désir de choquer ses membres les plus vigilants. Le culte baudelairien des « correspondances » suggère sans doute un substitut éventuel au mode de vie bourgeois (et de tout autre mode de vie) mais ce n'est pas la un mode de vie qu'on peut généraliser. La recherche de la sensation qui caractérise la bohème est en fait parasitaire, car elle a pour condition psychologique la contrainte et la frugalité des autres : sa recherche, sans la monotonie prévisible des personnes ordinaires, dont elle dépend, cesserait vite d'être une aventure. Il se peut que les artistes et les intellectuels de la bohème mettent en scène la tension interne de la société bourgeoise (la tension entre un individualisme radical et la respectabilité conventionnelle, comme le suggère Jerrold Seigel) mais cette mise en scène est en général trop singulière pour avoir une portée critique[9].

Autre possibilité : l'isolement donne lieu à l'engagement révolutionnaire et à l'activisme politique – ou au moins à des accès d'engagement et d'activisme. Un des incidents les plus curieux de l'histoire politique récente, c'est, à la suite de la révolution Russe, la bolchévisation de l'avant-garde culturelle. Les futuristes, les surréalistes, et les dadaïstes s'alignent précipitamment sur le Parti communiste[10]. L'alliance, hormis quelques exceptions, n'a pas duré longtemps, et elle a eu pour expression caractéristique le manifeste, plutôt que l'essai critique ou le poème. Le mouvement révolutionnaire est peut-être un environnement trop survolté pour un travail critique sérieux. Cela explique peut-être pourquoi, bien que les chefs révolutionnaires soient souvent d'abord des critiques sociaux, la plupart des critiques sociaux ne finissent pas révolutionnaires. Les conservateurs apeurés, c'est vrai, tiennent la critique elle-même pour révolutionnaire, et le jeune Marx, de l'autre bord, prétendait que l'« arme de la critique » ne fait que préparer le terrain pour la « critique par les armes[11] ». Mais la critique et la révolution sont deux activités différentes, et l'isolement est un état sans doute plus nécessaire à la première qu'à la seconde.

Songez, par exemple, à des humanistes comme Érasme, Thomas More et Jean Colet, qui étaient tous des critiques sociaux : aucun n'est isolé, aucun révolutionnaire. Ces personnes ont leurs équivalents modernes, parmi lesquels il faudrait probablement inclure les *philosophes* français, qui étaient certainement critiques mais qui étaient aussi confortablement installés dans leurs salons parisiens et même, parfois, dans les cours européennes. Et au XXe siècle, un philosophe comme Jean-Paul Sartre n'a-t-il pas joué un rôle semblable (bien que son hôte ait été plutôt Fidel Castro que les homologues contemporains de Frédéric ou de la Grande Catherine) ? Sartre a peut-être voulu être un révolutionnaire mais l'occasion ne s'est jamais présentée ; et il serait peu plausible de qualifier d'isolée la figure de proue de la vie intellectuelle française et l'éditeur de la revue la plus influente de l'Europe d'après-guerre. Considérez encore, plus faciles à rapprocher des vieux humanistes, José Ortega y Gasset en Espagne, Lionel Trilling aux États-Unis ou Jürgen Habermas en Allemagne : ce sont des critiques eux aussi mais, en même temps, des professeurs bien établis et comblés d'honneurs. D'ailleurs, y a-t-il un sens à qualifier Herbert Marcuse, qui travaillait à l'Office des services stratégiques avant de faire une carrière professorale aux États-Unis, d'intellectuel isolé ? Ou Michel Foucault, qui avait une chaire au prestigieux Collège de France ?*

Si l'isolement est un état psychologique plutôt qu'une condition sociologique, alors il est probablement légitime d'appliquer ce terme à des critiques tels que Marcuse ou Foucault. Mais il faut veiller à ne pas confondre l'isolement et la colère ou l'hostilité – et la critique elle-même. Dans un sens, tout critique est isolé de la société qu'il critique, il est en désaccord avec la fatuité et le contentement de soi de (certains de) ses semblables. Cette description, cependant, ne nous aide pas beaucoup à comprendre ce que signifie être un critique ou pourquoi l'on pourrait vouloir revendiquer ce titre. En tout cas, l'université moderne, comme le monastère médiéval, institutionnalise ce genre d'isolement et fournit un décor, plus ou moins agréable, à l'entreprise critique. La société isole donc en même temps qu'elle protège les personnes qui s'inquiètent de sa légitimité.

Les critiques qui cherchent asile dans un parti ou dans (ou à proximité d') un mouvement politique échappent à l'isolement et abandonnent cette protection : ils sont plus près de représenter un phénomène nouveau que leurs semblables universitaires, car l'on trouve difficilement des précédents à leur expérience. Mais on ne peut guère dire qu'ils soient des étrangers dans leur environnement. Les partis et les mouvements sont les créations de personnes qui leur ressemblent beaucoup. Pour autant qu'ils sont des critiques, maintenant de leurs camarades, ils ne sont plus tant isolés que mal intégrés : leur rapport aux dirigeants du parti est comparable à celui des religieux radicaux du Moyen Age aux autorités ecclésiastiques.

Il n'y a donc rien de particulier dans la conscience qu'ont les critiques sociaux contemporains de leur activité ; ni dans leur hostilité à

* La position universitaire de Foucault et celle de nombreux autres critiques sociaux contemporains, selon Jacques Bouveresse, constitue une « marginalité officielle » (cité dans J.G. Merquior, *Foucault*, Londres, Fontana, 1985, p. 160.) La formule est bonne, mais elle ne s'applique pas uniquement aux intellectuels critiques des sociétés libérales modernes. Un nombre surprenant de sociétés prémodernes et prélibérales ont rendu des positions semblables disponibles.

la société dans laquelle ils vivent ; et il n'y a rien de particulier non plus dans leur isolement social. La meilleure description que l'on peut en donner, c'est qu'ils sont les membres les plus récents, sans doute avec leurs rites et leurs symboles propres, de l'ancienne et honorable compagnie des critiques sociaux.

Les langages de la critique

La censure politique, l'accusation morale, l'interrogation sceptique, le commentaire satirique, la prophétie coléreuse, la spéculation utopique : la critique sociale se présente sous toutes ces formes. Il y a peut-être trop de choses dans cette liste mais elle correspond, je pense, à l'opinion des dirigeants et des membres bien établis de la société. Vu cette liste, la pratique de la critique est certainement très ancienne. J'ai souligné sa longue histoire afin d'attirer l'attention sur son caractère normal : sur son caractère tout simplement ordinaire. Une activité commune est sous-jacente aux différentes formes spécialisées de la critique. C'est pourquoi la critique spécialisée, tout en étant diverse par le style et par le contenu, a une continuité dans le temps. Elle ressemble à la pratique spécialisée de la médecine : elle peut se définir comme l'acérage professionnel et parfois scientifique d'un art populaire.

Le langage premier ou naturel de la critique est celui du peuple : les meilleurs critiques ne font que saisir ce langage en lui conférant une intensité et un pouvoir argumentatif nouveaux, comme le fait Luther dans ses pamphlets ou Marx dans *Le Manifeste du Parti communiste* [12]. En même temps, cependant, il arrive que des critiques plus ordinaires, comme certains médecins, cherchent à se distinguer de quelque manière de leurs rivaux amateurs, et trouvent dans le langage la manière la plus facile de le faire. Ils sont ainsi amenés à imiter le discours dominant, parfois même les jargons techniques, de la culture supérieure et des élites cultivées de leur époque : les critiques de la Renaissance parlent comme des historiens et des philosophes classiques ; les critiques de la Réforme, comme des théologiens ; les critiques du XIXe siècle, comme des scientifiques ; les critiques du XXe, comme des poètes et des romanciers modernistes. Les prêcheurs populaires et les pamphlétaires, les journalistes et les orateurs de la rue traduisent la critique pour un plus large public. On peut se représenter un public qui se plaint comme ayant, pour le servir à différents niveaux, des séries de spécialistes de la plainte. Ils ont critiqué le régime politique en utilisant la langue de Platon et d'Aristote, et ils ont soutenu (comme l'avaient fait

Platon et Aristote) que la politique englobait ou modelait la société dans sa totalité ; ou ils ont critiqué l'économie en utilisant la langue d'Adam Smith et de David Ricardo, et ils ont soutenu que l'économie était le fondement de tout le reste. Une chose conduit à une autre : la critique est une activité sans repos, et donc « totalisante ».

La critique, au fond, a toujours un caractère moral, qu'elle se fixe sur les individus ou sur les structures politiques et sociales. Les termes décisifs sont pour elle la corruption et la vertu, l'oppression et la justice, l'égoïsme et le bien commun. La pourriture, quand « quelque chose est pourri dans le royaume du Danemark », c'est une mesure politique ou une pratique ou un nœud de relations moralement condamnable. Qu'est-ce que cela pourrait être d'autre ? Le rôle spécifique du critique, c'est de faire la description de ce qui ne va pas de manière à suggérer un remède. Mais il est toujours tenté d'élever sa description de telle sorte qu'elle ne s'additionne pas seulement à la perception première de l'état de putréfaction mais s'y substitue. La perception est trop simple, trop commune, alors que la description critique peut se couler dans une forme technique ou ésotérique. Plus la spécialisation du critique est élevée, plus la distance entre lui et son auditoire est grande, plus sa critique est susceptible de devenir technique et ésotérique.

L'espoir qu'ont normalement les radicaux modernes, c'est que l'éducation des masses et la politique démocratique rapprocheront le critique des personnes ordinaires de telle sorte que la critique sera plus semblable à la plainte ordinaire. Mais il y a là un problème : la lutte pour la démocratie semble en effet rapprocher les spécialistes et les personnes ordinaires mais les ambiguïtés de la réussite ont pour effet leur séparation. Plus ou moins démocratiques, les régimes populaires actuels semblent produire une classe de critiques qui fuient leur auditoire. La société de masse exerce une pression particulière sur le critique, notamment s'il prétend parler pour les masses : comment peut-il, sans parler différemment, parler avec autorité ? C'est peut-être pourquoi la « théorie critique » contemporaine est un des langages les plus obscurs de la critique, et pourquoi ceux qui la pratiquent insistent sur le fait que le sérieux de leur entreprise est intimement lié à ses difficultés théoriques [13]. Curieusement, les premières générations de critiques sociaux, dans les sociétés prédémocratiques, entretenaient avec leurs lecteurs et leurs auditoires, quoique peu nombreux, une relation bien plus intime. Le style simple des ministres puritains et la prose directe des *philosophes* du XVIIIe siècle suggèrent une adaptation facile à un auditoire limité et que l'on peut présumer bien connu. Ces personnes avaient moins tendance que ne l'ont les critiques contemporains à réprimer l'impulsion morale qui est sous-jacente à leur travail.

L'obscurité critique cependant est aussi ancienne que la critique elle-même : en effet, elle l'accompagne inévitablement, tant que la plainte ordinaire donne lieu à une forme de spécialisation ou à une autre. Les manuscrits de la mer Morte sont un exemple assez ancien de critique ésotérique : attaque sévère de la société de Judée écrite, par des adeptes pour des adeptes, dans une espèce de code sectaire [14]. Le gnosticisme chrétien, les mouvements hérétiques médiévaux, les sociétés secrètes au début de l'époque moderne donnent tous d'autres exemples : on ne peut en nier la force critique, même si on ne peut en comprendre les doctrines critiques. La société contemporaine a ses propres gnostiques, ses propres adeptes religieux, politiques ou même philosophiques, des maîtres de quelque savoir spécial autour duquel ils construisent un ordre sectaire. Considérez l'exemple d'un prêcheur fondamentaliste expliquant l'Apocalypse et dénonçant la décadence babylonnienne de la civilisation contemporaine : c'est sans aucun doute un critique social, bien qu'on ne le reconnaisse peut-être pas immédiatement comme un intellectuel. Il énonce des plaintes communes mais il le fait dans une langue hautement spécialisée qui rend obscur, pour la plupart d'entre nous, ce qu'il énonce. Une description semblable convient assez bien également aux sectaires politiques qui révèlent les secrets des phases finales du capitalisme, ou aux sectaires philosophiques qui soutiennent que la véritable connaissance de la société juste a été impartie aux Grecs anciens, et, depuis, a été perdue à jamais. Ce sont là des critiques qui travaillent à une trop grande distance de la vie commune et de l'entendement quotidien.

Mais un bien plus grand nombre de critiques sociaux, sans impulsion sectaire, croient que le pouvoir critique a pour source le vrai savoir. C'est pourquoi ils prennent la décision de parler au nom de Dieu ou de la Raison (ou de la Raison-dans-l'Histoire) ou de la Réalité empirique. On pourrait voir dans ce genre de discours un habillage linguistique de la thèse morale. La métaphore, cependant, n'est pas tout à fait adéquate, car un vêtement ne fait que recouvrir le corps tandis que le langage donne non seulement une apparence mais une forme aux idées qu'il exprime. Il s'agit plutôt d'un resserrement que d'un habillage, de telle sorte que la thèse morale, un peu comme le pied des femmes chinoises, est susceptible de prendre, sous l'effet de la pression, une forme nouvelle. On peut bien sûr énoncer plus directement les thèses morales ; mais au risque encore une fois de les rendre trop semblables à la plainte ordinaire, pas assez spécialisées – à moins que les thèses soient doctrinales, définitives, fondatrices. Et comment peuvent-elles avoir l'une de ces qualités sans l'assistance de Dieu, de la Raison ou de la Réalité ? Le choix d'un langage critique a pour condition, donc, l'autorité dont veut ou croit devoir se réclamer le critique pour être entendu. Et cela, à son tour, a pour condition sa relation à son auditoire.

Dans ce livre, je m'intéresse principalement à ce que l'on pourrait appeler la critique dans le courant principal : c'est-à-dire, les critiques qui restent suffisamment proches de leur auditoire et qui ont une confiance suffisante dans leur statut pour ne pas être poussés à faire usage de langages hautement spécialisés ou ésotériques. La phrase « la critique dans le courant principal » peut sembler contradictoire : le critique, par définition, ne va-t-il pas à contre-courant de « l'orientation dominante de l'opinion » ? La critique de toute société actuelle a, cependant, sa propre orientation principale, que fixent des normes, des aspirations et des idéaux existants. Ainsi, le poète et critique Breyten Breytenbach, Sud-Africain d'extraction hollandaise, réfléchissant à sa propre marginalité dit que « il vaut mieux parler des façons précises par lesquelles le poète est adapté, ou inadapté, à son environnement social […]. La poésie est le courant principal [15] ». Il faut bien sûr que les intuitions du poète soient plus élaborées formellement avant de pouvoir servir les finalités de la critique spécialisée : reste ouverte cependant la question de la relation entre les versions élaborées et les versions premières, entre la critique formelle et la plainte, la théorie et l'intuition. Quel est le langage que préfère la critique sociale ? En essayant de répondre à cette question, je laisserai en principe de côté – mais sans pouvoir aucunement démontrer qu'elles sont dépourvues de valeur – les formes les plus hermétiques de la critique. La critique dans le courant principal est la meilleure, du fait d'un présupposé démocratique. De toute façon, la critique dans le courant principal a un champ suffisamment large pour me permettre d'explorer toutes les difficultés de l'entreprise critique. Là aussi, les critiques se situent différemment par rapport à leur auditoire, adoptent des stratégies linguistiques différentes, se réclament d'autorités différentes. Ils prennent position – c'est ce que la critique requiert ; mais ils n'adoptent pas tous la même position et ils n'ont pas non plus tous la même position envers la société qu'ils critiquent.

L'héroïsme du critique

La plainte ordinaire se réduit souvent au marmonnement : l'oppression et la crainte la rendent inarticulée. Le critique, cependant, parle à voix haute, au mépris du pouvoir établi. Le critique est un héros : pas seulement aujourd'hui, sous l'influence des idées romantiques sur l'héroïsme, mais aussi dans les temps anciens, lorsque le héros n'était pas encore une figure romantique. Le critique, en effet, est, parfois un héros à un double titre : il critique les puissants et ensuite il critique les autres, ceux qui se plaignent – parce qu'ils se trompent dans leur plainte ou ne se plaignent pas assez fort ou ne font que se plaindre et n'agissent jamais ou agissent à corps perdu et sans efficacité. Le critique met en cause tout autant ses amis que ses ennemis : il se condamne lui-même à la solitude intellectuelle et politique.

Telle est, au moins, la représentation que l'on a habituellement de la critique, et c'est une représentation que les critiques, depuis les temps les plus reculés, ont eux-mêmes encouragée. Amos veut nous faire savoir que les autorités l'avaient averti : « Tu ne prophétiseras pas contre Israël, tu ne vaticineras pas contre la maison d'Isaac. » Et sa réponse est immédiate : « C'est pourquoi, ainsi parle Yahvé [16]. » Le prophète tient ferme : il défie l'autorité, il a son franc-parler, il ne recule devant aucun danger. Il nous reste à découvrir par d'autres sources (ou par une lecture critique de son propre texte) la force réelle de sa popularité. Socrate joue un rôle semblable devant le jury athénien et, se comparant au guerrier Achille, réclame ouvertement les honneurs dus à un héros, qui ne passe pas son temps à « peser les espoirs de vie et les risques de mort. Il n'a qu'une chose à considérer en accomplissant une action, qui est s'il agit bien ou mal, comme un homme bon ou mauvais ». Socrate aussi agit comme il convient, et accepte le risque de la mort : à la fin, il accepte la mort elle-même. Mais il ne manque pas de dire que le vote du jury était serré : « Si je compte bien, il eût suffi d'un déplacement de trente voix pour que je fusse acquitté [17]. » Socrate n'était donc pas une personne tout à fait impopulaire à Athènes : on n'aurait jamais pu l'accuser de corrompre la jeunesse, si les jeunes gens n'avaient pas fait foule autour de lui pour l'écouter. Il est mort entouré d'amis. Mais, ordinairement, on l'imagine seul, en contact avec son *daimôn*, fier de sa mission critique, surmontant l'hostilité du peuple.

La mission de Socrate est d'interroger, de faire subir un interrogatoire, de mettre à l'épreuve, de reprendre les personnes qu'il rencontre dans les rues d'Athènes – et de leur apprendre à poursuivre le bien non seulement dans leur propre intérêt mais aussi dans l'intérêt de la cité. Il parle à quiconque veut l'écouter, les étrangers aussi bien que les citoyens, mais ceux qui le préoccupent surtout, ce sont ses concitoyens « puisque vous me tenez de plus près par le sang ». La préoccupation d'Amos est la même : « Je n'ai connu que vous de toutes les familles de la terre » – ainsi parle le Dieu de l'Alliance du Sinaï à son peuple – « c'est pourquoi je vous châtierai pour toutes vos fautes [18] ». Ce sont là des exemples, je suppose, de l'esprit de clocher ancien. Une certaine combinaison de parenté et de consentement unit le critique au peuple qu'il critique : il a un intérêt particulier dans leur vertu ou dans leur bien-être.

Mais suite à l'expansion et à la dissolution (partielle) des communautés dont dépendait cet esprit de clocher, bon nombre de ceux qui souhaitaient devenir des critiques ont ressenti les liens de la cité et du peuple comme des contraintes illégitimes sur leur entreprise. Ils se sont mis à chercher une arène plus large et un garant plus universel. Le détachement s'est ajouté, dans l'autoportrait du héros, au mépris de l'autorité. L'impulsion était platonicienne : plus tard, elle est devenue stoïcienne et chrétienne. On a alors commencé à affirmer que l'entreprise critique requierait que l'on quitte la cité, représentée (pour rendre le départ plus facile) comme une caverne obscure, que l'on fasse son propre chemin, seul, à l'extérieur, vers l'illumination de la Vérité, et que l'on ne revienne qu'ensuite pour y interroger et réprimander les habitants. Le critique-qui-revient ne s'entretient pas avec les personnes comme s'il avait des liens de parenté avec elles : il les regarde avec une nouvelle objectivité ; elles sont étrangères à la Vérité qu'il vient de découvrir. La poursuite de la Vérité au prix de ses propres liens familiaux et civiques distingue le critique, et la Vérité qu'il découvre par le détachement et le départ donne à sa critique une autorité spéciale. La critique diffère de la plainte ordinaire parce que le critique se situe, même après son retour, en dehors de la cité. Le retour n'est que physique, la position est morale et intellectuelle. La distance rend une nouvelle forme de critique possible. Mais cette possibilité exige des sacrifices, car elle nécessite une rupture délibérée d'avec la communauté de la cité. L'héroïsme du critique commence même avant que ne commence sa critique : elle commence lorsqu'il s'arrache de la communauté et prend ses distances.

La distance critique n'apparaît pas clairement dans la prophétie d'Amos ou dans le compte rendu que fait Socrate dans *l'Apologie* de ses conversations athéniennes. Mais elle apparaît peut-être dans l'affirmation des deux hommes qu'ils ont reçu une autorisation divine. Le critique exprime son sens de la distance lorsqu'il montre ses garants. On peut imaginer des garants d'un genre démocratique, mais ils donneraient autorité à n'importe qui : un critique qui prétend avoir quelque autorité spéciale doit aussi se situer à l'écart du *démos*. Dans le cas extrême, il se transforme en ennemi de son propre peuple, au moins dans son état de dégradation actuel. Le modèle, là, c'est Jésus-Christ, conçu à la fois comme prophète et sauveur, qui est représenté comme disant à son peuple :

> N'allez pas croire que je sois venu apporter la paix sur la terre ; je ne suis pas venu apporter la paix mais le glaive. Car je suis venu opposer l'homme à son père, la fille à sa mère et la bru à sa belle-mère : on aura pour ennemis les gens de sa famille [19].

Qu'il soit utile ou non de voir en Jésus un critique social, il reste qu'on a souvent considéré (comme l'a fait le moine florentin Savonarole, par exemple, ou le réformiste genevois Jean Calvin) que ces phrases donnaient quelque idée de l'engagement radical qu'implique la critique. La mort de Jésus donne aussi quelque idée du risque lié à cet engagement. Le critique doit s'arracher à sa communauté mais une fois qu'il l'a fait, il reste vulnérable. Il s'attire, au nom de la vérité religieuse ou de l'objectivité philosophique, la haine du peuple avec lequel il vit : c'est en cela que consiste son héroïsme.

Dans la création de cette image héroïque se confondent et s'amalgament de manière étrange les histoires de Socrate et de Jésus. On a tiré du procès du philosophe et de la passion du prophète-sauveur un seul et unique message : la mort est le risque qu'entraînent et la philosophie et la prophétie à chaque fois qu'elles sont critiques. Pourtant, les deux histoires sont, en réalité, très différentes. Si la vie de Jésus, telle que la conçoit l'Évangile, ne peut avoir qu'une seule fin, il est facile d'imaginer une fin différente pour Socrate. Il aurait pu être acquitté. Il aurait même pu recevoir ce qu'il demandait par dérision, une donation de la cité pour financer ses enquêtes, et ensuite passer le reste de sa vie à poser des questions critiques : un rôle, certes, utile mais qui n'est guère héroïque. Mais l'image du critique en héros répond mieux aux aspirations de la majorité des critiques – au moins en ce sens qu'elle les distingue de leurs semblables, qu'elle confirme et embellit leur spécialisation, leur confère la « dignité suprême » du preneur de risques, qui, autrement, est réservée, comme l'a noté Simone de Beauvoir, aux chasseurs et aux guerriers[20]. La critique serait une affaire « de femmes », comme semble l'être souvent la plainte ordinaire, si elle n'impliquait pas de danger*.

Mais l'image est aussi une réponse à des dangers réels. Je ne cherche pas à minimiser ces dangers ni à nier le courage du critique détaché qui défie les autorités. Le courage est une des vertus principales du critique social mais parfois, la loyauté et la solidarité sont aussi des vertus. Lorsqu'il se situe ici et ne peut rien faire d'autre, il n'est pas toujours détaché. Il nous faut distinguer trois aspects de l'héroïsme.

* On considère conventionnellement qu'une des formes de la plainte les plus communes est une affaire de femmes : le commérage, écrit Patricia Meyer Spacks, « incarne un discours autre que celui de la vie publique, un discours qui met en cause potentiellement les présomptions publiques : il fournit le langage d'une autre culture ». Les hommes participent autant que les femmes au commérage, bien sûr, mais c'est surtout parmi les femmes que le commérage est la « ressource des subordonnés ». Ce n'est pas, cependant, une ressource dont l'emploi nécessite un grand courage : elle est destinée à ceux qui ne peuvent pas se permettre de faire une démonstration publique de leur courage. Voir Spacks Gossip Chicago, University of Chicago Press, 1986, p. 5, 46.

Le détachement, le défi et le danger, dans l'expérience réelle du critique, ne figurent pas nécessairement ensemble. Socrate, par exemple, faisait face aux dangers de l'entreprise critique sans jamais rompre ses liens de parenté (civique). Il défie le jury athénien mais il ne se sépare pas de ses concitoyens. Et il y a de nombreux autres critiques qui ont plus ou moins fait coïncider leur vie avec les contours de l'image héroïque mais qui ne se sont jamais trouvés devant un réel danger. Considérez encore une fois le cas des *philosophes* français : leurs œuvres ont souvent fait l'objet de la censure mais ils n'avaient rien à craindre pour leur vie. Les critiques cependant mettent plus aisément leur fierté à ressembler à Socrate qu'à Voltaire ou à Helvetius.

Les risques de la critique sont différents, comme l'on peut s'y attendre, dans des contextes sociaux et politiques différents. Même Jésus aurait pu faire des prophéties sans danger, s'il n'y avait pas eu la conquête romaine. Certains critiques contemporains risquent l'emprisonnement et la mort tandis que pour d'autres, la critique est une entreprise à peu près dépourvue de risque. Ce n'est pas non plus leur détachement qui détermine le danger qu'ils courent : ils prennent le plus grand risque lorsqu'ils énoncent des plaintes ordinaires contre un régime dictatorial, comme en Argentine sous les généraux, en Pologne à l'époque de *Solidarnosc* ou en Afrique du Sud sous le régime de l'*apartheid*. La distance que le critique établit – ou mieux, la distance qu'il lui faut établir – varie aussi beaucoup, tantôt selon les doctrines qu'il tient pour vraies, tantôt selon les institutions et les pratiques qu'il veut critiquer. La distance critique est un territoire contesté, et il faut toujours examiner la prétention du critique à prendre ses distances de manière critique. Tout critique n'est pas un héros, et il n'est pas vrai non plus que tous ceux qui prétendent devenir des héros, en courant après la désapprobation et même la mort, qui sollicitent haut et fort l'admiration, la méritent. C'est une des découvertes de la démocratie moderne – un progrès que nous avons fait par rapport aux Grecs – qu'en ne tuant pas le héros, nous obtenons le droit de ne pas l'admirer.

L'entreprise critique, dans un contexte de liberté et de tolérance, a des caractéristiques différentes de celles qu'elle avait dans l'Antiquité (et, d'ailleurs, à la plupart des autres époques). C'est peut-être cela qui conduit aujourd'hui les intellectuels critiques à s'arrêter longuement sur la spécialisation de leur activité et à se croire plus conscients ou plus isolés que les critiques ne l'ont jamais été auparavant. En réalité, ils sont plus que jamais semblables aux autres membres du public qui se plaint : nous mettons tous à l'épreuve les garants des autres et nous considérons toujours l'héroïsme de l'autre avec scepticisme. Les personnes qui conçoivent encore la critique comme une entreprise héroïque s'inquiètent de la trop grande facilité de l'entreprise aujourd'hui.

La culture libérale absorbe la critique, la trouve intéressante, même émoustillante : c'est une forme de divertissement, comme le prétend Marcuse. Socrate se présente dans un entretien télévisé. Platon, plus digne et isolé, obtient une chaire dans une grande université. Le critique social et isolé se cogne la tête contre un mur de caoutchouc[21] : il rencontre une tolérance sans borne alors qu'il recherche ce respect dont témoigne l'opposition. Le détachement, dans ces conditions, ne signifie pas beaucoup plus que le retrait : son effet prévisible, c'est l'apathie et la résignation ou l'idiosyncrasie de la bohème. Par ailleurs, il n'y a aucune incitation à revenir dans la caverne ; ou bien, toutes les incitations sont fausses, n'ayant rien à voir avec la valeur intrinsèque de l'entreprise critique. Mais je soupçonne que le détachement a toujours été un aspect surévalué de l'autoportrait du héros. La critique trouve sa force (telle est la thèse que j'ai l'intention de défendre dans ce livre) lorsqu'elle exprime les plaintes ordinaires des personnes ou élucide les valeurs qui sont sous-jacentes à ces plaintes. Elle a alors peu de chances, même dans une société libérale, d'être simplement émoustillante. « Parfois, dans mes efforts pour être juste, écrit Martin Buber, je tâtonne dans l'obscurité, et je me fais mal en me cognant la tête contre les murs ; alors, je sais que là je ne peux aller plus loin[22]. »

Le pluralisme critique

Imaginez un critique social qui romprait ses attaches avec sa famille et son pays, quitterait la caverne, découvrirait la Vraie Doctrine, et puis reviendrait pour mesurer ses semblables et leur mode de vie commun à l'aune de sa nouvelle norme objective. Ce serait certainement un héros (ne souhaiterions-nous pas le tuer ?) et il suffirait entièrement à satisfaire le besoin de critique : il n'y aurait aucun sens à avoir plus d'une personne de ce genre. S'il connaissait la Vérité et nous jugeait sans passion, de manière impartiale, nous ne pourrions écouter qu'en silence : sa critique se sustituerait à nos plaintes. Bien plus, pas seulement la nôtre : s'il en avait le temps et l'énergie, un tel critique, un Hercule de la critique, pourrait servir le monde entier. Si sa norme était objective, nul ne pourrait nier la portée mondiale de sa critique.

Il n'existe pas de Hercule, il n'existe pas de critique qui à lui seul suffise à satisfaire le besoin de critique dans sa totalité : c'est là un fait dont nous pouvons probablement tous nous imputer la responsabilité les uns aux autres. Quoique la poussée de la culture occidentale ait sans aucun doute un caractère moniste, de telle sorte que les critiques ont constamment la tentation de se penser en termes herculéens, la pratique culturelle est très différente. Nous ne sommes pas d'accord quant à savoir quelle doctrine est la Vraie Doctrine, et ainsi nous avons plusieurs critiques sociaux : la critique nous vient de tous les côtés. Il n'y pas moyen de définir l'entreprise critique de telle sorte que nous en admirions toujours les produits. Il n'est pas non plus facile de décrire ce que font les critiques sociaux. Ils font toutes sortes de choses : ils nous mesurent selon des normes différentes, à partir de positions différentes, dans des langages critiques différents, à des niveaux différents de spécialisation, en vue de finalités différentes. Le plus souvent, ils sont attentifs à nos fautes – comme je l'ai déjà soutenu, nos fautes individuelles ainsi que nos fautes institutionnelles, car c'est toujours une faute individuelle, une défaillance des personnes particulières, de tolérer de mauvaises institutions. Mais comme nos fautes sont qualifiées et énumérées d'un si grand nombre de manières différentes, les critiques doivent se battre pour obtenir notre attention, et ils le font en se critiquant mutuellement. Or il n'y aucune raison pour que le reste d'entre nous écoutions en silence. Nous participons à l'entreprise critique en soutenant un critique ou un groupe de critiques contre un autre. La participation, dans le contexte de la modernité, est un phénomène particulièrement étendu et particulièrement important. Une société démocratique moderne constitue un colloque de critiques. Mais alors il n'y a pas de sens à chercher à avoir une portée globale : chaque société constitue son propre colloque.

L'entreprise critique a peut-être un trait constant. Elle est fondée sur l'espoir : elle ne peut être menée sans quelque sens de ce qui est historiquement possible. La critique est orientée vers l'avenir : le critique doit croire que le comportement de ses semblables peut être plus en accord avec les normes morales qu'il ne l'est actuellement ou que leur compréhension d'eux-mêmes peut être plus grande qu'elle ne l'est actuellement ou que l'organisation de leurs institutions peut être plus juste qu'elle ne l'est actuellement. Un prophète comme Amos, en dépit de ses annonces de la fin du monde, doit laisser la possibilité du repentir et de la réforme ouverte, sinon la prophétie sera dépourvu de sens. La demande de Socrate d'être payé pour critiquer ses semblables traduit un même optimisme : non parce qu'il croit que la demande sera acceptée mais parce qu'il croit que sa critique rend un véritable service : elle peut rendre Athènes meilleure. Même la satire la plus sauvage des esprits et des mœurs contemporains repose sur quelque espoir, si faible ou amer qu'il soit, que les esprits et les mœurs seront à l'avenir différents. La plainte habituelle des conservateurs selon laquelle les choses ne cessent de se détériorer, en dépit de ses connotations de mélancolie et de désespoir, est écrite pour arrêter la détérioration, ou au moins pour la ralentir. Une critique sociale qui ne ferait que regarder en arrière, comme si la critique était une rétribution pour des crimes passés, n'existe pas : elle peut trouver ses normes dans le passé mais pour que ces normes aient quelques résonances dans l'avenir.

Il s'ensuit qu'entre la thèse critique et la thèse d'un déterminisme historique absolu, il y a incompatibilité. Même si la possibilité conceptuelle que l'histoire a déterminée, se trouve être aussi celle que le critique à choisi, il n'a aucune raison de défendre ce choix ou de dénoncer une société dans laquelle un grand nombre de personnes s'y opposent. Dans un univers déterminé, la résistance échappe autant au blâme qu'elle est vaine. Je ne veux pas dire que la critique et le déterminisme n'ont jamais coexisté dans l'esprit ou l'œuvre d'une même personne. Le marxisme est l'exemple classique d'une doctrine qui les combinent. Le fait qu'on ait lu Marx comme étant un critique universel, un Hercule de la critique, a sans doute quelque rapport avec cette combinaison. Si l'histoire n'a qu'une seule fin possible, alors chaque point d'arrêt temporaire, ou chaque formation sociale qui ne réalise pas cette fin parfaitement, peut être mesuré et tenu pour inadéquat. Mais c'est là, comme le dit parfois Marx, une évaluation scientifique, et non morale [23]. C'est une évaluation qui est faite à une très grande distance et, en partie pour cette raison, elle n'est pas de nature critique. Il n'y a rien ni personne à critiquer : chaque arrêt le long de la piste de l'histoire est déterminé exactement de la même manière que l'est la piste elle-même. Lorsque Marx écrit sur la société bourgeoise de manière critique, il abandonne tout simplement sa doctrine déterministe. Et alors, bien que sa critique ait une très grande force, il n'y a aucune raison de voir en lui un critique universel : il ne peut plus prétendre appliquer une norme objective et nécessaire. Il ne fait qu'explorer quelques-unes des possibilités, conceptuelles et pratiques, que la société bourgeoise laisse ouvertes.

Faut-il une théorie telle que le marxisme pour nous dire ce que sont ces possibilités ? Ce genre de critique sociale est théorique dans ce sens particulier. Il s'élabore à partir de thèses historiques ou sociologiques qui mettent l'accent sur les tensions internes ou les tendances de longue durée des institutions contemporaines. Abandonnant le déterminisme, le critique cherche une version structuraliste de la cause probable – ou au moins une raison plus ou moins « scientifique » pour considérer que ses normes ne sont pas extérieures à l'histoire mais qu'elles sont accessibles de l'intérieur. La critique sociale, selon cette conception, à pour condition une théorie critique de la société [24]. Mais je ne crois pas que cette dépendance soit inévitable. Le plus souvent, au cours de la longue histoire de la critique, on a admis l'idée de la perfectibilité plutôt qu'on ne lui a donné un fondement théorique. Ou bien on l'a dérivée de quelque thèse théologique ou philosophique sur l'acte humain. Les hommes et les femmes sont capables, dit-on, de faire ce que leur ordonne de faire l'alliance de Dieu ou ce qu'exige d'eux la morale séculière. La vérité de cette thèse dépend, bien sûr, de la manière dont le critique comprend Dieu et la morale. La dépendance fondamentale n'est pas théorique mais pratique : les personnes ne peuvent faire que ce qu'elles croient devoir faire ou ce qu'elles peuvent être conduites à croire devoir faire. De même que la théorie critique échoue à moins de pouvoir fournir une explication de l'expérience quotidienne, de même la critique en général ne peut qu'échouer à moins de tirer sa force des conceptions quotidiennes de Dieu et de la morale. Le critique a pour point de départ, disons, les conceptions de la justice qui se trouvent dans le code de l'Alliance ou dans l'idée bourgeoise de la liberté, en présumant qu'il est possible d'accorder la pratique et la conscience, et il dénonce ensuite les pratiques qui constituent des manquements à ces possibilités.

Mais le code de l'Alliance tout comme l'idée bourgeoise de la liberté laissent ouverte plus d'une possibilité : il y a autant de possibilités qu'il y a de manières plausibles de comprendre le code ou l'idée. Et par conséquent, encore une fois, il existe de nombreux critiques sociaux, de nombreuses formes de critique : l'orientation sur l'avenir ne restreint pas le pluralisme critique. N'importe quelle théorie de l'histoire ferme quelques possibilités et en ouvre d'autres, mais cela signifie seulement que les théories de l'histoire seront elles-même contestées par des écoles de critique rivales : l'analyse historique est un langage critique possible. Non pas le seul, car il existe des critiques qui se passent tout à fait de l'histoire et il y en d'autres qui ne s'y engagent que pour autant qu'ils reconnaissent leurs propres limites historiques et tirent leur normes critiques de la morale locale. Il n'existe aucune manière plausible de limiter la portée et la variété de la critique sauf la répression, qui est plus susceptible d'être dirigée contre l'entreprise critique dans son ensemble que contre la pluralité des critiques.

Les mobiles de la critique

Ce qui mobilise le critique social, c'est la passion de la vérité, la colère contre l'injustice, un sentiment de sympathie pour les opprimés ou la peur des masses ou l'ambition du pouvoir – et sous-tendant tout cela, l'imitation héroïque : Socrate affublé en Achille. Mais le mobile de prédilection, celui qui est le plus susceptible de figurer dans une description philosophique de la critique et dans l'autodescription du critique, c'est la bienveillance, un désir désintéressé pour le bien de l'humanité. La critique peut être impitoyable et douloureuse, mais le critique nous parle comme le fait Hamlet à sa mère : « Je dois être cruel pour être juste[25]. » La justice lui force la main mais comme ce qu'il dit n'a pas l'air gentil, il préférerait garder le silence. D'où le mythe du critique malgré lui, le prophète qu'appelle Dieu mais qui refuserait de répondre à l'appel s'il le pouvait ou le citoyen qui regarde en fronçant les sourcils jusqu'à ce que le fait d'être le témoin de quelque mal social devienne plus douloureux que de prendre la parole pour le dénoncer. En fait, il y a beaucoup de critiques qui n'hésitent aucunement à prendre la parole, qui, comme le romain Caton, éprouvent un réel plaisir à critiquer sévèrement les autres. Et il y a une fausse pudeur à soutenir que la critique sévère, étant moralement nécessaire, ne doit jamais être un plaisir. La misanthropie aussi est un mobile de l'entreprise critique. Il n'est pas nécessaire que le critique soit bienveillant envers les personnes qu'il critique.

Il devrait cependant être solidaire avec ces personnes : s'il était étranger, vraiment désintéressé, on comprendrait mal pourquoi il se mêle de leurs affaires. La passion de la vérité n'est pas une raison suffisante à moins que ne s'y allie une passion de dire la vérité à ces personnes (plutôt que de la découvrir pour soi ou de l'enregistrer pour la postérité). La solidarité est problématique cependant, si l'on considère que le critique isolé et délibérément détaché est le seul à pouvoir reconnaître la vérité, à voir à travers la mascarade sociale et à en percevoir la laideur sous-jacente. Peut-être n'aime-t-il pas ses semblables mais tant qu'il les reconnaît comme ses semblables, n'a-t-il pas une bonne raison de participer à la mascarade ? Il peut arriver même au misanthrope, si sa misanthropie reste localisée, de ne pas aller jusqu'aux vérités les plus profondes. Certes, de nombreux critiques ont éprouvé la nécessité de se désolidariser, de rompre leurs liens avec leurs semblables : c'était cet acte plutôt que les propos critiques tenus par la suite qui était la mesure de leur courage. Mais ce qui m'importe maintenant, c'est une autre thèse : la désolidarisation n'est pas tant choisie qu'imposée et que l'inconfort des hommes et des femmes non solidaires est le mobile de la critique, et ce qui la rend possible. Voilà le mobile du critique, et voilà ce qui rend sa perception et sa cruauté possibles. Il aime la vérité et il aime dire la vérité, ou il hait l'injustice ou quoi que ce soit d'autre, parce qu'il est isolé.

Cette thèse, Christopher Lasch l'a formulée avec force dans un essai sur Linclon Steffens, un des déterreurs de scandales (*muckrackers*) américains :

> Il est temps que nous commencions à comprendre des radicaux comme Lincoln Steffens non comme des hommes poussés par un vague idéalisme humanitaire mais comme des hommes prédisposés à la rébellion à la suite d'une rupture précoce avec la culture de leur classe, suite, en particulier, de leur impossibilité à poursuivre dans le cadre de la convention établie le genre de carrières qu'ils étaient résolus à poursuivre. Les intellectuels du début du XXe siècle avaient une prédisposition à la rébellion du fait même qu'ils étaient des intellectuels dans une société qui n'avait pas encore appris à définir l'espace de l'intellectuel... [C'étaient] des étrangers par nécessité : une classe nouvelle que le consensus culturel n'avait pas encore absorbée [26].

Il s'agit là d'une version sociologique de l'autoportrait du critique contemporain. Elle a manifestement un point faible : comment expliquer que certains intellectuels « prédisposés » à la rébellion ne deviennent pas en fait des rebelles tandis que d'autres le deviennent ? Pourquoi Steffens, Randolph Bourne et John Reed le deviennent-ils mais pas Walter Lippmann, qui leur était très proche ? Comment rendre compte des premières générations de rebelles et de critiques en qui les intellectuels du XXe siècle trouvent leur inspiration – Ralph Waldo Emerson, Henri David Thoreau, Walt Whitman ? Et que dire des rebelles plus tardifs et des critiques qui ont trouvé un cadre professionnel (la hiérarchie universitaire) bien en place, comme C. Wright Mills, disons, ou n'importe lequel des nombreux dissidents professionnels, Lash lui-même inclus ?

Lasch remarque aussi, avec perspicacité je crois, que l'isolement peut rendre compte de l'abandon de la perspective critique, la « trahison » des intellectuels. L'isolement est utile pour expliquer aussi bien la fin que le début de la critique radicale, ce qui le fait par trop servir. « Le détachement entraînait avec lui une certaine attitude défensive au sujet de la position de l'intellect (et des intellectuels) dans la vie américaine ; et c'était cette attitude défensive (...) qui conduisait parfois les intellectuels à abandonner le rôle de la critique et à s'identifier à ce qu'ils s'imaginaient être les lois de la nécessité historique et l'élaboration de la volonté populaire [27]. » Mais le mot essentiel, encore une fois, c'est « parfois ». Parfois aussi, ce n'est pas le cas, et qu'est-ce qui fait la différence entre ceux qui abandonnent l'entreprise critique et ceux qui s'y tiennent ? C'est peut-être là une question de psychologie individuelle mais l'emploi du mot « abandonner » donne à penser que Lasch parle en réalité de choix moral. Les hommes et les femmes choisissent de devenir critiques, et certains de ceux qui font ce choix ne sont pas d'une manière significative isolés de la culture de leur classe (ou de leur cité, de leur pays, de leur race ou de leur religion)

– bien qu'ils doivent se dresser contre des aspects importants de leur culture.

Étant donné les limites générales des explications sociologiques, l'idée de marginalité rend sans doute mieux compte de la naissance et de la formation des critiques sociaux que l'« éloignement » de Lasch. Ils sont issus d'une partie éloignée et oubliée du pays (Silone) d'une colonie (Camus) ou d'une classe sociale sur le déclin (Orwell) ou bien ils s'identifient ou choisissent de s'identifier à un groupe de personnes d'humble naissance, d'opprimés ou de parias. Mais cela, ce n'est pas l'isolement ni même le détachement : c'est plutôt un genre de rapport antagoniste. Une de ses modalités les plus ordinaires, c'est une adhésion passionnée aux valeurs culturelles que le centre défend de manière hypocrite et auxquelles la frange marginale passe outre avec cynisme. L'antagonisme, et non l'isolement, met le plus sûrement sur la voie de l'entreprise critique. Du fait que la critique a pour source ultime la plainte ordinaire, elle implique une explication en termes de contradictions idéologiques et de conflits sociaux que reflète la plainte ordinaire, bien que parfois de manière indistincte. Il se peut que cette explication elle-même nécessite un détachement « scientifique ». Mais la critique ne l'implique en aucun cas : un critique détaché peut très bien ne pas être suffisamment antagoniste, préférant analyser les contradictions et les conflits que prendre position.

Nous ne devrions pas plus précipiter notre admiration pour la bienfaisance que pour le détachement du critique. La bienfaisance elle-même peut être un masque, comme le suggère Rousseau en parlant d'un ton acerbe du philosophe qui n'aime l'humanité que pour ne pas avoir à aimer son prochain[28]. Mais c'est un cas facile, puisque la bienfaisance est là une supercherie (peut-être une illusion). Elle est plus souvent véritablement problématique : ainsi le critique dont les sentiments bienveillants se portent sur les générations à venir au nom desquelles il croit devoir être dur envers ses contemporains, ou celui qui conserve amoureusement dans son esprit une image idéalisée de ses concitoyens, de ses coreligionnaires ou de ses camarades dans le mouvement dans lequel il s'est engagé et qui est par la suite contraint de dire aux personnes sur son chemin qu'elles ne sont pas à la hauteur. L'engagement du critique dans le conflit social, comme le suggère ce dernier exemple, peut lui attirer des alliés : pas toujours des alliés dont il se réjouit. C'est contre ces individus et contre ces groupes dont il se sent le plus proche, qui sont le plus susceptibles de le décevoir, que sa critique la plus féroce est souvent adressée. Les prêcheurs chrétiens châtient les fidèles mais ignorent les mécréants : les militants marxistes s'inquiètent de la classe ouvrière, non de la conscience bourgeoise.

La déception est un des mobiles les plus communs de la critique. Nous avons une idée du fonctionnement idéal des institutions et du comportement idéal des personnes. Alors, il se passe quelque chose, les autorités se comportent avec une brutalité inhabituelle ; ou quelque chose ne se passe pas, les personnes sont passives et indifférentes ; et nous nous sentons projetés dans la compagnie des critiques sociaux. Il faut encore un autre mobile cependant pour se rallier effectivement à la compagnie des critiques et se joindre à son entreprise. La déception ne suffit pas. Le désir désintéressé du bien de l'humanité ne semble pas davantage un mobile suffisant. Un lien moral avec les acteurs ou les victimes de la brutalité et de l'indifférence est un autre mobile plus vraisemblable. Nous nous sentons responsables envers des personnes particulières, nous nous identifions à elles. L'injustice est infligée en mon nom, ou elle est infligée à mon peuple, et il faut que je la dénonce. Il apparaît dès lors que la critique a pour condition la solidarité.

Mais les liens moraux, à l'époque moderne, se compliquent de manière considérable : les victimes s'organisent, forment un mouvement ou un parti, et défendent leurs intérêts – souvent en utilisant un langage très différent de celui que le critique à choisi. Tout cela est certainement une bonne chose, quoique le critique éprouve parfois quelque difficulté à abandonner son rôle spécialisé et solitaire. Il n'est d'ailleurs pas certain qu'il doive le faire : les mouvements et les partis ont besoin de la critique tout autant que les sociétés. Ils ont besoin aussi d'engagement et de soutien. Ceux qui souhaitent devenir critiques reçoivent des militants l'avertissement de ne pas tomber dans le péché d'orgueil, de ne pas se couper de la lutte politique. Imaginez le critique sur lequel pèsent des considérations d'ordre stratégique et tactique – non seulement des considérations de déplacements idéologiques mais d'actions pratiques, la version politique de la feinte, de l'embuscade, de l'attaque et de l'encerclement. Devrait-il, fidèle à sa position critique, faire obstacle à la victoire ou mettre de côté ses scrupules et suivre les ordres ? S'il est isolé et sur la défensive comme le décrit Lasch, il se peut qu'il se plie à la discipline du parti, ne dise mot, marche au pas. De cela, il existe de nombreux exemples, la plupart au XXe siècle : ce ne sont pas des problèmes auxquels ont eu communément à faire face les intellectuels anciens ou médiévaux ni même les premiers intellectuels modernes (bien que l'église catholique ait posé pour ses propres critiques internes des problèmes analogues)[29].

Les mêmes mobiles qui conduisent à la critique à un moment conduisent au silence et à l'acquiescement à un autre. C'est d'autant plus vrai de l'ambition du pouvoir politique. Les critiques contemporains en particulier, du fait de leur engagement dans les partis et les mouvements, sont attirés par la perspective du pouvoir, qui est la plus dangereuse des tentations de l'entreprise critique. Ils se représentent le parti comme étant prochainement au pouvoir et eux-mêmes comme y détenant une fonction (en Lénine, non en Staline) et étant enfin en mesure de donner à leur critique une force pratique. Le pouvoir politique est à un double titre la fin de la critique : premièrement, parce que le critique recherche l'efficacité que le pouvoir rend possible ; et deuxièmement, parce que, ayant obtenu le pouvoir, il ne peut plus être critique de ses propres effets. Comme ces effets appelleront sans doute la critique, d'autres hommes et femmes devront assumer cette tâche, poussés par leur sens de la solidarité sociale, leurs propres ambitions et leurs propres imitations de l'héroïsme. Tout critique qui accède au pouvoir est suivi d'un autre critique qui prétend que pour être au pouvoir, il faut se vendre. On pourrait écrire l'histoire récente de la critique comme une série de successions de ce genre. Mais il a toujours existé, et il existe encore aujourd'hui, des critiques qui refusent le pouvoir (et des critiques qui n'y accèdent jamais).

La critique sociale et la révolte populaire

Ce qui rend la critique moderne à la fois intéressante et problématique, ce n'est pas l'isolement du critique mais le bruit croissant de ceux qui l'accompagnent. A notre époque, que caractérisent la mobilisation populaire, la politique démocratique ou totalitaire, l'enseignement public et la communication de masse, les critiques sociaux ont rarement été des figures solitaires ou distantes. Il est plus habituel, où qu'ils aillent, qu'ils se déplacent en foule ; ils sont solitaires mais ils le sont en secret. Les critiques, dans le passé, pouvaient, comme les pasteurs puritains ou les orateurs de la Révolution française, gagner rapidement un appui populaire mais le plus souvent, la critique s'adressait à un auditoire restreint, la petite élite des hommes lettrés et puissants. Peu importe le sujet, c'est à ces personnes que parlait le critique. Il se trouvait dans une situation qui ne différait pas de celles des membres ordinaires du public mécontent qui parvenaient – comme pétitionnaires ou suppliants ou même, parfois, comme rebelles – à se faire entendre de l'élite. Il n'y avait personne d'autre à qui parler, personne d'autre qui comptait. Les critiques, dans les sociétés traditionnelles, ont une posture de respect. De nos jours, beaucoup plus de personnes comptent, et donc le critique regarde autour de lui. La mobilisation populaire, quelle qu'en soit la finalité immédiate, conduit à se reposer, de manière nouvelle et pressante, les vieilles questions du langage, de la spécialisation et de la distance. Comment le critique établit-il un rapport avec ces gens, ces gens qui ont trouvé une voix, qui revendiquent leurs droits, qui piétinent les droits des autres, qui se précipitent aux réunions, qui défilent dans les rues, qui sont parqués dans des camps, qui cherchent un chef, qui acceptent la discipline d'un mouvement ou d'un parti – et qui, tout au moins pour certains d'entre eux, attendent de lire ses livres ?

Selon le philosophe conservateur Ortega y Gasset, la mobilisation populaire ne demande rien d'autre au critique qu'un déplacement d'orientation. Une petite élite ne peut plus discuter à huis clos ou destiner sa critique à une élite plus restreinte encore, celle des responsables de l'économie et de l'État ; il lui faut critiquer les autres, la cohue des personnes médiocres, les « barbares verticaux » qui ne viennent pas de l'extérieur mais de l'intérieur[30]. Il existe des éditions bon marché du livre d'Ortega, *La Révolte des masses*, et on le donne à lire dans de nombreux cours universitaires ; on peut donc présumer que le texte est lu par les personnes qu'il faut : les plus ambitieux et les plus agressifs des barbares. Mais Ortega ne semble jamais avoir ressenti de lien authentique avec ces personnes – le livre a un ton moins désenchanté que sardonique et dédaigneux – et donc le déplacement de son orientation n'est pas très intéressant. Homme honnête, il prête volontiers une voix cultivée à la plainte ordinaire (ou à des plaintes ordinaires choisies). Tout ce qu'il demande, c'est que cette voix cultivée ayant parlé, les personnes incultes se taisent. Que se passe-t-il cependant quand elles font tout, sauf se taire, quand le bruit ne cesse de s'élever, quand la politique, soudain, semble grossière et bruyante ? L'isolement et la distance maintenant peuvent en effet sembler des attitudes prudentes, ce que la sagesse conventionnelle a de mieux à proposer. Sont-ils aussi ce qu'a de mieux à proposer la critique ?

Les critiques qui sont confrontés le plus directement à cette question sont ceux qui trouvent dans le discours politique et dans la culture populaires beaucoup à admirer et de nombreuses raisons d'être optimiste. Tôt ou tard, certains d'entre eux seront déçus, et apparaîtront dans leurs écrits des traces du dédain d'Ortega (Herbert Marcuse en est l'exemple le plus évident). Ici, ce qui m'intéresse cependant, ce sont les premières rencontres entre les intellectuels critiques et le « peuple » (la classe ouvrière, la nation, les Noirs, les femmes, etc.). Les intellectuels, bien sûr, font aussi partie du peuple mais ce sont eux qui tracent une ligne entre les deux groupes – pour ensuite la franchir. Il arrive que leur manière de tracer la ligne annonce déjà leur échec. Ainsi le radical russe Dmitry Ivanovich Pisarev, lorsqu'il écrit :

> Seule une catastrophe matérielle […] jette [la] masse dans un mouvement embarrassé, dans la destruction de son existence coutumière, rêveusement tranquille, végétative […]. La masse ne fait pas de découvertes ne commet pas de crimes ; ce sont d'autres personnes qui pensent et souffrent, qui cherchent et trouvent et errent pour elle – d'autres personnes qui lui sont éternellement étrangères, qui la considèrent éternellement avec dédain, et qui en même temps œuvrent à l'accroissement des agréments de son existence[31].

Là, le « mouvement incertain » de la masse est dépourvu de conséquence sociale ; ne portent à conséquence que les actes de l'élite constituée de critiques radicaux et de révolutionnaires : le peuple n'est que l'objet sur lequel porte son action bénévole. Mais il y a deux possibilités, qui sont l'une et l'autre ébauchées dans les écrits de Marx.

La première possibilité, c'est que le peuple soit l'instrument de la critique sociale ou, dans l'image organique de Marx, que la philosophie critique soit la tête de la critique et le prolétariat le corps de la révolution[32]. La « négativité » philosophique de la critique modèle et oriente la disposition rebelle des hommes et des femmes opprimés. Il revient à Lénine de soutenir qu'il faut aussi incarner la tête (par l'avant-garde ou le parti) pour rendre l'exercice de sa force directive possible. On pourrait dire de cette thèse – que l'« utilisation » de l'instrument soit réussie ou pas – qu'elle annonce, elle aussi, l'échec. Les instruments humains sont notoirement récalcitrants, rebelles, ingrats.

La deuxième possibilité, c'est que le peuple soit le sujet par lequel s'énonce la critique : la révolte des masses met en mouvement la plainte ordinaire*. Le critique maintenant participe à une entreprise qui n'appartient plus qu'à lui : il agite, enseigne, conseille, récuse, proteste de l'intérieur. Telle est ma propre position sur ce que doivent être la place et le travail du critique social contemporain. Je ne veux pas dire qu'il doit s'incliner devant le poids du bruit et du nombre. Il a sa propre voix ; il défend son indépendance ; c'est encore un associé de l'Ancienne et Honorable Compagnie dont j'ai tenté d'évoquer, dans cette introduction, l'existence transhistorique. Il n'a que ceci pour le différencier, étant donné que le peuple est le sujet de l'énonciation critique : il est solidaire des mouvements et des aspirations populaires. Sa critique est auxiliaire mais aussi indépendante. Il ne peut pas seu-

* Il s'agit de la conception marxiste orthodoxe, bien que je ne sache pas combien d'intellectuels marxistes l'ont effectivement adoptée. C'est la thèse du *Manifeste* : le capitalisme apprend aux travailleurs qui en font l'expérience à être des critiques sociaux et des révolutionnaires. Les intellectuels n'ont pas grand-chose d'autre à faire que d'expliquer la signification de cette expérience.

lement critiquer, il doit aussi donner des conseils, écrire des programmes, prendre position, faire des choix politiques, souvent dans des circonstances extrêmement dures. Attentif aux défaites du peuple mobilisé, défaites que le peuple s'impose souvent a lui-même, il n'est pas prêt néanmoins à réclamer le retour à la passivité traditionnelle. Ce genre de critique doit chercher une manière de parler en accord avec ceux qui l'accompagnent mais aussi contre eux. Il lui faut trouver une position à adopter, proche d'eux mais sans être encerclé par eux.

Tel est le dilemme que partagent les auteurs évoqués dans mon livre. Ce sont tous des gens de gauche, sinon ce dilemme ne serait pas le leur. Je ne m'arrêterai pas sur des écrivains comme Ortega ou, plus généralement, sur la littérature conservatrice de la lamentation, – ce qui ne revient pas à dire que cette littérature n'est pas souvent impressionnante et émouvante ni à nier que la lamentation ait sa place dans l'entreprise critique. En effet, je commence par Julien Benda qui fournit une défense classique de la vieille idée du détachement intellectuel et de la solitude critique et qui se lamente sur l'empressement des intellectuels contemporains à s'engager dans les mouvements de masse. Mais Benda écrit plus dans la colère que dans la tristesse : sa lamentation vient de la gauche, c'est une jérémiade plutôt qu'un chant funèbre (les mouvements auxquels il pense sont nationalistes et fascistes). Il croit que c'est en se mettant à distance que l'intellectuel rend le plus service au peuple – mais il veut néanmoins que l'intellectuel rende service. Il ne s'oppose pas non plus, comme on le verra, à une sorte d'enrôlement d'urgence dans des luttes particulières contre la tyrannie et l'oppression. Benda pose les termes de la thèse du XXᵉ siècle. Tous les autres écrivains dont je traite sont enrôlés d'une manière ou d'une autre, sont engagés, impliqués, mais ils ont été avertis et doivent maintenant faire face aux dangers de leur position. En dépit de ces dangers, il y a une nouvelle raison de lamentation lorsque l'enrôlement ne semble plus possible.

Après Benda, j'ai simplement cherché des figures représentatives, dont l'œuvre est affectée par les triomphes et les catastrophes de notre temps : les deux guerres mondiales, les luttes de la classe ouvrière, la libération nationale, le féminisme, la politique totalitaire. Cette sélection est la mienne mais elle n'est pas entièrement personnelle ou arbitraire. J'ai choisi d'écrire sur des critiques sociaux actifs plutôt que sur des philosophes de la critique*, et sur des critiques par vocation plutôt

* D'où l'omission de Jean-Paul Sartre, qui est néanmoins très présent dans ces pages. La théorie de Sartre est l'une des plus importantes de la critique sociale au XXᵉ siècle, et j'en décrirai assez longuement les défauts. Mais ce n'était pas un practicien de premier ordre. En dépit de son aversion pour la vie quotidienne de ses contemporains, il ne s'y intéressait guère : il a conservé de manière très cohérente une conception très stéréotypée des institutions et des pratiques qui lui donnaient forme.

que sur des activistes politiques sur le chemin du pouvoir et des fonctions publiques. Et j'ai choisi des critiques dans le courant principal plutôt que des critiques sectaires. Ces auteurs sont bien connus : pour la plupart, ils se connaissaient ou avaient connaissance les uns des autres ; ils font mutuellement référence, parfois directement, parfois indirectement, à leurs œuvres ; quels que soient leurs désaccords, ils ont beaucoup en commun. Ce sont, pour reprendre une phrase de Michel Foucault, des « intellectuels universels » – Foucault lui-même inclus, qui soutenait que l'âge de l'intellectuel universel était révolu. Ils ont quelque chose à dire sur la société dans son ensemble ainsi que sur l'entreprise critique elle-même. Bien qu'ils affrontent de nouveaux problèmes, ils traitent de questions qui ont toujours été au centre des préoccupations de l'Ancienne et Honorable Compagnie. Comment se situe le critique par rapport aux autres ? De quelle espèce d'autorité peut-il se réclamer ? A quelle distance lui faut-il se tenir ? Où trouve-t-il ses normes ? Quel langage parle-t-il ? Quels sont ses mobiles ?

Il se peut que ma liste de critiques, qui obéit à un ordre chronologique approximatif, raconte une histoire : celle de la grandeur et de la décadence, de la construction et de la destruction de la solidarité critique. La révolte des masses avait ouvert certaines possibilités, qui ont été saisies de manière exemplaire, pourrait-on dire, par des écrivains tels qu'Ignazio Silone et George Orwell. Mais une longue série de défaites a fermé ces possibilités. Le critique est à nouveau seul ou, au moins, il est privé d'une relation proche avec son auditoire, conduit à retrouver l'autorité en prenant ses distances. Silone et Orwell apparaissent aujourd'hui comme des figures appartenant à un lointain passé : des figures modernes vues d'un âge postmoderne. C'est possible. Mais j'attendrai pour soutenir cette thèse d'avoir raconté l'histoire jusqu'au bout et de m'être confronté aux formes avancées de la désolidarisation.

1. Julien Benda et la trahison intellectuelle

Ses autres livres sont depuis longtemps oubliés ; sa vie – neuf décennies – n'appelle plus qu'une note de bas de page ; mais tant qu'il y aura des intellectuels capables de trahison, on continuera à lire *La Trahison des clercs* de Julien Benda [1]. Il nous faudra peut-être un jour l'aide d'un appareil critique pour comprendre ce texte, car les exemples et les références y ont pour source, principalement, les controverses idéologiques de la fin des années 20 ; mais le livre est écrit avec une passion, une éloquence et une lucidité qui le placent au-dessus de ces controverses – ou mieux, qui font de ces controverses quelque chose de commun : qui les font nôtres. Le livre demeure la profession de foi de l'intellectuel critique la plus exemplaire et aussi la description la plus vigoureuse des tentations et des dangers auxquels est exposé son engagement politique. C'est aussi par là que toute discussion sur la critique sociale au XXe siècle doit commencer. Les thèses du livre ont souvent été répétées : ceux qui ont aspiré à jouer le rôle du « véritable intellectuel » évoqué par Benda sont nombreux ; mais ce n'est pas là un rôle facile à jouer, tout au moins si on prend le scénario à la lettre, et l'auteur lui-même ne s'y est pas toujours tenu. Quelques-uns, sensibles aux difficultés, ont essayé de récrire le scénario, et c'est ce que je voudrais faire aussi. J'examinerai de près les thèses théoriques de Benda ainsi que sa conception de leur mise en œuvre pratique, et je proposerai ensuite une description quelque peu différente (bien que tout aussi normative) de la trahison et de la fidélité intellectuelles.

Le dualisme radical de Benda

Benda situe ses « clercs », ou intellectuels, dans un espace moral, et non sociologique. Il a des idées sur ce que nous pourrions considérer comme les conditions sociologiques – l'infrastructure matérielle et les frontières institutionnelles – de cet espace ; mais ce ne sont pas ces conditions qui l'intéressent principalement. C'était, dès le départ, un moraliste : son objet est simplement de dire aux intellectuels où ils devraient se situer, et comment ils devraient se comporter. Il aurait affirmé que s'efforcer de situer une catégorie d'intellectuels sans se soucier de la position morale et du comportement à adopter, relevait simplement d'une erreur : soit les membres d'une telle catégorie agissent en accord avec certains principes, et sont effectivement des intellectuels ; soit ils ne le font pas, et ne le sont pas. Le titre à sensation de Benda suggère que ceux qui n'agissent pas correctement sont des traîtres : ils sont passés de l'autre côté ; mais nombre de ceux que Benda décrit sont en réalité des simulateurs : ils ont toujours été de l'autre côté. Quoi qu'il en soit, il entreprend l'étude des effets de la simulation et de la trahison intellectuelles dans l'Europe de son époque. Que se passe-t-il de l'autre côté, surtout dans la pratique politique, quand de faux intellectuels l'envahissent ?

Benda est dualiste et fonctionnaliste. Sa Gaule est divisée en deux parties : un royaume distant et idéal qu'habitent de (vrais) intellectuels et un royaume constitué de réalités proches et immédiates qu'habitent notamment les hommes politiques et les soldats. L'un et l'autre sont nécessaires pour que la vie civilisée soit complète, et leur différence aussi est une nécessité : les intellectuels défendent les valeurs éternelles de la vérité et de la justice ; les hommes politiques et les soldats font ce qu'il faut faire pour la survie et la mise en valeur de leurs communautés ; le « clerc » se nourrit de curiosité, d'espièglerie, de scepticisme et de discrimination critique ; le « laïc », de loyauté, de pragmatisme et de souci matériel. La civilisation, dit Benda, n'est possible « que si l'humanité observe [cette] division des fonctions, que si, à côté de ceux qui exercent les passions laïques et exaltent les vertus propres à les servir, il existe une classe d'hommes qui rabaissent ces passions et glorifient des biens qui dépassent le matériel[2] ».

La thèse de Benda a pour caractéristique d'être radicale et sans concession : la retenue n'était pas son fort. S'ils ne respectent pas la division du travail, ni le clerc ni le laïc ne font œuvre utile. Son fonctionnalisme va de pair avec son dualisme. En cela, il est fidèle à la tradition qui sous-tend ses métaphores religieuses : Benda est augustinien et luthérien plutôt que catholique, en dépit de sa grande admiration pour le catholicisme médiéval. Le royaume de l'intellectuel n'est pas de ce monde : il s'ensuit donc que le monde ne devrait pas être gouverné par des intellectuels. « Je me sépare entièrement de ceux qui voudraient que le clerc gouvernât le monde [...] les choses humaines me semblant ne pouvoir adopter les religions du vrai clerc que sous peine de devenir divines, c'est-à-dire de périr en tant qu'humaines[3]. » Je défendrai la thèse que telle n'est pas exactement la position finale de Benda, mais il n'hésite pas devant son application politique. La morale de César, insiste-t-il, est la « bonne morale » pour la prospérité des royaumes de ce monde. Sa thèse est très proche des injonctions radicales et sans concession que lance Luther aux saints protestants : « Vous avez le royaume des cieux, vous devez donc laisser le royaume de ce monde à ceux qui veulent s'en emparer.[4] » Venant d'un homme qui s'est rallié dans les années 1890 aux dreyfusards et de nouveau dans les années 30 et 40 aux antifascistes, la thèse a de quoi surprendre ; mais Benda l'avance avec honnêteté et ne l'abandonne qu'avec difficulté, car elle découle logiquement de son dualisme.

Je considérerai d'abord le camp le plus proche de ce dualisme, le camp de Benda : celui des intellectuels. Là, Benda apparaît comme un ascète moral et émotif. Il a peu à dire sur la vie matérielle des clercs : bien qu'il suppose qu'ils ne rechercheront pas expressément la richesse matérielle, il ne leur impose aucun vœu de pauvreté. C'est la richesse affective du monde quotidien qui l'inquiète. Le vrai intellectuel doit être indifférent aux passions et aux attachements (bien plus qu'au confort matériel) des hommes et des femmes ordinaires : « Il *joue* les passions humaines au lieu de les vivre. » Il est « purement désintéressé », conduit « par le seul appétit du vrai, hors de toute attention aux exigences de la société[5] ». Benda ne craint pas d'être l'objet de cette accusation de « déracinement » que l'on porte contre des écrivains tels que lui, car il croit comme Plutarque que « L'homme n'est pas une plante, faite pour demeurer immobile et qui a ses racines fixées au sol où il est né[6] ». Il est, en effet, dangereux pour un intellectuel d'avoir un pays, car la tentation du nationalisme est de toutes la plus forte : il faut qu'il juge son pays comme le ferait le citoyen d'un autre[7]. Le philosophe de Benda ne revient jamais dans la caverne : il ne fait qu'y jeter un coup d'œil, de temps à autre, pour en critiquer les habitants. La philosophie exige une discipline rigoureuse, qui n'assure pas de récompenses en ce monde : ni la richesse des nations ni l'accueil chaleureux d'une nation particulière.

La première tâche du clerc est la recherche de la vérité : la seconde, c'est de la proclamer dans le monde. Il dit des vérités que les laïcs ne veulent pas entendre, et il en paie le prix. Encore une fois, Benda est conduit à faire une déclaration radicale. L'intellectuel qui « condamne le réalisme d'un État, écrit-il, porte un réel préjudice à cet État. D'où il suit que celui-ci, au nom de l'intérêt pratique, dont la garde est toute sa fonction, a le droit et peut-être le devoir, de le frapper[8]. » Socrate et le jury athénien ont donc agi comme il le fallait. Un intellectuel se reconnaît au fait qu'il est héroïquement prêt à « boire la ciguë ». Il me semble pourtant qu'instruit par Benda, un intellectuel ne refuserait pas, contrairement à Socrate, de fuir la *polis* : il n'aurait en effet pas d'attache locale.

Dans l'autre camp du dualisme, on trouve exactement l'inverse de l'ascétisme moral : une politique aussi libérée de la morale que la morale l'est de l'intérêt et de l'attachement. Le modèle de Benda est ici le prince machiavélique, qui, en vue d'une fin meilleure, s'impose, avec dévotion, la sévère discipline de « ne pas être bon ». Ici-bas, ceux qui doivent gouverner, ce sont des hommes d'État prêts à empoisonner un philosophe. Non des hommes impatients de le faire, non des hommes cruels par vice : si ce sont réellement des hommes d'État, ils calculent froidement leur acte, et ensuite ils administrent le poison, ou ne l'administrent pas. La froideur ne peut cependant être leur seul attribut. Ils doivent être capables de donner une expression aux passions politiques, tout autant que de les maîtriser. Là aussi, Benda a le courage d'assumer ses convictions dualistes jusqu'au bout. Quoiqu'il haïsse les nationalistes de son temps et tienne Maurice Barrès ou Charles Maurras pour les plus grands traîtres de son époque, il peut néanmoins écrire : « Tout français attaché au maintien de sa nation doit se réjouir que [la France] ait eu en ce dernier demi-siècle une littérature fanatiquement nationaliste[9]. » Les Allemands avaient fait de l'histoire et de la poésie nationalistes une nécessité de ce monde, et il faut accepter de servir dans ce monde.

Mais il ne revient pas aux clercs de le servir, ou aux vrais clercs – car leur service brouille la frontière entre les deux royaumes. Idéalement, les hommes politiques et les soldats font ce qu'ils ont à faire ici et maintenant et, quand ce qu'ils font est mauvais, c'est aux intellectuels, de leur point de vue distant, de les dénoncer. Les intellectuels ne peuvent empêcher les hommes politiques et les soldats « de remplir toute l'histoire du bruit de leurs haines et de leurs massacres », mais ils peuvent les empêcher « de se croire grands en travaillant à les parfaire[10] ». Voici ce que la survie de la civilisation requiert : non pas que le mal soit interdit ou qu'on y renonce, mais qu'il soit reconnu comme tel, de sorte que même lorsqu'il y a violation de la morale, les « notions de la morale demeurent intactes ». C'est une bonne chose que les princes soient hypocrites, comme leur apprend à l'être Machiavel, car « au moins ils reconnaissent alors les normes qu'ils transgressent ». Il est bien possible que Machiavel ait été un maître du mal – dans certaines circonstances et, comme le signale Benda, « non sans mélancolie » –, mais pour lui et les princes qu'il instruit, « le mal, même s'il sert la politique, ne cesse pas pour cela d'être le mal[11] ». Benda revient sur ce point à plusieurs reprises, car c'est là que la trahison des clercs trouve son origine.

Les faux intellectuels sont des « moralistes du réalisme [12] ». Ils se situent à l'intérieur du monde réel ; ils en partagent les passions ; et ils confèrent à ces passions l'autorité de l'esprit et de l'intelligence. Ils moralisent la politique, non pas en ce sens qu'ils la rendent morale, mais plutôt comme l'on dit de quelqu'un qu'il rationalise ses actions et ses intérêts, c'est-à-dire, en les justifiant par un simulacre de rationalité. Les faux intellectuels prêtent donc à la politique une allure morale et enseignent aux hommes politiques non pas tant à faire le mal (car ils en savent d'eux-mêmes assez la nécessité) qu'à se le représenter comme un bien ; et alors, le mal qu'ils accomplissent est d'autant plus grave qu'il est entrepris avec enthousiasme et poursuivi systématiquement – poursuivi avec bonne conscience, sans les doutes, sans les hésitations et sans les nuits blanches qui sont les seules contributions utiles que font les intellectuels aux habitants du royaume de la réalité.

Le nationalisme est le principal exemple que donne Benda de politique moralisée. Les clercs du Moyen Age et les premiers philosophes de la modernité pour lesquels Benda a une si grande admiration n'étaient pas des citoyens : le patriotisme nationaliste était une autre de ces passions qu'ils n'éprouvaient pas. Encore aujourd'hui, le vrai intellectuel rend à César ce qui revient à César : « c'est-à-dire peut-être sa vie, *mais pas plus* ». Il ne se laisse jamais détourner « de la seule adoration du beau et du divin ». En ce sens, et en ce sens seulement, Hegel s'est comporté en clerc exemplaire quand, après la défaite nationale d'Iéna, il n'avait d'autre souci que « de trouver un coin pour philosopher [13] ». Plus tard dans le siècle, cependant, des écrivains qui se qualifiaient d'intellectuels adoptent une tout autre position. Ils font de la nation une religion : ils s'efforcent de retrouver la morale dans les traditions nationales, en n'exaltant que ce qui est distinct, particulier, spécifique à l'histoire de leur pays ; ils abandonnent leur emprise sur les valeurs éternelles et universelles ; ils justifient tout ce qui semble nécessaire à l'agrandissement de leur État. Le nouvel État-nation avait en effet une authentique histoire « réelle », mais à cette histoire, les intellectuels-traîtres ajoutent un idéalisme non authentique : une profession de foi, une thèse, « tout un réseau de doctrines constituées » ; et ainsi, ils transforment l'antagonisme naturel des nations en une haine soutenue, cohérente et systématique, qui ne pouvait s'exprimer, finalement, que dans la guerre.

Le même processus a été à l'œuvre, pense Benda, pour les questions de race et de classe – et avec des résultats semblables. « L'organisation intellectuelle des haines politiques » produit tout en même temps l'antisémitisme, l'autoritarisme et le nationalisme : le national-socialisme, l'ultime union de la passion et de l'idéologie, l'ultime soumission du

« principe abstrait » et de l'« activité désintéressée [14] » ; les incarne tous les trois. Plus vite que la plupart, Benda sent le danger du nazisme, et il fournit la première de nombreuses explications de ces sources intellectuelles dans l'œuvre de Hegel et de Treitschke, de Nietzsche et de Sorel, de Barrès et de Maurras. Il n'entre pas dans mon propos de défendre ou de critiquer cette généalogie. De toute manière, c'était la une liste plausible d'ennemis pour un homme voué à rechercher « la notion du bien au cœur de l'homme éternel et désintéressé [15] ».

L'engagement et la solitude

Mais la grande distinction sur laquelle se fonde la thèse de Benda est moins convaincante ; et il ne peut guère l'affirmer sans immédiatement la tempérer. Dès le début, dans les années 20, quand il écrit *La Trahison…*, sa thèse est soumise à un processus de révision interne compliquée. Cela pour deux raisons : premièrement, parce que bon nombre des plus grands héros de Benda n'étaient aucunement aussi détachés et désintéressés que sa doctrine semblait le demander ; et deuxièmement, parce que lui-même, le vieux dreyfusard, n'était pas prêt à abandonner le monde à ses ennemis. On peut lire *La Trahison…*, comme un palimpseste, l'image du clerc désintéressé rendant obscur, mais ne cachant pas complètement celle de l'intellectuel engagé. Benda est conscient des difficultés théoriques et y revient constamment ; mais il ne parvient jamais à rendre les images nettes : il est à la fois voué à son dualisme et incapable d'y conformer sa vie.

Les références à la théorie de la guerre juste illustrent bien les difficultés de Benda. Il admirait beaucoup les scolastiques catholiques : il trouvait que leur position sociale (position définie par la situation de l'Église vis-à-vis du pouvoir séculier et ensuite par celle des monastères et de l'université vis-à-vis de l'Église) prédisposait au détachement critique et que leurs doctrines l'illustraient. L'admiration romantique de la guerre lui semblait – ce qu'elle est d'ailleurs – symptomatique de la trahison intellectuelle et il approuvait la condamnation catholique de l'agression militaire. L'invasion allemande de la Belgique en 1914, en dépit de sa neutralité, avait outré Benda, et il avait fortement soutenu l'action militaire française – non par sentiment nationaliste, insistait-il, mais convaincu que dans ce cas, la cause de sa propre nation « coïncidait […] avec celle de la justice abstraite [16] ». Mais la théorie de la guerre juste ne définit pas seulement cette cause : elle témoigne aussi d'un effort du clerc pour la rendre efficace, pour façonner et influencer le comportement dans le monde « réel », pour remplacer la morale de César par quelque chose d'autre. Benda brouille donc son dualisme, et semble reconnaître qu'il existe une manière légitime de « moraliser » la réalité. En même temps, il tente de rétablir son dualisme en affirmant que les intellectuels n'ont rien à dire sur la conduite d'une guerre juste. Leur mission va jusqu'au *jus ad bellum*, non jusqu'aux problèmes plus immédiats du *jus in bello*. Une fois la guerre commencée, le réalisme prévaut, et il revient à César de faire ce qu'il croit nécessaire de faire. L'utilisation de gaz toxiques, écrit Benda, relève, non du jugement moral, mais du jugement technique[17]. Tel n'avait pas été, cependant, le point de vue des scolastiques, qui, plus cohérents, avaient inclu dans leur liste de critères pour une guerre juste, l'utilisation de moyens justes. Il me semble que si les Allemands avaient été les seuls à utiliser des gaz, Benda aurait été plus prêt à accepter des thèses sur les moyens justes et injustes de faire la guerre. Quand il s'agit des Français et des Allemands, Benda n'est jamais un clerc désintéressé. Cela ne fait, peut-être, que mettre en évidence une faiblesse de l'individu : la description incomplète de la guerre juste, en revanche, est importante, car elle met en évidence une faiblesse de la thèse.

Jusqu'où l'intellectuel peut-il s'aventurer dans le royaume de la réalité ? « Quand le clerc descend sur la place publique, il ne paraît manquer à ses fonctions que s'il y descend [...] pour y faire triompher une passion réaliste ». C'était un peu comme donner un brevet aux bons intellectuels, et la refuser aux mauvais. Nous pourrions tous fournir des listes des uns et des autres, comme le fait Benda :

> Quand Gerson monta en chaire à Notre-Dame pour flétrir les assassins de Louis d'Orléans, quand Spinoza vint, au péril de sa vie, écrire sur la porte des meurtriers des Witt : *Ultimi barbarorum*, quand Voltaire batailla pour Callas, quand Zola et Duclaux vinrent témoigner au procès célèbre, ces clercs étaient pleinement, et de la plus haute façon, dans leur fonction de clercs[18].

Mais, pour ne s'en tenir qu'à un de ces exemples, l'objet de Voltaire n'était pas seulement de témoigner en faveur de la justice : il cherchait en fait à défendre Callas et à soutenir sa famille, et l'on ne pourrait guère dire de ses thèses ce que dit Benda par la suite du vrai intellectuel – que « cette absence de valeur pratique est précisément ce qui fait la grandeur de son enseignement[19] ». D'ailleurs les thèses de Voltaire n'avaient pas un intérêt pratique que pour la famille Callas. Il aurait certainement dit que la France tout entière irait mieux si l'on accordait aux huguenots une entière liberté de religion[20]. Mais il dit aussi que l'intellectuel qui cherche à donner une valeur pratique à ses thèses s'expose inévitablement à la défaite « pour la bonne raison qu'il est impossible de prêcher le spirituel et l'universel sans saper les institutions du monde réel » – ce qui est exactement ce que les adversaires de Spinoza et de Voltaire auraient problablement soutenu et ce que les antidreyfusards ont soutenu en fait.

T. S. Eliot écrit au sujet de Benda qu'il avait « un point de vue romantique sur le désintéressement critique[21] ». L'image du héros intellectuel, qui dit la vérité et boit la ciguë, avait, certes, un attrait extraordinaire pour Benda. Et pourtant, il est clair qu'il préférait la victoire à la défaite et le triomphe de la justice au martyre de ses défenseurs. On trouve dans *La Trahison…* un passage merveilleux où Benda condamne ces intellectuels pour qui justice rime avec défaite : pour qui le malheur est une « religion ». Le mobile qui les anime, suggère-t-il, c'est « la pensée que le juste doit nécessairement être faible et pâtir : que l'état de victime fait en quelque sorte partie de sa définition. Si le juste se met à devenir le fort et à avoir les moyens de se faire rendre justice, il cesse pour ces penseurs d'être le juste ». C'est peut-être par crainte d'être tenus pour corrompus qu'ils ne souhaitent pas s'identifier à la force. De la même manière exactement, poursuit Benda, certains intellectuels, lors d'un conflit international, affirme toujours avec insistance que leur pays a tort – sans quoi on pourrait penser qu'ils se laissent aller à des sentiments nationalistes. Ainsi, « le délire de l'impartialité mène à l'iniquité, tout comme un autre[22] ».

La religion du malheur et le délire de l'impartialité ne sont pas exactement des caractéristiques de « *la trahison des clercs* » : ils ne se retrouvent pas chez les intellectuels nationalistes pour qui Benda avait une profonde répugnance. Ces vices-là, ce sont, pourrait-on dire, les vices caractéristiques des critiques sociaux de gauche : des vrais intellectuels, « des officiants de la justice ». Je ne cherche pas à nier qu'il y ait eu un grand nombre de personnes de gauche qui se soient abandonnées à l'égotisme national ou qui se soient humiliées devant les idoles de l'État. Tout ce que je veux dire, c'est que l'effort pour éviter ces formes-là de trahison engendre « le point de vue romantique du détachement critique » et par la suite cette image de soi comme un héros du détachement, qu'Eliot reconnaissait dans les écrits de Benda lui-même. On peut mettre une fierté déplacée à rester détaché et solitaire : « le vrai intellectuel, écrit Benda, est un solitaire[23] ». Certains intellectuels se glorifient de cette solitude et cherchent toutes les occasions pour se distinguer de ceux qui, pourtant, sont les plus proches d'eux. Ils nient avec véhémence toute affinité. Benda, sans toujours y parvenir, s'efforce d'éviter ce genre de romantisme, se réfugiant dans le « calme de l'esprit » et « la discipline intellectuelle ». En cela, il est fidèle à l'austère classicisme au sein duquel son engagement s'incrit. On aimerait cependant trouver, en lisant ces passages, une description de la vie intellectuelle plus proche du sens commun : une description qui irait plus loin que ne le fait le livre de Benda pour expliquer sa propre politique.

Avant de tenter une telle description cependant, je voudrais m'arrêter brièvement sur une tentative plus spécifique de Benda pour s'expliquer, que l'on trouve dans l'œuvre plus tardive. Dans un petit livre de réflexions, *Exercice d'un enterré vif*, écrit lorsqu'il se cachait pendant la Deuxième Guerre mondiale, Benda fait de son identité juive une explication possible de sa politique intellectuelle. Les intellectuels juifs du monde moderne, pense-t-il, sont un peu comme les clercs catholiques du Moyen Age. Ce sont des hommes universels qui n'ont pas de loyautés particulières : « Étant pour la plupart liés aux nations qu'ils adoptent par des liens intellectuels et non charnels, ils échappent aux préjugés nationaux et traitent certains problèmes avec une liberté que ne connaissent pas toujours les non-Juifs les plus émancipés [24]. » C'est là, bien sûr, un point de vue banal, mais que Benda n'applique à lui-même que sous la pression de l'antisémitisme nazi. On pourrait poursuivre l'application de ce lieu commun un peu plus loin et dire que sa conception particulière du détachement critique a pour origine non pas seulement le fait d'être un juif coupé des autres nations, mais aussi d'être un juif coupé des autres juifs. Car Benda ne s'identifie jamais à la communauté juive française : en cela, c'était vraiment un *solitaire*. Et pour ce qui est de sa propre « race », selon son propre terme, Benda semble volontiers se laisser aller à la religion du malheur, croyant qu'être juif ne contribue à être juste que lorsque les juifs n'ont pas d'asile et sont persécutés. D'ailleurs, en engageant sa grande offensive contre la trahison intellectuelle, le nationalisme qu'il condamne en premier, c'est le sionisme, comme pour établir sa crédibilité [25].

Et pourtant, un des plus grands héros de Benda était un sioniste convaincu. Le cas d'Albert Einstein est instructif, car Einstein correspond presque point par point au modèle du vrai intellectuel. Il était presque vrai, comme l'écrit Benda dans *La Trahison*..., qu'il n'avait « d'autre passion que celle de la pensée [26] ». « La politique, c'est pour l'instant, aurait dit Einstein, mais une équation, c'est pour l'éternité. » Benda aurait certainement cité ce propos s'il l'avait connu. Il avait toutes les raisons d'admirer Einstein, car l'un et l'autre avaient une profonde répugnance pour toute espèce d'égotisme collectif et une profonde croyance dans les valeurs éternelles et immuables. La description que fait Isaiah Berlin des convictions d'Einstein conviendrait aussi bien à Benda :

> « Il n'était ni subjectiviste ni sceptique [...]. On ne peut tirer des sciences les valeurs morales et esthétiques, les règles, les normes, les principes [...] mais les différences de classes ou de culture ou de race ne les génèrent ou ne les déterminent pas non plus. Ils ne sont pas moins

universels [...] que les lois de la nature, vrais pour tous et en tous temps, mis en évidence par une intuition morale ou esthétique commune à tous les hommes, à toutes les époques, et ils sont incorporés dans les principes fondamentaux (mais pas dans la mythologie) de toutes les grandes religions du monde[27]. »

Comme Benda, Einstein pensait que les juifs, à cause de leur histoire, étaient venus pour donner corps aux idéaux cruciaux de la vie intellectuelle : « Le savoir pour lui-même, un amour presque fanatique de la justice, un désir d'indépendance personnelle. » Mais Einstein a pris le parti de s'identifier non seulement à ces idéaux mais aussi à ceux qui en faisaient leurs idéaux. Car les idéaux n'étaient pas en eux-mêmes la vie : en eux-mêmes, en effet, ils contribuaient à « l'instabilité morale tout aussi souvent qu'à l'héroïsme ». « L'homme ne peut s'épanouir, écrivait Einstein, que lorsqu'il se perd dans la communauté[28]. » Cette formulation de sa position est sans doute excessive : la finalité qu'Einstein donnait à sa vie n'était pas la perte de soi, mais la mise en place d'un « équilibre spirituel », et cela ne lui paraissait possible que moyennant une participation à la vie de la nation. Un critique comme Benda pourrait dire d'Einstein que bien qu'il se soit toujours senti apatride (un bon signe), il avait néanmoins succombé à la tentation de vouloir appartenir à une nation. Mais, dans le mouvement sioniste, Einstein, souvent critique des dirigeants et des politiques d'action, était un franc-tireur et un dissident. Il n'a jamais été un homme facile à satisfaire, bien que « sa fidélité soit toujours demeurée intacte ». Passionné et désintéressé, il trouvait son propre équilibre dans une mise en équilibre de la passion et du détachement.

Contre le dualisme

A sa manière, Benda a eu la même attitude, non envers les juifs mais envers les Français. On trouve dans *La Trahison...* toute une série d'expressions naïves qui témoignent de son amour pour la France : un amour bien plus fort que cette « affection [...] fondée sur la raison » qui était tout ce qu'il admettait chez le vrai intellectuel. Même dans les années 30, lorsqu'il prêchait l'« idée de l'Europe » et appelait à une véritable unité des États européens, il ne pouvait s'empêcher de suggérer que, le latin n'étant plus disponible comme langue vivante, le français, du fait de sa « rationalité », serait la langue la plus à même de la remplacer[29]. Toute réflexion faite, il décide dans les années 40 que la raison la plus profonde de son propre détachement n'est pas le fait qu'il est juif mais qu'il parle la « langue de Descartes » (mais Barrès et Maurras aussi)[30]. Je ne suis pas sans me demander s'il n'y pas là une plus grande part de passion que de lucidité, mais ce texte met bien en évidence une vérité profonde sur la situation personnelle de Benda : c'était un intellectuel engagé, bien que souvent critique, sinon « perdu » dans la vie de la France, du moins, pour utiliser une autre expression d'Einstein, « entièrement absorbé » par elle. Il pratique son propre dualisme d'une manière qu'il ne reconnaît jamais tout à fait et qu'il ne cherche jamais à élucider.

Il se peut cependant qu'à ne se représenter l'engagement intellectuel que dans le contexte de la nation, du langage, de la patrie, et ainsi de suite, on ne rende la thèse trop facile, car ces contextes, sauf pour les apatrides, sont tout autant des contextes inévitables que les objets d'engagements délibérés. Prenez en revanche une cause, un mouvement et un parti où l'on demande à l'intellectuel de s'engager « pour la durée » d'une lutte politique particulière ou bien, puisque certaines luttes sont sans fin, pour toujours. Cela, Benda s'y est constamment refusé. Il semble s'être représenté la descente de l'intellectuel sur la « place publique » comme l'incursion circonstancielle d'un individu héroïque (Émile Zola dans l'affaire Dreyfus, par exemple) : descente, coups d'épée pour défendre les valeurs idéales et retour au seul royaume où ces valeurs ont une existence constante. L'intellectuel de Benda est un peu comme le héros des westerns américains ce cowboy solitaire qui, à son arrivée dans la ville, descend de sa monture, liquide les méchants, et remonte à cheval pour disparaître dans les collines ou à l'horizon de plaines infinies : ce sont l'un et l'autre des solitaires romantiques qui ne peuvent élire domicile parmi les autres. Mais des personnages de ce genre ne peuvent avoir d'efficacité que si les structures élémentaires de la justice existent déjà sur la « place publique » ou dans la cité. Ils défendent des normes auxquelles les hommes et les femmes ordinaires sont déjà voués et ils défendent des institutions qui, tout en étant menacées, sont déjà en place. Si la morale de César était effectivement la morale du monde réel, ni l'intellectuel ni le cowboy n'aurait la moindre chance. Ou, pour autant que la morale de César est bien la morale du monde réel, ils ne pourraient se contenter de venir et aussitôt repartir : il leur faudrait rester sur place et se battre.

Telle est, essentiellement, la thèse de Paul Nizan, qui publiait en 1932 sa virulente attaque (intitulée avec justesse *Les Chiens de garde*) contre les philosophes français universitaires – parmi lesquels Benda qu'il tenait pour « le plus retors » (peut-être parce que Benda n'a jamais été un universitaire)[31]. Le détachement dont se vantait Benda, affirmait Nizan, était une imposture : il ne consistait qu'à maintenir l'« ordre établi », la structure de la domination bourgeoise. Quand on abandonne le monde à César, on ne sert pas l'idéal. Tout le reste – les valeurs universelles, le détachement critique, la poursuite de la vérité – n'est qu'hypocrisie. La seule autre option, c'est de participer à la lutte des classes, de se lier à la classe ouvrière. Dans la pratique, puisque Benda n'aurait jamais pu devenir ce qu'Antonio Gramsci appelait un intellectuel prolétaire « organique », cela signifiait se soumettre à la discipline du parti communiste. Écrivant en France en 1932, Nizan ne pouvait comprendre ce que cette soumission pouvait entraîner.

Benda le saisissait mieux : sur ce point, sa théorie fondamentale lui était d'un bon secours. Il répond à Nizan (en 1935) en disant sans détours que s'il devait choisir entre le maintien de l'oppression et la perte de son indépendance intellectuelle, il n'hésiterait pas à « se résigner au maintien de l'oppression[32] ». Il ne pensait pas qu'une telle résignation était nécessaire mais comment, vu les conditions qu'il imposait, pouvait-on l'éviter ? Il y avait là un vrai dilemme. Le fait que l'intellectuel soit prêt à « boire la ciguë » compte peut-être plus que ne le pensait Nizan, mais cela n'est pas la même chose qu'être prêt à mener une bataille soutenue contre l'oppression. En 1937, à l'époque où il s'était engagé pendant quelque temps dans la lutte contre le fascisme, Benda propose une position de compromis : « J'admets le clerc séculier, le clerc militant, le clerc qui, pour obtenir quelque chose de la nature humaine, se résigne au relatif. Mais je tiens qu'à côté de ce séculier, *il faut des réguliers*, qui maintiennent l'idéal dans son absolu[33]. » Ainsi le moine (*le régulier*) qui vit seul avec Dieu soutient le curé qui est engagé dans ses tâches pastorales. C'est possible, bien que je sois enclin à penser que c'est surtout le curé qui soutient Dieu. Dans la longue bataille contre le nazisme, il se peut que Benda ait trouvé un réconfort dans l'idée de l'intellectualité absolue. Je doute que l'aient réconforté ces intellectuels absolus qui refusaient, même à ce moment-là, de se mêler à la bataille.

Toutes les difficultés et les invraisemblances de la thèse de Benda ont pour origine son dualisme radical. On peut diviser le monde d'innombrables manières différentes, mais ces deux royaumes-là tout simplement n'existent pas. Il n'existe pas de royaume de la pure intellectualité. On peut faire comme si le monastère ou l'université étaient de tels lieux, mais alors les hommes et les femmes qui s'y trouvent, exaltés par le faux-semblant, seraient peu susceptibles d'imiter la modestie politique caractéristique de Benda. Les thèses de Platon au nom des philosophes et les ambitions politiques des moines médiévaux auraient dû mettre Benda en garde : en rapport avec l'éternité, il y a de fortes chances que les philosophes et les moines se saisissent du moment présent. Et les intellectuels aussi, qui croient connaître les fins de l'Histoire. De tels hommes sont dangereux. Mais il n'y a aucune raison d'admettre le faux-semblant. La connaissance de la vérité est toujours incomplète, et la passion pour la vérité, toujours impure. Il se peut que la vérité elle-même soit universelle et immuable, mais chacune de ses incarnations dans une doctrine philosophique ou une vision poétique est partielle et idéologique, mélange d'esprit de chapelle, de lucidité et de myopie. Chacune de ces incarnations est contestée, et dans chaque débat, ce n'est pas seulement la vérité mais aussi la réputation, le prestige et la gloire qui sont en jeu. Le fait de dire cela ne revient pas à faire le cynique ou à faire sienne quelque doctrine contre les intellectuels. L'objet de cette mise en question d'un côté du dualisme de Benda, c'est de sauver l'autre.

Car il n'y a pas non plus un royaume de la réalité tel que Benda le décrit, un royaume où la souveraineté de César serait absolue et où la justice serait toujours une menace pour les intérêts de ce monde. La justice est en effet une menace pour certains intérêts de ce monde mais, elle est aussi profondément impliquée dans les structures et les pratiques de l'existence quotidienne. La justice s'incarne non seulement dans les doctrines et les visions mais également dans les conventions, les coutumes, les croyances, les rituels et les institutions. Ce qui est caractéristique de l'intellectuel, ce n'est pas qu'il soit nécessairement détaché de ces formes de « vie réelle » et qu'il porte un jugement critique sur elles – car il ne fait pas de doute qu'il doit parfois les défendre – mais qu'il ne leur soit jamais aveuglément lié et qu'il ne suspende jamais tout à fait son jugement critique contre elles. Il se tient un peu en retrait ; il se met à une distance d'où la critique peut s'exercer ; mais cette distance, elle se mesure en centimètres. Ce n'est pas une question de vivre ailleurs, par-delà un abîme, dans un monde distinct et séparé : la question, c'est de vivre *ici*, et de savoir fixer une limite. Le plus souvent, les intellectuels critiques, comme on le verra, se conforment, dans leur vie, aux normes morales de leur environnement : ils parlent la langue de leurs contemporains. Mais ils refusent, ou ils devraient refuser, l'hypocrisie facile qui rend la vie de tous les jours plus confortable. Ils énoncent des vérités difficiles à admettre, d'abord à eux-mêmes, puis aux autres. Des vérités difficiles mais familières, sinon personne ne les comprendrait. Être sans feu ni lieu n'est pas leur condition naturelle : c'est seulement une condition circonstancielle, et si cette condition engendre parfois une perspicacité rare, elle a aussi, comme l'a compris Einstein, sa propre pathologie. De même, ce n'est pas la destinée naturelle de l'intellectuel, mais seulement sa destinée occasionnelle que d'être conduit à boire la ciguë. Il n'est pas vrai non plus que les seuls héros de la vie intellectuelle soient ceux qui renoncent à leur foyer ou acceptent de boire la ciguë.

Je ne veux pas dire que le modèle de Benda soit trop élevé mais que son modèle n'est pas le bon. Tout au moins n'est-il pas le bon pour ce qui est de la justice. Il se peut que la science pure, l'art pour l'art, la contemplation de Dieu emportent ceux qui s'y consacrent, non dans un autre royaume, mais hors de notre atteinte. Le lieu de leur repos ne m'intéresse pas ici. Mais l'amour de la justice, c'est autre chose. L'amour de la justice rapproche l'intellectuel : le contraint à prendre place parmi ses semblables. Le modèle approprié de ce point de vue, ce n'est pas le moine du Moyen Age mais le prophète biblique.

Que Benda n'ait pas lu les livres prophétiques avant les années 40 (il avait plus de soixante-dix ans), alors qu'il se cachait des nazis, éclaire sa vie de manière intéressante. La persécution lui fait éprouver « un sentiment que je n'ai jamais connu : celui d'une vénération pour ma race dans la personne de ces Prophètes, lesquels jetèrent dans le monde, au prix de leur repos, l'idée de moralité [34] ». En un sens, Benda saisit avec précision ce que la prophétie biblique a de spécifique quand il dit que les prophètes « n'ont jamais cessé de dénoncer l'immoralité de leur propre peuple (non, cependant, afin de leur opposer la moralité d'autres peuples) ». Il reste que la phrase « jetèrent dans le monde » fausse les choses, et elle le fait d'une manière caractéristique. Cette phrase donne à penser que les prophètes se tenaient à l'écart du monde social et politique. Ce qui est faux. Ils s'en retiraient, puis y revenaient : ils parlaient sur la place publique et dans les allées du pouvoir. D'ailleurs, ils ne faisaient pas que dénoncer leur peuple, ils le réconfortaient. Surtout, ils se considéraient comme des membres de la communauté, et la moralité qu'ils défendaient n'était qu'un durcissement de la morale à laquelle le peuple prétendait soumettre son existence.

La vie intellectuelle a pour condition préalable, comme le dit Lewis Coser, une part de détachement ; mais ce détachement peut aller de pair – et à un certain point, *doit* aller de pair – avec « un profond engagement aux idéaux et aux valeurs principales » de la société à laquelle l'on appartient [35] : aux idéaux et aux valeurs principales, et donc aussi envers ceux qui les incarnent (comme c'est le cas d'Einstein envers les juifs). Benda parle souvent de la vérité et de la justice comme s'il s'agissait de concepts désincarnés ; mais ce ne sont que des abstractions tirées de l'expérience, qui pour être imparfaites, n'en sont pas moins réelles. Se détourner de l'expérience au nom de l'abstraction ne relève aucunement du devoir de l'intellectuel : il a pour devoir de soumettre l'expérience au jugement critique ; et cela, il peut le faire en tenant néanmoins la vie ordinaire de son propre peuple pour sa propre expérience – et même il ne peut le faire qu'ainsi.

L'intellectuel dans le monde

Benda croyait que la trahison intellectuelle avait pour source première la « passion nationaliste » et toutes ces passions d'identification et d'appartenance qui lui sont associées. De telles passions peuvent sans doute conduire à la duperie et à l'aveuglement, à l'apologie et à la ratiocination. *La Trahison*... contient de nombreux exemples qui remettent les choses à leur place. D'une part, comme le dit Coser, « nous avons une forte tendance à critiquer ce que nous aimons », mais on ne peut guère mettre sur le dos de l'amour la responsabilité de l'abdication du jugement critique. Il me semble que l'abdication a pour cause plutôt que la passion, une faiblesse pour le pouvoir – ou mieux, une faiblesse pour la passion du pouvoir, non pour la passion de l'appartenance et de la solidarité. Tel est le seul ascétisme que se doit de pratiquer l'intellectuel : il ne peut régner sur les autres, non parce que ceux qui gouvernent ne sont jamais des hommes justes, mais parce qu'ils ne le sont pas absolument, et l'intellectuel a pour tâche de mettre en évidence l'écart inévitable entre leurs prétentions et leurs accomplissements. La justice est un jugement sur le pouvoir, non sur l'amour.

La trahison de l'intellectuel, c'est de ne pas faire ce jugement. Le plus souvent, elle a son origine dans une admiration inavouée pour l'homme qui agit dans le monde, le prince ou le soldat, qui fait ce que l'intellectuel ne saura jamais faire et semble donc fort et efficace d'une manière qu'il ne parviendra jamais à atteindre lui-même. Machiavel écrivant sur César Borgia fournit un modèle que l'intellectuel moderne a souvent imité, se pavanant devant le miroir de son esprit non en puissant chef politique mais en homme que le pouvoir est prêt à écouter. Benda comprend que l'intellectuel-traître ait une admiration pour la force et le pouvoir ; mais il pense que cela ne vient qu'indirectement. Le « traître » aime sa nation et la veut forte et alors, convaincu que la force a pour condition l'autorité, il fait l'apologie « des régimes autoritaires, du gouvernement par l'arbitraire, par la raison d'État, des religions qui enseignent la soumission aveugle à une autorité [36] ». La relation n'est cependant pas toujours aussi indirecte. Quand un intellectuel prend le parti de la tyrannie, c'est parce qu'il espère devenir un tyran lui-même – ou au moins un conseiller du tyran. Et cela, ce n'est pas parce qu'il est d'abord devenu citoyen (et père, époux, etc.) et qu'il a ainsi perdu sa distance. Il est probable que la distance, c'est-à-dire la conviction de posséder un savoir supérieur et corrélativement le dédain des personnes ordinaires, suscite l'ambition tyrannique plus qu'elle ne la chasse.

Le principe moral crucial du véritable intellectuel ressemble à une abnégation de soi. Il y a de nombreux siècles, un sage juif, conseillant d'autres sages et des hommes cherchant à le devenir, en a donné la formulation parfaite : « Aimez le travail, ne dominez pas les autres, et ne cherchez jamais à entrer dans l'intimité des puissants[37]. » Julien Benda, sans connaître cette maxime, y adhère ; mais il n'en comprend jamais le fondement moral et sociologique. Il croyait qu'une des causes principales de la « grande trahison » était que l'intellectuel en était venu à ressembler à tout le monde. Contrairement au clerc du Moyen Age, il est assujetti à toutes les responsabilités qui incombent au citoyen : « sa nation lui met un sac au dos […] l'écrase d'impôts […] le temps des mécénats est passé […] il lui faut trouver sa subsistance », et ainsi de suite[38]. Quoiqu'il le fasse rarement, Benda peut se laisser aller à ce que j'ai appelé la *lamentation réactionnaire*. On comprend en effet que tout cela puisse rendre la survie des « valeurs non pratiques » plus difficile qu'elle ne l'a été : Marcuse, quelque quarante ans plus tard, fait une hypothèse semblable. Toutefois, il se peut que la citoyenneté de l'intellectuel dresse de nouveaux obstacles à la trahison. Car il peut y avoir trahison non seulement de l'idéal de justice abstrait mais aussi des intérêts humains concrets que cet idéal a pour fonction de protéger. À notre époque (à celle de Benda aussi) les intellectuels, perdant tout sens de l'importance de ces intérêts, ont trop souvent prétendu défendre l'idéal, et ils se sont opposés aux hommes et aux femmes ordinaires, ont cherché à entrer dans l'intimité des puissants et ont appris à leur tour à dominer les autres. La démocratisation de la vie politique et intellectuelle rend l'apologie de ce genre de pratique difficile. Elle suggère en revanche ce qui est peut-être l'image la plus séduisante du véritable intellectuel : non quelqu'un qui habite un autre monde et détient des vérités ésotériques, mais un semblable qui se consacre, avec passion, aux vérités qui nous sont familières.

2. La guerre et Randolph Bourne

Bourne de Bloomfield

Né une vingtaine d'années après Julien Benda, Randolph Bourne publie sa propre attaque contre la trahison des intellectuels au milieu de la Première Guerre mondiale, dix ans avant la parution de *La Trahison des clercs* de Benda. C'est donc un clerc avant la lettre, et il joue le rôle avec une véhémence et une imprudence politique remarquables. Benda soutient l'effort militaire français en 1914 et le justifie encore en 1927, ce qui a dû rendre sa critique du nationalisme un peu plus facile à accepter pour ses concitoyens. Bourne adopte une ligne de conduite plus radicale. Comme l'ont fait une toute petite minorité d'intellectuels américains et un petit groupe de socialistes américains, il s'est opposé à l'hystérie guerrière de 1917 et a défendu l'« idéal ». Cet idéal, cependant, ce n'était pas celui de Benda : Bourne est un nationaliste explicite, quoique particulier, et il veut faire partie, même si en fait il n'en fait pas partie, de ce qu'il appelle la « communauté bien-aimée ». Son propre romantisme se centrait plus sur l'engagement que sur le détachement. Quand il dénonçait la guerre américaine, il croyait défendre le « rêve américain ».

Il est vrai, cependant, que si l'on devait chercher une incarnation américaine du « vrai intellectuel » de Benda, il n'y aurait pas de meilleur candidat que Randolph Bourne. Peu d'Américains ont cherché, avec une telle passion, à être des intellectuels, et peu ont été si fidèles à cette vocation. Cette description de Bourne est courante dans la littérature critique, et habituellement, on la donne pour surdéterminée – comme si chez lui le rôle du « vrai intellectuel » était physiquement et socialement un destin, avant même qu'il l'ait délibérément choisi. Le visage difforme, bossu, Bourne, selon cette perspective, était, dès la naissance, destiné à être un *outsider*. Localement isolé dans une petite ville du New Jersey, il part à New York pour le devenir globalement. Et là, il rejoint ce qui pour Christophe Lasch est une création de l'époque : la nouvelle classe des intellectuels sans classe. Désolidarisé de l'Église et des sectes, sans statut professionnel défini, vivant dans un vide social, Bourne est une de ces figures solitaires et isolées « prédisposées » à la critique et à la rébellion[1]. Le détachement et la distance l'ont, pour ainsi dire, trouvé. Les descriptions que Bourne a faites de lui-même corroborent cette explication : il était un « spectateur solitaire », écrit-il dans une lettre à un ami (juillet 1915), « un être mis à l'écart de l'action pour être livré à la contemplation [...]. J'ai une disposition exceptionnelle à être incompatible avec le monde réel[2]. » Si Lasch a raison, cette disposition n'était pas nécessairement exceptionnelle, car l'incompatibilité qu'éprouvait Bourne était le lot de bien d'autres : un sort collectif que rendait plus intense et plus poignant dans son cas ce que Theodore Dreiser a appelé « la main tâtonnante de la nature ».

Même un sort collectif cependant peut être vécu, peut être construit, selon la personne, de manière différente. Bourne donne souvent une image plus compliquée de sa propre vie. Voici, tirée d'une lettre antérieure (mars 1913), une image prémonitoire de son ambition qui ajoute un deuxième dualisme au contraste familier entre action et contemplation :

> Je veux être un prophète, même mineur. Je peux presque voir maintenant que ma vie se passera à l'extérieur des choses, à enlever leur auréole aux saints, à critiquer ceux qui sont bien établis, à faire la satire de ceux qui se respectent et qui sont contents d'eux-mêmes. N'ayant pas moi-même la compétence nécessaire pour diriger et gérer les affaires de ce monde, je serai contraint à m'asseoir [...] dans le désert, hurlant comme un coyote qu'on s'occupe mal de tout [...] Entre Ezéchiel et Ismaël, il est un peu difficile de tracer la ligne ; je veux dire, on peut commencer comme le premier pour finir comme le second[3].

Ezéchiel ou Ismaël, prophète ou proscrit : un choix facile, en réalité, si l'on a la liberté de choisir. On n'a cependant pas l'option de faire des prophéties dans le désert, car le prophète a besoin d'un auditoire : il doit être entendu, qu'il soit honoré dans son propre pays ou pas ; il ne peut pas simplement hurler, il lui faut parler la langue locale. S'il était réellement isolé et solitaire, s'il habitait vraiment un vide social, seule une intercession divine pourrait le sauver de l'oubli (comme pour Ismaël).

Mais les vides sociaux, comme les trous noirs, sont des phénomènes hypothétiques, et nous en savons assez sur les premières années de la vie de Bourne pour en exclure l'hypothèse. Son détachement et son engagement ont une histoire, qui commence à Bloomfield, dans le New Jersey, où il a vécu jusqu'à vingt-trois ans. J'ai l'intention de me concentrer sur la réaction de Bourne à la guerre, mais c'est sa réaction à Bloomfield qui l'établit comme critique social. C'est tout d'abord un critique de sa propre société locale, tenue vraisemblablement pour être représentative de l'Amérique contemporaine : ses principes critiques, il les apprend chez lui. Le détachement critique n'est pas inné. Les premières années de la vie de Bourne sont plus familières et plus conventionnelles que l'on pourrait le supposer, étant donné son apparence physique. Élu président de sa terminale, participant aux activités de son Église (la première Église presbytérienne), lecteur assidu à la bibliothèque libre de Bloomfield, il ne semble pas « prédisposé » à la rébellion. Il se peut que les circonstances financières à l'origine de son entrée tardive à l'université (il avait été admis à Princeton en 1903, mais n'avait pu continuer ses études avant l'obtention d'une bourse à Columbia, en 1909) l'aient poussé vers ce qu'il appelait l'« ironie », sa propre dénomination de l'esprit critique. Pendant six ans, il a travaillé pour gagner sa vie, et cette expérience a fourni une certaine assise matérielle à son engagement postérieur dans la démocratie sociale. Au début, cependant, « le socialisme était en réalité un christianisme appliqué ». Il l'apprend, ou s'écoute le développer pour la première fois, dans ces cours bibliques pour jeunes gens[4].

De même, sa première critique sociale est une dénonciation de l'hypocrisie d'une petite ville. C'est-à-dire qu'elle commence à partir des principes reconnus de l'élite locale – des principes que Bourne n'a jamais abandonnés entièrement bien qu'il en ait donné par la suite des interprétations à soulever l'indignation des vieux presbytériens de Bloomsfield. « L'esprit social de la classe dominante, écrit-il dans une étude de Bloomsfield publiée dans l'*Atlantic Monthly* en 1913, semble consister dans l'illusion que ses intérêts personnels propres sont identiques à ceux de la communauté dans son ensemble[5]. » C'est là une illusion commune, et l'attaque de Bourne a beaucoup en commun avec d'autres attaques écrites à la même époque par d'autres rejetons de la classe dominante. Ses aînés prétendent servir la communauté, et l'idéal chrétien du service est central dans leur compréhension d'eux-mêmes. Mais cet idéal est en réalité une idéologie : le service des aînés est « entièrement égoïste », écrivait Bourne dans un autre article de l'*Atlantic Monthly*, et il poursuivait en expliquant aux lecteurs respectables de ce magazine éminemment respectable la critique radicale de la notion de « faire le bien » :

> Que dire de celui qui fait le bien ? Si le sentiment du sacrifice et du service étaient de quelque manière altruiste, le bénéfice du receveur serait l'objet recherché. Mais ne peut-on pas dire qu'au mérite […] que peut s'attribuer celui qui accomplit un acte de sacrifice ou un service, correspond une dépréciation du bénéficiaire[6] ?

Une philanthropie moralement acceptable aurait pour finalité la création d'une société où la philanthropie ne serait pas nécessaire. « Une société d'égaux coopérant librement, se rendant mutuellement service librement. » Mais l'idéologie du service a pour condition nécessaire l'inégalité, et la pratique la confirme et la maintient. La classe dominante assujettit les personnes qu'elle sert : son estime de soi s'accroît à leurs dépens. Bourne n'écrit pas cela d'un point de vue très distant. Ce qu'il voit, il le voit de tout près :

> Comme nous le connaissons bien ce genre d'homme [...] qui a toujours fait le bien ! Comme sa personnalité s'en est nourrie ! Comme il n'a cessé d'emmagasiner de la graisse morale dans chaque recoin de son âme ! Sa bonté a été sa nourriture. L'état de besoin et la dépréciation d'autrui ont été, tout à fait inconsciemment, l'air qu'il a respiré[7].

Voilà en effet le style prophétique, celui d'Ezéchiel, non celui d'Ismaël (avec plus d'une touche de Nietzsche). En dépit de la colère morale signalée par ces points d'exclamations, Bourne, cependant, n'avait aucunement l'intention de rejeter l'idéal du « service ». En juillet 1916, écrivant dans *The New Republic* et inquiété par les efforts pour susciter un « état de préparation » guerrière, il propose un « équivalent moral » à la conscription militaire. William James avait avancé une thèse semblable bien des années auparavant, reconnaissant la valeur de l'effort collectif et du sacrifice personnel. Maintenant Bourne pose la question : « Comment peut-on tous ensemble servir l'Amérique en améliorant réellement son existence ? » ; et il développe pour y répondre l'idée d'un Corps de paix (*Peace Corps*) national. Les détails de la proposition – qui révèlent l'engagement de Bourne dans le féminisme comme sa sensibilité aux préoccupations de la classe ouvrière – m'intéressent moins que l'esprit qui l'anime. L'auteur, c'est maintenant Randolph Bourne de Greenwich, le radical de la bohème américaine, mais l'esprit reste celui d'un Bourne antérieur, le Bourne de Bloomfield et de la première Église presbytérienne : « Je m'imagine une armée de jeunes missionnaires enthousiastes envahissant le pays. » Le service est là transformé, parce qu'il est authentiquement universel et égalitaire, mais il demeure service : « inspection alimentaire, inspection d'usines, assistance organisée, aide aux personnes dépendantes, service dans les cours de récréation, soins dans les hôpitaux[8] ».

« De jeunes missionnaires enthousiastes » : si Bourne avait jamais écrit sur l'avant-garde révolutionnaire, c'est probablement ainsi qu'il l'aurait décrite. Il divise le monde en générations avant de le diviser en classes, et il a tendance à écrire sur les générations et les classes dans le style de l'évangélisme séculier. Le style, étant authentique, ne manque pas d'attrait. Bourne est le défenseur de l'*élévation* et de l'*agitation* (ce sont là deux de ses mots favoris, qu'il utilise régulièrement comme substantifs) – non l'élévation chrétienne conventionnelle mais quelque chose d'assez voisin, un mouvement en avant, une agitation radicale, pour une culture plus riche et une vie plus « expérimentale ». Il défend une nouvelle « nouveauté américaine », l'œuvre de sa propre génération, qui semble dans les essais de Bourne avoir inventé le jeune enthousiasme et la politique radicale. « C'est la gloire de la présente époque que l'on peut y être jeune [9]. » Sa propre Amérique est toujours jeune, et sa mort à trente et un ans lui a épargné la tâche de se construire une image de lui-même dans la maturité. L'âge moyen et la classe moyenne, de ce fait, ont toujours été, pour lui, des conditions critiquables. La réunion des deux conditions était représentée par les anciens de Bloomfield, « le club privé des familles moyennes aisées » qui constituaient aussi « la génération des vieux ». Comment ces personnes s'étaient-elles fourvoyées ? En 1917, Bourne était en mesure d'écrire sur la trahison intellectuelle ; dans les années qui ont précédé 1917, il écrivait constamment sur la trahison des anciens. Ils avaient tourné le dos à la promesse américaine, ils avaient préférer le privilège à l'engagement passionné. Les intellectuels ambitieux n'ont pas le monopole de la trahison.

« La ville passe du village au centre industriel [...] le monde s'élargit, la société se développe, des crises énormes se produisent », et la vieille génération – les hommes d'affaires, les avocats, les ministres, et les enseignants de Bloomfield ou de mille autres endroits semblables – sont « fatigués, suffisants, évasifs [10]. » Bourne voit dans ces changements autant d'occasions de réaliser la promesse américaine. Les immigrants arrivent, les travailleurs se mobilisent, les femmes revendiquent leurs droits. Les classes sociales (classes d'âge ou classes économiques) auxquelles appartiennent les parents et les grands-parents de Bourne ne peuvent que reculer de peur et d'aversion. Ce n'est pas tant qu'elles soient cruelles : sauf peut-être tout en haut de la hiérarchie, elles n'ont pas l'énergie de l'être. Elles sont volontairement ignorantes, insensibles à la fois à la misère et à l'espoir qui les entourent. Bourne invoque une Amérique antérieure, le monde des arrière-grands-pères – Emerson, Thoreau et Whitman – et une Amérique future créée par ses propres contemporains à l'image de la promesse : une Amérique ouverte, vive, démocratique, coopérative.

La « communauté bien-aimée » de Bourne, ce n'était pas Bloomfield, mais ce n'était pas non plus Greenwich Village : Bourne n'était pas vraiment de la bohème. La communauté qu'il espérait ne s'était pas encore constituée, mais elle était de quelque manière immanente à la vie américaine. Le sentiment de cette immanence conférait à sa critique un caractère concret et de la force. Il repoussait la respectabilité de Bloomfield, mais il n'en était pas uniquement détaché, car la promesse n'existe que pour ceux qui participent. Dans un premier essai, « La Vie de l'ironie », il se représentait comme une personne qui participe, opposant son style à celui d'une personne qu'il ne nomme pas – presque certainement H. L. Mencken. L'un et l'autre se posent en juges de leur société, mais Mencken prend ses distances pour juger : il est moqueur, satirique, brutal, arrogant. Le critique idéal de Bourne est très différent. Le mot « juge » n'est probablement pas le mot qui convient pour le qualifier :

> Si l'idée de l'ironiste comme juge implique qu'il a une attitude entièrement détachée, entièrement objective, c'est une malencontreuse métaphore. Car il fait tout autant partie intégrante du spectacle humain que tous ceux qu'il étudie. Le monde n'est pas une scène de théâtre, dont l'ironiste serait le spectateur. Ses propres réactions avec ceux qui l'entourent sont toute la substance de ses pensées et de ses jugements. *Il a un intérêt personnel dans l'affaire…* Si l'ironiste est destructeur, c'est son propre monde qu'il détruit ; s'il est critique, c'est son propre monde qu'il critique [11].

Bourne se voit parfois comme un « spectateur solitaire » mais ce n'était pas ce qu'il avait l'intention d'être. La distance, pensait-il, conduisait au cynisme et à l'amertume, et ni l'une ni l'autre de ces attitudes n'étaient compatibles avec son évangélisme de jeunesse. « L'ironiste est une personne qui compte dans le monde […]. C'est une personnalité qui insiste ; il dérange autant que le missionnaire ». Le mot « missionnaire », comme le mot « juge », n'est pas non plus le mot qui convient tout à fait, car le missionnaire emporte son évangile dans des terres lointaines tandis que l'ironie, comme style critique, œuvre seulement à domicile. Bourne se voit comme un homme qui a une mission : interpréter ce qu'est la nouveauté américaine et de s'en faire le défenseur. Mais il n'avait pas d'évangile à proclamer, au moins au sens usuel du terme. À son départ de Bloomfield et de la première Église presbytérienne, il abandonne aussi l'idée d'une vérité éternelle. L'ironie est un autre genre de dénonciation. « Il se peut que nous ne sachions pas grand-chose, et nous ne pouvons jamais tout savoir – écrit-il dans une lettre en 1913 – mais au moins nous avons le matériau positif de notre expérience humaine à interpréter […] ; ce n'est qu'en cherchant à interpréter le monde en termes de pure pensée que nous rencontrons des difficultés [12]. »

Le nationalisme culturel

Bourne est donc un clerc d'un genre spécial. Je pense que l'explication de son nationalisme se trouve dans son parti pris pour le « matériau positif » de l'expérience quotidienne. Lors de son voyage en Europe l'année précédant la guerre, beaucoup de choses ont suscité son admiration (en particulier sur le continent : trop de choses en Angleterre, semble-t-il, lui rappelaient Bloomfield), mais à son retour, il était engagé dans la « décolonisation ». L'Amérique doit dépendre d'elle-même, puiser dans ses propres ressources, retrouver son destin démocratique. Comme les autres jeunes gens de *The New Republic*, il se qualifie de nationaliste culturel. Cela ne signifiait pas qu'il était prêt à défendre la culture nationale telle qu'elle se présentait à lui. Ce qu'il trouvait chez lui exhalait la douceur et la lumière – c'est-à-dire l'hypocrisie. La surface était trop distinguée : tout ce qui était intéressant et vital était réprimé. La réalité américaine était plus dure, plus vivante, plus bruyante que les anciens n'étaient prêts à l'admettre.

Ainsi il restait à définir le contenu du nationalisme culturel, et Bourne espérait avoir – et a brièvement eu – un mot à dire dans sa définition. Il faut lire les essais de critique littéraire qu'il écrivait pour *The New Republic* et plus tard pour *Dial* en fonction de son engagement dans la guerre culturelle – où sa stratégie centrale était d'outrager son auditoire alors son plus grand ennemi, un auditoire trop distingué pour être outragé. « L'artiste littéraire a besoin d'être protégé contre un auditoire libéral qu'il choque mais qui l'accepte néanmoins [...], qui le domestique subtilement en l'admirant [13]. » Bourne se faisait le champion d'écrivains qu'il croyait indomptables, tel Theodore Dreiser, « le produit des forces sauvages de la vie des petites villes et de la vaste désorganisation du monde américain en général ». Dreiser est toujours en spectacle dans ses romans et le spectacle est « une représentation de l'âme américaine ». Une partie de cette révélation est sexuelle : « Dreiser se sent investi de la mission religieuse de mettre un terme à la superstition littéraire américaine selon laquelle les hommes et les femmes ne sont pas des êtres sensuels » (le sexe, comme le service, avait ses évangélistes dans l'Amérique du début du XXe siècle, et en a toujours eu depuis). Une partie de la révélation est culturelle dans un sens plus large : « Il met l'accent sur ce qui constitue une nouvelle Amérique [...], expressive en puissance [...]. Car Dreiser est vraiment un trait d'union, un produit de cet américanisme congloméré issu de racines autres que la tradition anglaise [14]. » Bourne lui-même revendique cette position, et fait ainsi du nationalisme culturel l'apologie d'une culture « conglomérée » et, comme il l'écrit dans un de ces meilleurs essais, d'une nation « transnationale ».

En dépit de ses convictions socialistes, il n'était ni nationaliste au nom de la classe ouvrière ni critique littéraire en quête d'une littérature prolétaire. Son message prophétique n'est pas quelque mise à jour de la formule de l'abbé Sieyès, « le tiers état, c'est la France ! ». Son adhésion à la révolte des masses prend la forme d'une défense de la grande immigration. Le message de Bourne, c'est que les hybrides sont tous des Américains [15]. Les catégories de générations qu'il utilise souvent pour s'exprimer conviennent aux immigrants plus qu'aux travailleurs : voilà de nouveaux Américains pour une Amérique nouvelle. Et chaque groupe d'immigrants apportait sa propre culture, supérieure comme inférieure, et produisait ses propres intellectuels. Bourne avait de la sympathie surtout pour les juifs – non parce qu'il éprouvait un sentiment particulier pour la population du *lower east side* mais plutôt parce qu'il reconnaissait et accordait de la valeur à « la clarté d'expression [...], la philosophie radicale [...], la fibre magistrale de la pensée » qui caractérisaient les intellectuels juifs qu'il connaissait : Walter Lippmann, Felix Frankfurter, Horace Kallen, Morris Cohen [16]. C'étaient les premiers produits de la grande immigration ; il y en aurait beaucoup d'autres comme eux tant qu'on ne coulerait pas les nouveaux Américains dans le moule des anciens. Ce n'était pas le système des usines que Bourne redoutait le plus ; c'était, selon la métaphore habituelle de l'époque, le *melting-pot*.

Que deviendrait l'Amérique ? Bourne prétendait ne pas le savoir. Il savait seulement qu'elle ne deviendrait pas une nation sur le modèle européen, avec une race dominante imposant sa propre culture sur des peuples minoritaires. Les Anglo-Américains d'où il était issu n'étaient qu'une minorité, et ils agissaient contre leurs propres valeurs les plus profondes lorsqu'ils incitaient les autres minorités à l'assimilation – « comme si nous voulions que l'américanisation n'ait lieu qu'à nos conditions et non avec le consentement des administrés [17] ». Le consentement générerait quelque chose de radicalement nouveau, un modèle de conflit et de coexistence dont la richesse ne pouvait être qu'imaginée. Réprimer la variété, briser la culture intégrale des groupes hybrides, et le résultat serait « sans goût, sans couleur [...], insipide ». L'alternative était entre ce que Kallen appelait « une nation de nationalités [diverses] » et une nation sans caractère national du tout. Bourne prévoyait les descriptions à venir de la société de masse quand il écrivait sur le destin des Américains « assimilés » :

> Ils se transforment en épaves de la vie américaine, devenant le courant qui tire notre civilisation vers le bas avec cette concupiscente vulgarité et ce mauvais goût et cette spiritualité dévoyée, cette absence d'esprit et de sentiment sincère que nous voyons dans nos villes débraillées,

nos films insipides, nos romans populaires et la vacuité des visages de la foule dans la rue [...] l'épave culturelle de notre époque[18].

Cela fait assez penser à la critique aristocratique du « troupeau » moderne si l'on ne se rappelle que Bourne s'adressait à des personnes portant des noms à consonance étrangère, aux coutumes étranges et aux manières grossières. Il ne les craignait que lorsqu'elles perdaient leur fierté, le sens de leur identité et leur intégrité collective. S'il était aristocrate, il allait au-delà d'une simple tolérance de l'existence d'une aristocratie rivale : la soumission n'entrait pas dans son projet.

Une société faite d'immigrants, tant qu'elle évite le *melting-pot*, intériorise le cosmopolitisme. Telle était la vision américaine de Bourne : une grande variété culturelle, chaque groupe d'immigrants restant distinct mais entrant en interaction avec les autres, les membres individuels étant suédois, italiens, slaves ou juifs, et en même temps, aussi américains. La vision manque peut-être de cohérence sociologique, mais elle est ample, généreuse, accueillante, et cela à une époque où de nombreux défenseurs américains de la « communauté » réclamaient d'une part une restriction de l'immigration et d'autre part l'assimilation rapide et, si nécessaire, coercitive des immigrants à un américanisme uniforme. Bourne, au contraire, n'a jamais douté que l'uniformité n'était pas américaine. L'« Amérique transnationale » n'était pas pour lui un idéal transcendant : elle émergeait de notre histoire nationale et de notre foi démocratique. Il l'a défendue, en démocrate américain, contre les siens, contre les Anglo-Américains (qui n'avaient pas adopté, rappelait-il, la culture des Indiens).

Le service et la solidarité

Celui qui a écrit si durement sur « les épaves de la vie américaine », « la vacuité des visages de la foule », quelle espèce de démocrate était-il ? Bourne était aussi, même dans ses premiers essais, un intellectuel timide, et il ne s'interdisait pas d'éprouver « un certain dédain pour le *demos*[19] ». Il ne se tenait pas à l'écart ; il participait à la vie qu'il critiquait ; il y avait un intérêt personnel ; mais ce qui l'intéressait, c'était l'amélioration de la vie, et pas seulement la solidarité. En dépit de sa foi communautaire, son style n'est jamais sentimental.

Raymond Williams, le socialiste et critique social britannique, a distingué deux genres de critique : l'une est fondée sur l'idéal du service, l'autre sur celui de la solidarité. La première a pour point de départ la hiérarchie et l'autorité, la seconde la « responsabilité mutuelle » (« une société constituée d'égaux qui entretiennent des relations de réciprocité libre »)[20]. Williams préfère la solidarité : Bourne aussi. Mais la représentation de l'alternative est trop simple. Il n'est pas difficile d'imaginer un critique social qui serait fidèle à une culture, à un pays, à une religion ou à une classe et que les circonstances de sa naissance et de son éducation contraindraient à travailler dans un monde hiérarchique. Tel était le destin de Bourne, comme celui de chacun des critiques dont il est question dans ce livre. L'inquiétude, l'engagement, la solidarité, la sympathie, tout cela est possible à un degré ou à un autre. Mais l'exigence d'une solidarité absolue est souvent une porte ouverte à la malhonnêteté. Que pouvait faire Bourne ? Les « vieux orthodoxes de l'Église socialiste » – d'une manière qui n'était pas entièrement différente de celle des membres du conseil de l'Église presbytérienne – l'incitaient à mettre de côté son « savoir universitaire » et à cacher son « intellectualisme ». « Descend rejoindre les syndicats et la base socialiste, lui disaient-ils, et apprends du travailleur. » En principe, il n'y était pas opposé : il avait beaucoup appris en tant que salarié. Mais maintenant il pensait avoir quelque chose à enseigner. « Le mouvement ouvrier dans ce pays a besoin d'une philosophie, d'une littérature, d'une analyse et d'une critique socialistes des relations industrielles qui soient constructives. » Et « la seule manière par laquelle le radicalisme des classes moyennes peut servir, c'est en étant exclusivement et férocement intellectuel[21] ».

Bourne se voulait un serviteur critique du mouvement ouvrier, des nouveaux immigrants, du pays et de la culture en général. La seule finalité légitime du service cependant, c'est de rendre le service superflu. Le bon serviteur a pour finalité la solidarité à venir. C'est ce qui fait son héroïsme : il entreprend délibérément de faire disparaître les conditions qui confèrent valeur à son travail et à sa personne. Un tel héroïsme n'est pas rare chez les radicaux du XXe siècle, bien que l'on doute toujours de sa sincérité. « La finalité de l'*intelligentsia*, a un jour écrit Lénine, c'est de rendre inutiles les dirigeants spéciaux qui en sont issus[22]. » C'est possible ; mais la thèse plus forte et plus contestable de Lénine, c'est qu'à l'heure actuelle, des dirigeants issus de l'*intelligentsia* soient nécessaires. « Le mouvement ouvrier, soutenait de manière semblable Bourne en 1916, ne fera guère ce genre de réflexion [d'analyse et de critique socialistes] de lui-même. » Mais Bourne n'a jamais aspiré à être un « dirigeant spécial » au sens de Lénine. Il marchait avec l'avant-garde culturelle, non l'avant-garde politique : il ne revendiquait aucunement un pouvoir politique. Sa conception de la vocation de l'intellectuel lui était suggérée par le vocabulaire évangélique : prophète, missionnaire, apôtre. « N'avons-nous pas besoin d'esprits qui aient quelque chose d'apostolique[23] ? » Dans des phrases de ce genre, il y a certes de la présomption, mais ce n'est pas la présomption de Lénine. Elle justifie l'intolérance intellectuelle et la critique radicale, mais ni une posture de souverain ni la répression.

Le critique est une personne « qui compte en ce monde ». Mais il compte du fait que ce qu'il dit fait bouger le monde dans certaines directions : insistant, mettant en question, suscitant un sentiment de gêne, engagé, il a un effet sur les autres, bien qu'il produise parfois, reconnaît Bourne, un « effet inattendu[24] ». Même cet aveu témoigne, me semble-t-il, du côté positif de l'autocompréhension de Bourne : la poussée apostolique qui marque la plus grande partie de son œuvre publiée jusqu'à la guerre. Ces lettres, elles, témoignent de son côté négatif : le sentiment de ne pas compter dans le monde mais de hurler dans le désert, non le côté Ezéchiel mais le côté Ismaël (cette deuxième conception, me semble-t-il, implique une prétention plus grande que la première). Il se peut que le déplacement de soi, d'abord dans le monde, puis dans le désert, reflète bien le « déracinement social » *[classlessness]* de Bourne et de ses amis – « le fait d'être un intellectuel, comme le dit Lasch, dans une société qui n'avait pas encore appris à définir la place de l'intellectuel[25] ». Mais les intellectuels ne s'opposent-ils pas de manière caractéristique à pareille définition ? Il est certain que Bourne s'y serait opposé : quelle autre signification pouvait avoir l'expression « vie expérimentale » ? En même temps, l'expérimentation, l'évangélisme aussi, était, dans les années 1910, une activité caractéristique des classes moyennes : sa localisation sociologique ne pose aucun problème. Bourne était un radical bourgeois et n'a jamais prétendu être autre chose. Le dédain ne lui est pas venu naturellement : c'était une pose adoptée pour les besoins de sa mission, une coloration protectrice du critique. Son style plus naturel combine défiance de soi et romantisme intense. Il semble en tout cas n'avoir jamais éprouvé cette anxiété défensive au sujet de ses facultés intellectuelles, cette angoisse de l'intellectualité qui a conduit d'autres intellectuels vers des formes extrêmes d'isolement ou d'engagement. Malgré toutes les craintes qu'expriment ses lettres, Bourne avait un sens remarquablement simple de son entreprise. Il avait pour mission de s'opposer à l'hypocrisie des anciens et à la passivité du peuple – et son sentiment sur lui-même, positif ou négatif, reflétait la place relative de l'opposition dans la vie américaine (de même, bien sûr, que le parcours de sa propre carrière dans l'opposition). Il a fallu la guerre pour le conduire définitivement au désert.

La guerre

Cependant, le fait de s'opposer à la guerre a d'abord eu un effet salubre sur Randolphe Bourne. Jamais sa prose n'avait été si émotive, son ton si tendu, ses thèses si fortes que dans les essais écrits pour *Seven Arts* entre juin et octobre 1917. Il est difficile de croire qu'il ait été aussi malheureux qu'il le dit pendant ces mois : on ne peut être que dans un état d'effervescence lorsqu'on écrit ainsi. Mais il ne faisait pas qu'écrire contre la guerre : il écrivait aussi, fait plus important, contre les intellectuels qui soutenaient la guerre – et il s'agissait de ses amis et de ses maîtres. Ainsi, un sentiment de perte et de trahison ternissait sa fierté à être dans l'opposition.

« Une guerre qu'ont faite les intellectuels délibérément ! » Voilà le commentaire ironique de Bourne à propos d'un éditorial pour *The New Republic* en avril 1917 vantant le fait que l'« influence » d'« une classe numériquement insignifiante » avait obtenu la participation américaine dans la guerre : « des professeurs d'université, des médecins, des avocats, des membres du clergé et [qui d'autre ?] des écrivains de magazines et de journaux [26] ». Bourne s'opposait aussi bien à la participation américaine qu'à l'« influence » de la classe intellectuelle, et il paraît clair que celle-ci l'outrageait tout autant que la première. Il se qualifiait parfois de pacifiste et depuis, les pacifistes l'ont toujours tenu pour un camarade ou à tout le moins pour un sympathisant, mais je ne trouve aucune confirmation dans ses essais d'un quelconque engagement dans un pacifisme religieux ou politique. Il n'a jamais refusé d'envisager le recours à la force. Sa proposition d'une « stratégie américaine » pour répondre à la guerre sous-marine allemande comprenait « l'assurance immédiate de denrées alimentaires et de vaisseaux aux nations en danger [...] la destruction des sous-marins offensifs [27] ». Cela a tout l'air d'un programme de guerre navale restreinte : ce n'est certainement pas un programme de neutralité, d'isolement ou de non-violence. Mais la guerre dans laquelle l'Amérique entre en 1917 n'était pas une guerre restreinte ; et cette entrée n'a pas non plus imposé de limites à l'effort militaire des Alliés. Elle lui a plutôt communiqué un air de grandeur, un ensemble de finalités ultimes qui dépassaient de loin ce que la force militaire, à elle seule, aurait jamais pu accomplir – et de cela Bourne tenait les intellectuels pour responsables. Les intellectuels, selon la terminologie de Benda, « ont moralisé » la guerre : ils ont fait de la lutte contre l'Allemagne une cause, espérant réaliser dans le *maelström* de la guerre globale ce qu'ils n'étaient pas parvenus à réaliser en temps de paix intérieure. Et cet espoir improbable justifiait en retour une course au pouvoir politique qui paraissait particulièrement déplacée :

car même si la guerre avait été une guerre juste, elle aurait néanmoins demandé une critique intellectuelle soutenue et systématique.

Il est intéressant de voir comment les concepts clés des premiers essais de Bourne réapparaissent dans ses écrits de guerre. La culture de la prophétie et du service, soutenait-il maintenant, avait été une culture sans substance, à laquelle manquaient, pour la plupart des prophètes et des serviteurs, à la fois profondeur émotionnelle et rigueur intellectuelle. Elle n'était ni conçue de manière vivante ni mise en pratique de manière concrète. La superficialité de ses engagements américains la rendait disponible pour des aventures globales. « N'ayant jamais éprouvé de responsabilité pour la lutte ouvrière, les masses opprimées ou les races exclues chez nous, ils [les intellectuels] ont une importante réserve de capital émotionnel à investir. » Ou encore : « Un trop grand nombre de ces prophètes ont vécu les cruautés et la légèreté de la civilisation américaine plutôt superficiellement [...]. Leur sens moral a sans doute été affecté par ce qu'ils ont vu en France et en Belgique mais c'est un sens moral relativement peu exercé par une préoccupation réelle et une réflexion profonde sur les insuffisances de la démocratie américaine[28]. » Bourne n'a jamais prétendu que les intellectuels n'étaient pas assez détachés. Ils n'étaient pas assez engagés. Ils connaissaient à peine les travailleurs ou les immigrés qu'ils prétendaient servir. Ils n'étaient pas sérieusement engagés ou absorbés par la lutte pour la démocratie : par conséquent, ils n'avaient pas une conception claire de ce que signifie la démocratie. Pressés d'agir mais n'ayant pas d'expérience de l'action collective, c'étaient des recrues faciles pour la discipline de guerre. « Ils n'ont pas [...] une philosophie claire de la vie sauf celle du service intelligent, l'admirable adaptation des moyens aux finalités. Ils n'ont qu'une conception vague du genre de société qu'ils veulent [...] mais ils ont pour équipement toutes les attitudes et les talents administratifs nécessaires pour l'atteindre. » Surtout, ils voulaient, comme le voulait aussi Bourne, compter dans un monde plus étendu, et une fois la guerre commencée, « la seule manière de compter, c'était comme un simple rouage dans la machine[29] ».

La cible de la colère de Bourne était plus précise que ne le suggère son emploi de la troisième personne plurielle. Il voulait inclure beaucoup de personnes mais il parlait directement à un petit nombre, ses collègues de *The New Republic* et ses professeurs à Columbia, en particulier Walter Lippmann et John Dewey. Lippmann était parti à Washington. Dewey avait écrit ce qui pour Bourne constituait les apologies les plus importantes de l'effort de guerre. Lippmann était le premier de ces jeunes gens « formés à la dispense pragmatique » [*the pragmatic dispensation*] dont Bourne écrivait que c'était « comme si la guerre et eux avaient attendu de se rencontrer ». Dewey était le premier des pragmaticiens. Et Lippmann et Dewey voyaient dans la guerre l'occasion non seulement d'assurer la démocratie dans le monde, mais aussi d'améliorer la démocratie chez soi : de faire du gouvernement fédéral un outil de transformation démocratique et d'apporter au gouvernement le soutien d'un peuple nouvellement socialisé. Cela ne revenait-il pas à servir la cause de la solidarité ?

Je pense que Bourne aurait soutenu une guerre authentiquement défensive, une guerre menée afin de protéger une communauté menacée. Mais une guerre menée pour créer une communauté ? C'était là un acte désespéré, une politique naïve et volontaire, car la guerre n'est pas une machine que quelques intellectuels peuvent contrôler. Sa technologie n'était pas conçue pour servir la société : elle répondait à des fins différentes ; elle produisait des effets différents. Lors de ces premiers mois de combat, Bourne avait la remarquable prescience de comprendre quels en seraient probablement les effets. Il s'est alors mis à écrire comme un vrai prophète, bien que son insistance croissante sur le caractère inévitable de tout ce qu'il prévoyait avait tendance à faire disparaître la raison qui pouvait le pousser à écrire :

> La guerre détermine sa propre fin – la victoire –, et le gouvernement écrase automatiquement toutes les forces qui détournent, ou menacent de détourner, l'énergie du chemin de l'organisation de cette fin. Ce n'est que la naïveté « libérale » que choquent la coercition et la suppression arbitraires. Vouloir la guerre, c'est vouloir tous les maux qui lui sont liés de manière organique[30].

Cela n'est peut-être pas juste en général, mais c'était assez juste en 1917. Le président Wilson conduisait un pays divisé dans une guerre qui n'était pas nécessaire, et le résultat avait été une curieuse combinaison d'apathie populaire et d'hystérie nationale, de propagande démocratique et de répression brutale – un « complexe psychique de panique, de haine, de rage, d'arrogance de classe, et de fanfaronnades patriotiques » d'où ne pouvaient résulter, à terme, que désillusion et appauvrissement spirituel. C'était « une guerre qu'ont faite les intellectuels délibérément » (c'était là un aspect de l'arrogance de classe) face à l'hésitation et aux faibles perceptions des masses démocratiques américaines[31] ». La recherche d'une solidarité sociale au moyen d'une mobilisation militaire était condamnée à l'échec.

Les intellectuels avaient trahi leur véritable service. Dans son essai le plus fort, « Le Crépuscule des idoles », une attaque contre John Dewey, Bourne attribuait la responsabilité de la trahison à « la dispense pragmatique ». Il ne proposait pas une critique philosophique du pragmatisme ; il adhérait lui-même à la philosophie pragmatique, était engagé dans la vie expérimentale, partageant le sens de l'ouverture, du processus, de la participation que stimule encore au mieux le pragmatisme. Mais c'est là un sens qu'il faut cultiver, mettre à l'épreuve petit à petit, un sens que forme et contrôle l'intelligence. Le seul désir de l'action et de l'efficacité, la recherche de l'« influence » du réaliste est un pragmatisme vulgaire, une doctrine pour les bureaucrates et les « dirigeants spéciaux ». Même Dewey, prétendait Bourne avec perspicacité, « d'une certaine manière garde à l'esprit qu'il fait partie de la classe dominante ». Mais que domine-t-il ? Ses disciples étaient « tout à fait préparés pour une mise en ordre pratique des événements, mais hélas non préparés pour l'interprétation intellectuelle ou la mise au point idéaliste des fins[32] ».

La tâche des intellectuels est de traiter de la question des fins et des valeurs. Certes, les valeurs ne sont ni données ni connues d'avance : ils faut les élaborer, comme l'enseignait Dewey, expérimentalement. Mais les expériences pertinentes sont mentales avant d'être pratiques : l'« interprétation » et la « mise au point » précèdent l'action, sinon comment saurions-nous ce qu'il faut faire ? Dewey, soutenait Bourne, n'avait pas réussi à rendre clair cet ordre de priorité nécessaire : accommodant, il avait tendance à présumer que les autres avaient des espoirs, des intentions, des buts politiques très proches des siens. Que pouvaient-ils vouloir d'autre ? « Il y avait toujours cette malheureuse ambiguïté dans sa doctrine sur comment se créent les valeurs[33]. » Bourne avait lui-même peu à dire sur la création des valeurs : sa propre thèse commençait, comme toute thèse de ce genre, quelque temps après la création, *in media res*. La question, c'était de porter une attention critique aux valeurs que nous avons déjà. « Notre classe intellectuelle aurait pu s'occuper, pendant les deux dernières années de la guerre, à étudier et à clarifier les idéaux et les aspirations de [...] la démocratie américaine. » Ce propos se trouve dans le premier essai contre la guerre, publié en juin 1917 ; lorsqu'il écrit « Le Crépuscule des idoles » en octobre, Bourne semble avoir le sentiment que la clarification ne suffit pas. Les intellectuels devaient maintenant « se mettre en rage et se battre jusqu'à ce que de nouvelles valeurs émergent du labeur et que nous puissions apercevoir quelque lueur sur notre voie démocratique[34] ». Même ici, cependant, l'engagement pour trouver une voie *démocratique* est présumé exister, et la voie est encore la *nôtre*, c'est-à-dire représente pour Bourne une vision partagée de l'avenir. Tant qu'il pouvait parler de « notre voie », il croyait encore servir, en dépit de sa rage, la cause de la solidarité. Il croyait aussi (encore) que cette cause requérait une intelligence féroce et concentrée. Le service pratique, « "la mise au travail joyeuse et vigoureuse", ne la sert pas, à moins d'être intellectuellement concentré sur ses fins propres ».

Les intellectuels libéraux s'étaient enrôlés dans l'effort de guerre, en partie par crainte d'être isolés d'un grand combat national. S'opposer à la guerre signifiait hurler inutilement dans le désert. N'étant pas prêts à cela, ils étaient prêts à croire que les effets à long terme du combat seraient bons – presque comme s'ils croyaient qu'« une guerre patronnée par *The New Republic* ne pouvait manquer d'être meilleure que personne ne pouvait l'imaginer[35] ». De toute manière, ils ne voulaient pas s'exclure de sa conduite. Comment pouvaient-ils servir s'ils n'avaient aucun contrôle sur les moyens et les instruments du service ? « Nos amis nous disaient constamment, écrira Jane Addams des années plus tard, que se tenir à l'écart de l'humeur belligérante revenait à abandonner toute possibilité d'influence dans l'avenir, que nous nous suicidions intellectuellement[36]. » En réponse, Bourne prétend que les intellectuels s'étaient déjà suicidés en s'engageant dans un combat qu'ils ne pourraient jamais contrôler. Leur prétention à l'efficacité politique faisait pitié ; c'était « les forces les moins démocratiques de la vie américaine » qui en fait contrôlaient le cours de la guerre, tandis que les intellectuels, de l'intérieur, ne parvenaient même pas à poursuivre une critique libérale. Leur influence s'étendait à peine à la propagande du gouvernement, encore moins à la conduite de la guerre. Ils avaient même perdu la capacité de déplorer la répression intérieure, qu'ils avaient pourtant promis d'empêcher. « Leur pensée, écrit Bourne, n'était guère plus qu'une description et une justification de ce qui se passait[37]. » Tout cela était assez vrai, comme l'ont plus tard reconnu Lippmann et Dewey, les meilleurs intellectuels engagés. Mais l'opposition de Bourne, comme leur engagement, avait son prix. Bien qu'il ait le plus souvent écrit comme Ezéchiel, il se sentait de plus en plus comme Ismaël – et ses derniers textes, qui n'avaient pas encore été publiés au moment de sa mort, témoignent d'un désespoir croissant.

La distance et le désespoir

Le pouvoir corrompt ou pas la personne : parfois, il la corrompt, parfois, non. Mais la poursuite et l'exercice du pouvoir corrompent certainement la vie intellectuelle, tout au moins telle que Bourne la concevait : une vie d'ironie et de critique, vécue avec férocité et avec concentration. Étant donné leur mission, les intellectuels n'ont pas d'autre choix que de se tenir à l'écart des fonctions et des doctrines officielles. Bourne, des années avant Julien Benda, défendait la thèse d'une division du travail entre d'une part, les « créateurs », les « inventeurs » et les « intensificateurs » *[emphasizers]* des valeurs et d'autre part, ces autres personnes qui en fait sont « prêtes » pour la mise en ordre exécutive des événements. Mais Bourne insistait en même temps sur le fait que les valeurs devaient façonner l'ordre exécutif : c'était la tâche des intellectuels américains que d'orienter l'action politique vers des finalités démocratiques. Ils indiquent le chemin à suivre aux dirigeants politiques, et ensuite ils les suivent à la trace, à l'affût de chaque mauvais coup, qu'ils critiquent, mais auxquels ils ne se donnent pas pour tâche de remédier. Ici, Bourne était fidèle à son évangélisme protestant : il ne croyait pas que les valeurs du clerc étaient différentes de celles du laïc. Il n'y a qu'un seul ensemble de valeurs, que saisit (pour nous Américains) l'idée de la promesse américaine. Mais il y a deux ensembles de personnes : les premiers interprètent la promesse ; les seconds, la mettent en œuvre.

Il n'y a qu'une seule promesse, de même qu'il n'y a qu'une seule terre promise : les intellectuels n'habitent pas un monde séparé, ni idéalement ni dans la pratique. « C'est son propre monde qu'il [l'intellectuel] critique ». Les mêmes personnes qui se tiennent à l'écart de la poursuite de fonctions officielles doivent aussi maintenir leurs engagements démocratiques. Mais les pressions de la guerre avaient rendu cette position complexe de plus en plus difficile. Les intellectuels pragmatiques, qui avaient maintenant tendance à se qualifier de « réalistes », trouvaient difficile de rester à l'écart ; les radicaux comme Bourne trouvaient difficile de rester fidèles à leur engagement. S'il avait été plus proche du parti socialiste, il aurait peut-être trouvé quelque soutien pour sa propre férocité. Mais bien que sa sympathie allât vers les socialistes, ses liens personnels étaient avec les réformateurs, les nationalistes libéraux, les progressistes, la bohème de Greenwich Village, et non, sauf à quelques rares exceptions, avec une foule qui s'adonnait à la férocité. Dans l'essai de 1917 publié dans *Seven Arts*, Bourne résiste même à la pensée de sa propre aliénation. C'était un « mécontent absolu », écrivait-il dans « Le Crépuscule des idoles » mais non un de ces mécontents de la vieille tribu des mécontents partis pour l'Europe d'avant-guerre. Il ne deviendra pas un expatrié, même lorsque cela sera à nouveau possible : lui et ses amis « sont trop pris émotionnellement dans les possibilités de la vie américaine pour la quitter[38] ». Il fallait du courage pour parler ainsi, et surtout pour parler des « possibilités ». Bourne croyait encore – ou prétendait croire – que la mission de l'intellectuel avait un sens et que malgré toute la boucherie de la guerre, elle pourrait donner une forme et une finalité à la vie. « La guerre, ou la promesse américaine : il faut choisir[39]. » Mais la promesse était encore là.

Le ton des écrits de Bourne change en 1918, quoique le caractère définitif du changement demeure incertain. Peut-être conservait-il quelque sens de sa mission : il continue, après tout, à écrire. Mais il était également de plus en plus sceptique sur les « possibilités » de la vie américaine, et de plus en plus amer dans son scepticisme. Maintenant, même dans son œuvre non publiée, la position de l'intellectuel est devenue de plus en plus extrême : c'est un « vagabond spirituel », un « esprit déclassé », un « hors-la-loi », voire un « exilé » de la vie américaine. Et dans une lettre à Van Wyck Brooks, mars 1918, Bourne semble désespérer de la démocratie elle-même et de l'engagement du prophète à parler au peuple : « Pourquoi laissez-vous vos voix crier dans le désert quand une démocratie en bonne santé, vigoureuse et unanime non seulement ne veut pas entendre, mais se montre autant prête à verser votre sang qu'elle l'est à détruire l'ennemi à l'étranger[40] ? » Vues du désert, en effet, les choses paraissent différentes, plus laides, plus redoutables, qu'elles ne le semblent lorsqu'on se trouve sur un territoire habité : le monde que Bourne critique dans ses derniers écrits n'est plus le sien.

Le plus important de ces écrits, c'est l'essai-traité inachevé intitulé « L'État ». Tout en n'étant que le début de sa théorie politique, « L'État » est presque la fin de la politique de Bourne. En temps de guerre, soutenait-il, les citoyens ne peuvent rien faire. L'État en temps de guerre est « l'inexorable arbitre et l'entité déterminante des affaires, des attitudes et des opinions des hommes ». Et c'est là le *telos* du pouvoir étatique : le but permanent de ceux qui détiennent les fonctions, c'est justement cette détermination « inexorable » de la vie de leurs sujets, qui n'est pleinement possible que lorsque la mobilisation commence. « La guerre, c'est la santé de l'État. » Et les sujets ne résistent d'ailleurs pas, car la guerre leur donne le sentiment de leur propre santé aussi. « La finalité et le désir de la communauté collective vivent dans chaque personne qui se donne pleinement à la cause de la guerre [...]. Elle parvient à une confiance en soi superbe, une intuition de la justesse de chacune de ses idées et de ses émotions, de telle sorte qu'elle devient invincible dans sa suppression des adversaires et des hérétiques[41]. » Sa force personnelle cependant ne sert qu'à accroître la puissance de l'État, d'où dérivent ses idées comme ses émotions.

Bourne distinguait avec soin la nation et l'État – il était encore nationaliste – et il assignait à la nation toutes les « forces qui, rehaussant la valeur de la vie, contribuent à l'industrie et à la culture ». Mais la nation est une communauté complexe, « non pas un groupe, [mais] un réseau constitué d'une myriade de groupes représentant la coopération et la communauté affective d'hommes situés sur toutes sortes de plans différents et pris dans toutes sortes d'intérêts et d'entreprises propres à l'homme ». La nation ne communique pas à ses membres le réconfort immédiat du pouvoir étatique. La nation émerge moyennant la « désagrégation du troupeau » – un long et difficile processus social – tandis que l'État, surtout l'État-en-guerre, recrée le troupeau. Seuls des adultes autonomes, des individus capables de choix moral et de coopération rationnelle peuvent maintenir la nation tandis que l'État ne se maintient qu'en exploitant, pour ainsi dire, la puérilité latente de ses sujets, lesquels deviennent en temps de guerre de vrais enfants, « obéissants, respectueux, confiants […], pleins de cette foi naïve dans la sagesse et le pouvoir absolus de l'adulte qui se charge d'eux […], par qui ils perdent leur sens de la responsabilité et leur anxiété[42] ». La guerre, c'est la santé de l'État mais c'est la mort morale du peuple. Et pourtant le peuple se précipite tête baissée vers sa mort et les intellectuels (comme l'avait déjà soutenu Bourne), malgré leur fierté et leur dédain, s'y précipitent eux aussi. La psyché est assoiffée de sécurité, « L'intellectuel est assoiffé de certitude. » La guerre, ou au moins l'idée de la guerre, pourvoit aux deux appétits.

La théorie de Bourne de la nation désagrégée et de l'État-troupeau est un bricolage fait pour coïncider avec les circonstances immédiates. L'idée de l'État comme un agent qui s'oppose de manière inhérente à la différenciation sociale anticipe, peut-être, les théories plus tardives de la politique totalitaire (dans laquelle le parti-mouvement idéologique joue un rôle semblable). Mais l'idée est à peine développée et elle est présentée virtuellement sans références historiques. L'idée du « troupeau » est moins intéressante, et elle est encore moins développée. Bourne l'a empruntée à la sociologie populaire de son temps et l'a utilisée pour fustiger un auditoire démocratique qui avait cédé à l'hystérie du chauvinisme et de la répression. Le terme s'oppose à celui de sa « communauté bien-aimée », et il apparaît maintenant aussi immanent à la vie américaine que l'autre terme semblait l'être avant la guerre. Qu'était-il advenu du monde des arrière-grands-pères, de la promesse démocratique, de l'Amérique transnationale ? Il ne semble plus que l'intellectuel « réaliste » les ait trahis : ils ne sont plus assez présents pour pouvoir être trahis. La communauté nationale ou transnationale est si faiblement perceptible derrière la grandeur de l'État-en-guerre qu'elle ne peut plus servir comme idéal politique ou comme point de ralliement. Et il y avait plus (et pire) à venir. Dans ce qui a dû être le dernier essai qu'a écrit Bourne, gribouillé au dos des pages manuscrites de « L'État », il décrit un monde social complètement déterminé dans lequel les individus en temps de paix, tout autant qu'en temps de guerre, sont « entièrement sans recours », les armes de la critique étant entièrement impuissantes. La plupart des personnes « vivent une vie qui n'est guère plus qu'une série d'actes quasi officiels » tandis que le rebelle occasionnel est immédiatement écrasé. Ce que nous tenons pour être nos choix et nos décisions personnels ne font que mettre en pratique « les codes et les institutions de la société[43] ». L'essai que ses éditeurs ont intitulé « Vieilles tyrannies » fait apparaître « L'État » comme extraordinairement robuste. C'est comme si Bourne avait écrit, environ un mois avant sa maladie, une notice nécrologique théorique : une description de la mort, non de l'homme, mais de la mission.

Ces derniers écrits suggèrent un lien, sur lequel j'attire l'attention dans le premier chapitre, entre distance et déterminisme. Ce n'est que le critique solidaire qui croit à l'efficacité de la critique, qui croit en lui-même comme en quelqu'un « qui compte dans le monde ». Vu d'assez loin, le monde est simplement ce qu'il est, et le spectateur solitaire ne compte aucunement. Peut-être Bourne pensait-il avoir atteint vers la fin une sorte de détachement scientifique, mais ce détachement était né du désespoir. Ou faut-il renverser la description : le désespoir serait né du détachement ? Cela est sans importance, le cercle est complet, et il est tout à fait vicieux : il n'y a pas d'issue possible. « Nous entrons tous comme des individus dans un troupeau organisé dans lequel nous avons autant de signification qu'une goutte d'eau dans l'océan et contre lequel nous avons à peu près aussi peu de chance de l'emporter[44]. »

Mais ce n'est pas le Bourne authentique, l'homme qui écrivait les essais féroces de 1917 et qui avait évidemment l'intention de l'emporter si possible. Sa science du détachemement est une hallucination de la guerre. Lorsque l'armistice est célébrée à New York, il écrit à sa mère : « Maintenant que la guerre est terminée, les gens peuvent à nouveau parler librement et nous pouvons oser réfléchir. C'est comme sortir d'un cauchemar[45]. » Il est mort, quelques semaines plus tard, de la grippe.

3. La recherche de Sion chez Martin Buber

Je n'ai pas une relation Je-Tu avec Martin Buber. Sa théologie philosophique, ou sa philosophie théologique, m'a toujours paru obscure et sinistre. La vie *dialogique* est trop chargée de signification pour que de simples mortels aient jamais pu la vivre : il se peut que les anges, qui par nature entretiennent entre eux une relation d'intimité, y parviennent. Mais peut-être devrions-nous penser au *dialogique* bubérien comme une première version de ce que les théoriciens critiques appellent la « communication idéale » : dans le cas de Buber, non pas tant un face à face qu'un âme-à-âme, un « pur » échange d'où sont évincées toutes traces de vanité ou d'intérêt personnel. Il met l'accent sur l'intensité personnelle, l'ouverture absolue, le don de soi à autrui [1]. La structure théorique de l'échange, l'effort pour en faire dériver une éthique systématique, tout cela vient plus tard. Mais Buber est déjà en position de critiquer les échanges instrumentaux et manipulateurs. Un échange sans intimité ou sans intensité (authentique) est chargé de signification négative : Je-Il *[it]*. Les polarités de Je-Tu et de Je-Il épuisent l'univers : peu de place est laissée à une bonne conversation ordinaire ou à une dispute désagréable. Mais je pense qu'il y a chez Buber un réalisme secret sur de telles questions et plus de bon sens qu'il n'en montre parfois. Réalisme et bon sens, que dissimule la prose survoltée de ses œuvres principales, sont les caractéristiques qui surprennent dans ses écrits de circonstance.

Parler d'« écrits de circonstance » n'est pas tout à fait exact. Buber a été un écrivain extraordinairement prolifique : il semble avoir passé tout son temps à écrire, passant avec facilité de grands à de plus petits projets. Il est devenu célèbre par ses livres philosophiques, ses contes hassidiques, ses discours sur le judaïsme, ses traductions et ses exégèses bibliques. Rien de tout cela n'a été de circonstance. Il est moins connu pour sa participation critique à la politique sioniste. Cet intérêt n'était d'ailleurs pas circonstanciel non plus : en effet, il n'est rien dans sa vie ou son œuvre d'aussi omniprésent, d'aussi constamment présent que son engagement sioniste. L'écriture ici est cependant différente : ce sont des essais brefs, des articles dans la presse, des déclarations publiques, des lettres ouvertes – une prose toujours directe, puissante et relativement simple. Lors de sa conférence inaugurale à l'Université hébraïque en 1938, l'un des auditeurs a déclaré : « Il est clair qu'il a appris notre langue : maintenant, il est aussi obscur en hébreu qu'en allemand[2]. » Ses textes sionistes ont été écrits en allemand pendant une longue partie de sa vie, puis en hébreu, et ils sont rarement obscurs. Paul Mendes-Flohr en a récemment réuni un grand nombre en un seul volume. Lus les uns à la suite des autres, ils font apparaître l'importance de ce que Buber est parvenu à faire : presque un demi-siècle de critique soutenue et courageuse[3]. Ce n'est pas exactement du dialogue : Buber était souvent impliqué dans des controverses, mais il obtenait rarement les réponses qu'il espérait. Il reste que son travail est un modèle du genre, et il y a lieu de reconnaître aussi en Buber, le philosophe-théologien, un énergique critique social et politique*.

Je suppose que sa critique se nourrit de sa philosophie (quoique les références à la philosophie soient rares) : sa conception du sionisme et sa théorie de la critique sont évidemment liées à sa doctrine plus générale et plus élaborée. Mais elles sont aussi indépendantes, et ont pour langage celui de l'engagement politique du XXe siècle. C'est mon propre langage, et je n'en rechercherai pas le fondement. Le fondement, dans le cas de Buber, est glissant, même s'il apporte aussi un appui. Il se peut que pendant toute sa vie, Buber ait été poussé par un désir passionné que les sionistes établissent une relation Je-Tu avec les palestiniens. Heureusement pour son entreprise critique, il défendait aussi un programme moins extravagant, plus intimement lié à la conception ordinaire de la politique sioniste – quoique aussi en forte tension avec elle.

Interprétation et réitération

Dans une lettre qu'il lui adressait pour son quatre-vingtième anniversaire, David Ben Gurion félicitait Buber pour « sa participation

* Il faut signaler que deux autres critiques dont je traiterai connaissaient et admiraient l'œuvre de Buber : Albert Camus avait une très haute opinion de ses livres, notamment *Je et tu* et correspondait avec lui. (Buber lui rendait cette admiration et s'est occupé de faire traduire *L'Homme révolté* en hébreu.) Ignazio Silone a écrit une lettre en 1971 proposant Buber pour le prix Nobel – probablement pour ses contes hassidiques, qui ont quelque ressemblance avec le genre de récit dans lequel excellait Silone.

fidèle depuis sa jeunesse jusqu'à aujourd'hui au travail de renaissance d'Israël [4] ». Dans sa jeunesse, pendant quelques années, Buber avait dirigé la revue théorique du mouvement sioniste. Depuis, il n'avait occupé aucun poste de pouvoir ni accompli aucun travail officiel ou non officiel pour le mouvement. Sa « participation fidèle » avait consisté en une critique constante, souvent dirigée contre Ben Gurion lui-même. Mais il est demeuré un sioniste engagé de 1898 à sa mort, en 1965. Lorsqu'on lui a demandé en 1962 d'écrire un article sur les relations entre Juifs et Arabes pour le Conseil américain sur le judaïsme, un mouvement antisioniste, il a refusé immédiatement, déclarant que sa propre « critique de la politique arabe du gouvernement israélien venait de l'intérieur, la vôtre de l'extérieur. Notre programme de coopération entre Juifs et Arabes n'est pas inférieur à ce qu'on appelle le sionisme officiel, plutôt c'est un sionisme plus grand [c'est-à-dire meilleur] [5] ». Buber est un critique nationaliste de la politique nationaliste, une position que Julien Benda croyait intenable. C'est dans un essai de 1921 que cette critique interne est pour la première fois élaborée : Buber l'a défendue plus explicitement dans un discours à Anvers en 1932 en répondant directement à *La Trahison des clercs* de Benda.

La thèse de Buber dans son essai « Le nationalisme » fait apparaître deux procédés importants de la critique interne, sur lesquels je m'arrêterai un moment. La thèse commence par distinguer l'état de peuple *[peoplehood],* la nationalité et le nationalisme : le premier est une question d'expérience commune, « une unité de destin », le deuxième, une conscience collective de cette unité et le troisième, cette conscience accrue ou devenue « emphatique » face à la division ou à l'oppression. L'état de peuple est une impulsion, la nationalité, une idée, le nationalisme, un programme [6]. Le programme est conçu en temps de difficultés : il a pour fin de mobiliser la nation afin de surmonter quelque imperfection de la vie ordinaire. La mobilisation est légitime, pense Buber, mais les pressions auxquelles elle répond et l'enthousiasme qu'elle requiert produisent très souvent la présomption et l'extrémisme. Le nationalisme tend à dépasser ses limites. Mais comment reconnaît-on et affirme-t-on les limites ? Buber rejette la réponse philosophique conventionnelle, qui est, écrit-il, « de limiter cet égoïsme croissant d'un groupe de l'extérieur, de le rendre humain sur la base de postulats moraux ou sociaux abstraits [7] ». Sa propre option était double. Premièrement, l'égoïsme du groupe est limité, comme on peut s'y attendre, de l'intérieur du groupe par « le caractère du peuple lui-même », ses expériences communes et ses valeurs partagées. L'état de peuple et la nationalité contraignent conjointement le nationalisme programmatique. Cela signifie, pour les Juifs, que la conception de la justice qui a été premièrement affirmée dans le code de l'Exode, réaffirmée par les prophètes et ensuite renforcée par des siècles d'exil et de persécution, doit déterminer ce que les sionistes font et ne font pas. Le nationalisme juif n'est légitime que pour autant que c'est l'adjectif qui façonne ses activités, et non le substantif – que ses termes dérivent non de la catégorie « nation » mais de la catégorie « judaïsme ». La dérivation n'aura évidemment pas les résultats qu'espère Buber, à moins que sa propre description du judaïsme soit acceptée, mais il s'agit d'une description que de nombreux sionistes, et peu parmi les Juifs religieux, ont probablement trouvée conviviale.

La deuxième limitation de l'accroissement de l'égoïsme de groupe se trouve dans le processus de croissance lui-même. Les nationalismes programmatiques combattent d'autres nations avec leurs programmes. Sur ce point, les mouvements politiques sont comparables aux individus : « Une personne authentique aime à s'affirmer face au monde mais en le faisant, elle affirme aussi la puissance avec laquelle le monde s'oppose à elle. Cela requiert une délimitation constante entre ses propres droits et les droits des autres [8]. » La reconnaissance que l'autre a des droits provient, pense Buber, de la nature même du combat. « Ce n'est que bon sens, dit le Talmud. Qui sait que ton sang est plus rouge [que le sien] ? Il se peut que ce soit son sang à lui qui soit plus rouge [9]. » Le même argument vaut pour le groupe : « Il n'y a pas d'échelle de valeurs pour la fonction des peuples. Un peuple ne peut pas être classé au-dessus d'un autre [10]. » Ce n'est pas par la comparaison et par la classification que l'on acquiert une connaissance morale des autres : nous comprendrons plutôt les autres en réitérant la compréhension que nous avons de nous-mêmes. Tel était l'argument de Buber en 1929, en réponse aux autres sionistes qui tenaient le nationalisme arabe pour une création « artificielle » : « Nous savons donc que chez nous il existe une vraie unité et un mouvement national, mais en même temps nous ne voulons pas qu'il en aille de même chez les Arabes [11]. »

La valeur morale de l'attitude qui consiste à se mettre à la place de l'autre est un lieu commun de l'éthique philosophique et pratique : il nous faut tenter de voir le monde du point de vue de l'autre. Il est important de souligner cependant que ce lieu commun est à l'opposé d'un autre lieu commun, celui qui nous incite à nous retirer de tout point de vue particulier, à nous détacher, à adopter le point de vue de Dieu sur le monde. La première approche, qui consiste à se mettre à la place de l'autre, est l'entreprise la plus modeste. Nous ne pouvons en effet jamais pleinement comprendre le monde de l'autre en se mettant à sa place, car ce qu'il voit, espère, a sur le cœur, aime, est façonné davantage par son passé que par son présent. Mais nous pouvons saisir ce simple fait moral qu'il existe, qu'il a des espoirs, des ressentiments, des amours comme les nôtres – aussi légitimes que les nôtres*. Imaginez, écrit Buber, que « nous soyons en Palestine et que les autres arrivent chez nous, vous comprendrez ce que cela veut dire[12] ». Nos représentations imaginaires ne vont pas en fait jusqu'à atteindre une connaissance vraie et certaine de la réaction de l'autre personne. Nous n'entrons pas dans sa tête lorsque nous nous mettons à sa place. Croire le contraire est une erreur caractéristique des philosophes qui pensent que les têtes n'ont pas d'histoire. Nous ne reproduisons pas les idées des autres, parce que nous ne le pouvons pas : au lieu de cela, nous réitérons les nôtres. Si nous voulons aller au-delà et découvrir ce que les autres pensent, il nous faut le leur demander. Mais reconnaître que les autres ont une expérience et des idées semblables aux nôtres est déjà en soi un accomplissement moral important. C'est, écrit Buber dans « Le Nationalisme », l'accomplissement d'Amos lorsqu'il dit à son peuple que le Dieu qui l'a sorti d'Égypte a aussi sorti les Philistins de Kaphtor et Aram de Qir. Au lieu d'imaginer un exode universel, Amos imagine une série d'exodes ; et le fait qu'il ne puisse spécifier les détails que d'un seul exode ne l'empêche pas de reconnaître la valeur morale des autres[13].

Le premier procédé que propose Buber pour limiter l'excès nationaliste est de nature interprétative : il requiert de Buber un récit de l'expérience et de la compréhension des Juifs. Le deuxième procédé est de nature réitérative : il implique pour lui de reconnaître qu'une histoire semblable puisse être racontée à propos des autres. Une histoire semblable, mais différente – il n'y a pas d'histoire idéale, pas une seule description correcte de l'aspiration nationale que, dans le meilleur des mondes, nous pourrions, eux et nous, raconter en même temps. Mais si le nationalisme a de nombreuses formes dans la description de Buber, le nationalisme illégitime ne semble n'en avoir qu'une, dont les termes sont dictés par les conceptions abstraites du réalisme politique. Ce que voit le réaliste, c'est un monde d'États-nations, chacun – conçu indépendamment de son histoire et de sa culture propres, donc identique aux autres – n'ayant pas d'autre but que de se conserver et de s'affirmer. L'interprétation ne peut pas se mettre en œuvre de ce point de vue, et la réitération ne donne qu'une série illimitée de nations aussi effrayées et agressives que nous le sommes. Les sionistes qui aspirent à la « normalité », qui veulent que les Juifs deviennent une nation comme les autres, veulent en réalité, dit Buber, faire partie de la série.

* Buber va parfois plus loin que cela, comme lorsqu'il écrit (sous l'effet de la révolte arabe de 1929) qu'il faut « pouvoir se représenter l'âme de l'autre, de l'étranger, selon sa réalité » (*Une terre et deux peuples*, p. 109). C'est le langage de *Je et tu*, et il suggère beaucoup plus qu'il ne nous est nécessaire de faire (ou que nous puissions faire). La morale requiert que nous reconnaissions, non que nous possédions, l'âme de l'étranger.

Il nie la légitimité de but : « Ce qui se passe là ne consiste pas à établir encore un peuple à côté d'autres peuples, encore un petit État à côté d'autres petits États, encore un facteur de discorde et de conflit [14]. » Le sionisme doit créer une nation différente de toutes les autres, une nation qui soit fidèle à ce que Buber appelle sa « mission éternelle ». C'est là une expression de sinistre augure, comme dans l'idéologie américaine, l'expression « destin manifeste », une expression pleine de présages maléfiques ; mais on évite le mal par la réitération. Alors nous reconnaissons que chaque nation a sa mission, et qu'il reste à calculer la « ligne de démarcation » entre une mission et une autre. « Aucune nation au monde n'a que l'autoconservation et l'autoaffirmation pour tâche, car de même qu'un individu qui ne souhaite que se conserver et s'affirmer mène une existence injustifiée et dépourvue de signification, de même une nation qui n'a pas d'autre but mérite de disparaître [15]. »

S'il n'y a pas un seul programme nationaliste correct, aucune version universelle de ce que doit être une mission, nous pourrions peut-être encore espérer avoir une seule règle correcte pour tracer la ligne de démarcation. Mais Buber nie qu'une telle règle existe. Il existe en effet des règles, contre le meurtre et l'expropriation par exemple, mais elles ne tracent pas la ligne. La ligne, on ne peut que la négocier : « mille et une petite décisions » lui donnent une existence [16]. Ici la politique a préséance sur la philosophie, quoiqu'il faille toujours que la politique soit guidée par l'interprétation et la réitération. « Il n'existe pas de formules : pour un comportement vraiment responsable, il n'y a qu'une orientation, il n'y a pas de formules ». La moralité ne peut pas travailler à distance. Il s'agit là de la réponse explicite à Julien Benda. Il est certain que des intellectuels ont trahi leur vocation en devenant les apologues de tel ou tel programme nationaliste, « fabriquant des mots, dit Buber, à chaque nouvelle commande. Mais le retrait de l'intellect en lui-même ne peut expier cette trahison [...] ; ne peut y parvenir que l'offre à la réalité du service vrai au lieu du faux [17]. » Le « vrai service » est à la fois critique et de ce monde, critique dans le monde et critique du monde. L'apologie de cette mondanité chez Buber est parfois terre à terre et parfois ampoulée, parfois prosaïque et parfois poétique, comme s'il était un peu incertain de la nature du monde envers lequel il s'engage. « S'il faut œuvrer dans la vie publique, écrivait-il en 1930, il faut le faire, non pas au-dessus, mais dans la mêlée. » Et, dans le même texte : « La parole n'est pas victorieuse par sa pureté, mais par son pouvoir subversif ; sa fécondité s'accomplit dans la *corruptio seminis* [18]. » Pour Buber, en effet, le verbe n'est victorieux sous aucune de ses formes, mais il reste néanmoins attaché à son engagement envers le monde : « fidèle à l'esprit [...] sur le plan de la réalité ». Contre le réalisme de la *raison d'État*, il s'est efforcé d'élaborer une politique réaliste qui lui est propre. J'aimerais maintenant me tourner vers le caractère fondamental de sa théorie politique.

Le binationalisme

Le thème central de la critique de Buber entre 1918 et 1965, c'est l'incapacité des dirigeants sionistes à travailler suffisamment, de manière assez inventive pour la coopération entre Arabes et Juifs en Palestine. Les adversaires de Buber dans le mouvement insistaient sur le fait qu'ici le mot « assez » était dépourvu de signification, car la coopération entre Juifs et Arabes était tout simplement impossible. Quelle raison les Arabes pouvaient-ils avoir de coopérer avec ces intrus de Juifs ? Il n'y avait qu'à réaliser l'expérience cérébrale de Buber – imaginer les Juifs comme résidents, les Arabes comme immigrants, que « nous soyons en Palestine et que les autres arrivent chez nous » – pour voir qu'il n'y avait pas de solution au problème. Pour de nombreux dirigeants sionistes, le combat avec les Arabes avait la forme, presque dès le début, d'une tragédie historique. Il fallait que les Juifs viennent ; les Arabes étaient déjà en place et ils avaient ce que Buber appelait un « droit inaliénable » de rester. Une fois reconnue la tragédie, que restait-il à faire que de la jouer ? Assez rapidement le danger imminent d'une catastrophe en Europe a fait apparaître le combat tragique avec les Arabes de Palestine comme le prix modique à payer pour avoir un lieu à soi. Mais Buber a rejeté toute sa vie le point de vue tragique. Le rejet opère sur deux plans et sur le second, me semble-t-il, avec plus de succès que sur le premier. Le premier plan est le plus élevé : Buber propose de résoudre la tragédie en créant un État binational. Le second est moins élevé : Buber tente de résister à la tragédie au niveau des « mille et une petites décisions », s'opposant à chaque acte particulier de provocation ou de terrorisme, cherchant mais n'attendant pas de signes de réciprocité du côté arabe : c'était aux intrus, pensait-il, de prendre l'initiative en créant un certain degré de confiance mutuelle. L'idée d'un État binational était la pièce maîtresse de ce qu'on pourrait appeler la macrocritique de Buber mais elle était aussi, avec une admirable persistance, une microcritique sioniste.

Je ne crois pas que le binationalisme ait jamais été une politique vraisemblable : la confiance qu'il rendait nécessaire n'aurait jamais pu être obtenue sans la capitulation et le départ des colonisateurs juifs – auquel cas la confiance aurait été inutile. Le nationalisme ordinaire aurait alors suffi pour les Arabes. En réalité, le nationalisme ordinaire suffisait : il suffisait à leurs objectifs, puisqu'ils n'ont jamais proposé de partager le pouvoir politique avec les Juifs ; ils étaient majoritaires et ils revendiquaient leurs droits démocratiques comme nationaux. Le nationalisme ordinaire suffisait aussi aux Juifs, étant donné leur objectif essentiel, qui était aussi celui de Buber, du moins au début : établir « notre droit à une libre immigration juive [19] ». Il rejetait le but nationaliste typique, l'idée d'un État-nation souverain, mais on comprend mal comment l'on peut jamais revendiquer le droit à l'immigration sans souveraineté. Tout au long des années 20 et 30, Buber soutenait que les Arabes accepteraient les immigrants juifs seulement si la direction sioniste s'engageait à coopérer économiquement et à accepter un compromis politique. Mais la question de l'immigration ne se prêtait pas au compromis. L'enjeu n'était pas seulement les arrangements institutionnels ou la politique pratique de l'État binational, mais sa population même. Qui serait présent et compterait comme citoyen ? Combien de personnes par État ? Dans les faits, Buber a été conduit par son engagement dans le binationalisme à nier ou au moins à ne pas traiter directement du droit des Juifs à s'installer sur le territoire.

L'immigration massive, évidemment, effrairait les Arabes et générerait parmi eux une féroce politique nationaliste. Mais Buber avait une autre préoccupation à mon sens moins honorable. Les immigrants seraient des Juifs apeurés, des réfugiés plutôt que des pionniers, qui du fait de leur désespoir seraient aveugles à ce que la constitution d'un état binational aurait de juste. Ce ne serait vraisemblablement pas des partisans du programme bubérien. Certes réaliste, ce n'était pas là une considération sympathique ou généreuse. La formule que finit par adopter Buber parlait du « plus grand nombre possible » d'immigrants juifs, où « possible » était (ou semblait être – son langage sur ce point n'était jamais explicite) une fonction complexe de la capacité de la communauté juive en Palestine d'absorber de nouveaux immigrants et de l'accord de la communauté arabe [20]. Mais c'était une position impossible pour le mouvement sioniste, car Buber l'adopte au moment même où la nécessité pour les Juifs d'immigrer était devenue d'une urgence écrasante.

Le binationalisme à la fin des années 30 et au début des années 40 apparaît comme une position étrangement doctrinaire où le principe moral triomphe sur la réalité morale. Confrontés à la persécution nazie qui s'intensifiait constamment et à un flot croissant de réfugiés, les Juifs de Palestine ne pouvaient guère faire autre chose que de se battre pour la « libre immigration juive » qui était, droit ou pas, un impératif. Mais Buber n'est jamais parvenu tout à fait à y voir un impératif. L'horreur du nazisme fait largement défaut dans ses œuvres publiées pendant cette période cruciale. Ce n'est qu'en 1959 qu'il a cherché à expliquer comment le caractère extrême de la situation et le besoin urgent des réfugiés avaient écrasé la rectitude binationale. « Le principe d'un développement sélectif et organique » ne pouvait tenir, reconnaît-il, devant « l'événement le plus effrayant de l'histoire moderne, l'extermination par Adolf Hitler de millions de Juifs. Les masses harcelées, tourmentées se pressaient pour entrer en Palestine… Qui, au nom de la méthode sélective, aurait pu prendre sur lui de faire obstruction à cette ruée ! Les masses sont arrivées et avec elles, est venu le besoin de sécurité politique*[21]. » Sur ce point, Buber dit ce qu'il faut dire : qu'il fallait accueillir les réfugiés et que la communauté qui les a accueillis devait les protéger contre d'autres attaques (« la nécessité de sécurité politique » est l'hommage tardif que rend Buber à l'État et à la souveraineté). Mais il est clair que pour lui l'arrivée des réfugiés constituait une déception de ses espoirs théoriques, et cela n'est pas une réponse adéquate à ce qu'ils avaient vécu.

C'était, me semble-t-il, le pire moment dans la vie de Buber. Et pourtant son opposition tenace, résolue à la constitution d'un État juif était en accord avec sa position dans le mouvement des premières années et représentait, en effet, un courant important de la pensée sioniste. Elle cherchait à répondre à la réalité morale de la vie en Palestine, la nécessité de trouver un *modus vivendi* avec les Arabes. Et elle témoignait d'une sensibilité qu'avaient formée des siècles sans État et, comme l'écrivait Arnold Zweig à Buber en 1918, qui se coordonnait mal à l'attirail du pouvoir : « canons, drapeaux et médailles[22] ». Les dirigeants sionistes recherchaient fortement une certaine espèce de normalité socio-économique : des fermiers juifs, des dockers, des ingénieurs et même des policiers juifs. Mais la normalité politique – « encore un facteur de discorde et de conflit » – demeurait un sujet controversé jusque dans les années 40. Ce n'est que l'impuissance juive face au nazisme qui a rendu la normalité sous toutes ses formes de plus en plus attrayante. Étant donné cette impuissance, quiconque s'opposait à la souveraineté « normale » devait expliquer comment il comptait traiter les problèmes immédiats et écrasants du peuple juif. Buber, que je sache, ne l'a jamais fait et donc, quand il écrivait avec colère en mai 1948, juste après la proclamation de l'indépendance

* Comparez à ce propos le discours de Berl Katznelson, le chef moral du sionisme travailliste, vingt ans plus tôt, au XXIe Congrès Sioniste en 1939. Katznelson avait aussi une préférence pour une politique sélective ; maintenant, reconnaissant la menace nazi, il prenait position pour l'immigration massive. « Nous pouvons nous demander pourquoi l'histoire n'a pas choisi des Juifs libres... et bien élevés pour réaliser sa mission et a préféré les réfugiés juifs, les plus misérables de toute l'espèce humaine, naufragés sur les mers. C'est ce que l'histoire a voulu, et il nous revient d'accepter sa décision... Après tout, qu'est-ce que le sionisme ? Une affaire de camps de vacances d'été ? de rencontres du samedi soir ? N'a-t-il pas toujours eu pour fin... de fournir un vrai salut au peuple juif ? », Berl Katzenelson, *Collected Writings* [en hébreu], vol. 9, Tel Aviv, 1948, p. 75. Je dois cette référence à Dahlia Ofer.

d'Israël, qu'« à l'heure qu'il est, ils semblent y parvenir [à la normalité] d'une façon effrayante », l'éclat n'avait pas la force critique qu'il escomptait[23]. Quelle autre voie existait-il que cette effrayante réussite ?

La microcritique de Buber avait pour toile de fond ses convictions binationalistes, mais elle avait en même temps une autre finalité : non pas d'éviter ou de résoudre la tragédie du conflit entre Juifs et Arabes mais de diminuer les injustices commises par les Juifs. « Nous ne pouvons nous empêcher de commettre l'injustice, écrivait-il en 1945, mais il nous est donné de ne pas en commettre plus que nous ne devons. » La colonisation elle-même était injuste, car elle empiétait sur l'espace vital arabe, « sinon leur espace vital du moment, du moins celui des générations futures[24] ». Mais cette injustice, Buber était prêt à la défendre. Ce qu'il opposait, constament, année après année, c'était tout recours des colonisateurs à la force qui n'était pas littéralement et strictement défensif. Dans un texte contre le terrorisme juif en 1938 et 1939, par exemple, il trace la « ligne de démarcation » avec clarté et force : « Quand un homme pénètre dans une pièce où joue son enfant et qu'il voit un étranger à la fenêtre braquant son fusil sur lui, il fait son devoir de père et il est dans son droit s'il tire plus vite que l'autre. » Mais si l'attaquant prend la fuite, « de quel devoir et de quel droit peut-on parler pour lui[25] ». Ce bref essai qui réitérait le refrain « la confiance a été rompue », a été suivi d'un autre – il serait bon que les deux réunis soient réimprimés – qui dénonçait les « pseudo-Samsons » de la droite juive. À plusieurs reprises, sans pour autant adopter une position pacifiste, Buber a nié l'efficacité de la violence : ce n'était que le compromis qui pouvait ouvrir la voie de la coexistence et de la coopération quotidiennes entre Juifs et Arabes. Après l'indépendance, sa politique générale brisée, Buber a maintenu sa posture critique, rejetant les expropriations et les représailles, cherchant localement des occasions pour mettre en œuvre la coopération. Sa microcritique l'a soutenu pendant ces années, et lui a aussi fait honneur. J'aimerais revenir à présent sur la vie de Buber comme citoyen israélien, sur son opposition de l'intérieur de l'État à de nombreuses mesures de l'État. Mais il me faut dire d'abord quelques mots de plus sur la façon dont il interprète la position qui est la sienne de son point de vue interne.

« *Ce Lieu, ce Peuple* »

En 1945, un groupe de militants juifs de droite, dirigé par Menachem Begin, attaque l'*Ichud* (Union), l'organisation qui était le foyer politique de Buber pendant les vingt-trois dernières de sa vie : les membres d'*Ichud*, écrivait Begin, étaient des professeurs du mont Scopus (où était située l'université hébraïque – le nom hébreu signifie la « colline de l'observation »), et c'étaient « effectivement des spectateurs [...] ; ils ne sont pas partie prenants du combat qui se livre à leurs pieds ; ils séjournent sur les hauteurs d'un Olympe moral[26]... » C'était là une critique que l'on adressait assez typiquement aux intellectuels mais en 1945, elle avait une force spéciale, elle était particulièrement incisive parce que ce qui venait de se passer « à leurs pieds », c'était l'holocauste. Buber ne pouvait pas ne pas répondre, quoique ce genre d'adversaires n'était pas de ceux auxquels il répondait habituellement. Il insistait sur le fait que le ton « calme, raffiné, réprobateur » (les adjectifs sont ceux de Begin) sur lequel ses amis et lui écrivaient ne signifiait pas qu'ils n'avaient pas pleuré pour les Juifs d'Europe, mais seulement qu'ils s'étaient arrêtés de pleurer afin de considérer les choix difficiles auxquels les Juifs de Palestine devaient maintenant faire face. « Ceux qui ont été en enfer, et sont revenus à la clarté du jour, ont appris à parler calmement et clairement ». La référence ici, c'est la métaphore bien connue de Platon, mais avec une importante différence. L'enfer, ce n'est pas la caverne : c'est un lieu bien pire ; et la lumière du jour, c'est la lumière de tous les jours. La thèse de Buber, ce n'est pas que le philosophe doit sortir de la caverne mais qu'il doit sortir des camps de concentration. Il ne peut pas parler calmement et rationnellement à moins de se mettre à distance de l'holocauste. J'ai déjà suggéré que Buber avait peut-être exagéré ce qu'est la distance nécessaire. Mais il a été très rapidement conscient de certains des aspects pathologiques d'une politique façonnée entièrement par l'expérience de l'holocauste : la croyance qu'il faut se battre « contre le monde entier » et l'identification de l'héroïsme avec un refus de tout compromis. Cet héroïsme-là, écrivait-il, « n'est pas celui de Prométhée mais celui de Don Quichotte – un Don Quichotte qui n'est malheureusement que tragique[27] ».

S'il ne sort pas de l'enfer, il ne vient pas non plus du ciel : le philosophe critique a les pieds sur terre – il a les pieds en fait sur un bout de terre particulier. L'exemple de Buber, c'est l'ancien prophète hébreu (mieux compris ici que par Benda) qui « ne confronte pas l'homme à une image de la perfection ayant une validité générale, une Pantopie ou une Utopie. Il n'a pas non plus le choix entre sa terre natale et quelque autre pays "qui lui conviendrait mieux". Dans son œuvre, il est lié au *topos*, à ce lieu, à ce peuple, parce que c'est le peuple qui doit faire le *premier pas*[28] ». Il s'agit là, je présume, d'une autodescription tout autant que d'un portrait historique. La présence prophétique de Buber – visage barbu, voix résonnante, langage recherchant trop souvent la force poétique – devait irriter bien des personnes en Palestine, puis en Israël, qui, en dépit de leur *topos*, ne recherchaient pas la prophétie dans la politique quotidienne. Mais il était lié à ces mêmes personnes néanmoins, et tout à fait de la même manière qu'il le décrit. La déclaration que le prophète faisait partie du peuple n'a cependant jamais fait partie de sa description. La politique de Buber est élitiste tout autant que prophétique, « aussi insensible à la mégalomanie des dirigeants qu'à l'ivresse des foules[29] ». Son attitude à l'égard de l'immigration de masse était gouvernée par ce même élitisme (il préférait le « principe du développement sélectif »), bien que, comme il l'a reconnu des années plus tard, pour la masse des réfugiés « la tradition de la promesse messianique survive[30] ». Et si elle ne survivait pas, que pouvait faire le prophète d'autre que de rappeler cette promesse au peuple ? Il ne pouvait guère aller chercher un peuple « qui conviendrait mieux ». L'engagement, s'il est sérieux et soutenu, tempère la présomption de l'« élite spirituelle ».

Étant sur un terrain solide, Buber est parvenu à faire quelques prophéties remarquables. Il se qualifiait toujours de réaliste, et ses écrits critiques témoignent d'une saisie admirable du concret et d'une sobriété sans faille. Nous nous imaginons souvent que les dirigeants politiques doivent être réalistes et sobres tandis que les critiques sociaux doivent être idéalistes, féroces mais distants, inconscients des complexités de la vie réelle. La division sociale du travail, comme un habile directeur des ressources humaines, est censée nous trier pour que nous correspondions à ces anciens stéréotypes. Mais il est presque certain que les stéréotypes sont faux. Sans ce que Buber appelait la mégalomanie des dirigeants sionistes, il n'y aurait jamais eu d'État juif. Je ne veux pas dire qu'ils n'étaient pas, à leur manière, des réalistes. La mégalomanie est, en fait, un mauvais terme pour les décrire : ils sont fous d'espoir, non de pouvoir ou de gloire, et sans cette folie, ils n'auraient pas pu faire ce qu'ils ont fait. Mais Buber voyait une réalité que dans l'ensemble ils ne percevaient pas. Premièrement, il a compris que la partition de la Palestine et l'établissement d'Israël signifiaient non pas une guerre mais une série de guerres, car le statut international du nouvel État ne pouvait compenser ce qui manquait à l'intérieur, c'est-à-dire un accord entre les Juifs et les Arabes palestiniens. Donc Israël aurait à « consacrer ses forces vives à des questions militaires[31] ». Et il a compris, deuxièmement, que la souveraineté des Juifs, le pouvoir politique additionné à leur supériorité économique existante, signifiait la réduction des Arabes au rang « de citoyens de seconde zone » – ce qui ne ferait que rendre le nécessaire accord local plus difficile à obtenir[32].

Dans les circonstances du milieu et de la fin des années 40, ce n'étaient peut-être pas des arguments satisfaisants contre la constitution d'un État. On aurait pu dire que Buber ne faisait que décrire des risques qu'il fallait prendre. Et s'ils devaient être pris, il fallait sans doute ne pas en tenir compte, même les nier. Je pense que Ben Gurion a réellement pensé que la guerre pour l'indépendance d'Israël serait suivie d'une façon ou d'une autre par la paix. Buber ne le croyait pas, et au cours des premières semaines de la guerre, il a dû vivre le moment le plus désespéré de son engagement « envers ce lieu, envers ce peuple ». L'État binational était perdu, semblait-il, à jamais : Arabes et Juifs ne coopéraient que dans la boucherie mutuelle ; et le massacre de villageois arabes à Deir Yasin confirmait la rupture de confiance que Buber avait déjà repérée dans la réaction des groupes juifs de droite au terrorisme arabe de 1939. Il a réaffirmé néanmoins son appartenance : « Souvent, dans les temps anciens, les hordes arabes avaient commis de tels méfaits et mon âme avait compati avec les victimes ; mais, ici, c'était notre propre crime, mon propre crime, et la trahison de l'esprit par les Juifs[33]. » Mais ce n'était pas, en fait, son propre crime : si un homme a jamais été innocent, il l'a été ; et les personnes qui partageaient ces vues politiques ont dû avoir la tentation de transformer l'innocence en fuite, de couper leurs liens et partir à la recherche d'un pays « qui conviendrait mieux ». Quelques amis et disciples de Buber ont quitté la Palestine à ce moment-là : Buber a décidé de rester. « Contre mon gré, écrivait-il en mai 1948, je ne puis faire autrement que participer [à la guerre], et comme chaque Juif, j'ai aujourd'hui le cœur serré[34]. »

Après 1948, Buber se réconcilie avec le nouvel État juif, quoique les Arabes ne l'aient pas fait. On peut voir là une grande trahison d'un principe politique mais ce qui me frappe, c'est que la position de Buber au niveau des « mille et une petites décisions » ne change absolument pas. Il s'agit là d'un moment exemplaire dans l'histoire de la critique sociale où un critique se voit contraint de réagir à l'échec de ses plus grands espoirs. Ce n'est pas que la victoire d'Israël dans sa guerre d'indépendance ait été une défaite de l'*Ichud* : c'est la guerre elle-même qui a été la défaite (la perte de la guerre aurait été une défaite encore plus grande, comme le reconnaissait Buber lorsqu'il avait « le cœur serré »). Une fois le combat terminé, un sympathique commerçant de Jérusalem a accueilli Buber avec cette phrase qui a de nombreux échos dans la vie des critiques du XXe siècle : « Eh bien, une défaite politique aussi totale que celle de votre parti, ça n'arrive pas souvent, et je suppose que vous n'allez plus faire parler de vous pendant un moment[35]. » Buber ne s'est pas résigné à ne plus faire parler de lui : il ne semble pas avoir été moins actif et moins direct dans ses propos après qu'avant la guerre, au moins jusqu'à ce que l'âge et la maladie ne commencent à limiter son activité (il avait soixante-douze ans en 1949 mais il était encore engagé politiquement et extraordinairement actif). En réalité, la défaite n'a pas été « aussi totale », car le peuple envers lequel Buber était engagé était intact et libre, détenant en effet la possibilité nouvelle d'être « un facteur de discorde et de conflit » dans la politique internationale mais aussi, si ses dirigeants avaient l'imagination morale nécessaire, de rechercher la paix avec ses voisins arabes. Buber s'est donc accommodé à l'idée de l'État juif mais il est resté critique à l'égard de l'État – de la réalité de l'État maintenant plutôt que de l'idée, de l'administration de l'État plutôt que du programme de sa constitution.

L'annonce de son accommodement a ce ton sibyllin qui irritait, et d'ailleurs irrite encore beaucoup de ses lecteurs. « J'ai accepté comme mien l'État d'Israël, la forme d'une nouvelle communauté juive qui s'est constituée à la suite de la guerre. Je n'ai rien en commun avec ces Juifs qui s'imaginent qu'ils peuvent contester la forme factuelle qu'a prise l'indépendance juive. L'ordre de servir l'esprit, nous devons aujourd'hui l'accomplir dans cet État, à partir de lui. » Mais non en s'y arrêtant : le point crucial, c'est cette simple déclaration plutôt que le grandiloquent « J'ai accepté ». Buber demandait à ses amis de travailler sur la nouvelle base de l'État « afin de réaliser ce qui un jour a été raté [...], de dégager le chemin d'une entente avec les peuples arabes[36] ». Le binationalisme est bientôt réapparu dans ses écrits comme une fédération : s'il ne pouvait associer les nations dans un seul État, il chercherait à réunir les États dans une association plus souple. Mais tout à la fin de sa vie, dans son dernier essai publié, il ne demandait plus qu'une « union confédérée » d'Israël et des pays arabes voisins, qui permettrait, écrivait-il, « une plus grande autonomie nationale » que ne le ferait une fédération[37]. Il en est venu, petit à petit, je crois, non seulement à accepter l'État mais aussi la souveraineté – jamais, certes, comme un bien en soi mais comme un instrument nécessaire pour accomplir le bien. Notre génération est la première génération de Juifs en deux mille ans, écrivait-il en 1957, qui remplit la condition pour accomplir la « mission » juive, à savoir « l'indépendance d'un noyau puissant [...], le pouvoir de définir dans une large mesure elle-même ses institutions, son mode de vie et ses relations aux autres pays[38] ».

Buber a de très hautes exigences sur l'exercice de ce pouvoir et, bien sûr, le nouvel État n'était pas à la hauteur. Ses écrits critiques après 1948 constituent une litanie de protestations : le plus souvent, ils ont la forme de lettres ouvertes, de déclarations publiques, de mémoires adressés à des responsables politiques, car maintenant il existe des responsables politiques juifs à qui il faut rappeler leurs responsabilités. L'étendue de ces responsabilités a en effet de quoi couper le souffle. Si le nouvel État doit être un « État juif », écrit Buber, il doit soumettre « la totalité de sa vie sociale à la [règle] de Dieu, ce qui signifie l'accomplissement, dans ses relations [...] et internes et externes, de la justice et de la vertu*[39] ».

* Une description de ce que M. Buber entendait par la justice dans les relations intérieures se trouve dans *Utopie et Socialisme*, Paris, Aubier-Montaigne,1977, publié un an après la guerre d'indépendance d'Israël. C'est l'œuvre de théorie politique la plus importante de M. Buber, une défense étonnamment séculière du

Ce qui offre le plus d'intérêt dans les écrits de Buber d'après 1948, c'est son empressement à suivre les détails de cette extravagante soumission. Le binationalisme avait été pour lui une espèce de garantie théorique de paix et de justice ; la fédération et la confédération représentent à ses yeux quelque chose de plus faible ; l'État est sans limites, du pouvoir et du possible, rien de plus. Nous avons atteint un but, écrivait-il en 1949, mais ce but, ce n'est pas Sion. « Nous avons l'autonomie sous sa forme la plus extrême : nous avons un État avec tout ce que cela implique, mais où est le peuple de cet État, où est l'esprit de ce peuple[40] ? » Il est encore sioniste, c'est-à-dire encore à la recherche de Sion, mais la recherche, conceptuellement ébranlée, semble, au moins telle qu'elle se révèle dans ses écrits publiés, moins programmatique qu'elle ne l'avait été. Il s'agit de prendre les choses les unes après les autres, l'« accomplissement de la justice » signifiant agir avec justice sur un point : prendre l'initiative pour réinstaller les réfugiés arabes, lever la loi martiale dans les secteurs arabes, rejeter les représailles contre la population civile arabe, donner des opportunités aux Arabes dans les différentes professions et dans la fonction publique israélienne, etc. Ces exigences ne reviennent pas à une résolution du conflit entre Arabes et Juifs. Ce qui les sous-tend, c'est plus une « orientation » qu'un plan ou une théorie. Si Buber nie encore l'idée de tragédie, il le fait maintenant presque entièrement sur ce que j'ai appelé le « plan inférieur », le plan de la prise de décision quotidienne.

Il ne réussit pas mieux – au moins si on se place du point de vue dans lequel le monde évalue la réussite –, sur le plan inférieur que sur le plan supérieur. Ses premières positions sur l'immigration et l'indépendance lui ont dérobé le soutien populaire qu'il aurait pu avoir. Quelques ministres dans les premiers gouvernements travaillistes avaient de la sympathie pour ses positions, mais non suffisante pour risquer leur carrière sur le terrain difficile de la coopération entre Arabes et Juifs. Ils ont succombé, pensait Buber, à l'éternelle tentation de l'État et du réalisme politique qui consiste à « considérer les exigences dictées par ses intérêts [...] comme décisives, voire absolues[41] ». Il n'a pas, quant à lui, succombé à la tentation opposée (et tout autant éternelle) de la philosophie critique qui consiste à refuser entièrement de reconnaître la valeur des « exigences dictées par ses intérêts » et des personnes qui les affirment. « Je n'ai aucune raison, écrivait-il en 1953, de déclarer qu'en toutes circonstances, il faille sacrifier l'intérêt du groupe à l'impératif moral. » Il s'interrogeait seulement sur les responsables politiques qui ne portent pas les cicatrices de ce « conflit intérieur ». L'impératif moral vient de l'intérieur : « N'étions-

---

socialisme communautaire, avec un épilogue sur le Kibboutz. Curieusement, ses thèses jouent peu dans sa critique sioniste.

nous pas des réfugiés lors de la diaspora ? » Les intérêts politiques sont immédiats et pressants et, on le dit communément, ils ne peuvent être conciliés avec la morale. Alors, où sont les cicatrices[42] ?

La réussite telle que le monde l'évalue n'est pas la mesure de la critique sociale. Le critique s'évalue par les cicatrices que portent ceux qui l'écoutent et le lisent, par les conflits qu'il les contraint à vivre, non seulement dans le présent mais aussi dans l'avenir et par les souvenirs que ces conflits laissent derrière eux. Il ne réussit pas en les mettant de son côté – car il est parfois tout simplement impossible de le faire –, mais en maintenant la thèse critique. Assez souvent Buber s'est senti comme un prophète dans le désert, mais la bonne réaction à ce sentiment, écrivait-il, « ce n'est pas de se retirer dans le rôle du spectateur silencieux, comme le fait Platon ». Au lieu de cela, le prophète doit continuer à parler. « Il doit énoncer son message. Le message sera mal compris, mal interprété, mal utilisé : il confirmera et durcira le peuple dans son absence de foi. Mais la douleur qu'inflige le message durera toujours[43]. » Il y a un certain élan romantique dans ce propos et, alors que j'ai tendance à résister au romantisme chez la plupart des critiques sociaux, l'élan est cette fois irrésistible. Le recueil des messages critiques de Buber qu'a établi Mendes-Flohr suggère que son œuvre est encore susceptible d'infliger de la douleur. Et s'il existe des lecteurs pour éprouver cette douleur, le peuple ne peut pas être entièrement dépourvu de foi.

4. L'engagement d'Antonio Gramsci

Questions

Sa vie est de celles qui appellent des questions contrefactuelles. Fondateur du Parti communiste italien, écrivain brillant et militant dévoué, Antonio Gramsci a été emprisonné par les fascistes en 1926 alors qu'il n'avait que trente-cinq ans et il est mort dans un hôpital de prison onze ans plus tard, en 1937, à l'époque des procès de Moscou. Dans ses *Carnets de prison* – des milliers de pages, auxquelles ont été ajoutées des milliers de pages d'exégèse érudite et politique – la préoccupation centrale de Gramsci était de nature historique, son style réfléchi : il ne savait à peu près rien, pendant les dix dernières années de sa vie, de ce qui se passait en dehors de sa cellule de prison. Mussolini l'a-t-il sauvé de l'orthodoxie stalinienne ou a-t-il privé la gauche d'un adversaire courageux et suprêmement intelligent du stalinisme ? Si Gramsci avait été libre dans les années 30, vivant dans les années 40 et 50, qu'aurait-il pu dire ? Où se serait-il situé lorsque Ignazio Silone a rejeté la discipline du Parti et l'orthodoxie communiste en 1929 ? Qui aurait-il soutenu en 1946 lorsque Elio Vittorini a pris la défense de la liberté intellectuelle des militants communistes contre Palmiro Togliatti, le vieil ami et successeur politique de Gramsci ? Pour dire les choses plus directement, Gramsci est-il l'ancêtre secret, le théoricien réduit au silence de l'eurocommunisme (ou même de l'eurosocialisme) ? Ou bien a-t-il toujours été un léniniste loyal favorable à la dictature du comité central, et qui le serait resté ?

Des questions de ce genre, on ne peut pas y répondre, bien sûr, et pourtant elles sous-tendent et probablement motivent l'extraordinaire production de livres et d'articles sur Gramsci, non seulement en Italie mais aussi, plus récemment en Grande-Bretagne et en France, et même aux États-Unis (bien que l'intérêt y soit plus académique que politique). Les écrivains de gauche cherchent, sans doute, à comprendre Gramsci ; mais ils cherchent aussi à se l'approprier. Car un *communiste innocent*, c'est un oiseau rare au XXe siècle, et, pour conserver son innocence, il n'a pas eu à quitter le Parti mais seulement à être déclaré coupable par une cour fasciste. L'appropriation de son œuvre, dans l'ensemble, sert une bonne cause : elle aide à rendre légitime une politique démocratique dans un décor communiste ou d'extrême gauche. Les années de lutte antifasciste de Gramsci et ses années d'emprisonnement, ensuite, s'additionnent pour former une tranche de vie utilisable, une contre-tradition en contraste avec la longue série des précédents léninistes[1]. Mais Gramsci est-il réellement ou seulement de manière conjoncturelle un communiste démocratique – comme on pourrait dire de quelqu'un qu'il est un démocrate socialiste, en voulant dire ainsi qu'il ne saurait établir un régime socialiste sans le consentement du peuple ? Je crois qu'il ne l'est pas : sa conception du rôle du Parti et de la place d'intellectuels comme lui dans la vie politique est si profondément ambiguë, si douloureusement incertaine qu'il n'est pas possible de lui donner une étiquette aussi engageante. Gramsci n'a pas d'engagement à un « idéal » comme Benda, telle la liberté ou la justice ou l'autodétermination ; il fonde son engagement sur une doctrine, sur un ensemble intégré de thèses « scientifiques ». Il est lié à un groupe de gens sur lesquels portent ses thèses, qu'il prétend comprendre scientifiquement et qu'il espère engager politiquement. Tout le problème de son œuvre dérive d'une relation tendue entre la prétention et l'espoir, la compréhension et l'engagement, la science marxiste et la politique des travailleurs.

Les intellectuels et la guerre de position

L'intellectuel engagé est la figure centrale de la version que Gramsci propose de la doctrine marxiste. Et c'est spécifiquement son activité intellectuelle, son œuvre philosophique et critique, que valorise Gramsci. Depuis Marx, chaque dirigeant marxiste a eu à s'éprouver comme théoricien – car comment serait-il possible sans une théorie correcte d'agir correctement dans la vie politique ? La seule fonction de la théorie, la seule raison de la saisir correctement, c'est l'action politique, et une action d'un genre étroitement spécifique : l'organisation du prolétariat pour la prise du pouvoir. Gramsci a dû partager cette conception marxiste de la fonction de l'intellectuel, au moins pendant ses brèves années à la tête des communistes italiens. Écrivant en prison cependant, après les défaites terribles du début des années 20, il a avancé des arguments pour un déplacement significatif des priorités. À l'Ouest, la prise du pouvoir ne viendrait qu'après la création d'une nouvelle culture prolétarienne, et alors elle viendrait sans grande difficulté, une brève action politique ou militaire ne faisant que confirmer le résultat d'une longue lutte culturelle. D'où le fait que la tâche de l'intellectuel n'était pas seulement d'agir sur la base d'une théorie correcte, mais d'élaborer et de développer une nouvelle conception du monde.

La grande découverte de Gramsci, ce fut de constater la densité et la complexité – la robustesse – de la société civile bourgeoise. Il soutenait que dans les pays capitalistes développés, l'État est la création des groupes dominants de la société civile, le prolongement instrumental de la classe hégémonique et de ses alliés immédiats. État et classe entretiennent ce que les marxistes tiennent pour la « relation propre » (Gramsci ne semble guère s'intéresser à d'autres propriétés : la base économique, les relations de production, et le reste). Ce n'est que dans des pays tel que la Russie, où l'État est « tout » et la société civile « primordiale et gélatineuse », que les classes sont sous-développées, incapables de contrôler le pouvoir de l'État. Dans de telles conditions, un coup d'État léniniste est possible[2]. Mais rien de tel n'est possible en Italie (encore moins en Grande-Bretagne ou en France) où l'État est protégé par ce qu'il est ostensiblement destiné à protéger. Le véritable bastion du pouvoir de la bourgeoisie, c'est la vie ordinaire. C'est dans les actions et les relations quotidiennes, et plus encore dans les idées et dans les attitudes qui en forment l'arrière-plan, que l'hégémonie d'une classe sociale se révèle. On ne peut s'emparer de l'État avant que l'hégémonie n'ait été décisivement vaincue.

Gramsci fait la distinction entre une « guerre de mouvement », comme celle menée par Lénine en Russie, et une « guerre de position », nécessaire dans les pays occidentaux plus développés. La première consiste à s'emparer littéralement et simplement du pouvoir d'État – les bâtiments, les communications, la police. La seconde consiste à « s'emparer » de la société civile, ce qui n'est ni à prendre littéralement, ni simple : il s'agit plutôt d'une infiltration du pouvoir que d'une prise du pouvoir, d'une longue et laborieuse lutte culturelle, le nouveau monde déplaçant lentement, péniblement l'ancien. La thèse suggère une sorte de fabianisme communiste – plus centré cependant sur la radio, la presse écrite et l'école que sur les eaux municipales. Et Gramsci fait parfois preuve d'un optimisme fabianiste : « En politique, la "guerre de position", une fois gagnée, est décisive – définitivement[3]. » Ainsi est-ce pendant les Lumières qu'a été gagnée la Révolution française – et non dans l'excitation de l'insurrection.

Gramsci cependant ne considère pas ce processus avec passivité et pas non plus sans inquiétude. Il se démarque par là (selon la lecture qu'il en fait) de la démocratie sociale allemande et autrichienne : c'est un léniniste du combat culturel. Le long processus des Lumières est en effet une guerre : il implique une discipline, une organisation et un militantisme constant ; il implique une structure de commandement et d'obéissance ; il implique aussi une avant-garde d'intellectuels, un Parti communiste. Mais si cette imagerie militaire témoigne du radicalisme de Gramsci, elle ne rend pas vraiment justice à ses intentions pratiques. On ne comprend pas non plus immédiatement sa comparaison du Parti et du prince de Machiavel : qu'est la vie du prince sinon une guerre de mouvement sans fin ? Gramsci a autre chose à l'esprit. « Le prince moderne doit être et ne peut être que celui qui proclame et organise une réforme intellectuelle et morale [...] créant les conditions du développement ultérieur d'une volonté nationale-populaire [...] orientée sur la réalisation d'une forme supérieure, totale de civilisation moderne[4]. » La phrase est maladroite du fait de la multiplication des prépositions, des adjectifs et des substantifs prospectifs – comme si Gramsci, impuissant dans la prison de Mussolini, reconnaissait que la réalisation d'une civilisation « supérieure » était lointaine. Il semble décrire un développement en trois étapes : 1) le parti crée les conditions pour 2) le développement d'une volonté nationale-populaire (et pas seulement prolétarienne), déjà orientée, mais n'étant pas encore en soi 3) l'accomplissement de la réalisation d'un nouveau mode de vie. Dans les *Carnets*, Gramsci se concentre surtout sur les problèmes de la première étape. Que signifiait exactement la création d'un terrain pour une nouvelle volonté populaire ? Et pourquoi cela requérait-il un parti politique discipliné ? Pourquoi pas, comme dans la France du XVIIIe siècle, une bande de *philosophes* ? Il se peut que Gramsci ait confondu les deux, imaginant une avant-garde utopique, une armée disciplinée d'intellectuels libres.

Le problème du sens commun

La tâche du parti, c'est d'accomplir une « réforme intellectuelle et morale », la réforme ne faisant pas référence à une politique améliorée dans le style de la démocratie sociale d'Europe centrale mais à quelque chose ressemblant plutôt à la réforme religieuse ou à la révolution culturelle. Le marxisme de Gramsci le contraint à croire que le contenu de cette réforme, son caractère socialiste ou communiste, est historiquement donné. La civilisation de l'avenir, c'est la classe ouvrière industrielle qui la porte – quoique non consciemment, et non jusqu'aux nues. Elle se révèle dans l'activité pratique des travailleurs (la coopération dans les usines, la solidarité syndicale) mais pas encore dans leur compréhension du monde, pas encore dans ce que Gramsci appelle leur « sens commun ». La réforme que doit accomplir le parti tend à élever les travailleurs au niveau de leur propre activité, à « ajuster la culture à la pratique[5] ».

Le sens commun, je présume, est la version gramscienne de la fausse conscience. Mais cette version est beaucoup plus subtile que l'explication marxiste orthodoxe, explication répétée presque sans vergogne à chaque échec révolutionnaire. L'explication orthodoxe blâme les victimes : si seulement les travailleurs savaient où se situent leurs propres intérêts ! Gramsci tombe assez facilement dans ce style de raisonnement, et Frank Parkin n'est pas entièrement injuste lorsqu'il décrit « une succession de théories marxistes de Lukacs et Gramsci aux écoles d'Althusser et de Francfort », dont le diagnostic de l'échec révolutionnaire implique « de la manière la plus indirecte et érudite que le prolétariat souffre d'une espèce de déficience cérébrale collective[6] ». D'où la nécessité du parti, le cerveau sain de la classe ouvrière, qui, avec ou sans leur participation, défend les intérêts « réels » des travailleurs. Il faut ajouter cependant que cette explication ne satisfait pas entièrement Gramsci. Dans les *Carnets*, le sens commun n'est jamais qu'une question d'intérêt : il comprend des idées qui sont vraies tout autant que des idées qui sont fausses – des idées aussi auxquelles ne s'appliquent pas ces prédicats, comme c'est évidemment le cas de la conscience dans son ensemble. Ce qui est en question dans la guerre de position, c'est la culture elle-même, de la philosophie et la religion jusqu'à la compréhension la plus ordinaire de la santé et de la maladie, de l'amour, du mariage, du travail, de l'échange, de l'honneur et de la solidarité. Il n'est pas si facile pour le Parti d'imposer une ligne « correcte » et de mener le combat politique. S'il est un agent de réforme intellectuelle et morale, c'est un agent qui ne peut œuvrer qu'au moyen des travailleurs, et non derrière leur dos ou au-dessus de leur tête : il doit, avant de modifier le monde, modifier leur compréhension du monde. Ou, plus démocratiquement – et Gramsci écrit parfois dans ce style aussi – il doit aider les travailleurs à s'éduquer et à se changer eux-mêmes.

La thèse de Gramsci a pour premier point l'assertion assez égalitaire que « tout homme est un intellectuel [...]. Il n'existe pas d'activité humaine d'où toute forme de participation intellectuelle puisse être exclue : l'homo faber ne peut être séparé de l'*homo sapiens*[7] ». Les personnes ne peuvent vivre, travailler, aimer ou encore élever leurs enfants sans en venir à avoir une conception du monde, à adopter et se faire les défenseurs d'une ligne de conduite morale, à soutenir ou modifier un ensemble d'idées reçues. Je dis bien d'*idées reçues*, car même les plus brillants philosophes parmi nous ne commencent pas *ab novo*, avec de pures intuitions de la Moralité et de la Vérité. Nous ne sommes pas des tablettes vierges sur lesquelles la classe dominante

– ou le Parti, si seulement il pouvait y arriver le premier – viendrait inscrire ses instructions, les marques de l'idéologie dominante. La conscience est plutôt une composition historique, le produit d'un processus qui a « déposé » en nous (c'est la phrase la plus remarquable de Gramsci) « une infinité de traces, sans […] inventaire[8] ». Le signe d'une classe hégémonique, c'est que ces intellectuels professionnels peuvent affiner et remodeler cette composition, ou au moins la recouvrir d'un nouveau « dépôt » et le faire non seulement pour leurs étudiants et lecteurs immédiats, mais aussi pour la société dans son ensemble. Ils fournissent une haute philosophie qui est réitérée, non sans beaucoup de distorsions, à tous les niveaux de la vie intellectuelle et sociale. On obtient alors une étrange rupture dans la culture des classes subordonnées. Leur pensée ne reflète pas leur activité pratique : la conscience ne suit pas l'existence. Cette rupture, soutient Gramsci dans un passage important des *Carnets de prison*,

> signifie que le groupe social en question peut en effet avoir sa propre conception du monde, même si elle est embryonnaire : une conception qui se manifeste dans l'action, mais de manière occasionnelle et par éclairs […]. Cependant ce même groupe a adopté, par soumission et subordination intellectuelle, une conception qui n'est pas la sienne, mais qui est empruntée à un autre groupe, et il confirme cette autre conception verbalement et croit la suivre[9].

Et, en « temps normal », poursuit Gramsci, il la suit effectivement. En fait, l'emprunt est incomplet : les idées empruntées se combinent avec des fragments d'idéologies antérieures et sont, comme eux, adaptées aux besoins d'un cadre social subordonné. D'un côté donc, une activité pratique qui ne peut s'articuler ; de l'autre, une articulation partielle et incohérente d'idées reçues et empruntées : voilà ce qu'entend Gramsci par le sens commun, l'ordinaire sagesse qui sert aux personnes ordinaires à s'ajuster au monde. « Le sens commun, c'est le folklore de la philosophie[10]. »

C'est ainsi que Gramsci adapte et complique le dicton de Marx : « Les pensées de la classe dominante sont aussi, à toutes les époques, les pensées dominantes[11]. » Mais sa compréhension de ces « idées dominantes » se développe dans des directions politiques et culturelles que les marxistes – tout au moins, jusqu'à très récemment – ont été peu nombreux à vouloir suivre. Lui-même d'ailleurs ne poursuit pas toujours les indications et les suggestions de ses propres thèses qui sont orientées sur le remplacement de l'économie politique par l'anthropologie culturelle. Ces mêmes thèses mettent l'intellectuel marxiste – qui, confronté aux travailleurs, se bat pour comprendre et réformer le sens commun de la classe ouvrière – dans le dilemme anthropologique habituel : devrait-il faire de sa mise à distance des travailleurs une vertu ou s'engager plus complètement dans la vie quotidienne ? Devrait-il rester en dehors ou prendre le risque d'« adopter le mode de vie indigène » ?

L'intellectuel doit choisir entre la distance et la proximité et en faisant ce choix, deux thèses gramsciennes sont cruciales : malheureusement, elles ont deux orientations différentes. La première, Marx la suggère mais ne l'élabore jamais. Les idées dominantes ne sont pas seulement des rationalisations d'intérêts de classe. « Car chaque nouvelle classe qui prend la place de la classe dominante précédente, simplement pour réaliser son objectif, est contrainte à représenter son intérêt comme étant l'intérêt de tous les membres de la société [12]. » Gramsci élabore cette idée : les idées n'en viennent pas à être dominantes, dit-il, à moins qu'il leur soit donné une expression « universelle » plutôt que « corporatiste », et l'universalité n'est jamais une simple prétention à l'universalité. Toute hégémonie a un caractère « national-populaire », bien que le mode de vie d'une classe particulière en détermine les valeurs les plus profondes et les principes d'organisation [13]. Un processus politique complexe accompagne l'élaboration de l'organisation visible de l'hégémonie et de la série de valeurs qu'elle exprime : le résultat ressemble à une culture commune. Les intellectuels dominants ont pour armes des stylos, non des épées : ils doivent établir le bien-fondé des idées qu'ils défendent auprès de personnes qui ont leurs propres idées, des personnes qui sont des intellectuels de la vie quotidienne. La coercition a sa place dans (ou à côté de) l'hégémonie mais le pouvoir des idées a une autre source, et l'hégémonie ne peut se dispenser d'idées. Une classe dominante qui ne peut affirmer sa domination que par la force est dans un état de crise. Si elle veut éviter cette crise, il lui faut faire un compromis : « L'hégémonie présuppose que l'on tienne compte des intérêts et des tendances des groupes sur lesquels est exercée l'hégémonie, et elle présuppose aussi un certain équilibre, c'est-à-dire que les groupes hégémoniques fassent certains sacrifices de nature corporatiste [14]. »

La plaisanterie que faisait Parkin sur la déficience cérébrale manque donc le propos le plus intéressant de Gramsci : lorsque les classes subordonnées acceptent une conception du monde qui se heurte à leur activité pratique, elles ne le font que parce que cette conception, même de manière concessive, rend possible leur activité pratique (sinon une pleine conscience de classe). Les idées dominantes intériorisent les contradictions. Il semblerait donc que les intellectuels marxistes n'aient pas besoin de rester en dehors de la culture et du sens commun pour comprendre ce que sont les « véritables » intérêts de la classe ouvrière. Même partiellement, les structures de l'hégémonie ont intégré ces intérêts. Les travailleurs ont une position dans l'ancienne société, une position subordonnée mais qui n'est pas entièrement négative, pas une simple absence de statut et de droits, et c'est à partir de cette position que l'opposition doit commencer.

Le deuxième propos de Gramsci, quelque peu différent, naît de sa conception générale de la conscience. Les idées dominantes, comme le sens commun, vont bien au-delà des « intérêts et des tendances ». Les idées élaborées par les intellectuels bourgeois incarnent la conception de la réalité sociale (et, ce qui n'est pas insignifiant, des sciences naturelles) non seulement la plus puissante mais aussi la plus proche de la vérité. Elles constituent les plus belles conceptions de l'art et de la littérature : elles incorporent l'humanisme classique et le libéralisme bourgeois. Elles sont, tout simplement, les meilleures idées de l'époque (et de toutes les époques antérieures), et le marxisme lui-même en est le prolongement, l'« apogée » de la philosophie allemande, de la théorie économique anglaise et de la science politique française [15]. La nouvelle civilisation que véhicule la classe ouvrière ne peut s'articuler que moyennant ces idées. Aucun sacrifice, aucune concession, à ce stade, n'est nécessaire. Que la domination culturelle soit si radicalement incomplète est un point inquiétant. Les idées dominantes ne dominent directement et complètement que parmi les dirigeants et les intellectuels. Elles ne sont dans les classes subordonnées que les dernières traces de l'« infinité de traces » : elles recouvrent toutes les autres mais ne les délogent pas. Le sens commun des masses, à un degré significatif, bien que non déterminé (l'inventaire fait défaut), demeure prébourgeois, un amalgame peu cohérent de préjugés anciens, de superstitions et d'utopies, qui dérivent à leur tour des idées dominantes précédentes, qui elles-même n'avaient pas été complètement comprises ni assimilées [16]. Et à côté de cela, à l'état embryonnaire, quelque chose de radicalement nouveau s'annonce.

Ou peut-être pas si radicalement nouveau que cela, car cette annonce apparaît aussi comme « trace » dans les idées dominantes parce qu'une hégémonie n'est jamais absolue ou parce que du fait de leur caractère scientifique et « avancé », des intellectuels comme Marx ou Gramsci, qui grandissent dans la classe dominante, en partagent la culture et ensuite s'y opposent, peuvent prévoir ce que sera la civilisation de l'avenir. Il leur faut aussi, malheureusement, s'opposer à la classe ouvrière, pour autant tout au moins que le sens commun la façonne. Les intellectuels communistes, tout en espérant une nouvelle civilisation, sont porteurs de l'ancienne hégémonie.

Le Parti et les travailleurs

Tel est donc le dilemme de Gramsci : il a pour tâche une critique sociale mais non une critique ayant pour cible principale les groupes dominants ou les injustices prédominantes de la société dans laquelle il vit. Sa cible doit plutôt être la conscience, la culture et le mode de vie des personnes qu'il espère diriger. Il lui faut les critiquer sans se les aliéner : réformer leur « vie morale et intellectuelle » sans les contraindre à adopter la sienne. Il doit devenir, comme le dit Gramsci, un « nouveau type de philosophe [...] un "philosophe démocratique" », c'est-à-dire un philosophe dont la philosophie « est une relation sociale active de modification de l'environnement culturel[17] ». Une relation, on peut le présumer, avec d'autres personnes dont l'activité pratique (puisqu'elles appartiennent à une classe sociale progressiste) est déjà en train de modifier l'environnement et qui, au moins de manière trouble, le savent. Mais ce n'est là aucunement une démocratie facile, car le savoir des personnes est en effet trouble – non parce qu'*elles* ont l'esprit trouble mais parce que leur vie culturelle est brisée et incohérente – tandis que le savoir de l'intellectuel du Parti est scientifique et précis. La relation entre les deux parties est celle du maître et de l'élève, en aucun cas une relation d'égalité. Le maître est censé être à l'écoute des élèves, puisque son enseignement est implicite dans leur vie. Il est néanmoins vraisemblable qu'il leur apparaisse comme un étranger, le porteur d'une vérité nouvelle et qui n'est pas la leur.

Il apparaît comme un étranger premièrement parce qu'il l'est ; pour ce qui est de la classe sociale, il n'a vraisemblablement ni été élevé ni jamais travaillé dans une ville-usine. « Le prolétariat comme classe sociale », écrit Gramsci en 1926, juste avant son arrestation, « est pauvre en éléments organisateurs, il n'a pas sa propre strate d'intellectuels et ne peut la former que très lentement, très laborieusement et seulement après s'être emparé du pouvoir d'État[18]. » La vision est sinistre, surtout dans les derniers mots de la phrase, qui suggèrent que tout au long de la longue guerre de position le prolétariat aura pour dirigeants des personnes qui ne sont pas des leurs. La thèse de Gramsci avait été différente six ou sept ans plus tôt lorsque les conseils ouvriers dans les usines – les soviets italiens – étaient devenu actifs à Turin et qu'il en avait pris activement la défense (en 1926, son activité politique ne consistait plus qu'en intrigues à l'intérieur du Parti). Il donnait alors à entendre que les conseils étaient des micromodèles de l'État prolétarien où la création d'une nouvelle culture était déjà en bonne voie. Il a considéré toute sa vie ces conseils comme la forme caractéristique de l'organisation de la classe ouvrière et comme l'arène déterminante de son éducation. Dans les conseils, écrivait-il en 1919, la classe ouvrière

« pouvait s'éduquer, accumuler de l'expérience et acquérir une conscience responsable des devoirs incombant aux classes qui détiennent le pouvoir d'État[19] ». Il est moins certain dans les *Carnets de prison* qu'il croie encore à l'auto-éducation. Il se peut qu'il n'y ait jamais cru : il y avait toujours quelque chose du maître d'école chez Gramsci et toute sa vie, il semble avoir eu à la fois une austère conception des tâches du prolétariat (ces devoirs qui « incombent ») et une faible opinion de ses membres. Ils ne souffraient pas d'une déficience mentale mais ils étaient culturellement retardés : l'arriération était la conséquence pratique de la subordination. Brièvement, en 1919, dans un élan d'enthousiasme, il a donc rejeté son rôle de « tuteur[20] ». Les *Carnets*, me semble-t-il, sont en revanche une apologie soutenue de ce rôle : elle reflète les leçons que Gramsci a tirées de la défaite des conseils et du triomphe du fascisme.

Mais la défense n'est pas sans être complexe : Gramsci voulait un parti-tuteur mais aussi un parti prêt à céder (pas trop tôt !) à ses élèves. Lui aussi croyait que l'*intelligentsia* avait pour rôle « de rendre inutiles les dirigeants spéciaux qui en sont issus[21] ». Rien, cependant, n'était, pour l'instant, plus nécessaire que des « dirigeants spéciaux » :

> La conscience de soi critique signifie, historiquement et politiquement, la création d'une élite d'intellectuels. Une masse humaine ne se « distingue » pas, ne devient pas indépendante à son propre titre sans, au sens le plus large, s'organiser ; et il n'y a pas d'organisation sans intellectuels [...], sans une distinction concrète de l'aspect théorique de la connexion théorie-pratique par l'existence d'un groupe de personnes « spécialisée » dans l'élaboration conceptuelle et philosophique des idées[22].

Puisque la classe ouvrière ne produit pas de telles personnes en son sein, elles ne peuvent venir que d'un corps d'« intellectuels traditionnels », recrutées principalement, comme Gramsci lui-même, dans la petite bourgeoisie. Mais l'orientation de ces intellectuels vers le prolétariat est maladroite et incertaine, et l'élaboration philosophique des idées appropriées au prolétariat est un processus « plein de contradictions, de pas en avant et de pas en arrière, de dispersements et de regroupements, dans lequel la loyauté des masses est souvent mise à rude épreuve ». Et pourtant, dans la longue guerre de position, les masses se doivent d'être loyales : « La loyauté et la discipline sont leur manière de participer [...] au développement du mouvement culturel dans son ensemble[23]. » Pour elles, la guerre de position est une guerre *en* position. Elles doivent, tels des enfants, apprendre à rester assises tandis qu'un groupe de maîtres turbulents (et sur lequel on ne peut compter) s'efforce d'élaborer un programme adéquat[24].

Les éditeurs anglais des *Carnets de prison* nous assurent que lorsqu'il utilise le mot « élite », Gramsci n'entend pas s'associer à l'école réactionnaire des « élitistes », les disciples de Vilfredo Pareto et Gaetano Mosca. Sans doute ; mais que veut-il dire exactement ? « Le processus de développement est lié, écrit-il, à une dialectique entre les intellectuels et les masses [25] ». Le style est celui de quelqu'un qui n'est pas certain ou qui veut éviter de dire exactement ce qu'il veut dire. En fait, Gramsci est confronté à de réelles difficultés. L'intellectuel du Parti ne doit pas trop se rapprocher des travailleurs, de peur de perdre sa capacité à critiquer leur sens commun. L'identification romantique trahit un manque de courage, et encourager la spontanéité prolétarienne, c'est une mauvaise politique, une attitude très semblable à celle de préférer le folklore et la superstition à la science. D'un autre côté, rejeter la spontanéité prolétarienne, c'est aussi une mauvaise politique, car tout mouvement spontané « contient les éléments rudimentaires d'une aptitude à prendre consciemment le pouvoir [26] ». Et le refus d'identification est dangereux aussi pour des raisons que j'ai déjà suggérées : c'est dans l'activité pratique du prolétariat, après tout, et non dans celle de l'*intelligentsia* bourgeoise, que la civilisation de l'avenir est de quelque manière implicite. « L'État socialiste existe déjà potentiellement dans les institutions de la vie sociale qui sont caractéristiques de la classe laborieuse exploitée [27]. »

L'intellectuel donc reste suspendu entre la culture supérieure de l'ancienne société, dont la science moderne et le marxisme lui-même sont les produits les plus avancés, et le sens commun du peuple, la forme intériorisée de leur subordination (et de leur résistance à cette subordination), qui en même temps contient en lui-même des signes annonciateurs d'une culture encore plus élevée. Il veut être à la fois missionnaire et camarade. En tant que missionnaire, il cherche à apporter l'art et la science, la « philosophie de la praxis » aux masses. Il a la même tâche que le maître de Gramsci qui doit s'engager à déraciner les conceptions « folkloristes » du monde et « les remplacer par des conceptions qui sont tenues pour supérieures [28] ». En tant que camarade, il recherche une union active avec le peuple, peut-être même « une union du travail manuel et du travail intellectuel » (chose que Gramsci lui-même n'a jamais tenté et que, étant donné son état de santé, il n'aurait probablement pas pu accomplir), et ensuite une transformation, de l'intérieur, du sens commun de la classe ouvrière [29].

Le Parti communiste a pour projet, bien sûr, de faire la médiation entre ces deux conceptions. Idéalement, le Parti réunit une élite d'intellectuels et les sections « les plus avancées » du prolétariat dans la lutte politique quotidienne. L'éducation et l'action sont complémentaires : les protagonistes de chaque côté apprennent les uns des autres. L'élite intellectuelle, régie par une éthique égalitaire, collabore étroitement avec les intellectuels de la vie quotidienne. Ceux qui en font partie sont des critiques du sens commun, mais ils ne font pas que proclamer leurs propres vérités scientifiques. « Initialement », au moins, ils se fondent « sur le sens commun lui-même afin de démontrer que “tout le monde” est philosophe et qu'il ne s'agit pas d'introduire à partir de rien une modalité scientifique de la pensée [...], mais de rénover et rendre “critique” une activité qui existe déjà[30]. » Gramsci propose un modèle surprenant : les frères prêcheurs du Moyen Age, organisés en ordres qui imposent non à des fins de conspiration mais « pour qu'ils n'excèdent pas certaines limites de différenciation entre eux et les “simples” - une « discipline de fer » sur leurs membres. Une fois passée de telles limites, les intellectuels « deviennent une caste ou un clergé[31] ».

Mais si Gramsci reconnaît ce danger (cette dernière citation a peut-être un caractère autocritique), la façon dont il entend l'éviter n'est pas claire. Dans la pratique, ce qui déterminait le plus souvent les propositions que son propre parti adoptait dans tel ou tel autre combat politique, c'étaient des instructions venues de l'extérieur, des papes et des évêques du Komintern, plutôt que de la « dialectique » interne de la théorie et du sens commun. Et la dialectique n'a jamais non plus été aussi fertile que Gramsci l'espérait, et cela pour des raisons qu'il expliquait avec une franchise brutale. Le prolétariat mettait une lenteur terrible à produire des éléments avancés adéquats. Les intellectuels du Parti, à quelques rares exceptions près, n'étaient pas des « intellectuels organiques » de la classe ouvrière. Ils n'étaient ni sortis de cette classe ni (sauf brièvement, peut-être, à des moments critiques comme les grèves de Turin) intégrés à elle. Le Parti, tout au long des années 20 est demeuré dans l'ensemble une organisation missionnaire, dont les membres se donnaient mutuellement du « camarade », mais qui étaient radicalement détachés des travailleurs dont ils espéraient être les camarades. Les socialistes sont parvenus à une intégration bien plus complète avec les travailleurs mais seulement, croyait Gramsci, par opportunisme, en délaissant la théorie pour le sens commun.

Il se peut que les expériences communiste et socialiste épuisent les possibilités réelles : soit un travail missionnaire mené de l'extérieur par une élite d'intellectuels ; soit la création d'un parti de masse sans élite missionnaire et, assez vite, sans mission. On peut ici faire un rapprochement inexact mais intéressant avec le dualisme radical de Julien Benda. Les intellectuels communistes sont les « clercs », dévoués à la vérité ou, au moins, à « la position idéologique correcte », tandis que les socialistes sont les « laïcs » qui agissent, bien que dans l'ensemble de manière inefficace, dans le monde réel, s'adaptant aux circonstances et se cherchant des alliés par le compromis (plutôt que par la conversion). L'emploi constant que fait Gramsci de métaphores militaires et machiavéliques laisse deviner combien il souhaitait transcender ce dualisme – pour être, comme est censé l'être un bon marxiste, à la fois un théoricien critique et un tacticien, un chef révolutionnaire et un frère prêcheur : un *clerc militant*. Étant donné la guerre de position, cependant, la tactique perd de son importance (et en prison, elle cesse complètement d'avoir un intérêt). Ce qui est important maintenant, ce sont les stratégies plus générales de la critique culturelle. D'où doit venir cette critique ?

Si les travailleurs représentent vraiment la culture de l'avenir, alors les socialistes ont raison de penser qu'elle ne peut venir que de l'intérieur, du lent développement des institutions de la classe ouvrière, de la lente transformation de l'activité pratique en une nouvelle culture*. L'argument le plus profond pour la politique communiste, c'est la prétention (léniniste) que cette critique interne et cette transformation intérieure à la classe ouvrière ne sont tout simplement pas possibles. L'hégémonie ne peut être renversée que par des intellectuels bourgeois expatriés, équipés du savoir hégémonique. « Ce n'est qu'après la création d'un nouvel État que le problème culturel [...] tend à trouver une solution cohérente[32]. » Cet argument des *Carnets* fait écho à un texte de 1926 que j'ai déjà commenté. Ce que Gramsci veut dire est clair : la classe ouvrière ne produira pas ses intellectuels organiques ou sa propre culture avant que le travail des missionnaires communistes n'ait reçu le soutien du pouvoir d'État, avant que le Parti ne contrôle les médias et le système éducatif. J'ai fait de l'éducation une métaphore de la politique gramscienne. Mais Gramsci prend cette métaphore au sérieux : il a un intérêt direct, personnel autant que théorique, pour l'école et les programmes scolaires. Sur ce point, il puise plus explicitement dans sa propre expérience et nous donne, brièvement, un aperçu de la vie intérieure du militant communiste.

L'éducation communiste

Certains des premiers articles de Gramsci portent sur des questions relatives à l'éducation, mais sa réflexion la plus systématique se trouve dans les *Carnets de prison* lorsqu'il critique une proposition de réforme rédigée par le philosophe idéaliste Giovanni Gentile, le ministre de l'Éducation de Mussolini. Il n'est pas nécessaire de s'occuper ici des

* Ou, autre possibilité, la lente élaboration de l'activité culturelle en une nouvelle pratique : c'est la ligne adoptée par les disciples contemporains de A. Gramsci, qui ont définitivement rompu, comme il ne l'a jamais fait, avec la politique d'avant-garde et qui tendent à reconnaître une grande valeur à la culture populaire.

détails de la proposition : elle était ostensiblement « progressiste », mettant l'accent sur une éducation dite « active » par opposition à la simple « instruction », tenue pour aride, formelle, répétitive et incapable de susciter l'intérêt des jeunes. La réponse de Gramsci est remarquablement conservatrice :

> On apprenait le latin et le grec par la grammaire, machinalement ; mais l'accusation de formalisme et d'aridité est très injuste et impropre. Dans l'éducation, on a affaire à des enfants à qui il faut inculquer certaines habitudes de diligence, de précision, d'équilibre (même d'équilibre physique), une aptitude à se concentrer sur certaines matières spécifiques, choses que l'on ne peut acquérir sans une répétition mécanique d'actes disciplinés et méthodiques[33].

Une éducation de ce genre n'a, apparemment, aucun caractère de classe spécifique : elle n'est ni bourgeoise ni (le mot est de Gramsci) « oligarchique ». Les anciennes écoles où l'on enseignait le grec et le latin n'étaient oligarchiques que par l'exclusion des enfants de la classe ouvrière. Il suffirait d'accepter de tels enfants pour que ce caractère de l'école change. Gramsci est l'avocat d'une école « commune » ou « polyvalente » *[compréhensive],* et en même temps du programme scolaire traditionnel. Malgré lui, il reconnaît qu'il est peut-être nécessaire de délaisser les langues anciennes, bien qu'il ne puisse soutenir avec enthousiasme cette réforme, que propose la gauche en général. « Il ne sera pas facile de déployer de nouvelles [...] matières sous une forme dialectique qui donnent des résultats équivalents en terme d'éducation et de formation générale de la personnalité[34]. »

La difficulté d'une éducation authentiquement progressiste, n'est pas de produire un nouveau programme scolaire, mais de mettre les enfants de la classe ouvrière (et les enfants des paysans aussi) en contact avec ce qu'il y a de mieux en littérature et en science. L'école, comme le Parti, doit rester en tension avec le sens commun du peuple. Les communistes ne doivent pas chercher à détendre cette tension : ils doivent insister sur cette tension, vivre avec elle, la combattre et cela jusqu'à la défaite du sens commun. Le maître, écrit Gramsci, « doit être conscient du contraste entre le type de culture et de société qu'il représente et le type de culture et de société que représentent ses élèves, et il doit être conscient de son obligation d'accélérer et de régler la formation de l'enfant en conformité avec le premier et *en conflit avec le second*[35] ». L'éducation est toujours un travail difficile : la diligence, la précision et l'équilibre ne sont innés en personne. Mais étant donné le caractère du conflit culturel (la guerre de position) et la préparation respective des deux camps, elle est beaucoup plus difficile pour les enfants de travailleurs en usine que pour les enfants de bonnes familles.

Sur ce point certes, Gramsci ne fait aucune concession : « Il se peut qu'à l'avenir, ces questions se posent de manière extrêmement aiguë, et il faudra résister à la tendance de rendre facile ce qui ne peut devenir facile sans distorsion[36]. »

Les choses n'avaient pas été faciles pour Gramsci lui-même, fils et petit-fils de fonctionnaires de province, elles seraient encore plus difficiles pour des étudiants issus de strates sociales inférieures. Et pourtant, c'étaient l'école, le vieux programme scolaire, l'apprentissage par cœur et même l'aide occasionnelle de maîtres pour la plupart, pensait-il, incompétents qui l'avaient conduit d'une province éloignée et retardée de la Sardaigne à la moderne ville de Turin. Faible physiquement, souvent malade, bossu et quasi nain, il avait fait son chemin, non sans y être aidé. « N'attend rien de personne, écrivait-il à son frère Carlo en 1927, et tu éviteras les désillusions[37]. » Et pourtant ses notes sur l'éducation (ses lettres de prison aussi, quand il s'inquiète de l'éducation de son fils) sont pleines d'attentes. L'école est bien sûr un agent de l'hégémonie, c'est-à-dire qu'elle inculque « une conscience responsable des devoirs qui incombent aux classes qui détiennent le pouvoir d'État ». Mais cela, elle peut le faire pour les travailleurs tout autant que pour les bonnes familles – à condition que les écoles acceptent les travailleurs. Sous le pouvoir de la bourgeoisie, ils ne seront acceptés, soutient Gramsci, que dans des écoles où le programme scolaire a été adapté à ce qu'on suppose être leurs capacités et leurs intérêts. Et là, ils ne sont pas confrontés à la culture hégémonique et n'apprendront pas la « conscience responsable » d'une classe dominante. Les écoles ne marcheront pas pour les travailleurs avant qu'il n'y ait un État des travailleurs. L'école conventionnelle indique néanmoins, comme l'expérience de Gramsci lui-même, ce qu'il y a lieu de faire.

Les thèses de Gramsci sur l'éducation sont marquées par l'austérité, une austérité personnelle tout autant qu'idéologique. Le même ton se retrouve dans ses lettres. Je ne peux que spéculer sur les sources de cette austérité dans sa vie personnelle, mais il semble valoir la peine de le faire : le dilemme de l'intellectuel gramscien, après tout, est finalement un dilemme personnel. J'aimerais proposer une hypothèse simple : ce que Gramsci attendait des travailleurs, c'était ce qu'il pensait avoir lui-même réalisé. Il fallait qu'ils rompent aussi radicalement avec la « Sardaigne » du sens commun qu'il l'avait fait de la Sardaigne concrète où il était né et où il avait été élevé. Il fallait qu'ils en viennent à haïr leur « esclavage spirituel » comme il avait haï l'arriération sarde. En Sardaigne, il n'avait connu, écrivait-il un jour, que « l'aspect le plus brutal de la vie ». La vérité, c'est qu'il avait aussi connu d'autres choses : les premiers mouvements de révolte, la sympathie avec les opprimés, même la solidarité – sous la forme d'un patriotisme sarde, sentiment depuis longtemps réprimé lorsqu'il écrivait les *Carnets*[38]. Mais tout cela était informe, encore intimement lié à la version locale du sens commun et il fallait, comme le disent les éditeurs anglais de Gramsci, le « transcender ». Il en va de même du sens commun des travailleurs, même s'il est parfois créateur d'une solidarité « rudimentaire ».

En même temps, Gramsci avait des inquiétudes sur la transcendance intellectuelle. Voici cette inquiétude en termes théoriques :

> L'élément populaire « ressent » mais ne sait ni ne comprend : l'intellectuel « sait » mais ne comprend pas toujours et surtout il ne ressent pas [...]. L'erreur de l'intellectuel consiste à croire que l'on peut [...] être un intellectuel (et pas purement et simplement un pédant) par distinction et séparation d'avec le peuple-nation, c'est-à-dire sans ressentir les passions élémentaires du peuple, sans les comprendre [...] et les mettre en relation avec les lois de l'histoire et avec une conception supérieure de l'histoire élaborée de manière scientifique et cohérente – autrement dit, avec le savoir[39].

Et voici maintenant une inquiétude semblable exprimée en termes personnels : dans une lettre à son épouse, Gramsci évoque une vie (avant leur rencontre) sans amour et confesse qu'il s'était souvent demandé « s'il était possible pour moi de me lier à la masse des hommes alors que je n'[ai] jamais aimé personne, pas même ma propre famille, [s'] il était possible d'aimer une collectivité alors que moi-même, je n'ai jamais été aimé par des êtres humains individuels[40] ». L'intellectuel mal aimé et qui s'apitoie sur lui-même est, je suppose, une figure assez commune, et je ne souhaite pas m'attarder sur cela mais plutôt sur la première question de Gramsci, qui exprime son rejet du foyer et de la patrie. C'est à grands frais personnels qu'il avait rompu. Pourrait-il maintenant créer des liens de camaraderie avec des personnes qui, elles, n'avaient pas rompu, qui incarnaient l'arriération qu'il avait transcendée ? Comment pourrait-il éprouver, sans attachement pour son propre passé, un sentiment de communauté pour des personnes qui vivaient encore dans ce passé ?

Au moins est-ce une question honnête qui rappelle de nouveau le mépris de Rousseau pour ces philosophes qui aiment l'humanité et détestent leurs proches. Gramsci n'a-t-il jamais « aimé » les travailleurs ? C'est une question, si Gramsci ne l'avait pas lui-même posée, que j'hésiterais à formuler, au moins en ces termes. Ce n'est pas, que je sache, une question que l'on se soit posé dans l'immense littérature sur Gramsci, dont les auteurs ont presque exclusivement pour préoccupation la vie culturelle et la théorie marxiste. Mais les *Carnets* suggèrent une réponse : il n'aimait les travailleurs que comme un maître aimerait un étudiant retardé, récalcitrant mais de quelque manière prometteur. Ce n'est pas l'amour que l'on éprouve pour un frère ou un ami. Gramsci a dû s'exprimer différemment dans ses affrontements, en particulier en 1919 et 1920. Le style de ses écrits de prison est cependant distant et exigeant. Il veut bien sûr éprouver les passions élémentaires des travailleurs, mais il sait qu'il connaît une doctrine supérieure.

Ce que demande Gramsci, c'est que l'étudiant prometteur abandonne « sa culture et sa société » propres. Il s'agit là d'une demande que le Parti fait à la classe ouvrière dans son ensemble (quoique toujours avec cette restriction que l'activité pratique des travailleurs représente déjà une culture et une société nouvelles, dont ne sont pleinement conscients que les intellectuels du Parti et quelques travailleurs « avancés »). Peut-on demander cela de personnes adultes et encore se considérer comme leur camarade ? Le programme éducatif de Gramsci revient à traiter les travailleurs comme s'ils étaient des immigrants dans un pays étranger, des « bleus », comme il l'avait été à son arrivée à Turin. Ils ont fait le pas crucial – dans l'usine moderne – et maintenant il faut qu'ils s'adaptent à ce nouveau monde, ou se laissent rééduquer pour y parvenir. Mais un tel programme marche au mieux avec des enfants, c'est-à-dire, « après la création d'un nouvel État » (et alors il marche de manière très semblable à l'« américanisation » dans les États-Unis du début du XXe siècle, principalement par le biais de l'école publique). Le programme est moins coercitif et moins attirant pour les adultes. Comme Gramsci n'est pas né dans le nouveau monde, on peut s'attendre à ce qu'il perçoive la difficulté. En fait, ayant fait le pas et s'étant adapté, ayant réprimé son propre passé, il semble d'autant plus prêt à amener (à contraindre ?) les autres à suivre le même processus.

La doctrine de Gramsci

L'achèvement de ce processus est ce qu'exige de manière cruciale la guerre de position. Mais la meilleure manière de compléter ma description de la théorie politique de Gramsci, c'est d'examiner deux descriptions (extraites des *Carnets*) de guerres de mouvement, c'est-à-dire, de combats révolutionnaires réels. La première traite des bolcheviques, qui ont mené de manière brillante une guerre de mouvement et se sont emparés du pouvoir d'État sans avoir jamais obtenu une victoire de position :

> Une élite composée de quelques-uns des membres les plus actifs, les plus énergiques, les plus entreprenants et les plus disciplinés de la société, émigre et assimile l'expérience culturelle et historique des pays

les plus avancés de l'Occident, sans perdre cependant les caractères essentiels de sa propre nationalité, c'est-à-dire sans rompre ses liens sentimentaux et historiques avec son propre peuple. Ayant ainsi accompli son apprentissage intellectuel, elle retourne dans son propre pays et contraint le peuple à un éveil forcé, sautant les étapes historiques du processus[41].

La référence aux « liens sentimentaux », je suppose, est nécessaire pour expliquer pourquoi des intellectuels entreprenants, ayant assimilé la culture occidentale, ne restent pas tout simplement en Occident. Ils voient le soleil mais ils retournent néanmoins dans la caverne. Mises à part deux visites brèves, Gramsci lui-même n'est jamais retourné en Sardaigne ; mais peut-être que son insistance réitérée pour que les communistes italiens traitent le problème de la paysannerie (« la question du Sud ») est un geste en ce sens. Si c'est le cas, c'est un geste qui évite soigneusement la sentimentalité. Et les bolcheviques non plus n'ont jamais laissé leurs liens sentimentaux avec la vieille Russie interférer dans la tâche qu'ils s'étaient imposé : « contraindre le peuple à un éveil forcé ». Le verbe rend l'adjectif redondant mais ensemble, ils rendent le sens de la phrase tout à fait clair.

La seconde description traite de la Révolution française et des jacobins, élite que Gramsci admirait le plus, à la tête d'une classe qui avait déjà gagné la guerre de position. Les jacobins, écrit Gramsci, « ont fait des attentes de la masse populaire leurs propres attentes » et ont cherché à les satisfaire avec « une énergie, une détermination et une résolution extrêmes ». Ce n'est cependant pas seulement leur énergie qui en faisait une élite. D'une manière ou d'une autre, ils représentaient les attentes de l'avenir autant que les attentes présentes et actuelles : ils « forçaient la main » de la masse populaire, bien que toujours « dans le sens d'un développement historique réel » (de manière assez semblable à un maître ferme, mais dévoué, qui force un étudiant bien-aimé dans le sens de ce qu'il promet de devenir). Gramsci condense l'histoire qu'il veut raconter en une seule image lorsqu'il décrit les jacobins comme « un groupe [...] d'hommes déterminés donnant des coups de pieds au derrière de la bourgeoisie pour la faire avancer[42] ».

Mais c'est assurément une étrange histoire, car dans le cas de la France, les Lumières ont précédé la révolution : les bastions de la société étaient pris, et il n'aurait pas dû être nécessaire de faire avancer la bourgeoisie triomphante sur le chemin de son hégémonie à coups de pieds. L'attrait exercé par Gramsci sur les marxistes de dernière heure a pour raison principale sa réévaluation de la société civile, laquelle semble ouvrir la voie à une politique libérée de la dictature et de la terreur. Quel que soit le jugement que l'on puisse porter sur la Russie, on ne s'emparera pas de l'État, à l'Ouest, avant qu'une base populaire n'ait été établie : une culture partagée rendra plus acceptable et légitime l'exercice du pouvoir. C'est en effet ce qu'espérait Gramsci mais ce qu'il n'a jamais cru pouvoir obtenir. Même une classe entraînée par des intellectuels organiques, une classe puissante et éclairée de l'intérieur comme l'était la bourgeoisie française, n'osait à peine s'opposer aux forces débilitées de l'aristocratie et de l'absolutisme. Dès lors que peut-on espérer des travailleurs italiens, qui sont tellement « dépourvus d'éléments organisateurs » et qui ne peuvent se dispenser du commandement d'expatriés comme Gramsci ? Gramsci aurait-il donné des coups de pieds aux travailleurs pour les faire avancer ? Tout ce que l'on peut dire, c'est qu'il n'en a jamais eu l'occasion.

L'argument théorique de Gramsci est profondément contradictoire. Il croit que dans des pays comme l'Italie, la guerre culturelle de position viendra avant la guerre politique de mouvement, et qu'elle sera « décisive de manière définitive ». Et cette victoire dans la guerre de position devrait rendre la coercition, tout au moins la coercition de la « masse populaire », inutile. Mais il croit aussi qu'on ne gagnera pas la guerre de position de manière définitive avant la prise du pouvoir. Qui donc mènera la guerre de mouvement pour s'emparer de l'État et le tenir sous sa direction ? « Un groupe d'hommes déterminés », dont la vie doit être aussi contradictoire que la théorie : car ils aiment et en même temps n'aiment pas vraiment le peuple sur lequel ils exercent leur coercition.

C'est l'abîme qu'il y a entre le sentiment élémentaire et le sens commun, d'une part, et le savoir absolu de Gramsci lui-même, de l'autre, qui engendre ces contradictions. Elles ont pour origine le vide qui existe entre le peuple et les intellectuels, un vaste espace que même la dialectique ne permet pas de franchir. Gramsci veut être un « philosophe démocratique », et sa conception de l'hégémonie, s'il l'avait complètement élaborée, aurait peut-être bien pu fournir une assise aux philosophes démocratiques. Il est certain qu'aucun théoricien communiste ne s'approche autant que Gramsci dans sa cellule d'une stratégie révolutionnaire qui s'accorde, ou puisse s'accorder, aux normes d'une démocratie réelle. Car il laisse penser que les serviteurs de l'hégémonie créeront nécessairement, par incorporation et par concession, une culture commune, en assimilant à leur propre « complexe idéologique » les intérêts et les valeurs de groupes subordonnés. Il n'est donc pas nécessaire de décrire les hommes et les femmes subordonnés comme tout à fait inconscients du sens de leur activité pratique, façonnés par des idées empruntées : après tout, ils ont su extraire les concessions. La critique peut venir de l'intérieur, et les subordonnés peuvent eux-mêmes être sujets et objets de l'activité critique.

Une critique de ce genre « rend possible, écrit Gramsci, un processus de différenciation et de changement dans le poids relatif qu'avaient les éléments de l'ancienne idéologie. Ce qui était secondaire et subordonné [...] est maintenant tenu pour premier et devient le noyau d'un nouveau complexe idéologique et théorique[43] ». Ceci est posé en termes abstraits et n'est pas illustré dans le texte : manquent ici le concret et l'intensité que Gramsci communique aux thèmes de l'arriération et de l'hégémonie. Mais c'est un point important. La réforme morale et intellectuelle commence avec la lutte à l'intérieur de l'hégémonie, et la nouvelle culture n'est jamais tout à fait nouvelle : la nouvelle culture consiste principalement en une redistribution d'idées déjà présentes dans l'ancienne. Pensez, par exemple, à la place de l'égalité dans la pensée bourgeoise et dans la pensée oppositionnelle. L'égalité est une valeur réelle, mais nettement limitée dans la culture hégémonique : elle a aussi des sens plus larges, « utopiques », qu'évoquent parfois les intellectuels dominants, ne serait-ce qu'à titre de concession accordée aux groupes subordonnés. Il s'agit donc d'une valeur qui est plus généralement disponible, d'une valeur contestée ou contestable – et la guerre de position, c'est la contestation. Pourquoi les intellectuels marxistes ne participeraient-ils pas à cette guerre en vrais camarades, en philosophes démocratiques, s'identifiant à la fois aux idées qui sont « secondaires et subordonnées » dans le système culturel et aux hommes et femmes qui sont « secondaires et subordonnés » dans la structure sociale ? Mais Gramsci ne parvient jamais à faire cette large et généreuse identification : il est le fier défenseur des idées « avancées », et ne s'identifie qu'aux membres « avancés » des classes subordonnées. Comme Randolph Bourne aux États-Unis, il est, et ne peut être que « férocement et exclusivement intellectuel ». Mais il est aussi, par opposition à Bourne, un intellectuel qui a fermement en main une doctrine, une science nouvelle et certaine, qui est supérieure à toute autre forme de savoir.

Gramsci est, pourrait-on dire, la victime de la téléologie marxiste. L'avant-garde est sa forme de détachement, et elle fait obstacle à une politique de camaraderie : plus sa théorie est avancée, plus il est détaché en pratique de la classe ouvrière arriérée. Son activité politique est un mouvement irrégulier qui l'entraîne tantôt vers, tantôt loin du peuple qu'il espère diriger. Il sait qu'il ne peut le diriger sans son consentement mais il sait aussi, et cette fois en raison d'un savoir « élaboré scientifiquement et de manière cohérente » que le peuple devrait consentir à son commandement et que dans le cours du « développement historique réel », il y consentira. C'est ce qu'il a appris en laissant la Sardaigne derrière lui, et cela a fait de lui un critique confiant et, à ses propres yeux, objectif, du sens commun. Mais l'objectivité a son prix, comme le savait Gramsci : « L'élément intellectuel « sait » mais ne comprend pas toujours. » Et sans compréhension, la critique comme le commandement sont corrompus.

L'emprisonnement a épargné à Gramsci les conséquences pratiques de cette corruption – et la nécessité pratique d'avoir à s'en préserver. En prison, avec un courage admirable et une discipline physique et mentale extraordinaire, il s'est débattu avec les dilemmes du militantisme intellectuel. Il n'a pas résolu ces dilemmes : ni pour lui-même ni pour nous. Il ne s'est jamais détourné de son engagement au Parti ni de la vraie doctrine que le Parti incarnait. Il n'a jamais cessé d'espérer que la guerre de position, tout en étant menée par le Parti, pourrait néanmoins être une guerre démocratique. Ce n'est pas, je suppose, un rêve impossible : que l'avant-garde soit liée à l'arrière-garde, non par la violence du fer mais par la persuasion du verbe. Un rêve d'intellectuel, que menaçait cependant cette certitude de l'intellectuel que lorsqu'il marchait, il était toujours en tête de ligne.

5. Ignazio Silone : le « naturel »

Sens commun et communisme

Ignazio Silone, a un jour écrit Arthur Koestler, était un « communiste naturel [...] le seul à l'être parmi nous [1] ». Ce que voulait dire Koestler, c'était que personne n'avait converti Silone au communisme : aucun gourou radical, aucun guide spirituel ou politique ne l'avait fait entrer au Parti ; il avait suivi ce qu'il appelait lui-même (en décrivant sa rupture postérieure avec le communisme) la « voix obscure » de son cœur. Koestler appliquait les lois de la physique newtonienne à la vie du Parti : pas de mouvement sans quelque force qui le déclenche. Il faut pousser ou tirer les intellectuels, que ronge l'inertie, dans l'orbite de la discipline communiste. Silone – qui se propulsait de lui-même, qui était naturellement en mouvement – était une anomalie.

En fait, Silone a lui-même fourni plusieurs explications concernant sa décision d'entrer au Parti (et plusieurs explications plus circonstanciées lorsqu'il le quitta), et il est clair que la nature avait peu à voir là-dedans. Ce qui guide de telles décisions, c'est une nature seconde : le caractère, l'engagement et ce que l'on pourrait tenir pour les habitudes de la vie morale. Koestler dit en fait que Silone n'a pas eu à rompre ses habitudes, à modifier ses engagements, à remodeler son caractère. Il ne renaît pas en entrant au Parti communiste : il en devient un nouveau membre (en fait, il était présent lors de sa fondation en 1921) sans devenir un nouvel homme. Tout cela, Silone le confirme dans un recueil d'essais autobiographiques, *Sortie de secours*, et dans ses deux romans en partie autobiographiques, *Le Pain et le Vin* et *Le Grain sous la neige*. Mais rien dans ces écrits ne suggère qu'il était, ou croyait être, une anomalie. C'est par le courage et l'intégrité avec lesquels il poursuit la voie qu'il s'est choisie que Silone est un personnage inhabituel. Mais la voie elle-même n'est pas inhabituelle, et je verrai plutôt en lui un exemple de tous ces hommes et de toutes ces femmes qui deviennent des critiques de leur propre société et même des révolutionnaires, en ayant leur part habituelle de déchirement intérieur, de disputes avec leur famille et de risque personnel, mais sans faire l'expérience de la conversion, de la renaissance ou de la transformation morale. Leur radicalisme est de quelque manière en continuité avec leur vie antérieure, et met en œuvre des principes qu'ils ont initialement appris dans le giron familial. Alors que Gramsci réprime ce qui demeurait en lui de ses origines sardes, Silone conserve et chérit les « traces » qu'ont laissées en lui les Abruzzes où il est né.

Silone est un écrivain qui a un sens aigu du lieu – et pas seulement un sens physique, même si la lecture de ses romans vous laisse le sentiment d'avoir passé quelque temps dans les villages et les petites villes de la campagne des Abruzzes. Ces lieux sont aussi un monde moral, et Silone l'évoque afin de donner une réponse à la question des origines : « En vertu de quel destin, mérite ou névrose, accomplit-on le choix décisif, devient-on "rebelle" ? » Quelle est l'origine de son « irrésistible intolérance à la résignation » et de son « incapacité à supporter l'injustice qui se produit, fût-elle infligée aux autres [2] » ? Il existe sans doute de nombreuses sources, de même qu'il existe de nombreuses formes de rébellion, mais Silone ne parle pas seulement pour lui-même, il parle aussi pour de nombreux autres radicaux, lorsqu'il écrit :

> Les faits qui justifiaient mon indignation, aussi bien que les motifs moraux l'exigeant, m'étaient fournis par mon pays natal. De la résignation à la révolte il n'y avait qu'un pas : il suffisait d'appliquer à la société les principes que l'on jugeait valables pour la vie privée. Ainsi s'explique en outre le fait que tout ce qu'il m'est arrivé d'écrire, et tout ce que j'écrirai probablement encore, en dépit de mes voyages et de mes longs séjours à l'étranger, se rapporte uniquement à cette fraction de campagne que, de ma maison, je pouvais embrasser du regard [3].

Des principes qu'un lieu a « donnés » : cela signifie donc que l'aventure ne consistait pas à les découvrir, mais seulement à les suivre. Silone décrit les principes que le peuple des Abruzzes tient pour valides et enseigne à ses enfants. Les principes ne sont en rien extraordinaires : il aurait pu les apprendre, ou en apprendre de très semblables, exilé en Suisse ou en France, ou encore en Belgique (quoique sans doute pas aux réunions du Komintern auxquelles il a assisté à Moscou). En fait, il les a appris au foyer : la moralité pour lui était moins une chose acquise qu'un héritage, et elle lui a été livrée dans un dialecte local que Silone a ensuite « parlé » pendant le reste de sa vie. Et cette morale ne valait pas non plus pour la vie privée uniquement. Visible et mise en œuvre seulement dans le cercle de la famille ou des amis intimes, exclue de la vie publique par l'oppression et la peur, elle indiquait néanmoins un modèle de relations économiques et sociales. L'application des principes à la société qu'entreprend Silone était implicite dans les principes eux-mêmes. Ce qui était implicite, cependant, était réprimé aussi, de telle sorte que des idées comme la justice ou la liberté prenaient un aspect soit idéologique soit utopique. Pour ce qui est de l'idéologie, les paysans des Abruzzes étaient résignés et cyniques. L'utopie en revanche était une ressource, quoiqu'une ressource sans utilité immédiate. « Sous la cendre de leur scepticisme, écrivait Silone, les plus endurants n'ont jamais perdu l'espoir du Royaume, l'attente d'une charité qui se substituerait à la loi, le vieux rêve de Joachim de Flore, des Spirituels et des Célestins[4]. » Les principes avaient donc été appliqués longtemps avant Silone, mais en rêve seulement. Il reste que ces rêves étaient véritablement les rêves de quelqu'un : il ne s'agissait pas des inventions personnelles ou caractéristiques d'un romancier. Ils formaient une partie importante de l'héritage de Silone.

Même les idéologies locales faisaient partie de son héritage. Il y a un joli épisode dans *Fontamara*, le premier roman de Silone, où les paysans décident de publier un journal, le premier qui serait entièrement à eux. Comment l'appeler ? Le cordonnier du village propose pour titre *La Justice*. Quelqu'un proteste que la justice est toujours dirigée contre les paysans : ce sont les *carabinieri* qui représentent la justice. « "Mais moi je veux dire la vraie justice", répond [le vieux cordonnier] piqué au vif. "La justice égale pour tous"[5]. » La *vraie justice* : l'idée survit aux crimes qui sont commis en son nom, et cela restera vrai tant que le nom demeurera la couverture nécessaire de ces crimes. Les paysans peuvent douter que la justice réelle soit possible dans la vie économique et politique de la campagne mais, qu'ils aient raison ou pas sur ce point, ils savent ce que signifie le mot : ils savent ce qu'est vraiment la justice.

En fait, tout le monde sait, même les orateurs et les politiciens de la ville, les maîtres de l'éloquence judiciaire, que Silone traite un peu plus cruellement les sophistes que Platon ne le fait. Les orateurs sont à double titre des opportunistes : ils sont avides de gloire et ils sont avides d'argent. Ils jouent le rôle de tribuns, et ils parlent au peuple pour la gloire : ils pratiquent le droit, et se mettent au service des propriétaires terriens pour l'argent. Se gorgeant de mots, ils ont encore une vague idée du pouvoir des idées qu'ils expriment et en même temps exploitent. Ainsi, dans *Le Pain et le Vin*, Zabaglione, l'ex-dirigeant local des Socialistes maximalistes, ayant abandonné, à grands frais personnels, ses convictions socialistes déclare : « Voilà la racine du mal [...]. Le fait de prendre les choses littéralement. Aucun régime ne devrait être pris littéralement, sinon que deviendrait le monde[6] ? » Pietro Spina, le personnage central du roman, saint communiste et chrétien, soutient la même position.

> Nous commençons, dit-il, par prendre au sérieux les principes qui [nous] sont enseignés par [nos] propres éducateurs et par [nos] maîtres. Ces principes sont proclamés comme constituant les fondements de la société existante, mais en les prenant au sérieux et en les confrontant à la société elle-même, on s'aperçoit que l'organisation et le fonctionnement réels de la société sont radicalement en contradiction avec ces principes et les ignorent […] ; pour nous […], ils sont au contraire chose sérieuse et sacrée […], l'armature de notre vie intérieure. Nous nous indignons de voir l'usage éhonté qu'en fait la société, qui s'en sert comme d'un masque et d'un instrument pour frapper et abrutir le peuple. C'est ainsi qu'on devient révolutionnaire[7].

Il est peut-être vrai, comme le prétendait Marx, qu'une autre « contradiction radicale », celle qui existe entre les nouvelles forces de production et les anciennes relations de production, produit des personnes prêtes à « mettre la société à l'épreuve » et à participer à la révolution. Mais il est difficile de croire que l'on peut devenir un militant communiste, un révolutionnaire professionnel, comme l'a fait Silone, que l'on peut choisir une vie faite d'agitation et de danger seulement du fait de cette seconde contradiction. La contradiction dont parle Marx n'est pas (comment pourrait-elle l'être ?) quelque chose relevant de l'expérience immédiate. Et personne non plus ne choisit la révolution en optant pour un nouvel ensemble de principes moraux, jusque-là inconnus, destinés à un nouvel ensemble de relations de production. La révolution naît dans la colère, et ce qui engendre la colère, c'est de voir que des principes déjà connus sont pourtant ignorés, qu'on les affirme et qu'on en fait ensuite un « usage éhonté ». Il nous faut apprendre ce qui est juste (mais le juste, ce n'est pas un homme qui le découvre ou le fabrique à lui seul, comme si le révolutionnaire était un fantasque inventeur qui bricole dans sa cave), et ensuite voir ce qui est injuste. La vraie folie du révolutionnaire est ailleurs : elle est dans son « sérieux », dans sa manière de prendre les choses à la lettre.

Tout au moins est-ce la folie du rebelle, telle que Silone en a joué le rôle et telle que Camus l'a décrit par la suite. Le révolutionnaire professionnel, par opposition, peut avoir besoin, avant de rentrer dans le rôle, de quelque nouvelle révélation théorique, de quelque explication de la nature humaine ou de l'histoire. Les professions ont besoin de doctrine. Mais l'impulsion première, sans laquelle personne ne choisirait une profession, ne vient pas de la doctrine. Elle vient plutôt de ce que Silone appelle « le sens ordinaire des relations entre soi et les autres, le sens ordinaire des droits et des devoirs, les normes ordinaires du jugement moral[8]. » Aucune société humaine n'est possible sans une morale ordinaire, et dans toute société connue la morale ordinaire est une norme critique. La tâche de l'orateur de la ville est de faire résonner les touches morales de telle sorte que l'on n'entende plus vraiment les mots – ou que les mots communiquent contentement ou amusement, mais ne provoquent pas. Mais celui qui écoute les mots et les prend à cœur est sur le chemin de la rébellion.

Non que le chemin soit facile : il s'enracine dans l'expérience ordinaire, mais ne peut s'y maintenir. Ce qui a fait entrer Silone au Parti communiste, c'était une foi chrétienne à la fois ordinaire et hérétique – le produit de ce que Gramsci appelait le « sens commun » des opprimés. Mais une fois au Parti, il ne pouvait rester chrétien : le Parti avait sa profession de foi, qui ne laissait aucune place ni à l'époque ni au lieu d'où Silone était issu – les villages de montagne des Abruzzes ou « le "Moyen Age" enraciné dans mon âme ». Si naturel qu'ait été son choix du communisme, ce choix a rendu nécessaire bien des déracinements : il a rompu avec sa famille, quitté son foyer, perdu la foi. « Qui dira jamais l'intime effroi d'un jeune provincial, sous-alimenté, perdu en ville dans une chambrette désolée, à la pensée de renoncer définitivement à sa croyance en l'immortalité de l'âme[9] ? »

Mais il est possible de perdre son âme immortelle et de rester fidèle à ses principes pratiques, de quitter l'Église mais de rester fermement attaché à l'enseignement des livres sacrés et des prêtres. Le monde de l'engagement et de la croyance n'a jamais une cohérence telle que nous ne puissions qu'y rester ou le quitter. L'intégration grand format, l'intégration dans le détail, est une fiction sociologique. Notre expérience, c'est plutôt la complexité et l'instabilité, l'anomalie et la contradiction. Nous changeons le monde – tout au moins, nous le changeons pour nous-mêmes – simplement en faisant le choix d'une des possibilités qu'il nous offre, en « prenant au sérieux », disons, son idéologie officielle et en rompant avec ses autorités. Ou, en d'autres termes, en prenant le parti de ceux que les autorités prétendent servir mais en fait oppriment :

> Un beau dimanche nous avons cessé d'aller à la messe, sans préjuger de la vérité ou de la fausseté du dogme, tout simplement parce que l'assistance nous ennuyait alors que nous attirait la compagnie de ceux qui restaient au-dehors de l'église [...].Notre révolte à nous s'est trouvée définie par le choix des camarades. C'est hors de l'église que l'on pouvait rencontrer les journaliers. Ce n'était pas leur psychologie qui nous attirait : c'était leur sort[10].

Silone a pris le parti des paysans sans terre, dont l'oppression quotidienne et la pauvreté accablante mettaient au jour la « contradiction radicale » entre les principes et la pratique. Mais il n'y avait aucun moyen de faire de ce choix un choix politiquement efficace, sauf en quittant le monde du village. Les paysans avaient peur, ils étaient ignorants et résignés : leur résistance était passive et évasive ; ils étaient incapables de s'organiser et se méfiaient infiniment des organisateurs extérieurs. L'ironie corrosive qui est si centrale dans les romans de Silone, c'est l'ironie paysanne, ce produit d'une longue expérience de la fausseté des apparences politiques. L'hypocrisie des propriétaires et des avocats, la résignation ironique des paysans, son propre sérieux, tout cela réuni a contraint Silone à prendre une « sortie de secours » et à quitter la campagne qu'il aimait.

Il est parti pour la ville, où sa prise de position pour les paysans l'a fait « naturellement » entrer au parti du prolétariat : d'abord les Jeunesses socialistes et ensuite le Parti communiste. Un enchaînement inhabituel : il avait rompu avec l'Église pour se retrouver immédiatement dans une nouvelle institution avec « [son] vocabulaire, [ses] symboles, [ses] réglements, [sa] discipline, [sa] tactique, [son] programme et [sa] doctrine partisane [11] ». À aucun moment Silone ne s'est trouvé libre, libre comme le critique est ordinairement censé l'être, regardant autour de lui, choisissant les meilleurs principes moraux, imaginant la société idéale, comparant les programmes des partis, décidant de la manière de procéder stratégiquement la plus appropriée. L'histoire qu'il raconte est émouvante et forte parce que c'est l'histoire d'un enchevêtrement infini de contraintes subtiles. « Nous nous proclamons révolutionnaires [...] pour des motifs que nous portons en nous, souvent obscurs et difficiles à expliquer. Avant de choisir, nous sommes choisis, à notre insu. Et généralement, on se familiarise avec la nouvelle idéologie plus tard, dans les écoles du Parti [12]. » Dans le cas de Silone, l'apprentissage a été difficile : rester au Parti requérait une sorte de conversion qui n'avait pas été nécessaire lorsqu'il était entré, et il n'était pas facile, écrit-il, « de concilier un état de révolte contre une vieille réalité sociale inacceptable et les exigences "scientifiques" d'une doctrine politique minutieusement codifiée [13]. » Évidemment, la réconciliation n'a jamais été complète : contrairement à Gramsci, Silone n'est jamais devenu un socialiste scientifique. Mais, « marxiste dans le cœur [14] », il est resté au Parti et en a observé la discipline pendant presque dix ans.

La clandestinité

Après le coup d'État fasciste, le Parti est passé dans la clandestinité, et vers la fin des années 20, Silone était le dirigeant de l'organisation clandestine (alors que son ami Palmiro Togliatti, en exil, présidait le comité central). C'étaient des années difficiles : Silone s'est caché, a changé de nom (« Silone » est un pseudonyme), fuyait ses amis, sa famille ; bref, tous ceux qui, hors du Parti, étaient supposés connaître son identité. « Je m'efforçai [...] de vivre comme un étranger dans ma patrie [15]. » Il lui a semblé plus tard que l'adaptation avait été trop facile : ce genre de vie « n'était en rien incompatible avec la mentalité communiste ». Pour quelqu'un dont le radicalisme dérivait de la foi chrétienne, la ligne du Parti devait souvent apparaître comme une profession de foi étrangère et y conformer sa vie comme ne différant pas beaucoup de « la façon de vivre d'un étranger ». *Le Pain et le Vin* et *Le Grain sous la neige* sont des romans qui traitent à la fois de la sortie du Parti et du retour au foyer – aux villages, au peuple des Abruzzes et à l'héritage « paléochrétien » du héros (et aussi de Silone lui-même). « Il est [...] revenu et [s'est] retrouvé lui-même [16]. » Comment s'était-il perdu ? De quelle manière le communisme était-il compatible avec une vie d'étranger et de clandestin ?

La clandestinité n'était aucunement un concept négatif dans les écrits de Silone. Lorsque celui-ci s'est retiré du travail du Parti, il a quitté l'Italie et a vécu en exil de 1929 à 1945, étranger cette fois dans le pays de quelqu'un d'autre. Il ne pouvait pas non plus vivre à visage découvert, même en Suisse, pays neutre, étant très vite impliqué à nouveau dans la politique, cette fois dans la résistance non communiste au fascisme. Lors d'une réunion à Bâle en 1947, Silone se décrit comme un représentant de cette opposition, « ce pays invisible, clandestin sans frontières que nous avons créé [...] pendant les longues années de persécution, ce pays dont nous souhaitons rester les citoyens libres et fidèles [17] ». La clandestinité est ici assimilée à l'Église invisible, quoique Pietro Spina, dans *Le Grain sous la neige*, insiste sur la finalité séculière de cette invisibilité : « Je n'ai pas voulu dire que c'était notre royaume qui était le royaume des cieux ; ce genre de royaume, nous l'abandonnons aux curés et aux moineaux* ; non, notre royaume au contraire, est sous terre [et c'est là qu'il restera jusqu'à ce que nous ayons déblayé la surface de la terre de votre lassante présence et de vos maîtres] [18]. » Mais cette clandestinité, même si elle requiert une vie cachée, ne requiert pas de vivre comme un étranger : elle est tout à fait compatible avec la certitude d'être chez soi. Spina, décrivant une conversation imaginaire avec un agent de police, est en effet assis dans la maison de sa grand-mère : Silone en 1947 n'était revenu en Italie et

* La phrase fait référence à « L'Allemagne - Un conte d'hiver » : « Aux anges et aux oiseaux, nous sommes heureux de laisser/les mets délicats des dieux ». Écrit en 1844, par H. Heine au faîte de son engagement radical, c'était un des poèmes favoris de la gauche européenne. Il se peut que I. Silone, l'ai lu dans les écoles du Parti.

n'était entré, cette fois ouvertement, au Parti socialiste que récemment. La clandestinité de Silone est simplement la solidarité des forts, de cette bande de personnes qui prennent au sérieux les principes moraux que tous les autres ne font qu'accepter et ignorent dans la routine quotidienne. À l'origine, Silone était entré au Parti communiste en pensant que le Parti était composé d'une bande de ce genre – et par moments c'était le cas : par moments, parmi des communistes qui n'étaient que « de simples socialistes de gauche », il trouvait « ces qualités de générosité, de franchise, de solidarité et de liberté d'esprit qui constituaient la ressource traditionnelle et authentique du socialisme en lutte contre la décadence et la dissipation bourgeoises[19] ». Ces simples socialistes, face au fascisme, vivaient aussi dans la clandestinité ou participaient parfois à des activités clandestines, mais ils ne vivaient pas comme des étrangers dans leur propre pays.

Vivre comme un étranger signifiait vivre à distance du peuple que l'on espérait mobiliser et diriger – une distance critique, peut-être. Mais surtout une distance médiatisée par une idéologie et une organisation. Cela signifiait ne pas savoir ce que le critique et le révolutionnaire avaient le plus besoin de savoir (et ce qu'ils avaient su à leurs débuts), c'est-à-dire, les conditions sociales et les raisons morales qui rendaient l'ordre établi intolérable. Au lieu de cela, on enseignait aux membres du Parti une « vérité » substitutive, qui avait plus à voir avec l'inévitable qu'avec l'intolérable. Pietro Spina revient en Italie avec un essai inachevé sur la question agraire qui vise à développer cette « vérité ». Comme Silone lui-même, Spina était devenu communiste à cause de la question agraire : il avait reconnu l'injustice initialement dans l'oppression des paysans. Au Parti, cependant, le paysan était une figure inconnue, un membre, comme l'écrivait Gramsci, d'une classe sociale « dépassée ». L'essai fictif de Spina est probablement censé rappeler l'essai réel de Gramsci sur la question du Sud, qui était lui aussi inachevé lors de son arrestation en 1926. Tournant théorique majeur, nous disent les spécialistes de Gramsci, « La Question du Sud », est pourtant un document particulièrement terne. Et c'est ainsi que Spina perçoit son essai après voir vécu pendant quelque temps à la campagne :

> Il tire de sa valise le cahier contenant ses notes commencées lors de son immigration. Il les relit et reste frappé par leur caractère abstrait. Toutes ces citations de maîtres ou d'épigones ayant écrit sur la question agraire, ces statistiques, ces tableaux synoptiques sont le décor de papier dans lequel il a vécu jusqu'alors. La campagne semble une campagne en papier, des montagnes en papier, des collines, des champs, des jardins, des bergers, des champs en papier. Les grands événements qui y sont rappelés sont pour la plupart des événements, des batailles, des

victoires en papier. Les paysans étaient des paysans de papier. Les hérésies et les déviations contre lesquelles on s'y élève sont, elle aussi, des déviations et des hérésies de papier[20].

Spina « avait une grande crainte de l'abstraction ». Ce n'était pas, je pense, une crainte entièrement justifiée, car l'abstraction est une activité intellectuelle ordinaire et indispensable. Mais Silone ici veut l'associer à une prise de distance inauthentique de soi par rapport à la vie ordinaire, une attitude de compréhension théorique, voire de compréhension absolue, qui ne fait que cacher une ignorance pratique. Et il associe cela, à son tour, au Parti et à sa « doctrine minutieusement codifiée ». Comme l'Église, le Parti cultive sa propre Vérité et a perdu contact avec les vérités concrètes de la « réalité sociale ». Il existe pour lui-même, non pour la cause qu'il était à l'origine destiné à servir. Les vrais paysans existent pour des paysans de papier : leur fonction est de mettre en œuvre les « guerres de papier » que décrit l'idéologie du Parti, et malheur à eux s'ils n'agissent pas correctement ! Les membres du Parti perdent le sens de leur propre rôle instrumental : tel est la position morale qui accompagne la façon de vivre comme un étranger. Si les communistes sont pour l'instant contraints à la clandestinité, ils s'imaginent trop facilement diriger le pays (et vivent encore comme des étrangers). Ils ont déjà adopté la doctrine fasciste que Silone caricature dans *Le Grain sous la neige* : « Ce n'est pas le mouchoir qui existe pour le nez, mais le nez a été créé pour servir de prétexte au mouchoir[21]. »

La corruption du Parti avait, bien sûr, une raison autre et plus immédiate. Ses membres étaient des étrangers dans un autre sens : c'étaient des citoyens imaginaires du « premier État des travailleurs », lequel n'était pas un État invisible mais un État réel avec ses frontières, ses bureaucrates et sa police. La politique communiste en Italie dans les années 20 et 30 n'était guère plus qu'un écho déformé de la politique communiste en Russie. Cette subordination était justifiée en termes théoriques (en terme d'histoire mondiale : le *premier* État des travailleurs), et la théorie avait pour effet de relativiser tout combat local. Là encore, le Parti ressemblait à l'Église que Silone avait quittée et qui avait sa propre mission historique, ses raisons pratiques et ponctuelles d'ignorer ce principe qu'elle était censée avoir été fondée pour servir. Ainsi Spina dans *Le Pain et le Vin* :

> Après avoir rompu avec une Église en décadence, tout opportunisme et tout expédient vis-à-vis de la société, ne sont-ils pas tombés, aujourd'hui dans un autre opportunisme, dans l'opportunisme dicté par les intérêts d'un parti ? Il a brisé avec le vieux monde et avec ses aises, il a rompu toute relation avec sa famille […], il s'est proposé de vivre uniquement

pour la justice et pour la vérité, et il est entré dans un parti où on lui a expliqué que la vérité et la justice sont des préjugés petits-bourgeois[22].

Spina s'éloigne ainsi progressivement du Parti, et Silone lui-même s'en est retiré : l'un et l'autre étaient des ex-communistes naturels*.

La phase naturaliste de la révolution

La première chose qu'ait faite Silone après avoir quitté le Parti, c'est d'écrire *Fontamara.* Au lieu d'un pamphlet sur la question agraire, il écrit un roman sur un village paysan. Les critiques du roman ont dit que les paysans y sont encore des paysans de papier, mais cela me semble une critique inexacte. *Fontamara* est une fable politique tout autant qu'un roman réaliste : ses personnages représentent donc des personnes de fable, mais ils ne suivent pas uniquement un chemin idéologique. Silone leur trouve une intégrité que les bureaucrates du Parti (et de l'Église) ont depuis longtemps abandonnée. Mais ils trouvent aussi l'ignorance, la dégradation, la crainte et l'égoïsme. « Je ne me berce pas de l'illusion que les pauvres, individuellement, possèdent la Vérité ! Ah ! je sais que leur misère spirituelle est souvent aussi grande que leur indigence matérielle[23]. » Un critique français a écrit au sujet de Tolstoï à la fin de sa vie qu'« il avait toujours son *moujik* dans la poche[24] ». Tolstoï, contre tout mal social, invoquait la bonté primitive mais sublime du paysan russe. Silone semble parfois pris dans la même opération, mais il n'a pas en fait d'illusions tolstoïennes. Il insiste seulement sur le fait que la politique radicale doit rester en relation étroite avec les besoins et les valeurs des opprimés. Le socialisme de Silone, écrit son ami Nicolas Chiaromonte, « se trouve entièrement dans la mémoire de [...] la chaîne et la trame de la vie paysanne et dans le fait que le besoin de justice fait intégralement et quotidiennement partie de cette vie, tout comme en fait intégralement et quotidiennement partie l'espoir que le règne de la *force majeure* cessera un jour. Silone ressent fortement

* I. Silone, quitte le Parti, selon son vieil ami et camarade, Togliatti, à cause de son *anima bella*, sa belle âme. La phrase est censée être sarcastique, et le sarcasme est un lieu commun dans la critique dure, réaliste et (dans un sens ou dans un autre) officielle de la critique sociale. Togliatti reconnaît les principes au nom desquels I. Silone agit mais il les tient pour des principes uniquement personnels et esthétiques, qui ne sont pas moralement ou politiquement sérieux. Voir Giorgio Bocca, *Palmiro Togliatti*, Rome, Laterza, 1973, p. 416. (Je dois cette référence à Franco Ferraresi.)

ce besoin et cet espoir, et, en comparaison, rien d'autre ne compte pour lui[25] ».

Fontamara représentait un retour aux sources du radicalisme de Silone. En exil, il ne pouvait revenir que par l'imagination (et sur le papier). Mais un tel retour contrôle désormais sa politique, puisque la théorie marxiste et les batailles russes ne conviennent plus. Il s'agit donc de comprendre ce que ce retour implique. La force critique se perd-elle dans ce retour mental, cet abandon délibéré de la distance ? La conception que l'on a ordinairement de la critique sociale anticipe cette perte, et les anciens camarades de Silone, assez naturellement, ajoutaient foi à la prédiction. On trouve une bonne formulation de cette conception ordinaire dans l'essai de Thorstein Veblen sur les juifs. « Ce n'est qu'en devenant un métèque de l'intellect, écrit Veblen, que l'on devient un perturbateur de la paix intellectuelle. » L'intellectuel critique, du fait de son « projet de scepticisme à tout bout de champ », renonce nécessairement à « la certitude que lui assurait l'ordre des conventions dans lequel il est né » et, tout aussi nécessairement, il ne trouve pas de certitude ailleurs[26]. Mais cette privation de tout foyer, ce perpétuel détachement, est une condition que l'homme ne peut guère supporter. C'est peut-être quelque chose de semblable qui peut résumer le sort de l'artiste ou du scientifique radicalement innovant qui ne peut trouver, même dans la bohème ou dans son milieu professionnel que peu de personnes susceptibles de partager son isolement et son insécurité. Mais ce qui est plus habituel parmi les intellectuels politiquement engagés, c'est le cheminement de Silone : ils se déplacent d'une profession de foi ou d'une discipline à une autre. Même un critique social détaché doit se situer quelque part, et il parvient sans doute à se convaincre que ce lieu constitue une position sûre (voire un point de ralliement possible). Benda, en dépit de son « errance » juive, est l'exemple de quelqu'un qui a pris appui sur l'éternel et qui a défendu, sans beaucoup de scepticisme, les idéaux abstraits et universels des Lumières. Silone, après avoir pris sa sortie de secours, choisit la sécurité du Parti communiste. Il est certain que son adhésion au Parti a facilité la critique de la société italienne : le Parti lui a fourni en effet une critique que l'idéologie faisait apparaître comme correcte. Elle n'a pas facilité cependant la critique de cette idéologie. Ce n'est que lors de son retour aux conventions morales et au christianisme hérétique de son enfance que Silone est devenu un critique du Parti. La qualification de « girouette » ne lui convient à aucun moment.

Bien sûr, on pourrait devenir un critique du communisme simplement en prenant au sérieux les principes du communisme. Pour ce qui est de la critique, l'errance intellectuelle n'est jamais une nécessité. L'errance physique et toutes les difficultés de l'exil en revanche sont souvent nécessaires, parce que celui qui prend au sérieux les principes conventionnels risque de trouver difficile le fait d'avoir à gagner sa vie ou de se conformer à l'idéologie de la propriété et de la respectabilité ou d'éviter la surveillance de la police. Silone a quitté les Abruzzes et n'y a plus jamais habité, quoiqu'il y soit retourné en visite et, contrairement à Gramsci, soit revenu sur cette visite dans ses écrits : un des plus beaux essais de *Sortie de secours* raconte l'histoire d'un retour manqué. Et ses héros de fiction reviennent régulièrement vivre au foyer : le foyer est pour eux un besoin psychologique pressant. « Si je suis revenu, dit Spina, c'est afin de pouvoir respirer[27]. » On pourrait penser que c'est l'air de l'exil qui rend un homme libre. Mais le Parti a une vue plus avisée. Ainsi, dans *Une poignée de mûres*, l'un des derniers romans (d'après-guerre) de Silone, le fonctionnaire Oscar dit-il à Rocco, le rebelle communiste : « Ton cas est une confirmation des dangers encourus par chacun de nous lorsque le Parti nous envoie pour quelque temps dans notre pays d'origine [...]. Dans le coin où nous sommes nés, nous retombons facilement dans la phase primitive, infantile, romantique de la révolution, dans sa phase physiologique[28]. » Voilà de nouveau la nature, et de nouveau c'est une nature seconde, les conventions morales, qu'attaque Oscar. Libérés de ces conventions, les hommes et les femmes sont en effet disponibles pour la discipline du Parti ; mais ils ne sont pas libres (ou, plus exactement, ils ne le sont pas longtemps).

Michael Harrington a donné une formulation plus spécifique et plus bénigne de l'argument d'Oscar : « L'apparition du paysan dans la fiction politique de la gauche, écrivait Harrington dans les années 60, est un signe de désespoir. [Le désespoir est évident] dans le fait que Silone abandonne le parti communiste pour la sagesse traditionnelle de sa province natale, la révolution pour la *jacquerie*[29]. » Il s'agit là moins d'un retour au foyer que d'un retour à un village paysan. Harrington s'inquiète à l'idée que Silone risque de succomber à l'esprit de clocher, l'étroitesse d'esprit, la colère sporadique et la profonde résignation de la campagne italienne : qu'il devienne un autre de ces radicaux fatigués qui s'enveloppent dans le linceul des liens organiques, retournant à son lieu de naissance pour mourir avec ses ancêtres. Mais ce que Silone partage avec les paysans des Abruzzes, ce n'est pas leur vie quotidienne mais leur mécontentement au sein de leur vie quotidienne. Rebelle lors de son départ, il revient renouveler les sources de sa rébellion, il revient explorer les hérésies et les utopies de la conscience paysanne.

J'ignore si sa conception du village paysan est la bonne : quoi qu'il en soit, il n'en a jamais fait un lopin de terre idéologique. Si Pietro Spina et Rocca, par exemple, étaient retournés aux usines de Turin, l'acte aurait eu la même signification politique. Silone était à la recherche d'une certaine pureté du besoin et de l'esprit rebelle, et il aurait pu trouver cela à Turin aussi, s'il y était né et y avait été élevé. Le retour n'est pas un signe de désespoir, me semble-t-il, mais plutôt la reconnaissance d'un échec et d'une défaite particuliers : l'échec de la politique d'avant-garde, la défaite du communisme. Ce n'est pas que le Parti n'accède jamais au pouvoir – dans *Une poignée de mûres*, il est au pouvoir, tout au moins dans un petit bout de campagne italienne – mais il n'est pas capable de réaliser, il ne représente plus sérieusement, une société juste. Il est sûrement préférable de reconnaître cela que de ne pas le reconnaître : la reconnaissance est même une petite victoire pour la vérité et peut-être aussi pour la justice. Et si Spina trouve dans la « sagesse traditionnelle » quelque fondement pour résister aux oppresseurs anciens et nouveaux, de gauche ou de droite, c'est là une autre petite victoire.

De bien petites victoires cependant à opposer à une grande défaite, une défaite historique mondiale : la mort du rêve qu'avait inspiré la révolution Russe. Désormais, les critiques radicaux se doivent d'être doublement critiques : premièrement, de l'ordre social établi et deuxièmement, de l'instrument de transformation qui a été historiquement choisi et qui est maintenant corrompu. La double critique a pour effet une impasse politique, et *Le Pain et le Vin* comme *Le Grain sous la neige* sont tous deux des romans de l'impasse. Torturés, sinistres, souvent pénibles à lire, ce ne sont pas néanmoins des romans de la soumission : certainement pas de la soumission de la critique. *Le Grain sous la neige* est en fait le roman de Silone le plus dense et le plus développé, et son portrait des élites provinciales de l'Italie fasciste est d'une sauvagerie impitoyable. Ces élites, brillamment saisies dans un moment de bassesse et d'opportunisme, transies, sont mises en opposition avec les quelques camarades de Spina, les grains sous la neige, dont l'amitié et la bonne humeur représentent une option – pour le moment – non politique, mais morale. Une option *uniquement* morale, et Spina « n'a pas oublié que la question sociale [...] ne se résout point par des moyens moraux[30] ». Elle ne peut pas être résolue non plus cependant par des hommes et des femmes qui ont perdu le sens des raisons morales qui les ont conduits un jour à en rechercher la solution.

Camarades

Quelles étaient ses raisons morales ? À plusieurs reprises, dans ses romans et dans ses essais, Silone les exprime en terme de « parti pris pour les camarades ». Sa propre histoire morale a pour début une leçon que lui avait donnée son père. Un jour, alors qu'il était enfant, il avait fait une plaisanterie sur « un petit homme déguenillé » que l'on emmenait « pieds nus » en prison « sous menottes, entre deux agents de police ». Son père était très en colère :

> « Ne te moque jamais d'un homme que l'on arrête ! Jamais ! – Mais pourquoi ? – Parce qu'il ne peut pas se défendre. Et parce qu'il est peut-être innocent. En tout cas, parce que c'est un malheureux [31]. »

Lorsque Silone avait quitté l'Église, il avait choisi pour camarades ces membres de la société italienne qui étaient en tout cas malheureux. Et lorsqu'il a quitté le Parti, son action avait des motifs semblables (quoique maintenant avec une perspective internationale) : « Sommes-nous du côté des condamnés aux travaux forcés ou du côté de leurs gardiens [32]* ? » L'histoire politique du XXᵉ siècle suggère que la réponse à cette question est moins évidente qu'elle ne le semble. Le fait de préférer les détenus aux geôliers n'est peut-être qu'un parti pris de paysan, une identification sentimentale (la « phase naturaliste » de la révolution). Et si les geôliers représentaient la vraie doctrine, l'État des travailleurs, la marche de l'histoire ? Silone a besoin d'avoir, pour justifier son choix, sa propre doctrine.

« Essentiellement, elle se résume dans la validité permanente de certaines valeurs morales » qui s'incarnent, du moins parfois, dans les liens de parenté et d'amitié. La plupart des hommes et des femmes ont peu de chance de faire l'expérience de ces valeurs ailleurs ; ou bien, partout ailleurs, à l'école, à l'église, sur la place publique, elles sont proclamées haut et fort mais elles sonnent faux. Le socialisme, c'est la promesse qu'elles ne sonneront plus faux, d'où, pour Silone, une « extension de l'exigence morale de la sphère individuelle et familiale au domaine tout entier de l'activité humaine [33] ». Il s'agit là d'un thème qui revient souvent – c'est par là que j'ai commencé – mais Silone n'a nulle part pour objet de défendre une liste particulière d'exigences éthiques. La générosité, la franchise et la solidarité correspondent probablement à ce qu'il veut dire, ce qui n'a rien d'ésotérique. Ces valeurs-là sont et seront toujours les valeurs qui inspirent une reven-

* Comparer la remarque de George Orwell, dans *La Catalogne libre : 1936-1937*, Paris, Gallimard, 1976, sur la répression d'ouvriers anarchistes et trotskistes à Barcelone : « Quand je vois un véritable ouvrier en chair et en os en conflit avec son ennemi naturel, l'agent de police, je n'ai pas besoin de me demander de quel côté je suis », p. 124, 132. Il se peut que la théorie de la lutte des classes ait quelque chose à voir avec ces remarques, mais pas beaucoup. I. Silone, et Orwell les attribueraient sans doute à la correction ordinaire. Je ne suis pas sûr que la même attribution soit adéquate pour cette phrase de Sartre : « A chaque fois que la police d'Etat tire sur un jeune militant, je suis du côté du jeune militant. » « Militant » n'a pas la même résonance morale que « ouvrier » et « détenu ». La citation de Sartre se trouve dans Simone de Beauvoir, *La Cérémonie des adieux*, Paris, Gallimard, 1981.

dication de justice. « Sous la domination du marxisme », les membres du Parti en sont venus à les traiter comme des valeurs relatives, mais elles sont en fait permanentes ; et c'est à cause d'elles que le socialisme est « une aspiration permanente de l'esprit humain [34] ».

Voilà la doctrine de Silone. En vieillissant, il l'a exprimée de plus en plus en termes chrétiens et messianiques, mais le christianisme est toujours celui des évangiles, et non celui de Paul ou des pères de l'Église : il prend la forme d'une fable morale, non d'un argument théologique. La doctrine de Silone est simple, ordinaire, sans ornement : elle a néanmoins besoin d'interprétation. Le relativisme du Parti est un relativisme stratégique : se trouve derrière lui une Vérité absolue qui est supposée garantir le résultat moral ultime de chaque stratégie successive. Ce qui s'est passé pour Silone, c'est qu'il a cessé de croire à cette Vérité absolue ou, mieux, qu'il en est venu à la tenir pour une Vérité de papier, qui ne pouvait aucunement justifier ces actes de mesquinerie, de déception et de trahison que les autorités du Parti trouvaient opportuns. Mais l'intention de Silone n'était pas d'opposer un absolutisme de son cru à la Vérité absolue du Parti. Sa doctrine n'est pas une idéologie totale, une théorie générale ou une profession de foi religieuse de grande ampleur. « Dans une situation où les prémisses de la métaphysique et même de l'histoire sont incertaines et peuvent être mises en question, écrit-il dans *Sortie de secours*, le sens moral doit étendre sa portée pour assumer la fonction supplémentaire de guide de la connaissance. » C'est peut-être un mauvais guide : les critiques sociaux deviennent facilement la proie dans de telles situations d'« un moralisme abstrait et superficiel », tout aussi peu souhaitable que l'arrogance de ceux qui suivent la ligne idéologiquement correcte. Mais il suffira de rappeler à qui appartient le sens moral sur lequel s'appuie le critique : « une créature de chair et de sang, un homme d'un certain pays, d'une certaine classe, [et d'une certaine époque] [35] ». Dans l'œuvre de Silone, l'humilité chrétienne est au service d'un particularisme moral.

Les principes de la morale sont permanents, mais aussi locaux. Ils reflètent les besoins et les espoirs de personnes particulières ayant un visage et un nom, une occupation et un lieu de résidence, des coutumes et des croyances. On n'atteint l'espèce humaine que moyennant une série d'engagements sérieux envers de telles personnes – quoiqu'il me semble que Silone ne soit pas trop pressé d'atteindre l'espèce humaine. Il a une crainte de l'abstraction : il fuit l'histoire mondiale ; il se contente de commencer et de terminer ses récits avec les paysans des Abruzzes. L'endurance paysanne est la preuve concrète de la constance morale. « La vérité des *cafoni*, écrit Chiaromonte, est rustique et inarticulée, mais, forgée par la nécessité, elle est durable [36]. » C'est cette vérité que Silone oppose à la vérité du Parti. L'opposition entre ce qui est permanent et ce qui est relatif ne saisit pas la différence entre ces deux vérités : la vérité de Silone est de l'ordre du sens commun, elle est pratique et durable ; la vérité du Parti est ésotérique, théorique et historiquement changeante. Silone, pourrait-on dire, est voué à son dialecte, le Parti à sa dialectique.

Je ne veux pas dire que Silone soit lui-même un paysan qui souhaite revenir à la terre (ou qui souhaite que le reste d'entre nous y retourne). On fait effectivement un grand compliment à Pietro Spina lorsque l'on dit de lui, dans *Le Grain sous la neige*, qu'« il n'a rien d'un cérébral, d'un raisonneur, d'un coupeur de cheveux en quatre [37] ». Pourtant Spina n'est pas autre chose qu'un intellectuel : les deux romans où il figure racontent beaucoup plus ses réflexions que ses actions. Et Silone, après avoir pris la « sortie de secours », pour quitter d'abord les Abruzzes, puis le Parti, est un critique social de la ville et un critique qui fait preuve d'urbanité – même s'il appartient à la « légion des réfugiés de l'Internationale ». Mais contrairement à nombre d'autres réfugiés, il ne renonce jamais aux principes qui l'ont conduit à son premier choix de camarades : il renonce à l'idéologie qu'il a apprise par la suite dans les écoles du Parti. Il entreprend alors de construire, sinon une nouvelle idéologie, au moins une nouvelle compréhension du monde politique. Sans doute cette nouvelle compréhension n'a-t-elle pas la puissance analytique (ou l'optimisme porteur) de la théorie marxiste, mais elle a cet avantage considérable d'être moralement pertinente : elle fait face aux réalités du XXe siècle, non seulement au capitalisme, mais aussi à la dictature bureaucratique. « Deux maux, dit don Severino dans *Le Grain sous la neige*, l'Argent et l'État [...] aussi vieux que les puces et la toux, en eux-mêmes haïssables mais supportables tant qu'ils sont maintenus à l'intérieur de certaines limites [38]. » Comme Camus quelques années plus tard, Silone en vient à reconnaître la réelle importance morale des limites : sa doctrine est à la fois simple et sophistiquée.

Cette sagesse est celle du réfugié idéologique et non pas, je pense, celle de l'intellectuel errant. En tant que critique et romancier, Silone est constant, patient, têtu, fidèle – par opposition à Koestler, par exemple, à qui aucun de ces adjectifs ne pourrait être appliqué. « Que voulez-vous que des réfugiés fassent du matin au soir ? Ils passent le plus clair de leur temps à se raconter leurs histoires [39]. » L'histoire de Silone, transformée en fable ou en fiction, est quelque chose de plus que cela. Elle donne l'exemple d'une critique de l'injustice et de l'oppression maintenue avec une force remarquable malgré les vicissitudes d'une époque mauvaise. Mais est-elle une critique capable d'inspirer d'autres personnes, des personnes qui ne font pas partie de la légion des réfugiés ? Il se peut fort que les sorties de secours de Silone le laissent isolé et sans influence. Il est certain en tout cas que ses récits n'ont pas produit une succession de « siloniens » comme les thèses théoriques de Marx ont produit une succession de marxistes (Gramsci n'est qu'un exemple d'une série impressionnante et continue). Il existe, cependant, d'autres formes de continuité : les histoires de Silone ont contribué à créer, non pas une succession mais une tradition critique, une certaine manière de parler dans laquelle les gens entrent en partie parce qu'ils l'admirent, en partie parce qu'ils la tiennent pour la meilleure option disponible. George Orwell et Albert Camus appartiennent, je crois, à cette tradition, participant à l'entreprise de Silone et prenant leurs directives, comme lui-même l'a fait, du sens commun et de la morale ordinaire.

6. L'Angleterre de George Orwell

Le radicalisme et l'enracinement

Comme « Ignazio Silone », « George Orwell » est un pseudonyme ; contrairement à « Silone », ce n'est pas un pseudonyme politique, un nom clandestin choisi par nécessité, à la sauvette. Orwell l'a choisi librement, et ce n'est pas un choix facile à comprendre. Pourquoi avait-il même besoin d'un pseudonyme ? Peut-être n'est-il pas nécessaire de répondre à cette question pour comprendre l'homme et son œuvre – en effet, c'est à cette opinion philistine et typiquement orwellienne que je me range. Mais il existe un point de vue critique sévère sur Orwell qui fait grand cas de son pseudonyme, comme si le nom était une ontologie. Il a choisi son nom au début des années 30, lorsqu'il est devenu un homme nouveau et un critique radical de la société anglaise. Mais le nom ne correspondait à aucune réalité morale stable, et il n'a pas réussi à maintenir l'attitude critique à laquelle ce nom l'engageait. Imitant les héros de ses propres romans, a prétendu Raymond Williams dans la version la plus forte de cette critique, Orwell rompt avec les « routines orthodoxes » de sa classe et de sa culture, ne parvient pas à réaliser les espoirs qui motivent cette rupture et puis, déçu, revient à ses origines. Il commence comme Eric Blair et, sans reconnaître ce qui s'est passé, finit à nouveau comme Blair : il commence en policier impérial et termine en idéologue de la guerre froide. En somme, Williams réitère la condamnation communiste du « retour » de Silone, mais il le fait à partir d'une position de gauche indépendante et avec une attention et une grâce littéraire plus grandes [1].

Il n'est aucunement surprenant, bien sûr, que les derniers livres d'Orwell, *La Ferme des animaux* et *1984*, aient mis mal à l'aise de nombreuses personnes à gauche ; mais cela avait été le cas aussi de *The Road to Wigan Pier* et *La Catalogne libre* bien avant. Il semble qu'il y ait eu un groupe de personnes plus ou moins défini, des personnes de gauche d'un genre particulier, qui se soient crispés à chaque fois qu'Orwell prenait la plume (cela lui faisait un plaisir énorme) et ces personnes ne peuvent que voir une préfiguration de ses derniers livres dans ses premiers écrits politiques. Raymond Williams n'est pas tout à fait un homme de gauche de ce genre ; il raconte une histoire plus sophistiquée. *La Catalogne libre* est pour un lui une réussite indiscutable, le grand moment de la carrière politique d'Orwell – les premières pages, l'éloge de Barcelone comme « une ville où la classe ouvrière avait pris le dessus », le moment le plus grandiose. En fait, l'hommage d'Orwell est de manière caractéristique un hommage restreint : « Une bonne part m'en [la vie de cette ville] demeurait incompréhensible et même, en un sens, ne me plaisait pas ; mais il y avait là un état de choses qui m'apparut sur-le-champ comme valant la peine qu'on se battît pour lui[2]. » C'est le jugement à peu près semblable mais fondé sur une bien plus grande compréhension qu'Orwell porte sur l'Angleterre en 1940 que Williams prend pour le signe de sa déception et de son retour. Le texte crucial, c'est *The Lion and the Unicorn*, publié en février 1941, dans lequel Orwell succombe à la maladie nommée le « patriotisme social », rejoint la famille des Anglais « raisonnables, modérés et corrects », et cesse d'être un critique radical.

L'incompréhension de Williams n'était pas totale – du moins lorsqu'il écrivait son étude sur Orwell en 1970 ; sept ans plus tard dans un entretien avec le conseil de rédaction de la *New Left Review*, légèrement malmené par eux, il durcissait sa position. L'identité de classe est son thème central, et sa façon de concevoir les classes, le patriotisme social ressemble beaucoup à une maladie héréditaire[3]. Les difficultés politiques d'Orwell et sa défaite finale, telles que Williams les décrit, sont les conséquences (prédéterminées ?) de son effort héroïque pour se faire passer pour « Orwell » – un homme froid, sans passion, résolument correct, libéré surtout de la respectabilité conventionnelle de sa classe. Il a donc quitté la police, vit sans un sou à Paris et à Londres, descend dans les mines du Nord de l'Angleterre, se bat et est blessé en Espagne. Mais il n'est jamais devenu un intellectuel organique de la classe ouvrière. Il a coupé ses racines, et puis il s'est retrouvé déraciné, dépourvu d'une identité sociale certaine. C'est là une position idéale pour le critique radical – comme le veut la thèse habituelle, qu'a élégamment développée Benda, sur les conditions de la critique en général. Mais la thèse de Williams est différente, plus explicitement sociologique, peut-être, ou plus solidaire de ses propres origines (la classe ouvrière galloise). Le déracinement est pour lui un état de perte, dont même un Orwell, qui avait choisi son état un peu comme il avait choisi son nom, devait à terme chercher à s'échapper. D'où le retour d'Orwell en Angleterre, et au patriotisme anglais, « un acte non pas tant d'adhésion que d'affiliation consciente ». N'étant situé nulle part, il ne peut pas poursuivre le combat que requiert la critique. Il cherche dans ses pièces « patriotiques » à prouver qu'il appartient vraiment à la famille anglaise au sens large : « Les émotions sont compréhensibles, et honorables, dit Williams, mais [...] elles sont trop faciles, trop confortables, trop molles[4]. »

Ironiquement, cette critique d'Orwell coïncide en partie avec la critique que lui-même adressait aux intellectuels de gauche du front populaire – quoique Orwell soit un peu plus féroce. Les intellectuels des classes moyennes, isolés chez eux, deviennent communistes ou compagnons de route par acte de volonté, soutient-il, et ensuite leur volonté n'a pas de borne : elle n'a d'égal que leur ignorance du monde dans lequel ils entrent. Ils deviennent des prolétaires volontaires, des inconditionnels du Parti, des apologistes de l'Union soviétique. Le front populaire, dit Orwell dans une phrase que Williams aurait pu appliquer à la politique d'Orwell lui-même, est le « patriotisme des déracinés[5] ».Orwell a un profond dédain pour le déracinement, et sa raillerie des hommes et des femmes qui en montrent les signes comme des insignes d'honneur est parfois très cruelle. Il n'y a pas grand-chose à dire pour excuser sa liste réitérée des loufoques et des excentriques, personnages marginaux dépourvus de grâce qu'un vague espoir de camaraderie et de discipline attire vers le socialisme et ensuite vers le communisme, « toute cette terne tribu de femmes à l'âme noble, de porteurs de sandales et de buveurs de jus de fruit barbus »... Il est clair qu'Orwell ne voulait pas être associé à *eux*, mais ce serait faire de la psychologie facile que de suggérer qu'il craignait d'être l'un d'eux. Parfois, de toutes manières, sa raillerie est plus perspicace, comme dans son bref commentaire du vers de W. H. Auden (qu'Orwell a immortalisé) sur « le meurtre nécessaire ». Le temps de la lecture poétique, de la promenade le long du lac, et de la « communion parfaite », dit Auden, viendra. Mais aujourd'hui, il faut autre chose :

Aujourd'hui, l'accroissement délibéré des
occasions de mourir,
L'acceptation consciente de la culpabilité pour
le meurtre nécessaire ;
Aujourd'hui, le déploiement de vos forces
Pour le plat pamphlet éphémère et
La réunion sans intérêt[6].

Ces vers esquissent, dit Orwell, un jour de la vie du « bon membre du Parti ». « Le matin, un ou deux meurtres politiques, l'interlude de dix minutes pour étouffer le remords "bourgeois", et puis le déjeuner à toute vitesse, l'après-midi chargée et la soirée passée à blanchir les murs à la craie et à distribuer des tracts[7]. » Auden prend une pose politique, et la pose manque entièrement d'authenticité, et donc s'expose à la caricature. L'« acceptation consciente de la culpabilité » est trop facile quand on n'a aucune expérience du crime. Ce genre de chose est bien pire que de porter des sandales ou de boire du jus de fruits, et la critique d'Orwell est sérieuse, une indication cruciale de son engagement politique. Cela suggère qu'il avait une conception de son propre radicalisme très différente de celle que nous donne Williams. En dépit de son nouveau nom, il ne se représentait pas comme un intellectuel déraciné, un socialiste-en-vertu-de-sa-seule-volonté. Qu'était-il alors, cet homme qui est « devenu » George Orwell ?

Au fond, il a toujours été Eric Blair, cet Anglais de la moyenne bourgeoisie qui avait été élevé à Eton et qui avait intégré, puis quitté, la police birmane. On peut assez facilement décrire la vie d'Orwell comme s'il s'agissait d'un défilé de moi successifs, assurant lui-même tous les rôles – quoique le trio que propose Williams (Blair, Orwell et Orwell trahi) ne suffise pas à la description. Il est cependant au moins aussi important de remarquer l'approximative continuité non seulement du caractère moral mais aussi de l'identité sociale. Il a abandonné l'autorité de sa classe et ses prétendus droits à la richesse et au prestige (sa propre famille ne jouissait ni de l'une ni de l'autre) ; il a changé d'attitude, plus d'une fois, et de position politique aussi. Mais il n'y a pas eu de conversions radicales ni de « sorties de secours ». Il a évité le Parti communiste, n'a jamais vénéré le dieu qui a échoué, n'a été un trotskiste que distant, n'a eu aucune expérience de ce que Silone appelait la « situation de l'"Ex" ». Il n'a pas été un camarade facilement, et il n'a jamais été un prolétaire. On peut trouver dans *The Road to Wigan Pier* et dans *La Catalogne libre* des portraits idéalisés de travailleurs individuels, mais la voix de l'auteur dans les deux livres est constamment celle d'un journaliste de la bourgeoisie (moyenne). Interrogé en 1940 au sujet de « L'Écrivain prolétaire », il dit ce qu'il aurait dit à n'importe quel moment des dix années précédentes : « Je crois que la littérature [du prolétariat] est et doit être une littérature bourgeoise avec un penchant légèrement différent[8]. » *The Road to Wigan Pier*, écrit en 1936, se termine par une thèse qui annonce directement sa politique après la Seconde Guerre mondiale. Si vous me malmenez au sujet de mon « idéologie bourgeoise », dit-il aux membres du Left Book Club :

> Si vous cherchez à me faire comprendre d'une manière subtile que je suis un être inférieur parce que je n'ai jamais travaillé avec mes mains, vous ne parviendrez qu'à me dresser contre vous. Car vous êtes en train de me dire soit que je suis un être foncièrement inutile soit que je devrais changer d'une manière dont je ne suis pas en mesure de le faire. Je ne peux pas rendre prolétaire mon accent ou certains de mes goûts ou

certaines de mes croyances, et je ne le ferais pas, même si je le pouvais. Pourquoi le devrais-je [9] ?

Orwell était fidèle à ce qu'il était, comme en application de l'injonction morale dont Albert Camus devait faire plus tard la maxime de sa propre politique pendant la guerre d'Algerie. Il a effectivement démissionné de la police birmane, et il est effectivement devenu socialiste, mais il a fait l'une et l'autre de ces choses sans renoncer à « ses goûts et à ses croyances ». Il s'est déplacé à gauche, mais il est resté entier. On peut avoir une idée du processus intérieur qui précède dans la deuxième partie, controversée, de *The Road to Wigan Pier*, où il décrit le sentiment naissant de l'empire britannique comme « un sytème oppressif ». Il démissionnait de son service, dit-il, « en éprouvant un immense poids de culpabilité », avec le souvenir encore vivant « de subordonnés qu'il avait malmenés et de vieux paysans qu'il avait méprisés, de serviteurs et de porteurs qu'il avait frappés de ses poings dans des moments de rage. » De cette expérience, il a construit « la simple théorie que les opprimés ont toujours raison et les oppresseurs, toujours torts : une théorie erronée, mais qui est le résultat naturel du fait d'être soi-même un des oppresseurs [10] ». Le commentaire, « une théorie erronée », est important, et il est également important qu'Orwell ait senti l'erreur presque dès le début ; cette théorie simple n'est guère apparente, par exemple, dans son premier roman publié, *Burmese Days*, qui porte un regard critique sur les Anglais comme sur les Birmans.

La culpabilité est un mauvais guide en politique, et les stéréotypes sur la culpabilité plus mauvais guides encore ; les deux réunis rendent probablement compte pour une grande part de cette abnégation volontaire des intellectuels des classes moyennes dans les années 30, qui se sont déguisés pour l'occasion en ouvriers et révolutionnaires. Dans la *dèche*, Orwell aussi s'est déguisé : « Je voulais me submerger, descendre complètement parmi les opprimés, être l'un d'eux et de leur côté contre leurs tyrans [11]. » Mais il a appris qu'il ne pouvait pas être l'un d'eux, et il revenait toujours pour remettre ses propres vêtements. Il était impossible d'être « de leur côté » sans prétendre à une identité qui ne lui était pas familière. Williams semble contraint de nier ce dernier point, même s'il nie aussi que la prétention puisse jamais être la base d'un engagement socialiste durable. Mais Orwell est parvenu à accorder son moi ancien et sa politique nouvelle. L'idéologie bourgeoise, après tout, avait alimenté l'engagement de plusieurs générations de radicaux anglais.

Le retour est l'un des thèmes centraux d'Orwell, quoique le retour soit toujours plus circonspect que ne le suggère Williams. Le dernier paragraphe de *La Catalogne libre* en est un bel exemple. Orwell décrit son voyage de retour de l'Espagne en Angleterre, le mal de mer sur la

Manche, et le sentiment naissant du sommeil profond et dangereux de son pays, « dont parfois j'ai peur que nous ne nous réveillions qu'arrachés à lui par le rugissement des bombes[12] ». Ce retour, au moins, n'est pas « trop facile, trop confortable, trop mou. » Orwell ne termine pas ses livres dans des endroits comme Wigan ou Barcelone ou même Lower Binfield, mais typiquement se fait revenir, ou fait revenir son héros, chez lui, en un lieu qu'il connaît, quoique toujours avec difficulté, pour être le sien. Il ne revient pas en fils prodigue, cependant, et après la publication de *La Ferme des animaux*, quand de vieux guerriers conservateurs lui ont donné l'accueil du fils prodigue, cela ne lui a pas plu. À quoi, donc, était-il fidèle ? La réponse habituelle est, à une certaine interprétation de la « correction ordinaire »*. Ce n'est pas faux, mais ce n'est pas assez précis ; cela n'aide pas à expliquer sa résistance aux aspects cruciaux, et aucunement incorrects, de l'idéologie de gauche (le collectivisme et l'internationalisme marxiste, par exemple) ; et cela ne rend pas la force critique de ses écrits sur l'Angleterre. La résistance et la critique sont fortement liées, mais je les prendrai séparément, en commençant par le socialisme anti-idéologique d'Orwell. Pour Williams, cette dernière expression est un oxymore, et c'est peut-être pourquoi il décrit Orwell, après la guerre, comme un ex-socialiste. Mais Orwell revient à « l'Angleterre, Votre Angleterre », sans céder le pas aux hommes et aux femmes qui tyrannisent la classe ouvrière. Sa réussite a quelque rapport avec son aptitude, dans tous ses voyages, physiques et intellectuels, à se transporter dans ses bagages. Il voyage léger, dit Williams[13] – ce que je ne crois pas être le cas.

Le socialisme anglais

Un des thèmes les plus persistants de la pensée de gauche au XXe siècle, c'est la critique de la « société de consommation ». Marx avait décrit le « fétichisme des biens de consommation » comme une caractéristique de la production capitaliste : les choses que le travailleur fabrique en viennent à avoir une existence indépendante de son propre travail de production, hors de son contrôle. Mais le fétichisme est présent aussi dans la consommation capitaliste : c'est ce qu'ont prétendu des critiques postmarxistes comme Herbert Marcuse, dans la mesure où le bien de consommation est, dans la société capitaliste, le but suprême de la vie quotidienne. Le désir des biens, de leur possession

* Le terme *decent* (et termes associés) est traduit par le terme *correct (NdT).*

ou de leur jouissance, devient une force sociale distincte des hommes et des femmes dont c'est le désir ; et plus ce désir est satisfait, plus il devient inexorable. Les possessions modernes sont des choses par lesquelles les personnes sont possédées : une forme de domination, comme le travail lui-même. Le flux infini de biens de mauvaise qualité et remplaçable est un signe à la fois de la réussite du capitalisme et de la corruption du peuple. Tout cela, il est assez habituel de l'entendre parmi les écrivains de gauche avec la contrepartie à droite, sous la forme d'un dégoût généralisé du commerce, de l'industrie, de la vie urbaine, du marché de masse et de la communication de masse. On trouve des traces de ce genre de choses chez Orwell ; en effet, on en trouve des variantes à la fois de gauche et de droite. Il n'a jamais été à l'aise dans le monde des biens de consommation modernes, et il lui arrivait d'éprouver une nostalgie remarquablement profonde et presque lyrique, comme dans son dernier roman des années 30, *Un peu d'air frais*. Mais il n'a jamais exprimé une aversion idéologique pour les choses elles-mêmes, pour les objets que les hommes et les femmes sont impatients de posséder ; sa critique du capitalisme anglais ne s'étend pas jusqu'au « fétichisme des biens de consommation ». Au contraire, il semble ressentir, dans *1984* surtout, que le fétichisme quotidien est comme une grâce salvatrice.

Ce n'est jamais une bonne idée pour la gauche de se buter contre les valeurs des personnes ordinaires. L'attaque contre les biens de consommation est l'œuvre de critiques sociaux à l'extrême de leur volonté. Car les hommes et les femmes privés des choses ne sont pas mieux préparés pour une politique radicale que ne le sont les artistes affamés pour l'art. La privation, c'est la privation ; on ne peut échapper au monde de l'acquisition et de la dépense en n'acquérant et en ne dépensant pas. La vie ordinaire à ses exigences propres, non seulement pour ce qui est absolument nécessaire, mais aussi pour ce qui est simplement désirable. Orwell a été, dès le début, sensible à ses demandes. Ou, mieux, presque dès le début : il y avait eu une époque, dit-il dans *The Road to Wigan Pier* où « l'échec me semblait être la seule vertu [14] ». Encore une erreur, et *Et vive l'aspidistra !* est la libération romanesque de cette erreur. Lorsqu'il écrit le livre, Orwell n'est pas encore engagé politiquement ; ce sont les traditions de la bohème, non celles du militantisme radical, qui en fixent les termes. Le héros, Gordon Comstock, l'auteur d'un mince mais « prometteur » volume de poésie, a tourné le dos à la société bourgeoise et a déclaré la guerre au « monde de l'argent ». Cette guerre, c'est une guerre profondément intime, dont l'arme est surtout la souffrance qu'il s'impose à lui-même et la diatribe intérieure. Les dénonciations que fait Gordon du pouvoir de l'argent, bien qu'elles soient sans résonance politique, auraient pu sortir des pages du jeune Marx. Mais sa guerre est perdue d'avance, en partie à cause de son intransigeance absolue, son rejet de tout compromis avec la respectabilité bourgeoise. Il s'abaisse trop, ne peut écrire, ne peut se faire des amis, ne peut vivre avec Rosemarie qu'il aime, ne peut éprouver aucun degré de contentement ou de joie. Le roman d'Orwell a pour thème l'échec de l'« échec ». Il se termine sur le retour de Gordon : le retour de la bohème à la petite bourgeoisie. Les dernières pages glorifie l'appartement que Gordon et Rosemarie ont trouvé et meublé. « Il leur semblait vivre une aventure formidable du seul fait d'avoir un endroit à eux. Ni l'un ni l'autre n'avaient jamais possédé de meubles auparavant [...]. Et tout cela était à eux ! absolument tout était à eux – du moins tant qu'ils ne seraient pas en retard pour leurs paiements échelonnés[15] ! »

Ce sont là des phrases étranges pour un écrivain qui n'était qu'à quelques mois de se déclarer socialiste. Lionel Trilling y trouve « un vague écho élégiaque de Defoe et des premiers jours de l'ascension des classes moyennes, lorsque le triste jeune homme d'Orwell apprend à chérir son petit équipement personnel de survie, son propre lit, ses propres chaises, ses propres casseroles – son propre *aspidistra*, l'emblème laid, opiniâtre, organique de la survie[16] ».En fait, pas tout à fait le « sien » : le sien et celui de Rosemarie, et cela vaut la peine de le signaler, car Rosemarie est, dans l'ensemble de l'œuvre d'Orwell, à peu près la seule femme sympathique et forte*. Gordon, à la fin du roman, n'est pas seul. Mais le roman s'achève sur une célébration de la vie privée et de la propriété privée, en cela il rappelle en effet les premières victoires des classes moyennes. Mais il annonce aussi la conviction postérieure d'Orwell que le socialisme ne peut pas, ne devrait pas, pas plus que l'art ou la littérature, exiger le renversement de ces victoires.

C'est là une conviction souvent manifeste dans l'œuvre d'Orwell, mais elle trouve son expression la plus remarquable dans *1984* où, de manière tout aussi remarquable, elle est passée en grande partie inaperçue. Ce n'est pas seulement l'amour sexuel qui y symbolise l'opposition à la vie enrégimentée des membres du parti sur la piste d'atter-

* C'est une Julia petite bourgeoise, mais à la différence de Julia (dans 1984) qui triomphe à la fin. Daphne Patai, dans *The Orwell Mystique : A Study in Male Ideology*, Amherst University of Massachussetts Press, 1984, critique sévèrement et intelligement la manière dont Orwell traite ces deux personnages, et toutes les femmes dans ses romans. Il est certain que Rosemarie est façonnée selon un stéréotype : elle ne s'intéresse pas plus à la poésie de Gordon, par exemple, que Julia ne s'intéresse à la politique de Winston. Orwell n'était pas un critique – mais probablement un partisan – de la stéréotypie des sexes. Il puisait cependant une force dans les stéréotypes – ou mieux, il puisait une force dans ces deux femmes, incarnations de la solidarité humaine, porte-parole du concret et de l'immédiat contre l'abstraction (masculine). Il reste que ce n'est pas une bonne chose, moralement ou politiquement, que la femme ne joue que ce rôle.

rissage Un mais aussi l'amour des choses : le volume où Winston Smith tient son journal, « un livre spécialement beau [au] papier crémeux et lisse » ; le presse-papier en corail, que brise plus tard la police de la pensée, « une belle chose » ; le lit dans le meublé où Julia et lui font l'amour, « un beau lit en acajou ». Pour Winston et Julia, la chambre est tout autant une aventure que l'est pour Gordon et Rosemarie l'appartement – et les joies qu'elle procure ne sont pas seulement celles du sexe mais aussi celles de la vie et de la possession privées. Elle inspire les fantaisies de la vie ordinaire : « Il aurait voulu pouvoir se promener avec elle dans la rue [...], ouvertement et sans crainte, et parler de choses ordinaires, en achetant de petits objets pour leur ménage [17]. »

Est-ce là le vœu d'une figure de l'opposition, d'un critique social ? Cela ne l'est, pourrait-on dire, que dans le monde de *1984*, alors que dans le monde d'Orwell lui-même, cela représente une réconciliation avec la société bourgeoise, la soumission des armes de la critique. Une telle interprétation me paraît tout à fait fausse. La reconnaissance que les choses ont leur place et leur valeur, que « la stupidité des choses, comme le dit Trilling, a quelque chose d'humain, quelque chose de réconfortant, quelque chose même de libérateur », aiguise la critique de l'inégalité et de l'oppression [18]. Elle répugne à un socialisme ascétique ou puritain, mais pas à un socialisme qui vise à rendre « le petit équipement personnel de survie » également accessible à tous – et s'il est accessible, pourquoi ne serait-il pas beau ? Le socialisme d'Orwell est conditionné et concret ; d'où l'intérêt qu'il reconnaît à la possession matérielle. C'est un défenseur du contrôle collectif des moyens de production, mais pas du collectivisme comme idéal abstrait. Son socialisme est un socialisme qui convient à son moi et qu'il défend avec le ferme sentiment que ce moi, tout au moins pour autant qu'il aspirait à posséder lit, chaises et casseroles, et même pour autant qu'il aspirait à posséder des livres et des presse-papiers, était un moi suffisamment ordinaire. L'État, écrivait-il dans *The Lion and the Unicorn*, en décrivant son programme politique, ne devrait pas se mêler de « la possession à petite échelle [19] ».

Un socialisme à visage bourgeois ? Orwell aurait pu dire, et plus adéquatement, que c'était un socialisme à visage anglais. Attaché aux choses, il l'était aussi au lieu et à la culture ; et encore une fois il pensait que cet attachement était normal. « Surtout, dit-il à ce qu'il devait présumer être des lecteurs sceptiques, c'est *votre* civilisation, c'est *vous*. Quand bien même vous la haïriez ou vous vous en moqueriez, vous ne seriez jamais heureux loin d'elle pour longtemps. Le *suet pudding* et la boîte à lettres rouge sang font partie de votre âme [20]. » N'importe quel homme de gauche averti serait en effet sceptique. Dès *Le Manifeste du Parti communiste*, il aurait appris que les travailleurs n'avaient pas de patrie ;

qu'ils constituaient une classe radicalement dépossédée, d'abord des choses, puis des lieux, et que l'amour des choses ou des lieux était un amour inauthentique, cachant la réalité sociale. Prêchés par la classe dominante, le consumérisme et le patriotisme étaient des mystifications ; la tâche du critique social était de démystifier les biens comme les pays. Je suppose que Raymond Williams tient *The Lion and the Unicorn* pour le tournant d'Orwell, parce que c'est dans ce texte qu'il adopte de manière très explicite une position patriotique : « Je crois en l'Angleterre. » Orwell essaie, cependant, de s'emparer du patriotisme pour la gauche. C'est pourquoi il n'est pas seulement un patriote, mais un « patriote social ». Le patriotisme, écrit Orwell,

> « n'a rien à voir avec le conservatisme. En fait, c'est le contraire du conservatisme, puisque c'est une dévotion à quelque chose qui change toujours et qui est pourtant sentie de manière mystique comme étant identique. C'est le pont entre l'avenir et le passé. Aucun vrai révolutionnaire n'a jamais été internationaliste[21] ».

Cette dernière phrase est probablement fausse, à moins que le mot « vrai » ne cache quelque qualification supplémentaire. Mais il n'est pas difficile de voir ce qu'Orwell veut dire. La politique révolutionnaire implique la mobilisation du peuple ; on ne peut mobiliser le peuple qu'en faisant appel à ses sentiments et à ses valeurs ainsi qu'à ses intérêts ; et ces sentiments et ces valeurs se forment à travers l'histoire, sont culturellement spécifiques. Les travailleurs qu'Orwell connaissait ou dont il savait quelque chose, pensait-il, « ont bien autre chose à perdre que leurs chaînes ». En 1941, l'une des choses qu'ils ont à perdre, c'est leur pays. Car c'est le leur, bien qu'ils n'aient pas le contrôle de son ordre social ou de sa politique gouvernementale. Donnez-leur le contrôle, et l'Angleterre sera plus anglaise : « Par la révolution, nous devenons plus nous-mêmes, pas moins[22]. » Cette phrase-là, je crois, n'est pas fausse. Toute révolution vraiment populaire (c'est peut-être le sens du « vrai » d'Orwell) a rendu plus intense la particularité, la spécificité politique ou religieuse de la société où elle a eu lieu. Les vieilles élites établies, les aristocraties en particulier, sont toujours plus cosmopolites que les hommes et les femmes qu'elles dirigent. L'avant-garde marxiste l'est aussi : l'internationalisme est une idéologie d'avant-garde. Orwell lui-même, bien sûr, agissait sur la base de principes internationalistes en se battant en Espagne (il a tenté à plusieurs reprises de faire partie des Brigades internationales). Mais il ne croyait pas que ces principes pourraient jamais être une source d'autorité dans la politique espagnole ou anglaise. Ils déterminaient l'allégeance d'individus, non le credo des mouvements révolutionnaires. Les luttes locales se nourrissent de valeurs locales.

En même temps, Orwell détestait le nationalisme, auquel il donnait un sens très large : la notion comprenait toute sorte d'auto-expansion collective, toute revendication d'un avantage ou d'un titre de supériorité de groupe. Les nationalistes anglais voulaient gouverner l'Inde ; les patriotes anglais ne voulaient que défendre l'Angleterre contre les nazis [23]. La distinction est moralement nette, mais elle élude la question difficile : pour quelle raison les sentiments patriotiques prennent-ils si souvent des formes politiques nationalistes ? Orwell semble penser que la réussite du nationalisme de droite a beaucoup à voir avec le refus des intellectuels de gauche de valoriser et de travailler avec le patriotisme. C'est peut-être une partie de l'histoire, mais cela ne peut guère en être le tout. Ici, comme ailleurs aussi, Orwell exagère l'importance des intellectuels de gauche. Il se peut cependant qu'il ait eu raison de critiquer les intellectuels pour « s'être sevrés de la culture commune du pays » (on peut être à la fois non solidaires et inefficaces). La désolidarisation ne rendait pas moins vraisemblable l'éventualité que beaucoup d'intellectuels deviendraient nationalistes au sens large qu'Orwell donnait à ce terme ; ils défendaient simplement l'expansion de collectivités étrangères, la Russie de Staline surtout. L'internationalisme d'Orwell, en revanche, exigeait la critique de toute forme de politique d'expansion, la défense d'ordres locaux et particuliers ; on pourrait y voir une réitération du patriotisme.

La critique de la hiérarchie

« Une famille avec les mauvaises personnes au pouvoir : c'est, peut-être ainsi que l'on peut le mieux décrire l'Angleterre en une phrase. » Voilà ce qu'écrivait Orwell en 1941 [24]. Williams concède que beaucoup de personnes à gauche avaient ce même sentiment pendant la guerre : le *blitz* a restitué à l'Angleterre une unité, même s'il n'a pas réconcilié la gauche avec le gouvernement conservateur *(Tory)* de l'aristocratie et de la grande bourgeoisie. Mais Orwell, écrivant à ce moment critique, a donné au mythe de l'entité une vie durable, et cela, Williams ne peut le lui pardonner :

> Si je devais dire quels sont les écrits d'Orwell qui ont fait le plus de mal, je dirais que ce sont [...] ces choses atroces du début de la guerre sur l'Angleterre, comme une famille avec les mauvaises personnes au pouvoir, les vieilles tantes et les vieux oncles qui traînent le pied dont nous pourrions sans grande peine nous débarrasser. De nombreuses

thèses politiques de la mouvance travailliste [...] que l'on associe en général à la tradition de Durbin ou de Gaitskell remontent à ces essais[25].

Ce n'est pas très juste, car Orwell dans *The Lion and the Unicorn* parle d'une « amère lutte politique » et pense qu'« à un moment ou un autre il deviendra peut-être nécessaire de recourir à la violence » : « les banquiers et les hommes d'affaires importants, les propriétaires et les tireurs de dividendes, les fonctionnaires aux derrières bien accrochés, feront tout leur possible pour faire obstruction [...]. Cela ne sert à rien de s'imaginer que l'on peut opérer des changements fondamentaux sans créer une division de la société[26] ». Ce sur quoi il avait des doutes, ce n'était pas sur la capacité de la classe dominante à se défendre mais sur sa capacité à défendre le pays, à mobiliser les personnes et à gagner la guerre. Il pensait que la révolution, « un changement fondamental du pouvoir », était la condition de la victoire. Sur ce point, il se trouve qu'Orwell avait tort. L'Angleterre a gagné la guerre sans déloger les « derrières bien accrochés » de la vieille élite. Il y a effectivement eu un changement du pouvoir, une fois la guerre engagée et les premières élections d'après-guerre confirmées : le triomphe de la démocratie sociale anglaise. Mais ce n'était pas cela le changement fondamental qu'anticipait Orwell. Cela n'a pas transformé Londres (ni Manchester, Liverpool ou Glasgow) en une seconde Barcelone, où les travailleurs auraient pris le pouvoir. Cela n'a pas créé l'égalitarisme copain-copain qui avait tellement plu à Orwell en Espagne et qui lui avait rendu vivant le socialisme.

Mais on ne ferait qu'exagérer – comme le fait Orwell lui-même – l'importance accordée aux intellectuels en rendant *The Lion and the Unicorn* responsable de l'émergence et de la remarquable stabilité de la politique travailliste. L'image familiale telle que la développe Orwell suggère en effet une absence de ferveur révolutionnaire. L'image cependant n'est pas la cause de l'absence : elle ne fait que l'évoquer et l'enregistrer. Orwell pointe, assez ouvertement, vers une culture populaire qui n'est pas entièrement étrangère à la culture hégémonique du capitalisme anglais. Le chef d'accusation de Williams, c'est qu'Orwell n'a pas saisi, ou peut-être a délibérement occulté, le caractère systématique de l'hégémonie capitaliste et a ainsi rendu ses lecteurs aveugles à l'âpreté nécessaire et aux difficultés inévitables de la lutte à venir. En fait, Orwell semble avoir reconnu que même la politique intrafamiliale peut devenir assez turbulente. Ce qu'il n'a pas reconnu, c'est la possibilité, et même la probabilité de compromis en cours de route et de stations où l'on pourrait être tenté de s'arrêter avant la victoire. Et il n'a pas reconnu non plus que des sentiments patriotiques comme les siens rendaient le compromis plus, et non moins, probable. Pour des raisons que l'on trouve dans son texte, mais qui n'y sont pas pleinement articulées, l'Angleterre n'a débouché que sur un socialisme du genre État-providence. Était-ce là un échec ? Peut-être, mais on pourrait aussi dire que c'était là (au moins le début) du socialisme « spécifique à l'Angleterre » qu'Orwell appelait de ses vœux. C'est une telle pensée que Williams rejette, accroché comme il l'est à l'espoir d'un socialisme à la fois original et bien plus radical. Et cela le pousse alors à soutenir que les divisions dans la société anglaise sont beaucoup plus profondes qu'Orwell ne le reconnaît. Ce n'est pas du tout une famille – ou alors, elle ressemble plutôt à la horde primordiale de Freud, avec les fils intriguant pour renverser le père et pour le tuer.

Jusqu'ici, cependant, le complot n'a pas abouti : en fait, il n'a guère mobilisé les forces de ceux que Williams appellerait ses acteurs. Et le complot n'a pas non plus produit une critique de la société anglaise plus puissante que celle d'Orwell – bien qu'il ait certainement produit des critiques au ton plus âpre, plus violent, plus méchant. La puissance d'Orwell dérive de sa compréhension profonde de la société qu'il critique et de son admiration pour beaucoup de ses réalisations culturelles et matérielles : la douceur anglaise, le respect de la loi, la tolérance de l'excentricité ; les *pubs* anglais, les chansons de music-hall, même la cuisine anglaise ; le cricket, les cartes-postales comiques, les jardins à la campagne, les fleurs, le *Stilton*, le *suet pudding*, la bière tiède, et la « bonne tasse de thé » [27]. Tout cela, Orwell se l'approprie au nom d'un socialisme égalitaire, à peu près comme il s'approprie « le petit équipement personnel de survie » pour la même cause. Rien de surprenant à ce que la férocité révolutionnaire se perde en cours de route. Bien sûr, l'appropriation est censée être une provocation. Quoique Orwell ait été le plus européen des écrivains anglais du XXe siècle (un point sur lequel je reviendrai plus tard), il détestait intensément ce que l'on pourrait appeler les « tendances continentalisantes de l'Anglais bien placé ou sur la voie de la réussite ». Il aimait choquer les intellectuels aux pensées élevées et les classes moyennes culturellement ambitieuses. Mais c'était là plus un passe-temps que de la politique sérieuse, et il serait erroné de voir dans l'œuvre critique d'Orwell un sentimentalisme facile, quoique parfois pervers, sur la vie des personnes ordinaires. Il s'oppose directement au système de classe lui-même. La haine de la hiérarchie est la passion qui anime sa critique sociale [28]. La domination et l'arrogance, d'une part, la déférence et la peur, de l'autre, telles sont les caractéristiques de la vie anglaise contre lesquelles il se dresse. La véritable fonction du cricket, des fleurs et de la bonne tasse de thé, c'est d'établir sa propre solidarité avec la vie qu'il critique. J'y vois comme une espèce de remède maison contre l'orgueil de intellectuel et la présomption de l'avant-garde.

Mais cette solidarité elle-même, a prétendu Richard Wollheim, pousse Orwell à adopter une vue de la société qui a un caractère profondément conformiste. Le socialisme pour lui signifiait la réalisation d'un « mode de vie déterminé ». Les hommes et les femmes seraient libres, bien sûr, de mener la vie de leur choix, mais Orwell prévoyait un ensemble particulier de choix possibles, défini par la correction et le respect de soi de la classe ouvrière. « Ce ne serait pas une parodie excessive d'Orwell que de dire que pour lui une société libre, ce n'était [rien de plus] qu'une société dans laquelle personne ne mettrait chapeau bas devant un autre. » Il rejetait la servilité, mais, c'est vrai, il rejetait aussi la hargne, l'affectation, et la perversité, tout ce qui (en Angleterre) pourrait sembler incorrect. Ils n'auraient pas supprimé ces choses, écrit Wollheim, mais aussi il n'aurait pas pensé que les mettre dehors serait une grande violation de la liberté. « Et sur ce point, je suis sûr qu'il avait tort[29]. » Wollheim ici capte quelque chose du ton d'Orwell, mais il ne saisit pas le degré de son engagement à la démocratie, pas seulement la souveraineté du peuple, mais aussi le processus politique : la rude bagarre du débat et la tolérance mutuelle qui empêche la rude bagarre de devenir trop rude. Orwell raillait injustement la hargne de la gauche, mais il admirait la société plus large qui tolérait les hargneux de la gauche.

Orwell est moins un égalitariste radical qu'il n'est un simple démocrate. Son but, c'est le transfert du pouvoir aux hommes et aux femmes ordinaires et la création d'une politique vivante, ouverte, franche et qui appelle les choses par leur nom. Cela n'impliquait qu'une égalité « approximative » de revenu : le revenu le plus élevé ne devrait pas excéder le plus bas, de plus de dix fois soutient-il dans *The Lion and the Unicorn*. Cela impliquait aussi, et cela était au moins aussi important, une réforme démocratique des écoles – une demande souvent répétée dans la gauche travailliste après la guerre. Dans son essai autobiographique, *Such, Such Were the Joys*, Orwell prend l'école primaire privée *[prep school]* à laquelle il avait assisté quand il était enfant comme l'exemple premier d'une société injuste, et explore les liens entre le snobisme de classe et la tyrannie politique. C'est un fragment de critique sociale indirecte, mais sauvage : la férocité ne fait ici aucunement défaut. Alors que d'autres radicaux « travaillistes » se retiennent, lui se fait ouvertement l'avocat d'un rachat des écoles privées *[public schools]* comme Eton, la sienne. Enfin, et ce qui est le plus important, le transfert du pouvoir, soutient-il, suppose un contrôle du peuple sur son gouvernement plus direct et continu. Quels aménagements institutionnels pourraient rendre cela possible, Orwell ne le dit pas : il n'aurait pas plus voulu abolir le parlement qu'il n'aurait voulu fermer le *pub* du coin. Il voulait seulement les rapprocher l'un de l'autre.

Ce sont ses intérêts littéraires et culturels qui révèlent le mieux ses engagements démocratiques. Considérez, par exemple, son enthousiasme pour le pamphlet (il en était collectionneur et anthologiste et occasionnellement auteur), qu'Alex Zwerdling offre habilement en contraste avec l'empressement à contrecœur d'Auden à « déployer son énergie » (mais l'a-t-il jamais fait ?) pour rédiger un « pamphlet éphémère et plat [30] ». Cette attitude-là est la plus commune parmi les intellectuels littéraires, dont la véritable ambition, je suppose, est de ne jamais écrire quelque chose d'éphémère. Mais le pamphlet, pensait Orwell, est la concession que l'on fait à une politique vivante et à un auditoire de masse. Une *intelligentsia* qui pratique le pamphlet, écrivant dans une langue simple et cherchant à atteindre ce public, serait solidaire avec le peuple d'une manière qu'Orwell tenait pour exemplaire. Voilà un autre « faible écho élégiaque à Defoe et au début de la montée des classes moyennes. » De telles connexions avaient autrefois existé en Angleterre : un socialisme triomphant les rétablirait et les étendrait.

Mais Orwell était toujours à l'écoute des dangers d'un socialisme en échec – plus à l'écoute, diraient peut-être ses critiques à gauche, qu'aux dangers d'un capitalisme établi. Il a en fait peu à dire sur le capitalisme. Quoiqu'il en reconnaisse la force politique, il en présume l'échec comme système productif, et son programme pour une relève économique est le programme habituel de la gauche à son époque : « la nationalisation des terres, des mines, des chemins de fer, des banques et des principales industries » (ceci vient de *The Lion and the Unicorn*) [31]. Il était plus préoccupé, cependant, de soutenir que la nationalisation ne ferait qu'amener de nouvelles formes d'oligarchie et de privilèges, à moins d'être accompagnée d'un « déplacement fondamental du pouvoir ». Non un déplacement des capitalistes aux bureaucrates de l'État : cela ne serait pas un déplacement fondamental, puisque les mêmes personnes ou le même genre de personnes, élevées dans les mêmes écoles, constitueraient les deux catégories. Pour Orwell, un déplacement fondamental supposait une révolution démocratique. Une grande partie de ses écrits critiques visait les deux groupes qui, croyait-il, pouvaient faire obstruction ou usurper une telle révolution une fois que les capitalistes seraient vaincus – les *intelligentsias* politique et technique, soit les maîtres de la vérité idéologique et du savoir scientifique. C'était de ce point de vue un élève de James Burnham, mais sa thèse n'appartient qu'à lui [32]. Sa critique sociale suit sa critique littéraire : dans l'une et l'autre, il vise à briser la barrière de l'élite culturelle. D'où son intérêt pour l'attrait qu'exercent de bons écrivains comme Charles Dickens et de « bons mauvais » écrivains comme Rudyard Kipling, quelle que soit la classe sociale ou la formation scolaire. « Le fait que la bonne-mauvaise poésie peut exister, dit-il dans son essai sur Kipling, est un signe du chevauchement émotionnel de l'intellectuel et de l'homme ordinaire [33]. » Il y a un chevauchement intellectuel aussi, est-il non seulement souhaitable, mais possible de s'opposer aux idéologies d'avant-garde. C'est parce que l'opposition est possible que la dégradation des prolétaires dans *1984* représentait une défaite si terrible.

La haine d'Orwell pour la hiérarchie, que se partageait en principe la gauche, s'exprimait aussi sous la forme d'une crainte – qui, elle, n'était guère partagée par tous – qu'un ensemble d'aménagements inégalitaires soit simplement remplacé par un autre, et cela au nom du socialisme. Il était donc un critique des élites d'opposition comme des élites établies, plus féroce, peut-être même, dans sa critique des premières que des secondes, non seulement parce que l'opposition était plus accessible, mais aussi parce qu'il croyait qu'elle allait gagner. Ce qui le sépare des autres radicaux travaillistes, c'est son profond malaise quant à la victoire et sa constante irritation devant les idées avancées qui ne servaient, pensait-il, qu'à nourrir la vanité de quelques-uns. Il était, dit Zwerdling, « un critique interne du socialisme[34] ». Des écrivains comme Williams nient le caractère interne et ne voit dans la critique que l'obsession d'Orwell au sujet de la politique totalitaire – comme si, au temps de Staline, cela n'était pas une obsession évidente et nécessaire. De toute manière, ce n'est là qu'une partie de l'histoire. La critique interne d'Orwell est perceptible avant l'obsession ; dès le début, dans son premier livre socialiste, *The Road to Wigan Pier*. Il était même inquiet du fait que le socialisme puisse reproduire la vieille hiérarchie sous une forme nouvelle, qu'il puisse ne signifier qu'« un ensemble de réformes que "nous", les malins, allions leur imposer à "eux", les Ordres Inférieurs[35] ». Les malins sont les produits de l'ancien régime, non de l'*Angsoc* mais de la société bourgeoise. Orwell les connaissait bien, et lorsqu'il les attaquait, il évoquait leur propre engagement supposé aux valeurs centrales de la révolution bourgeoise : la liberté et l'égalité.

C'étaient là aussi les valeurs de la classe ouvrière anglaise. Elles avaient pénétré, écrivait-il dans son essai sur Dickens, « tous les rangs de la société[36] ». C'est pourquoi Orwell pouvait être un patriote et néanmoins, à sa manière, un révolutionnaire. Et c'est pourquoi sa critique de la culture hégémonique n'est jamais globale au point de satisfaire Raymond Williams – et c'est, encore, pourquoi sa critique de la culture populaire et du « sens commun » de la classe ouvrière est tout à fait dépourvue du tranchant idéologique de Gramsci. Orwell était, néanmoins, le modèle même de l'intellectuel « national-populaire » : peut-être pour cette raison sentait-il qu'une politique démocratique était plus immédiatement accessible, plus immanente dans la vie anglaise, qu'aucune analyse marxiste ne pouvait l'admettre. En même temps, il s'inquiétait qu'une défaite de la politique démocratique pourrait ouvrir la voie à une hégémonie bien pire que tout ce que la bourgeoisie avait réalisé.

Cauchemars

Les essais d'Orwell sur Dickens et Kipling, sur le patriotisme et la politique radicale, sur les *pubs*, les cartes postales, et la culture populaire, appartiennent à ses heures diurnes. Parfois traversés de nuages, ils ne sont jamais sombres. Son cauchemar, c'est le totalitarisme. De jour, Orwell est Anglais : de nuit, il est Européen, réagissant pleinement à la série d'expériences contre lesquelles l'Angleterre a été protégée. Dans un essai sur Arthur Koestler, écrit en 1944, il soutenait que les Anglais du XXe siècle étaient à peu près incapables de produire des écrits politiques sérieux : ils n'avaient produit aucun équivalent d'Ignazio Silone, d'André Malraux, de Gaètano Salvemini, de Franz Borkeneau, de Victor Serge, ou même d'Arthur Koestler (à qui ils avaient donné refuge, mais qu'ils n'avaient pas vraiment compris). Ils étaient les victimes de leur propre bonne fortune : « Il n'y a presque aucun écrivain anglais à qui il ait été donné de voir le totalitarisme de l'intérieur [...]. Il manque à l'Angleterre donc, une littérature concentrationnaire. On connaît bien sûr le monde particulier que créèent des forces de police spéciale, la censure de l'opinion, la torture et les procès fabriqués de toutes pièces, et dans une certaine mesure on le désapprouve, mais il a eu très peu d'impact émotionnel[37]. » Presque aucun auteur anglais : Orwell est lui-même l'exception, en partie à cause des mois qu'il a passés en Espagne, en partie à cause du remarquable effort de son imagination pendant un certain nombre d'années, qui se sont révélées être ses dernières. Il s'est transformé en auteur européen et a produit les premiers, virtuellement les seuls exemples anglais de roman noir politique.

Le jugement de Raymond Williams sur ces romans sombres, comme par un dessein pervers, donne raison au propos d'Orwell sur l'échec de l'écriture politique anglaise. « Pour ce qui est de *1984*, dit Williams aux rédacteurs de la *New Left Review*, ses projections de laideur et de haine [...] sur les difficultés de la révolution ou du changement politique, semble introduire une période d'écriture bourgeoise réellement décadente dans laquelle c'est tout le statut de l'être humain qui se trouve réduit[38]. » L'expression « les difficultés de la révolution » appelle la comparaison avec le « meurtre nécessaire » d'Auden – un vers que n'aurait jamais pu écrire, disait justement Orwell, quiconque a jamais vu un homme se faire assassiner. De même, quiconque a réellement fait l'expérience de ces « difficultés » n'aurait jamais pu écrire la phrase de Williams. Elle représente un refus de réagir, intellectuellement ou émotionnellement, aux événements centraux du XXe siècle.

Quelle est la signification politique de la réponse d'Orwell ? Elle n'est certainement pas de clore tout espoir d'une réussite de la démocratie ou du socialisme : les cauchemars menacent de le faire, mais, en définitive, ils ne le font pas ; on se réveille en sueur, et le jour on fait comme si de rien n'était. Mais donner une sueur froide aux socialistes anglais, c'est bien ce qu'Orwell a voulu faire. La description de la politique totalitaire a souvent été conservatrice dans ses intentions : elle a pour objectif de tourner l'esprit des gens vers l'horreur de ce qui se passe ailleurs, afin que les défauts ici apparaissent comme de simples imperfections et que tout effort pour y remédier en vienne ainsi à être considéré comme excessif. Une description horrifiante est curieusement réconfortante. Il est, en effet, difficile, de ne pas produire des effets de ce genre quel qu'en soit le but, mais ce n'est pas ce qu'Orwell avait à l'esprit. Il pensait que le socialisme occidental ne peut réussir à moins que ses défendeurs ne reconnaissent *et apprennent à s'inquiéter de* ce qui se passe à l'Est. *La Ferme des animaux* et *1984* faisaient partie de sa « critique interne ».

Savoir si l'on peut être le critique social d'une autre société est une question intéressante. Aujourd'hui, Orwell est un Européen de l'Est honoraire, et ses livres se sont incorporés dans la littérature de la résistance. Mais il ne visait lui-même, que des effets locaux : « Même si j'en avais le pouvoir, je ne chercherais pas à m'ingérer dans les affaires domestiques soviétiques [...]. Mais, d'un autre côté, il était de la plus haute importance pour moi que les gens en Europe de l'Ouest voient ce qu'était réellement le régime soviétique [...], au cours des dix dernières années j'ai été convaincu que la destruction du mythe soviétique était essentiel si nous voulions une renaissance du mouvement socialiste. » Cela est tiré d'une préface à l'édition ukrainienne de *La Ferme des animaux*[39]. La destruction du mythe soviétique s'était accomplie bien avant parmi les lecteurs ukrainiens d'Orwell : ils utilisaient le livre à leur façon, et Orwell n'avait rien à dire sur ce qu'ils en feraient. Comme il l'avait écrit à une autre occasion : « Ce qui me préoccupe, c'est l'attitude de l'*intelligentsia* britannique[40]... »

Je ne crois pas qu'Orwell craignait – pas, en tout cas, dans ses heures diurnes – la transformation interne du socialisme anglais en *Angsoc*. Le développement bureaucratique et la présomption de l'élite pourraient générer de nouvelles inégalités, mais rien d'aussi drastique que l'inégalité entre prolétariens et membres du Parti. La culture anglaise, comme il la décrivait lui-même, comportait des défenses internes contre ce genre de choses. La thèse explicite de *1984*, néanmoins, c'est que *cela peut se produire ici* : l'immunité est une illusion. La politique totalitaire a une logique internationale : elle appelle l'imitation, et peut-être même y contraint. Autrement dit, l'expérience de la guerre totale et ensuite la guerre froide idéologique pourrait, avec le temps, produire une répression intérieure, malgré la correction anglaise naturelle. C'est pourquoi Orwell s'opposait si radicalement à l'idée de laisser le socialisme dans les mains d'hommes et de femmes qui parlaient trop rapidement de meurtres « nécessaires ». Il se serait également opposé à l'idée de le laisser dans les mains d'hommes et de femmes qui tenaient les crimes staliniens pour des « difficultés » rencontrées en cours de route dans le processus révolutionnaire. Il insistait pour que les intellectuels anglais se confrontent à ces crimes, les nomment, en fassent l'expérience par l'imagination. Les « scènes de torture néo-gothiques dans la salle 101 », que l'on prend parfois pour le signe de la dernière maladie d'Orwell, la perte de sa maîtrise littéraire, ont, au contraire, une ferme intention politique[41]. Elles mobilisent les craintes et les fantaisies du lecteur pour l'amener à reconnaître ce à quoi la politique au XXᵉ siècle a pu aboutir dans des pays qui ne sont pas, après tout, si éloignés.

On sent dans *1984* une fureur à peine contenue contre la complaisance de la gauche anglaise, dormant encore de son profond sommeil anglais. Même les bombes ne les avaient pas réveillés, car c'étaient des bombes nazies, des bombes de droite, pour ainsi dire, et elles n'imposaient aucune confrontation avec les crimes de la gauche. Il était encore possible, en Angleterre, « d'être antifasciste sans être antitotalitaire » – le « péché » des intellectuels de gauche depuis les années 30[42], *1984* en est le châtiment. Pour s'assurer que le châtiment fasse mal, Orwell donne au régime totalitaire de la première Zone aérienne le nom d'*Angsoc*, tout en sachant l'emploi que l'on ferait de ce nom. Ce n'est pas tant qu'il voulait que l'esprit des socialistes anglais soit impeccable (leurs mains étaient, certes, impeccables : elles n'étaient pas impliquées dans des meurtres « nécessaires »). Il voulait aussi que leur esprit comprenne : il voulait qu'ils comprennent, même si la politique qu'il décrivait n'était pas entièrement compréhensible. « Je comprends COMMENT, dit Winston Smith, je ne comprends pas POURQUOI[43]. »

Mais le roman semble rejeter l'idée que la compréhension puisse ouvrir la voie d'une autre politique. Telle est, selon Williams, la trahison finale d'Orwell. La vision est trop sinistre, niant tout espoir de résistance : il n'y a pas de héros positifs. En effet, il n'y en a pas : et *La Ferme des animaux* et *1984* sont des fables, non des tracts ou des programmes. Ce qu'ils décrivent, c'est le cauchemar de la botte qui écrase un visage humain [...] pour toujours. Le cauchemar ne serait pas ce qu'il est si la marche se terminait dans l'optimisme. Il inspire la crainte, pas l'espoir. *1984* en particulier est un roman absolument décourageant, pas tant une réduction de l'humanité qu'un refus de consolation politique, un portrait opiniâtre du totalitarisme en ses propres termes.Et pourtant, le projet d'Orwell en écrivant le livre était sûrement de susciter l'opposition : un dégoût pour les apologistes, une haine pour les dictateurs. Il raconte l'histoire de Winston Smith, « le dernier homme de l'Europe », à d'autres hommes et femmes qui ont le pouvoir d'empêcher que cette fin se réalise. Le héros positif du livre, c'est son auteur – et peut-être, son lecteur.

« Le livre nous épouvante, écrit Irving Howe, parce que sa terreur, loin d'être inhérente à la "condition humaine", est particulière à notre siècle : ce qui nous hante, c'est la conscience écœurante que dans *1984*, Orwell a saisi ces éléments de notre vie publique qui, avec courage et intelligence, auraient pu être évités[44]. » Peuvent être évités : car « L'Angleterre, votre Angleterre » n'est pas encore la première Zone aérienne. L'Angleterre d'Orwell, que symbolise le petit couplet (dont Winston Smith ne parvient pas tout à fait à se souvenir) sur les cloches de Saint-Clément, n'est présente qu'indistinctement dans *1984*. Mais nous, nous nous souvenons, nous avons une connaissance intime, de la vie et des valeurs qu'*Angsoc* oblitère et auxquelles Orwell fait constamment appel. L'écriture de *1984* n'était pas un acte de clôture. Orwell sentait certainement la pression de sa maladie, et il se peut que cela ait accru l'urgence de l'écriture. Mais il n'était pas encore mort ; et il ne s'était pas non plus retiré du monde pour porter sur lui un dernier jugement. Il avait l'intention d'écrire encore. L'histoire du dernier homme ne devait pas être son dernier mot politique. Et il n'est pas non plus nécessaire que cela soit le nôtre, tant que nous parlerons avec cette terrifiante lucidité, qui fut l'offrande qu'il nous fit.

7. La guerre d'Algérie d'Albert Camus

Un juste ?

Pour la gauche libérale et démocratique, Albert Camus est une figure exemplaire. Ses écrits et sa vie, peut-être embellis l'un et l'autre par sa mort prématurée et stupide, ont pris une dimension mythique, de telle sorte que nous pouvons, avec raison, avoir le sentiment que nous le connaissons bien, même sans savoir grand chose à son sujet. Nous savons ce qu'il représentait : c'était un homme de principe, un « juste » (nous savons aussi, grâce à la biographie de Herbert Lottman[1] ce qu'il faisait chaque lundi, mardi et mercredi : curieusement, cela ne dissipe pas plus le mythe que cela ne révèle l'homme intérieur). Mais il y a un moment de sa vie où Camus, dit-on communément, a trahi ses principes – un long moment de première importance, qui domine les dernières années, c'est la guerre d'Algérie. Il est alors devenu « ce juste sans justice » que décrit Simone de Beauvoir dans ses mémoires ; une nécessité austère s'effondrant, dit Conor Cruise O'Brien, en rhétorique vaine[2]. À partir de 1954, il n'est plus qu'un exemple de cette incapacité de la « bourgeoisie modérée » française (l'expression est d'O'Brien) à assumer la brutalité du colonialisme. Cet échec sert pourtant encore, d'une certaine manière, à alimenter le mythe : il métamorphose Camus en un héros défiguré – humain, trop humain. Mais quel a été exactement son échec ?

Je veux reconsidérer le moment algérien de Camus, afin de le défendre contre ses critiques et en même temps le libérer du mythe qui l'enchaîne. Je ne crois pas que Camus ait été un héros dans les années 50 – il se peut qu'il en ait été un dans les années 40 – et je n'aime pas beaucoup l'expression « le juste », qui suggère un absolutisme moral que précisément il répudiait de manière explicite. Il serait plus exact de dire qu'il était un homme bon : à une époque mauvaise, il a fait mieux que la plupart de ses contemporains. C'était aussi un intellectuel qui travaillait, un critique radical, qui a fait face aux choix les plus difficiles et qui a parfois reculé, mais qui n'a jamais battu en retraite. Et c'est pourquoi nous avons quelque chose à apprendre de son expérience sur les obligations et les limites de l'entreprise critique.

Contre les cartes

Homme de lettres et moraliste, Camus représente la vieille tradition française. Une tradition honorable, mais qui n'est pas sans faiblesses, la plus grande étant de faire des déclarations à la manière d'un *deus ex machina*. Si nous nous tenons suffisament à distance, reconnaît-il, nous pouvons en effet voir le monde moral comme Dieu verrait le monde physique. « Il n'y a plus de nature, écrit Camus dans son carnet après un vol Paris-Alger : la gorge profonde, le vrai relief, le torrent infranchissable, tout disparaît. Il reste une *épure*, un plan. L'homme prend, en somme, le regard de Dieu. Et il s'aperçoit alors que Dieu ne peut avoir qu'une vue abstraite. Ce n'est pas une bonne affaire[3]. » Ce n'est pas une meilleure affaire en éthique qu'en géographie. De même qu'un vrai relief implique contact et proximité, de même la morale requiert amour et engagement. Et pourtant l'amour trouve difficilement une place dans une théorie morale générale, car il privilégie le proche et le petit nombre. « L'amour est injustice, écrit Camus, mais la justice ne suffit pas[4]. » Cette tension est l'un des thèmes récurrents des *Carnets* pendant la « deuxième période » de Camus, alors qu'il écrivait *La Peste, Les Justes* et *L'Homme révolté*. Il a tenté d'en donner des formulations différentes, en maintenant toujours une antinomie qu'il aurait évité en disant simplement qu'une justice qui ne laisse aucune place à l'amour serait elle-même injuste. Je crois que c'était ce qu'il croyait : c'est ce que ses critiques s'accordent à nier.

On a critiqué la réaction de Camus concernant la guerre d'Algérie de deux manières différentes. On lui a reproché, premièrement, un manque de préoccupation concrète, cela même qu'il haïssait, un universalisme rigide. Hautain, il applique les mêmes normes aux oppresseurs et aux opprimés, sans tenir compte de leur situation réelle. Et on lui a reproché, ensuite, son manque de distance, un sentimentalisme et un particularisme débridés. Il a défendu sans dignité ses amis et ses proches. Mais ces deux griefs en réalité n'en font qu'un. La critique fondamentale, c'est que les déclarations universalistes de Camus ne sont qu'une couverture pour son particularisme : le discours sur la justice masque un amour qui n'est que local. « Le pied-noir, écrit Beauvoir dans son autobiographie, l'emportait sur l'humaniste[5]. » D'où, la vacuité de sa rhétorique, indice stylistique de sa mauvaise foi.

En relisant *Actuelles III*, la chronique algérienne de Camus, il est difficile de percevoir sa mauvaise foi. L'anxiété morale affleure à la surface des articles et des discours réédités : l'universalisme et le particularisme, la justice et l'amour y sont aussi évidents l'un que l'autre ; rien ne se dissimule. Ce sont des tentatives de négociation, l'œuvre d'un critique social qui a continuellement conscience des obstacles de terrain que le plan du bien et du mal ne représente que de manière inadéquate. Ses adversaires sont des critiques d'un genre différent, qui manœuvrent en se servant d'une carte morale (ou mieux, peut-être, idéologique). Ils se distinguent non seulement par leurs conclusions mais par la manière dont ils entreprennent leur travail, la manière qu'ils ont de se situer parmi leurs semblables. Il nous faut trouver, avant de prendre position, un point de vue. Où ? Trop près, disent les adversaires de Camus, et on devient un apologiste ; trop loin, répond Camus, et on devient un terroriste. Réapparaît ici le caractère central de la distance, qui est en question à chaque fois qu'on accuse un critique de trahison.

Prenons un extrait des *Carnets* de Camus, 1942 : « Calypso offre à Ulysse de choisir entre l'immortalité et la terre de sa patrie. Il repousse l'immortalité. C'est peut-être tout le sens de l'*Odyssée*[6]. » L'image que l'on se fait communément de Camus est semblable. Il lui fallait choisir entre la justice éternelle et l'Algérie française, et il a repoussé la justice éternelle. Possible : il est certainement vrai qu'il n'a jamais rejeté l'Algérie française. C'était en effet un pied-noir, né et élevé à Alger : il a appris à écrire à Alger, et il n'écrivait jamais de manière plus lyrique que sur le soleil et la mer de sa terre natale. « Pour l'Algérie au contraire, c'est la passion sans frein et l'abandon à la volupté d'aimer[7]. » Le seul authentique exemple d'inanité camusienne se trouve dans ses nombreuses pages (pour la plupart des écrits de jeunesse) sur la culture méditerranéenne : un monde imaginaire et antique fait de « mesure » et d'harmonie qui n'a jamais été celui ni du peuple de Camus ni des Arabes d'Algérie.

On ne peut donc guère dire que Camus soit un critique objectif du colonialisme français. On pourrait très bien préférer quelqu'un venu du Japon ou d'Islande ou, même mieux, quelqu'un venu de Mars : un spectateur impartial ou un observateur idéal pour qui la distance critique, comme on peut le supposer, ne pose pas de problème. Mais de telles personnes n'auraient que peu de chances de s'intéresser au colonialisme français. Dieu est l'idéal « observateur idéal », et c'est un lieu commun de la tradition philosophique qu'Il est surtout préoccupé de s'observer lui-même. De toute manière, Son omniscience est au service de l'abstraction, et il est vraisemblable que Lui échappent les gorges profondes et les torrents infranchissables. Ce que nous voulons vraiment, c'est un critique social qui émerge de sa propre société. Celui qui est dedans, solidaire, proche émotionnellement, doit apprendre à fixer les limites, à prendre position : à dire *non*. Comment le faire ?

Le détachement de Sartre et de Beauvoir

Écrivant en 1965, encore sous le coup de la guerre d'Algérie, Sartre soutenait que la seule manière d'apprendre à dire *non* à ses concitoyens, c'était par une « autocritique perpétuelle[8] ». La vie d'un critique social doit commencer par le rejet de sa propre socialisation, le refus de la société-en-lui. Il ne peut pas simplement nier être un intellectuel petit-bourgeois ou un pied-noir ou quoi que ce soit, se projeter dans l'universalité, et prendre position sur les cimes de Benda : il doit reconnaître le caractère déterminé de son moi et puis le soumettre à une analyse implacable et critique. Qui est l'analyste ici et qui est l'analysé n'est pas tout à fait clair. En théorie, le même intellectuel petit-bourgeois, le même pied-noir, joue les deux rôles : une opération éreintante, quoique non impossible. Dans la pratique, cependant, il est plus probable que l'analyse et la critique prennent pour cible d'autres intellectuels ou pieds-noirs – non pas soi-même mais ceux qui ressemblent à soi. L'exercice a pour finalité la différenciation.

Cela peut parfois prendre des formes un peu comiques, comme cette proclamation de Beauvoir – après le vote populaire écrasant en faveur du retour au pouvoir de De Gaulle en 1958 – qu'elle n'était plus membre du peuple français : « Les résultats du référendum avaient achevé de me couper de mon pays[9]. » Rien dans sa vie, au cours des années suivantes, n'a apparemment changé. Bien sûr, la rupture des fils avait commencé bien plus tôt, et l'on peut dire, je suppose, qu'elle a commencé avec l'autocritique, une autocritique d'un genre très particulier cependant : « Je ne tolérais plus mes concitoyens [...]. Je ne pouvais plus m'asseoir à côté d'eux [...]. Je me sentais aussi dépossédée qu'aux premiers temps de l'Occupation. C'était même pire parce que, ces gens que je ne supportais plus de coudoyer, je me trouvais, bon gré mal gré, leur complice. » Ou encore : « Ces gens dans les rues [...], c'était des bourreaux d'Arabes : tous coupables. Et Moi aussi. "Je suis française." Ces mots m'écorchaient la gorge comme l'aveu d'une tare[10]. » Mais, dans ces passages, ce n'est pas *sa propre* tare que décrit Beauvoir.

Je ne cherche pas à me moquer de Beauvoir : son autobiographie est merveilleusement vivante et généreuse. Quoiqu'elle soit un écrivain sophistiqué, comme nous le verrons, sa théorie politique est toujours grossière – ce que celle de Camus n'est jamais. La honte qu'elle exprime au sujet de l'Algérie et la pathologie de la honte qu'elle manifeste également trouvent l'une et l'autre leur écho dans la gauche américaine pendant la période vietnamienne. Tout ce que je veux suggérer, c'est que de tels sentiments ne sont pas une condition préalable, mais le résultat de la critique sociale : la vérité, ce n'est pas que l'on rompt les liens afin de devenir critique, mais que la force de sa critique conduit à songer à rompre ses liens. La critique erre et échoue cependant, si les liens sont réellement rompus, car le critique doit se situer parmi ses semblables. Il exploite sa solidarité, pour ainsi dire, pas sa désolidarisation. S'il hait ses semblables et rompt avec eux, pourquoi ceux-ci l'écouteraient-ils ?

Ce dernier point n'est pas seulement une question de prudence, mais aussi de morale, et je veux le développer brièvement avant de demander à nouveau comment la critique sociale commence normalement. Le critique social bourgeois, dit Sartre, doit échapper à son propre conditionnement. Mais il n'accède pas de ce seul fait à un monde de principes universels. Il faut d'abord qu'il s'« universalise » lui-même ; critiquant son passé, il faut qu'il se joigne à une lutte politique qui projette des principes universels dans l'avenir : ainsi se transforme-t-il lui-même tout en transformant le monde. Plus simplement, il lui faut consulter les cartes de la morale pour pouvoir franchir la frontière qui sépare les oppresseurs comme lui-même de la masse des opprimés. Il lui faut entreprendre, comme le dit Sartre, « une association concrète et sans réserves avec les classes défavorisées [11] ». Cela ne signifie pas qu'il faille aller vivre et travailler parmi les défavorisés. Comme Daru, le maître d'école dans cette belle nouvelle de Camus qu'est « L'Invité », on peut le faire sans aucunement contracter un engagement « inconditionnel ». Ce que Sartre a en tête, c'est un changement de position politique, non de position sociale. Néanmoins, c'est quelque chose comme une vie nouvelle que le critique doit créer, et cette création est chose difficile.

Comment doit-il vivre ? Qui sont ses camarades ? Son assimilation de l'autre côté de la frontière est impossible : quelque féroce que soit son autocritique, il ne peut renaître en intellectuel organique de la classe ouvrière. Et donc il est tenté d'être un « passeur », compensant en zèle ce qui lui manque en familiarité et en aisance. Sartre espère que l'intellectuel engagé « ne renoncera jamais à ses facultés critiques », mais c'est une affaire délicate, incertaine, car ses facultés critiques sont le produit de son conditionnement social. Radicalement dé-socialisé, il est un bon candidat pour la discipline idéologique : d'où (comme Silone et Orwell l'ont soutenu) l'attrait du Parti communiste. Sartre lui-même, Beauvoir aussi, ont évité la discipline de parti, bien qu'on ne puisse pas dire qu'ils aient laisser libre cours à leurs facultés critiques. C'est tout à leur honneur que les écrivailleurs du Parti, dont l'alignement était réellement inconditionnel, les aient toujours tenus pour des intellectuels petits-bourgeois. Dans le cas de la guerre d'Algérie, cependant, ils ont adopté la position la plus radicale que recommandait le programme sartrien : tout en se sentant coupables, ils se sont séparés du peuple français, et ils ont soutenu le FLN, me semble-t-il, sans broncher.

Bien sûr, ils ne sont pas allés à Alger poser des bombes dans les cafés et les dancings. Malgré leur « rupture » avec la France, ils sont restés chez eux, où ils ont été des critiques résolus et parfois courageux de leur propre gouvernement. Pour ce qui est de la France, ils correspondent au modèle courant du critique social : ils se sont détachés (intellectuellement, moralement) et ont dénoncé les barbares du pays – et ils ont condamné Camus pour avoir refusé de les rejoindre dans leurs dénonciations. Mais bien qu'il y ait une grande part de vérité dans ce qu'ils ont dit, il y a eu beaucoup de choses qu'ils n'ont pas su voir, et cette cécité est très liée au caractère radical de leur « autocritique ». Le détachement a son prix. Un petit prix, peut-être, si l'on conçoit la vie humaine en termes existentialistes : l'intellectuel petit-bourgeois, qui aspire à devenir l'auteur de lui-même, s'invente comme critique social. C'est un projet héroïque, et le résultat, c'est la figure héroïque familière, qui se tient à distance de ses semblables, attachée à ses principes critiques. Mais alors, comme Dieu, il ne peut avoir qu'une vue abstraite des choses.

Arrachés de la France bourgeoise, ne pouvant devenir algériens, Sartre et Beauvoir voient un monde que l'idéologie a aplati. Le FLN représente la libération, les Français sont des fascistes. Les choix politiques sont d'une facilité extraordinaire : une fonction directe de la distance critique. « La vie des musulmans ne comptait pas moins à mes yeux que celle de mes compatriotes[12]. » En fait, on trouve peu de signes chez Simone de Beauvoir d'un grand attachement à la vie de qui que ce soit. Les attentats terroristes contre des civils français la laissaient indifférente ; et les morts du côté algérien ne l'outragent que lorsque les Français en ont été la cause (il en y avait, sans doute, assez pour outrager n'importe qui). Elle est au fait de la brutalité des guerres intestines du FLN, mais elle choisit de ne pas en parler dans ses écrits : elle semble n'avoir jamais songé au destin probable de la communauté pied-noir dans l'éventualité d'une victoire du FLN. Donc, son impartialité, acquise avec difficulté, se mue en froide indifférence. Si passionnée qu'elle soit, elle écrit sans que ne l'affecte la complexité de l'amour. En lisant son récit de la période algérienne, on comprend la pertinence de l'injonction d'E. M. Forster : « Mais soyez donc solidaire ! »

Les difficultés de la solidarité

Quoiqu'on l'ait dit froid et distant dans ses relations personnelles, Camus était un critique social solidaire. En outre, il était solidaire – d'une manière qui met à l'épreuve la théorie de la distance critique – envers un groupe qui profitait, ou croyait profiter de l'oppression des autres. Dans le schéma marxiste, un intellectuel pied-noir était exactement semblable à un intellectuel bourgeois : Camus appartenait, écrivait Albert Memmi en 1957, « à une minorité qui a historiquement tort[13] ». Memmi, un juif tunisien dont le peuple bénéficiait du colonialisme français, n'était pas entièrement hostile à Camus. Mais la thèse courante à gauche est simple et directe : il faut répudier ce genre d'« appartenance ». Il se trouve que la répudiation est plus facile dans le cas de l'appartenance à une classe que dans celui de la nationalité, car la nation est traditionnellement le lien le plus profond. Camus, né parmi les pauvres, n'avait aucune difficulté à critiquer l'élite aisée de la communauté pied-noir. Il lui était beaucoup plus difficile d'adopter le point de vue de Memmi et de décrire la communauté dans son ensemble comme ayant de quelque manière « tort ». Il ne pouvait pas plus accepter la description de Franz Fanon, qui sous-tend et rationalise le terrorisme du FLN : « Le Français à Alger ne peut être neutre ou innocent. Tout Français [...] opprime, méprise, domine[14]. » Sur cette base, la critique sociale de l'intérieur est littéralement impossible : l'intellectuel pied-noir doit se transformer, d'abord, en observateur détaché, puis en défenseur de la libération algérienne. Mais l'historicisme et le collectivisme de ces thèses sont d'autres exemples de morale abstraite. La texture de la vie morale leur échappe.

En 1939, le jeune Camus visitait les montagnes de Kabylie et écrivait (pour un journal socialiste d'Alger) une série d'articles sur la souffrance des Berbères et l'indifférence du régime colonial. Les articles, dont les plus importants sont repris dans *Actuelles III*, forment un fragment de critique sociale puissante, et ont conduit, un an après, à l'« exil » de Camus de l'Algérie. Son « cri d'indignation », a plus tard écrit Jules Roy, l'avait rendu « suspect aux yeux des autorités[15] ». Mais bien que les articles aient imposé un voyage physique que peu de journalistes pieds-noirs ont entrepris, ils n'ont pas requis de Camus qu'il cesse d'être un journaliste pied-noir. L'indépendance était nécessaire, mais pas la répudiation de l'identité nationale : il a simplement appliqué les normes de la gauche française – les prétendues normes, en fait, du régime colonial – au cas de la Kabylie. C'est là la forme la plus simple et la plus directe de la critique : le critique lève le voile, expose l'expérience réelle de l'oppression ; le reste du travail critique, c'est pour ainsi dire les mœurs qui le font. Camus poursuivait en revendiquant une redistribution des terres, une assistance technique à grande échelle, une autonomie régionale, des droits égaux pour tous les habitants de l'Algérie [16]. Il ne revendiquait pas la fin de l'autorité française, mais son programme était proche de celui des nationalistes algériens des années 30, qui étaient eux-mêmes francophiles, regard tourné vers Paris ; leur politique, révolutionnaire au sens de 1789. Ces Algériens étaient des étrangers-chez-eux, habitant les limbes du colonialisme, et ils ne deviendraient effectivement nationalistes que lorsqu'ils seraient en mesure de réinventer leur politique dans le contexte algérien (islamique, arabe). Mais Camus n'était pas un étranger, même s'il devait bientôt quitter son pays.

Le critique social travaille à partir de principes acclimatés dans sa propre société. Il applique ces principes avec une rigueur qui met ses concitoyens mal à l'aise : par conséquent, il se retrouve seul et peut très bien en venir à s'admirer lui-même pour sa solitude. « *Le vrai intellectuel est un solitaire* [17]. » Mais ce n'est pas en rompant avec les autres qu'il commence ; et il n'a pas non plus besoin d'embrasser et de cultiver sa solitude. Il a ses propres obligations et loyautés. La description que donne Camus de l'intellectuel est plus sensée que celle de Benda : *solitaire* et *solidaire, séparé et uni.* « Après tout, écrivait-il en se moquant de la vieille thèse sur l'enracinement et le nomadisme, il nous faut une patrie et il faut des voyages [18]. » Même les « vrais intellectuels » ont des parents, des amis, des lieux familiers, des souvenirs chaleureux. La solitude parfaite, comme l'héroïsme existentiel, est une idée romantique, et elle est très liée à une autre idée romantique : l'opposition absolue entre l'art, la philosophie, et la valeur morale, d'une part, et la vue ordinaire, les préoccupations terre à terre, la « société bourgeoise », d'autre part. Comme si les principes du critique lui tombaient du ciel ! Dans les mauvais moments, ce sont justement les principes de la vie ordinaire qui ont besoin d'être affirmés. « Les valeurs qu'il me faudrait aujourd'hui défendre et illustrer, écrivait Camus dans son carnet en octobre 1946, sont les valeurs moyennes. Il y faut un talent si dépouillé que je doute de l'avoir [19]. »

La prose de Camus est parfois trop élevée, trop « noble », pour capter les valeurs moyennes. En cela, il ressemblait à Martin Buber, en dépit de la différence radicale de leur autoreprésentation : l'un, un résistant, la cigarette aux lèvres ; l'autre, un prophète barbu. Il arrive aux deux hommes de faire des déclarations plus sombres que ne l'exige la situation, même lorsque la situation est assez grave. Mais ils avaient, l'un et l'autre, un autre problème, plus pressant pour Camus que pour Buber. Les valeurs que voulait défendre Camus n'étaient partagées que formellement – dans la pratique, elles étaient rejetées – par une écrasante majorité de son propre peuple. Le rejet était visible déjà en 1945, à l'époque du soulèvement de Sétif et de sa féroce répression par la France, et il n'a cessé d'être présent dans la vie de Camus à partir de 1945. Après Sétif, il est retourné à Alger et a écrit une deuxième série d'articles pour *Combat*, dénonçant la répression et revendiquant de nouveau une égalité absolue : la France doit démontrer sa détermination « à exporter en Algérie le régime démocratique dont jouissent [ses propres citoyens] ». « Persuadons-nous bien qu'en Afrique du Nord comme ailleurs, on ne sauvera rien de français sans sauver la justice[20]. » Mais c'est sans enthousiasme que Paris poussait l'exportation de la démocratie, et les porte-parole pieds-noirs s'y opposaient avec véhémence. Qu'exigeait alors la justice ?

Dans le cas des autres colonies nord-africaines, le Maroc et la Tunisie, la thèse était facile. Dès qu'il y avait des revendications sérieuses et organisées d'indépendance, l'indépendance devait être accordée. C'était la signification et le résultat inévitable de l'exportation de la démocratie, même si l'exportation n'était réelle que pour ce seul moment où le peuple des deux colonies votait pour la liberté et en même temps se soumettait à son nouveau maître. Mais il en allait différemment en Algérie, où plus d'un million d'Européens s'étaient installés. En fait, il y avait deux nations en Algérie, et il n'était pas clair qu'elles pourraient être libres toutes les deux. Dès le début de sa révolte, en 1954, le FLN revendiquait l'indépendance et la pleine souveraineté. Camus, dans tous ses écrits, résistait à cette revendication, car il comprenait que l'indépendance sous la conduite du FLN signifiait la destruction de la communauté pied-noir. Parfois, il exprimait cette résistance dans les termes de cette antinomie entre la justice et l'amour que j'ai déjà relevée dans les *Carnets*. Sa déclaration la plus connue sur l'Algérie avait exactement cette forme : « Je crois à la justice, mais je défendrai ma mère avant la justice[21]. » Cela, il le disait à un groupe d'étudiants à Stockholm en 1957, en recevant le prix Nobel, et quelques-uns de ses amis l'ont pris pour une remarque désinvolte, une explosion passionnée, mais irréfléchie. Il l'a répétée plus tard, dit-on, uniquement à cause de l'agitation qu'elle avait créée et des attaques venues d'adversaires à gauche, lesquels écrivaient comme s'ils n'avaient pas de mère ou ne songeaient pas à la défendre. Mais la remarque, comme toutes les thèses algériennes de Camus, est préfigurée dans les *Carnets*, et sa répétition ne fait qu'un avec la préface d'*Actuelles III*. On peut, cependant, se demander si une solution de la question algérienne ignorant la mère de Camus ou les intérêts de la communauté pied-noir en général pouvait vraiment être juste. Les hommes et les femmes ne perdent pas leurs droits, même s'ils ont « historiquement tort ».

Il est certain qu'en examinant à fond les possibilités autres que l'indépendance, Camus recherchait la justice, une issue qui respecterait l'identité, les intérêts, les aspirations politiques des deux nations algériennes. « Le "fait français" ne peut être éliminé en Algérie, et le rêve d'une disparition subite de la France est puéril. Mais, inversement, il n'y a pas de raison non plus pour que neuf millions d'Arabes vivent sur leur terre comme des hommes oubliés : le rêve d'une masse arabe annulée à jamais, silencieuse et asservie, est lui aussi délirant[22]. » Après 1954, ces deux formes de folies étaient en guerre l'une contre l'autre, et c'étaient les propositions de Camus pour l'égalité et la fédération qui apparaissaient de plus en plus comme un rêve. La folie était factuelle, la santé morale, utopique. La campagne terroriste contre les civils signalait la détermination du FLN à éliminer le « fait français », et l'emploi fréquent de la torture signalait la détermination française à réduire au silence et à asservir les Arabes. Il n'y avait pas d'autre choix, soutenaient de nombreux Français à gauche, que de choisir la moins folle, la plus juste, des deux branches de l'alternative. Et c'est quand il a refusé de choisir qu'on a accusé Camus de ce crime qu'il a finalement revendiqué, le crime de l'amour, exprimé maintenant en termes de frères plutôt que de mères : « Ceux qui [...] continuent à penser héroïquement que le frère doit mourir plutôt que les principes, je me bornerai à les admirer de loin. Je ne suis pas de leur trempe[23]. »

Il a refusé de se couper de sa famille pied-noir. Vivant en France, il a continué à écrire sur l'Algérie comme s'il y était. « En fait, il est resté un Français d'Algérie, » écrit O'Brien, et, avec le temps, il en est venu de plus en plus « à prendre le parti de sa propre tribu contre les entités abstraites. » Il a pris ses distances non par rapport à son décor local et à ses intérêts particuliers mais par rapport aux valeurs universelles « qui jusque-là avaient dominé son langage[24] ». Les propos de Camus sur sa mère et sur son frère corroborent cette opinion, mais je crois qu'elle est, comme je l'ai suggéré sans encore la justifier, fondamentalement erronée. Du début jusqu'à la fin, Camus a certes montré un même engagement pour le particulier : les projections et les gradations du « vrai relief » l'ont toujours attiré. Mais son universalisme a été cohérent lui aussi, bien qu'il ait pris une forme qu'O'Brien n'a pas reconnue : cet universalisme était le produit d'une réitération du particulier ; il fonctionnait par ce que j'ai appelé la réitération, non l'abstraction.

Camus n'aurait pas pu dire, par exemple, que la vie des Français et celle des Arabes avaient à ses yeux la même importance. La vie des Français, même celle des pieds-noirs, du mauvais côté de l'histoire, avait plus de signification pour lui, tout comme la vie des Arabes avait plus de signification pour les intellectuels du FLN (quoique ce dernier point n'ait pas été toujours évident : Camus était engagé envers des personnes particulières, les intellectuels du FLN l'étaient envers une cause). La morale exigeait l'acceptation mutuelle, non l'abolition ou la transcendance, de ces significations différentes. Le Français avait ses propres loyautés, et de même l'Arabe ; et chacun avait le droit d'avoir les siennes. De même, l'engagement premier de Camus avait pour objet l'autodétermination de la communauté pied-noir, mais il comprenait que l'engagement premier des Arabes ait pour objet leur autodétermination à eux. Les deux engagements avaient une égale légitimité, et ce n'était pas un raisonnement abstrait (ou le décompte des têtes) qui pourrait en résoudre le conflit. On avait beau se détacher, prendre ses distances, prendre encore plus ses distances : la figure d'un règlement juste ne se dessinait pas pour autant. Ce qu'exigeait la justice, c'était que les Français et les Arabes négocient leurs différences. Tous les plans de Camus avaient un même objet : trouver une formule assez plausible pour guider les négociations. Il n'y est jamais parvenu : « son histoire personnelle, écrivait-il dans la préface à *Actuelles III*, ne serait que l'histoire de défaillances », mais cela ne signifie pas qu'il ait eu tort d'essayer[25].

La tentative était particulièrement urgente car l'enjeu, c'était l'existence même de la communauté pied-noir. Cela n'a pas conduit Camus, tant qu'il a continué à écrire sur l'Algérie, à tempérer sa critique de la politique française, mais en revanche cela lui a rendu impossible de s'aligner, comme Sartre et Beauvoir, sur les ennemis des Français. Et il n'était pas prêt non plus à signer des manifestes politiques avec les défenseurs français du FLN. « C'est pourquoi il m'a paru à la fois indécent et nuisible de crier contre les tortures en même temps que ceux qui ont très bien digéré [...] la mutilation d'enfants européens[26]. » Mais il y avait la aussi un point plus général. Dans ses *Carnets*, fin 1947 ou début 1948, Camus avait copié l'exclamation d'un émigré russe du XIXe siècle : « Quelle volupté de haïr sa patrie et d'attendre son anéantissement. » Commentaire de Camus : « l'*intelligentsia* et l'interprétation *totalitaire* du monde[27] ». Il revient sur le même thème dans sa préface de 1958 : « Le pays aurait eu besoin de moralistes moins joyeusement résignés au malheur de leur patrie[28]. » La joie dérive d'un détachement radical et d'une compréhension « totalitaire » des personnes ordinaires et de la vie quotidienne que ce détachement facilite : vus d'assez loin, nous sommes tous de misérables pécheurs, dans l'erreur historiquement, corrompus idéologiquement, et le moraliste ne peut que se réjouir devant notre malaise. (Mais pourquoi devant *notre* malaise et non le *leur* ? Le totalitarisme n'explique pas le retour sur soi de la colère morale.)

C'est en revanche à partir de ses loyautés que Camus a façonné sa politique :

> Quand sa famille est en péril immédiat de mort, on peut vouloir la rendre plus généreuse et plus juste [...] mais (qu'on ne s'y trompe pas !)

sans manquer à la solidarité qu'on lui doit dans ce danger mortel, pour qu'elle survive au moins et qu'en survivant, elle retrouve alors la chance d'être juste[29].

A ce moment-là, il niait explicitement l'antinomie entre amour et justice, tribu et univers : « A mes yeux, c'est cela l'honneur et la *vraie justice*, ou bien je reconnais ne plus rien savoir d'utile en ce monde. » La vraie justice doit inclure son propre peuple, quoique pas nécessairement dans ses termes. Il faut négocier les termes, et il est clair que les Français auraient dû accepter une redistribution radicale des terres, des richesses et du pouvoir : ils auraient dû abandonner le faux universalisme de la francité, « le mensonge répété de l'assimilation proposée », mais jamais réalisée et reconnaître la particularité arabe[30]. Déjà en 1945, dans ses articles de *Combat*, Camus reconnaissait que la grande majorité des Arabes ne voulaient pas devenir des citoyens français : il y avait une nation arabe *(« je voudrais rappeler aussi que le peuple arabe existe*[31] *»).*Il y avait aussi une nation française. Les deux nations auraient à coexister, et la coexistence impliquait des arrangements compliqués d'un genre incompatible avec les principes alors en faveur dans la vie politique : la souveraineté de l'État et l'uniformité juridique.

Il est curieux que Camus n'ait jamais considéré la partition de l'Algérie, la seule solution qui était compatible avec ses principes et avec l'autodétermination des deux communautés, compatible aussi avec l'assertion de Camus (en 1958) que « Pour trouver la société humaine, il faut passer par la société nationale[32] ». Le cadre du modèle français de colonisation faisait sans doute apparaître la partition comme encore plus difficile que la coexistence à l'intérieur d'un État fédéré. Et je soupçonne que Camus avait une autre raison pour soutenir la fédération : il la voyait comme un exemple particulier du pluralisme vers lequel il était de plus en plus attiré. « Pour ma part, là comme partout, je ne crois qu'aux différences, non à l'uniformité[33]. » Et ce n'était pas là, à ses yeux, simplement le credo d'une minorité menacée : c'était ce que la justice (et la liberté aussi) exigeait.

Le silence et la défaite

Après 1958, Camus n'a plus rien écrit sur l'Algérie. Les deux dernières années de sa vie, années d'opposition croissante à la guerre parmi les Français en France et de fanatisme de droite croissant parmi les Français en Algérie, il est resté silencieux. On lui a beaucoup reproché son silence, et le reproche est peut-être justifié : à quoi sert, après tout, un intellectuel silencieux ? Mais on pourrait dire que le silence de Camus était éloquent dans son désespoir. Contrairement à Buber dix ans plus tôt, il était dans une impasse. Chaque jour, il devenait de plus en plus apparent qu'il n'y avait aucune chance de conserver, ou de réformer et de renouveler, l'Algérie de sa jeunesse. Il ne pouvait se joindre à Sartre et Beauvoir pour soutenir le FLN ; et il ne pouvait pas non plus soutenir les ultras pieds-noirs, qui s'engageaient maintenant, jusqu'au point de non-retour, dans une politique à laquelle il s'était toujours opposé. De Gaulle manœuvrait entre les deux, mais c'était, si nécessaire que cela ait pu être, la tâche d'un homme politique, non la tâche d'un intellectuel. En fait, dit O'Brien, Camus soutenait la politique du gouvernement, au moins jusqu'au stade où de Gaulle a conclu son marché avec le FLN ; mais à ce moment-là, Camus était mort. Il n'a pas vécu assez longtemps pour voir le dernier accès de violence de l'OAS, après lequel il est devenu politiquement, sinon moralement, impossible aux pieds-noirs de rester en Algérie. La victoire du FLN aurait de toutes manières rendu cela impossible, comme il le prévoyait. Aurait-il dû sortir de son silence pour dire à son peuple que la lutte était finie, qu'il leur fallait partir ? C'est possible, quoiqu'il y ait quelque chose de vrai dans l'affirmation de Camus selon laquelle « on attend trop de la part d'un écrivain en ces matières[34] ».

En 1961, un an après la mort de Camus, son ami Jules Roy, autre pied-noir, publiait une grave mise en cause de la guerre française. Le dernier chapitre, réclamant des négociations immédiates avec le FLN, est une discussion intense et passionnée avec Camus. Jules Roy partageait l'engagement de son ami pour la réaffirmation de la justice : pour les Arabes, et pour les Français aussi. « Je veux qu'on rende la justice aux uns sans l'enlever aux autres. Mais je respecte un ordre d'urgence : je vais d'abord à l'injustice qui hurle, puisque l'autre ne constitue pour l'instant qu'une hypothèse[35]. » La guerre est une catastrophe qui progresse : l'exil de la communauté pied-noir est une catastrophe « qui n'a pas eu lieu ». Il ressort clairement du livre de Roy qu'il ne croyait pas que cette catastrophe-là aurait lieu : il n'avait pas le réalisme politique de Camus. Mais son sens des priorités était certainement juste, en particulier après les campagnes de pacification sanglantes (et comme cela s'est révélé par la suite inutiles) qu'a menées de Gaulle pendant ses premières années de pouvoir. La thèse de Camus contre la torture pendant la bataille d'Alger s'applique aussi aux brutalités de la pacification : « Même ceux qui en ont assez de la morale devraient se rendre compte qu'il vaut mieux subir certaines injustices que s'y engager même pour gagner des guerres [...] ; de si belles actions conduisent inévitablement à la démoralisation de la France et à la perte de l'Algérie[36]. »

Les belles actions ont en effet conduit à la démoralisation et à la perte, et Camus peut-être, s'il avait vécu, se serait joint à Jules Roy pour réclamer des négociations avec le FLN et, en fait, reconnaître la perte de l'Algérie française. « Quant à ton choix, dit Roy à son ami décédé, je ne doute qu'il eût été semblable au mien, au prix de quel déchirement[37] ! » Au moins, Camus aurait-il su que quelque chose avait été perdu. Il n'aurait pas pu écrire sur l'issue de la guerre avec l'aisance d'O'Brien : « Politiquement, il faut voir dans Camus et sa tribu [...] des accidentés de la période d'après-guerre[38]. » Ce sont aussi des victimes d'une politique absolutiste avec laquelle nous ne devrions pas nous réconcilier.

L'analogie avec l'intimité

Le discours politique anti-absolutiste de Camus dépendait non de la distance critique mais de la solidarité critique. Il nous invite donc une fois encore, à douter de la conception courante du critique social comme étant quelqu'un qui se libère de ses loyautés particulières et regarde sa propre société de l'extérieur, d'un point de vue idéal qui serait, pour ainsi dire, équidistant de toutes les sociétés. Si le critique prend alors le parti des opprimés, il le fait parce qu'il voit dans leurs partis et leurs mouvements des incarnations de principes universels. Pour ce qui est des hommes et des femmes dans leur particularité, il ne les perçoit pas. Il est semblable à un juge, un juge activiste, peut-être, dont les décisions sont résolument impersonnelles. C'est là un rôle que Camus a explicitement repoussé, lorsqu'il affirme, lors d'un entretien en 1953, que son propre choix, s'il pouvait choisir, « serait, au moins, de ne jamais se mettre sur le siège du juge [...] comme trop de nos philosophes* ». Il cherche plutôt à définir « l'existence commune de l'histoire et des hommes, la vie de tous les jours, à édifier, dans le plus de lumière possible, la lutte obstinée contre sa propre dégradation et celle des autres[39] ».

L'ordre des mots dans cette dernière phrase est important. Vient

* Comparez le rejet chez Bourne du rôle de juge (chapitre 2) et aussi chez Breytenbach (chapitre 11). Mais le critique ne juge-t-il pas en fait ses semblables ? Pourquoi cette répugnance à reconnaître ce qui semble un fait évident ? Sans doute Bourne, Camus et Breytenbach portent-ils des jugements, mais ces jugements ne sont pas des verdicts. Et ils ne sont pas non plus « comme » des verdicts ; ils sont argumentés et ne prétendent pas faire autorité. Le critique solidaire n'a aucune autorité parce qu'il n'a pas de distance : au contraire, il a, comme l'écrit Bourne, « un parti pris ».

d'abord la lutte contre sa propre dégradation et ensuite, par extension, « celle des autres ». Camus est tout autant homme d'honneur qu'homme de principes, et l'honneur commence par la loyauté à soi, non par l'engagement politique. D'où sa position politique algérienne, que l'on comprend mieux comme une longue lutte, qui a finalement échoué, contre la dégradation de la communauté pied-noir. La menace venait tout autant de l'intérieur que de l'extérieur : c'est pourquoi il condamnait le racisme français bien avant le terrorisme du FLN. Il est probablement juste de dire qu'il haïssait le racisme plus pour ce qu'il faisait aux Français que pour ce qu'il faisait aux Arabes, mais il aurait accepté le renversement de cet ordre de priorité dans les écrits d'un intellectuel arabe. Ce qu'il ne pouvait accepter, c'était l'idée que leur passé colonial avait dégradé les pieds-noirs, les avait condamnés sans aucun espoir de rédemption. C'est là en effet une position que détermine la distance, mais elle ne fournit pas une base à la critique sociale : elle rend la critique sociale superflue. A partir de cette position, comme depuis celle de Fanon, il n'y a rien d'autre à faire qu'à évacuer le navire. Mais Camus tenait le critique pour un membre de l'équipage, qui ne peut quitter le navire avant les passagers. « La tâche des hommes de culture et de foi n'est [pas] de déserter les luttes historiques [...]. Elle est de s'y maintenir [...], de favoriser [la] liberté [de l'homme] contre les fatalités qui le cernent[40]. »

Camus est donc resté ce qu'il était : un écrivain pied-noir. Bien sûr, il s'est souvent trouvé à quelque distance de ses semblables pieds-noirs. À Alger en 1956 alors qu'il demandait une « trêve civile », des casseurs français ont encerclé la salle où il parlait et ont réclamé sa mort en hurlant, tandis que Fanon, à l'intérieur de la salle, était amèrement critique de ce qu'il appelait le discours « bonne sœur » de Camus*. À ce moment-là, et pendant les années qui ont suivi, Camus occupait un *no man's land*. Mais cette situation n'était pas voulue : il avait quitté un territoire habité, et il était impatient d'atteindre de nouveau un territoire habité. Il était *solitaire* et *solidaire*.

La conception ordinaire de la distance critique repose sur une analogie courante : nous sommes plus disposés à trouver des fautes chez

* L'expression « bonne sœur », est, comme « belle âme », une négation du sérieux de tout critique qui n'accepte pas les cruautés et les déceptions nécessaires de la lutte politique. Curieusement, lorsque Fanon écrit sur ses camarades du FLN, il est lui-même doux et léger, aussi sûr de leur supériorité idéologique qu'il l'est de son courage personnel. Au sujet des guerres internes du FLN, il n'a rien à dire : ses articles ne parlent que de démocratie et de solidarité. Mais il s'agit peut-être d'une illusion nécessaire, la mise entre parenthèses de la critique tant que dure la guerre. Quand le critique est sous pression, devrait-il s'arrêter d'écrire ou coucher le mensonge par écrit ? Voir le commentaire du dissident russe Andrei Almaric, que cite Breyten Breytenbach : « Il vaut toujours mieux se taire que dire des mensonges » (Breytenbach, *Feuilles de route*, Paris, Seuil, 1986).

autrui que chez soi. Si nous devons être critiques comme il convient, alors, nous devons faire de notre propre peuple « les autres ». Nous devons les regarder comme s'ils étaient de parfaits étrangers, ou bien nous devons nous-mêmes leur devenir étrangers. Le problème avec cette analogie, c'est que trouver des fautes à si peu de frais n'est jamais très efficace. Cela peut être assez brutal, mais cela n'atteint pas la conscience des personnes à qui cela s'adresse. D'où le fait que les hérétiques, les prophètes, les intellectuels révoltés – les révoltés du genre de Camus – opèrent tous de l'intérieur : ils connaissent les textes et les faiblesses de leur propre culture. Il y a une plus grande part d'intimité dans l'activité critique que la conception courante ne le reconnaît. Et du fait de son intimité, la critique se réduit parfois au silence, comme ne le fait jamais un jugement impersonnel.

La critique intime est une activité habituelle de notre vie privée : elle a des règles (implicites) qui lui sont propres. Nous ne critiquons pas nos enfants, par exemple, devant les autres, mais seulement lorsque nous nous trouvons seul à seul avec eux. Le critique social a la même impulsion, en particulier quand son propre peuple se trouve confronté à des forces hostiles. « Est constamment présente à l'esprit de Camus, écrit un critique relativement amical, la pensée que sa mère, son frère, et ses amis pourraient être exposés à un terrorisme accru du fait de mots qu'il pourrait prononcer sans le moindre danger pour lui-même[41]. » Mais le critique social ne peut jamais être seul à seul avec son propre peuple : un espace social qui serait semblable à l'espace familial n'existe pas, et donc l'intimité du critique ne peut pas prendre la forme d'un discours privé : elle ne peut que façonner et contrôler son discours public. Une certaine tolérance tempère ou alterne avec sa rigueur. Il doit parler, cependant, et parler à voix haute, tant qu'il y a encore quelque espoir qu'on l'écoutera au sein de son propre peuple. Le moraliste détaché et désintéressé parle d'une voix qui endort, et nous restons indifférents. Mais le silence du critique solidaire est un signe de mauvais augure : un signe de défaite, le signe d'une fin. Quoiqu'il puisse ne pas avoir tort de se taire, nous restons impatients de réentendre sa voix.

8. Simone de Beauvoir et la femme assimilée

Libérée par les sujets de ses livres

L'œuvre intellectuelle de Simone de Beauvoir a été éclipsée par sa relation avec Sartre – plus précisément, le récit qu'elle en a fait. Traitant des opinions philosophiques et des engagements politiques qu'ils ont en commun, elle se présente presque toujours comme emboîtant le pas à Sartre, traînant parfois les pieds, parfois courant pour le rattraper. Pour une socialiste et une féministe, elle insiste un peu trop sur la prééminence de Sartre, comme par crainte que ce point ne soit la condition de leur relation. Les féministes contemporaines, tout en comprenant cette inquiétude, ont critiqué Beauvoir pour lui avoir donné une expression si naïve (et Sartre aussi, qui devait y être pour quelque chose). Quelques auteurs féministes ont prétendu que son œuvre philosophique était originale, mais leur thèse semble toujours excessive : elle était tout au plus une sartrienne révisionniste, œuvrant à l'intérieur de ses catégories, même lorsqu'elle refusait ses conclusions[1]. Et en politique, dès le début de leur engagement, lorsque Sartre décida pour tous les deux que l'engagement était une nécessité morale, elle se comporta en disciple : « Un sérieux changement s'était produit en lui, dit-elle de Sartre au sujet d'une permission de 1940, et aussi en moi, qui me ralliai tout de suite à son point de vue[2]. »

En tant que critique social, cependant, c'est sans aucun doute Beauvoir qui vient en premier. Rien dans l'œuvre volumineuse de Sartre ne vaut *Le Deuxième Sexe* ni même *La Vieillesse*, texte très inférieur que Beauvoir écrit plus tard. Toute sa vie, Sartre a été un critique féroce de la société bourgeoise, mais ce qu'il avait à dire de la bourgeoisie, des centaines d'autres personnes auraient pu le dire, et l'ont probablement dit. La critique de Beauvoir est plus originale, et en même temps plus attentive à sa propre expérience et à celle des autres. La colère qu'elle éprouve est moins idéologique que celle de Sartre, et elle est ciblée de manière plus ferme et plus intéressante. Et quelle qu'en soit l'influence, son premier livre critique, *Le Deuxième Sexe*, a marqué plus de vies et a inspiré plus de thèses qu'aucun livre de Sartre.

L'importance de Beauvoir tient étroitement à la nature des groupes pour lesquels elle a choisi d'écrire : des groupes qui n'étaient pas encore mobilisés, que ne représentaient pas encore un parti ou un mouvement, qui n'avaient pas de militants propres, pas de « ligne » politique. En revanche, lorsqu'elle écrit sur la classe ouvrière française ou sur les nationalistes algériens (ou sur les communistes cubains ou vietnamiens ou chinois), elle semble se contenter de suivre Sartre et de ne pas s'en remettre complètement aux personnes dont elle traite mais à leurs militants et à leurs chefs politiques. Elle écrit avec conviction, même avec passion, mais avec peu d'engagement intellectuel, et de ce fait, sans subtilité. Adoptant trop facilement de mauvais stéréotypes, elle a la voix stridente. Ses livres sur les femmes et les personnes âgées, cependant, sont très différents. Ils sont entièrement de son fait – en partie, parce qu'elle est elle-même une des personnes dont elle parle (elle avait soixante-deux ans quand *La Vieillesse* parut en France), même si elle se tient à distance du sort des autres ; en partie, parce qu'elle n'est pas amenée à se ranger, par culpabilité, à leurs positions politiques. Ils n'ont pas de positions politiques explicites : ils sont « inertes ». Beauvoir était féministe avant qu'il n'y ait vraiment un mouvement féministe en France, et elle a été l'une des premières à reconnaître les hommes et les femmes âgés comme les victimes d'une société obsédée par la jeunesse, la puissance et l'efficacité. Elle ne s'engage pas inconditionnellement envers ces groupes comme le recommande Sartre : elle n'a pas besoin de le faire puisqu'elle en fait déjà partie, et elle ne peut le faire, puisqu'il n'y a ni organisation ni militants pour définir à sa place les conditions de l'engagement. Un autre fait la rend libre de créer : le sexe et l'âge ne sont pas des catégories marxistes. À un moment ou un autre dans les années 40 ou 50, Sartre et elle étaient en principe engagés dans le marxisme comme le seul cadre adéquat de la critique sociale. Dans *La Vieillesse*, elle cherche à s'adapter à la doctrine marxiste, comme le fait aussi Sartre dans la plupart des ses œuvres majeures après *L'Être et le Néant*. Mais elle se trouve poussée dans une tonalité qui n'a rien de marxiste, libérée par ses sujets – en dépit de leur propre asservissement. On peut présumer que le triomphe du prolétariat mettra un terme à l'oppression des femmes et à l'abandon cruel des personnes âgées : Beauvoir parfois répète ce dogme. Si elle y croyait vraiment, cependant, elle aurait écrit un livre sur le prolétariat. Au lieu de cela, elle regarde le monde autour d'elle avec une fraîcheur plus grande, et fait un choix différent.

Le fait qu'elle ait pris les femmes comme sujet provient, nous dit-elle, du fait qu'elle s'est choisie elle-même, c'est-à-dire, de son choix de faire un compte-rendu autobiographique de son enfance et de sa jeunesse[3]. Mais je pense que ce choix a aussi une source philosophique dans le malaise que suscite en elle la conception sartrienne de la liberté. Elle avait l'intention de se décrire dans son autobiographie comme un être libre, mais elle sentait qu'elle avait acquis cette liberté, d'une manière différente de Sartre. Elle avait été acquise, pour ainsi dire, envers et contre tout, en dépit de son corps de femme et en dépit de la situation des femmes dans la société. Ce n'est pas avec d'autres femmes qu'elle partageait sa liberté mais avec des hommes, et tout en goûtant ce partage, elle en comprenait les problèmes. Son livre est donc une critique de la privation de liberté des femmes, une privation de liberté à laquelle la philosophie de Sartre ne songe pas[4]. Mais la liberté qu'elle revendique, c'est cette liberté qu'elle a acquise à ses côtés. Elle présume que d'autres femmes devraient être libres, et devraient vouloir être libres, de cette même manière exactement. La force de son analyse, mais aussi ses difficultés, proviennent de cette présomption cruciale, signe à la fois de sa générosité et de son arrogance. Ces deux qualités ont rendu sa critique possible alors que le féminisme en tant que mouvement n'existait pas. Elles rendaient aussi prévisible la remise en question de cette critique lorsqu'un mouvement féministe se constituerait. On dit maintenant qu'elle écrivait d'un point de vue masculin et à une trop grande distance de l'expérience des femmes. C'est peut-être vrai, mais ce qu'elle écrivait était le reflet de sa propre expérience de femme. Sinon, son livre n'aurait jamais eu l'impact qu'il a eu sur d'autres femmes ; et il ne servirait pas non plus de contrepoint théorique à un genre de féminisme différent.

La critique du corps féminin

L'éthique existentialiste a pour racine une thèse singulièrement essentialiste : que l'homme est par nature libre, radicalement, absolument libre. C'est son projet qui définit sa vie : il se fait, et il est entièrement responsable de ce qu'il devient. Toute tentative pour faire porter la responsabilité à quelqu'un d'autre, toute référence à des facteurs extérieurs, est un acte de mauvaise foi. En planifiant notre vie, nous justifions nos « moi » présents, et nous ne nous laissons alors définitivement aucune excuse. « Il n'y a pas d'autre justification de l'existence présente », écrit Simone de Beauvoir, fidèle ici à la doctrine sartrienne, « que son expansion vers un avenir indéfiniment ouvert[5]. » Mais l'existence de la femme se justifie-t-elle de la même manière ?

La conception existentialiste de l'essence de notre humanité neutralise-t-elle l'opposition sexuelle ? En ce qui concerne ces questions, *Le Deuxième Sexe*, me semble-t-il, est équivoque. D'une part, S. de Beauvoir croit que les femmes, elle en est elle-même le meilleur exemple, sont, exactement comme les hommes, libres, responsables de leur destin ; et si la plupart d'entre elles ne le sont pas en fait, mais sont passives, en situation de subordonnées, alors c'est à elles qu'en incombe la responsabilité, complices dans leur propre subordination. D'autre part, elle croit que les femmes, mise à part elle-même, sont opprimées à double titre, par la nature et par l'homme, victimes de leur condition biologique et de leur situation sociologique. « J'ai échappé à beaucoup de choses qui réduisent la femme en esclavage, dit-elle lors d'un entretien dans les années 70, tels que la maternité et les devoirs de la femme au foyer[6]. » Son livre, pourtant, est une analyse de l'esclavage, non de l'évasion ; une analyse sinistre qui empile les causes les unes sur les autres jusqu'à ce que le destin de la femme paraisse surdéterminé. Mais le plaidoyer de la surdétermination n'est-il pas encore un acte de mauvaise foi ?

Dans son premier chapitre, « Le destin : les données biologiques », S. de Beauvoir est très proche de la thèse selon laquelle la femme n'est pas libre, donc non complice, non coupable de mauvaise foi. Elle est simplement ce qu'elle est : elle ne choisit jamais librement ce qu'elle sera. La femme, conçue comme un corps physique, un être sexuel générique, représente l'*en-soi* existentialiste, l'être-en-lui-même, plutôt que le *pour-soi*, l'être-pour-soi. Ce sont là des termes dangereux : ils font apparaître les problèmes de la philosophie existentialiste comme un langage de la critique sociale. Car les existentialistes semblent être constitutionnellement (je veux dire, à cause de leur doctrine, non à cause de leur corps) incapables de reconnaître l'expérience de l'oppression : la *pression* qui est littéralement exercée sur une personne qui, en dépit du poids de cette pression, reste un être-pour-soi. Appliquée socialement, l'idée de l'en-soi ne sert qu'à répéter la conception masculine conventionnelle de la différence sexuelle. Ou pire, elle apporte une ratification métaphysique à cette conception. Mais S. de Beauvoir ne cherche pas à nier les conventions : elle veut les expliquer et ensuite trouver un moyen de modifier les conceptions qui les suscitent. La première de ces conditions, cependant, est biologique. Une rude vérité, selon l'auteur, mais une vérité qu'elle ne veut pas éluder : l'« esclavage » de la femme à un enracinement biologique. Elle est équivoque sur la force de cet enracinement, non sur sa réalité. En effet, la meilleure manière de décrire certaines de ses pages les plus frappantes, c'est de dire qu'il s'agit d'une dénonciation du corps féminin.

Le contraste exemplaire, c'est toujours le corps mâle qui le fournit. Il semble avoir été façonné pour exercer une activité utile : « Il est [...]

plus grand que la femelle, plus robuste, plus rapide, plus aventureux. » L'homme est « un être de transcendance et d'ambition ». Son corps lui ouvre les occasions « de régner sur l'instant et de forger l'avenir. C'est l'activité mâle qui en créant des valeurs a constitué l'existence elle-même comme valeur[7] ». Le corps de la femme, en revanche, c'est l'immanence qui le modèle, non la transcendance, pour la répétition plutôt que pour l'invention et l'aventure. Elle est conçue dans l'intérêt de l'espèce, non de l'individu. Elle ne se construit pas comme projet : elle sert une finalité. « De la puberté à la ménopause, elle est le siège d'une histoire qui se déroule en elle et qui ne la concerne pas personnellement. » Le portrait que dépeint S. de Beauvoir de la reproduction humaine est d'une extraordinaire sauvagerie, la reproduction étant selon sa description, pour le mâle, sans enjeu, mais, pour la femelle, mortelle. « D'abord violée, la femelle est ensuite aliénée [...], habitée par un autre qui se nourrit de sa substance[8]. » Tandis que les hommes se battent contre la nature et les uns contre les autres, « cherchant toujours à exercer leur souveraineté de manière objective », les femmes ne font que reproduire les agents (et les victimes) de cet exercice : « Engendrer et allaiter ne sont pas des *activités* ; ce sont des fonctions naturelles ; aucun projet ne s'y engage ; c'est pourquoi la femme n'y trouve pas le motif d'une affirmation hautaine de son existence, elle subit passivement son destin biologique [...], l'enfermement dans la répétition et l'immanence[9]. »

Une fois que l'on a dit cela, il ne semble guère utile de dire autre chose. On ne peut voir dans l'ethnographie détaillée de la vie des femmes, qui occupe la majorité de la deuxième partie du livre, qu'une extension et une élaboration de la thèse biologique – un passage, pour ainsi dire, de l'anthropologie physique à l'anthropologie sociale, où la première explique tout sauf les variations en surface de la seconde. La description que donne Beauvoir du travail ménager, par exemple, est tout à fait parallèle à sa description de l'accouchement et de l'allaitement : « Peu de tâches sont plus semblables à la torture de Sisyphe que celle du travail ménager, avec son interminable répétition ; le propre devient sale, le sale est rendu propre, maintes et maintes fois, jour après jour. La ménagère [...] ne fabrique rien, ne fait que perpétuer le présent. Elle n'éprouve jamais le sentiment de conquérir un Bien positif[10]. » Bien sûr, les femmes ne sont pas biologiquement destinées au travail ménager de la même manière qu'elles le sont à l'accouchement. Mais la grossesse et la lactation les confinent à la maison, qui devient alors leur « domaine » social ou, dit de manière plus réaliste, leur prison (et elle le demeure quelle que soit leur détermination à en embellir l'intérieur). La thèse a une forte tonalité déterministe, mais Beauvoir s'oppose néanmoins au déterminisme. Elle insiste, même dans le chapitre sur la biologie, sur le fait que la femme « a à choisir entre l'affirmation de sa transcendance et son aliénation [11] ». Ce que requiert la transcendance, c'est le rejet d'une vie de femme au service de l'espèce : il lui faut vivre pour elle-même.

S. de Beauvoir croit qu'elle ne peut critiquer sa société à moins de répudier son corps. Plus exactement, elle ne peut critiquer la construction sociale des sexes à moins de trouver un moyen d'échapper aux facteurs qui la déterminent. Ce sont les hommes, surtout, qui créèent et imposent le rôle des sexes, mais ce n'est pas une création *ex nihilo* : la répartition a son origine dans le fait de l'immanence physique de la femme, dans sa biologie reproductrice. Écoutons encore Beauvoir décrire la sexualité féminine et l'expérience de la grossesse :

> Le rut féminin, c'est la molle palpitation d'un coquillage ; tandis que l'homme a de l'impétuosité, la femme n'a que de l'impatience ; son attente peut devenir ardente sans cesser d'être passive ; l'homme fond sur sa proie comme l'aigle et le malin ; elle guette comme la plante carnivore, le marécage où insectes et enfants s'enlisent ; elle est succion, ventouse, humeuse, elle est poix et glu, un appel immobile, insinuant et visqueux [12].

> Prise aux rets de la nature, elle est plante et bête, une réserve de colloïdes, une couveuse, un œuf ; elle effraie les enfants au corps égoïste et fait ricaner les jeunes gens parce qu'elle est un être humain, conscience et liberté, qui est devenu un instrument passif de la vie [13].

Des passages comme ceux-ci ont pour moi une résonance familière : ils font entendre la mésestime de soi. Beauvoir rejoint le rang du Juif assimilé, l'homme « colonisé » d'Albert Memmi, l'Américain noir avant l'époque du *Black is beautiful*, dont les normes d'attirance physique et d'excellence culturelle sont empruntées et dérivées. Elle ne prétend jamais être là en passant cependant, car sinon elle n'aurait jamais écrit un livre qui la fait apparaître comme une militante du deuxième sexe. Et elle ne veut pas non plus vivre comme une femme ou que l'on pense à elle (parmi les hommes avec lesquels elle passe la plupart de son temps) en tant que femme*. C'est, décide-t-elle, son propre rejet de l'état de femme conventionnel, du mariage et de la maternité qui indique la voie vers la libération de la femme. Elle choisit ses amants comme un homme, et elle refuse d'avoir un enfant. Le

* A un moment de ses mémoires, cependant, elle suggère qu'elle avait les avantages des deux sexes : « Après [la publication de] *L'Invitée* mon entourage me traita à la fois comme un écrivain et comme *une* femme ; ce fut particulièrement frappant en Amérique : dans les "parties", les épouses se réunissaient et parlaient entre elles tandis que je causais avec les hommes, qui me manifestaient cependant plus de courtoisie qu'à leur congénères. » *La Force des choses*, t. 1, Paris, Gallimard, 1963, p. 263. Voir le commentaire de cette page dans Mary Evans, *Simone de Beauvoir : A Feminist Mandarin*, Londres, Tavistock, 1985, p. 58.

résultat, c'est un double accomplissement. Elle cesse d'être un mollusque, un marécage, un instrument passif ; elle échappe, en d'autres termes, à sa condition biologique, cesse en outre d'être une « femme » tels que les hommes conçoivent les femmes – l'Autre naturel, mystérieux, effrayant, et séduisant – et devient un être humain individualisé.

Le deuxième accomplissement, c'est, pour ainsi dire, son programme officiel, pour elle-même, pour les autres femmes, et pour tout mouvement féministe dans l'avenir : remplacer la construction sociale des sexes par un projet individuel. C'est dans sa quintessence un programme libéral, bien qu'elle dédaignerait cet adjectif. C'est aussi un programme qui d'une manière ou d'une autre ne prend pas en compte le degré auquel le projet individuel est lui-même une construction sociale. « Régner sur l'instant et forger l'avenir » (les verbes sont importants, tout autant que dans « fond sur sa proie »), ce n'est pas ce que les êtres humains font naturellement : c'est ce qu'ils font dans le monde qu'habite Beauvoir – ou mieux, ce que les hommes sont censés y faire. C'est aussi, selon Beauvoir, ce que les femmes veulent faire. « La femme vise et reconnaît aussi les valeurs qui sont concrètement atteintes par les mâles ; c'est lui qui ouvre l'avenir vers lequel elle aussi se transcende [14]. » La répétition du « aussi » traduit bien ce qu'elle veut dire. Ce n'est pas une critique du monde que les hommes se sont construit mais seulement de l'exclusion des femmes de ce monde. Elle demande que la femme y soit admise : voilà son message publique. Cependant il y a un autre message, qui n'est pas complètement dissimulé, mais qui n'est pas tout à fait mis en avant non plus : c'est que les femmes doivent remplir les conditions d'admission. Et tandis que l'homme remplit les conditions par son corps – « sa vie génitale ne contrarie pas son existence personnelle » – la femme ne peut remplir les conditions qu'en laissant son corps derrière elle [15].

Le message est offensant et profondément insatisfaisant, c'est pourquoi, il faut rendre hommage à S. de Beauvoir de l'avoir livré. Elle croit, bien sûr, que les femmes (ou au moins certaines femmes) peuvent remplir les conditions – comme elle l'a fait elle-même – et c'est sans doute pourquoi son livre a été une source d'inspiration pour tant de ses lectrices. Le foyer et la famille, domaine et prison de la femme, en dépit de leur enracinement biologique, ne sont pas impossibles à fuir. Et si la fuite est difficile (« Je crois qu'il y a certaines femmes qui n'ont pas beaucoup de chances de réussir » – où le « certaines femmes » semble englober la plupart des femmes mariées [16]), il est au moins possible de ne pas rentrer dans la prison. Ne vous mariez pas et n'ayez pas d'enfants ; ou n'ayez des enfants qu'à vos conditions, seules. Bien que son déterminisme ne soit pas un déterminisme technologique, Beauvoir attend beaucoup de la contraception et de l'insémination artificielle. Les réalisations d'une science universelle sauveront les femmes de leur particularité sexuelle. Mieux, certaines femmes se délivreront elles-mêmes, en utilisant elles-mêmes les réalisations d'une science universelle, et alors elles entreront au royaume de l'universel.

L'expression concrète de la liberté de la femme, c'est le travail en dehors du foyer. « Soustraite en grande partie aux servitudes de la reproduction, elle peut assumer le rôle économique qui se propose à elle et qui lui assurera la conquête de sa personne tout entière [17]. » Ce n'est qu'en dehors, dans le marché et sur la place publique, qu'elle peut éviter l'immanence et la répétition ; ce n'est qu'en dehors que le travail devient une activité et la vie, un projet. Beauvoir ne semble pas avoir regardé de très près quels rôles économiques on offrait en fait aux femmes à la fin des années 40. Sa conception du travail et de la vie en dehors du foyer provient surtout de sa propre expérience : on ne soulignera jamais trop le fait qu'elle vivait le genre de vie dont elle se faisait l'avocate.

Elle décrit à plusieurs reprises cette vie en des termes qui suggèrent un mélodrame métaphysique : c'est une mise en scène de « l'impérialisme de la conscience humaine qui cherche à accomplir objectivement sa souveraineté. » « Chaque conscience peut tenter de s'élever à sa souveraineté [18]. » En fait, c'est un peu plus que l'aspiration ordinaire des femmes qui travaillent. Beauvoir elle-même, dans ses pages autobiographiques, parvient à éprouver de la fierté dans des accomplissements qui sont loin d'atteindre à la souveraineté. Son intention, c'est d'évoquer (encore une fois dans le vocabulaire existentialiste) un monde de combats : classement compétitif, choix difficiles, risque continuel, victoires solitaires. Mais cela a été, et reste en grand partie, le monde des hommes. On pourrait croire qu'il n'est pas attrayant, mais il a bien sûr ses attraits. L'ambition des femmes, selon S. de Beauvoir, c'est de partager l'ambition, les risques et les victoires des hommes. Cela signifie gagner de l'argent, écrire des livres, faire des découvertes scientifiques, gouverner les nations, et obtenir la gloire. On a exclu la plus grande majorité des femmes de ces activités, et c'est là le préjudice principal que les hommes ont infligé aux femmes. Il semble entièrement possible, cependant, que ce préjudice puisse être surmonté et que rien d'autre ne change. Lorsque les femmes seront « complètement indépendantes », elles seront simplement ce que les hommes sont maintenant. Beauvoir suggère parfois une autre vision (socialiste), mais son but immédiat, c'est cette indépendance imitative. « L'avenir ne peut que conduire à une assimilation de plus en plus profonde de la femme à la société naguère masculine [19]. »

L'universalité masculine

S. de Beauvoir est avant tout une femme assimilée, et ensuite un critique de l'exclusion : elle est critique avec encore plus de force lorsqu'elle traite des obstacles que rencontrent des femmes comme elle sur la route qui conduit de l'immanence (féminine) à la transcendance (masculine). Comment donc devrions-nous qualifier le point de vue d'où elle écrit ? Elle-même prétend avoir une sorte d'objectivité, parce qu'elle est à l'autre bout de la route. On pourrait penser, dit-elle, que seul un ange, « ni homme ni femme », puisse être objectif, mais un ange « ignorerait toutes les données du problème. » Ce qu'il faut, c'est une personne qui sache « ce que signifie pour un être humain le fait d'être une femme », avec des « racines » dans le monde féminin, mais en même temps « ayant eu la chance de se voir restituer tous les privilèges de l'être humain heureux dans la restauration de tous les privilèges que possède la condition humaine ». Cette personne, c'est S. de Beauvoir, bien qu'elle reconnaisse qu'il y ait d'autres femmes contemporaines qui ont eu la même chance qu'elle. Ayant « réussi », elles peuvent « s'offrir le luxe de l'impartialité [20] ». Il me semble extraordinaire qu'une personne écrivant dans les années 40 (ou avant ou depuis, d'ailleurs, bien que les années 40 aient été une décennie particulièrement difficile) ait pu s'imaginer avoir réussi et être en possession de tous les privilèges de l'humanité. Ce que veut dire Beauvoir, c'est simplement qu'elle vivait comme un homme, partageant ce qu'elle reconnaît à peine comme étant une condition sérieusement diminuée.

Elle écrit sur le deuxième sexe comme si elle faisait partie du premier. Il n'y a rien de secret ou de pervers dans cette identification : elle est tout à fait franche et innocente. Elle n'a aucune revendication particulière pour elle-même : elle présuppose simplement que toutes les femmes libérées sont comme les hommes existentialistes (tout comme elle présuppose que les Algériens libérés seront comme les Français de gauche). Il n'y a, après tout, qu'une seule vie universelle, et ce sont les hommes – êtres de « transcendance et d'ambition » – qui l'ont vécue. S'il faut souvent s'opposer à ces mêmes hommes, rencontrés en tant qu'individus, et leur résister, on ne peut qu'imiter leurs accomplissements. « Le fait, c'est que ce sont les hommes qui ont créé la culture, la civilisation et les valeurs universelles, parce que les hommes représentent l'universalité [21]. » Des mots courageux de la part d'un écrivain féministe – particulièrement du fait que la phrase que je viens de citer provient d'une conversation enregistrée en 1972, lorsque de nombreuses féministes françaises étaient en train de répudier justement cette thèse, qu'elles identifiaient à juste titre avec *Le Deuxième Sexe* : elles y voyaient un consentement à la « secondarité ». Pour Beauvoir, cette reconnaissance de l'universalité masculine est le seul moyen de surmonter la secondarité. Ce que veulent (ou devraient vouloir) les femmes modernes, ce n'est pas « d'être exaltées dans leur féminité » mais plutôt « qu'en elles-mêmes la transcendance l'emporte sur l'immanence, comme dans l'ensemble de l'humanité[22] » Ou, plus concrètement, la femme moderne « accepte les valeurs masculines : elle se pique de penser, agir, travailler, créer, au même titre que les hommes ; au lieu de chercher à les ravaler, elle affirme qu'elle les vaut[23] ».

Le but principal du livre de S. de Beauvoir, c'est cette déclaration de l'égalité des sexes. Néanmoins, sa description ethnographique de l'inégalité et de l'immanence est une réalisation plus grande et plus émouvante. Lorsqu'elle n'est pas en train d'invectiver la mauvaise foi, elle ressent de manière aiguë la douleur des femmes dont les espoirs et les ambitions sont d'abord différés, puis réprimés et ensuite transformés en fantaisie sentimentale. Elle parle de ces femmes avec un mélange de sympathie et de répugnance que peu d'hommes étudiant la vie des femmes pourraient égaler. La volatilité du mélange suggère l'intensité de ses sentiments, bien que toute référence personnelle soit sévèrement réprimée tout au long de la description. Il ressort de ses mémoires combien sa propre expérience et celles d'amies se reflètent au moins dans les premiers chapitres de la seconde partie du *Deuxième Sexe*. Mais dans le texte lui-même, il n'y aucun indice du reflet, sauf dans le fait évident que cette ethnographie universelle porte presque entièrement sur les femmes occidentales et bourgeoises. Le ton y est du début à la fin résolument impersonnel : voici, dit-elle, les attitudes et les coutumes des indigènes. Beauvoir se met délibérément à distance de son matériau. Peut-être est-ce nécessaire, puisqu'elle parle d'expériences d'immanence auxquelles elle a échappé ou qu'elle n'a pas connues, y ayant échappé de bonne heure. De son point de vue, l'histoire qu'elle a à raconter est l'histoire d'une défaite et d'une complicité dans la défaite. « La femme, dit-on, se vautre dans l'immanence ; mais d'abord on l'y a enfermée[24]. » Beauvoir décrit la méthode employée pour opérer l'enfermement, et ensuite elle décrit, en grand détail, la complaisance.

Comme il en va avec le corps de la femme, ainsi en va-t-il avec sa situation et sa vie : la comparaison se fait toujours avec l'homme généralisé. « Si l'on confronte ces situations mêmes, il est évident que celle de l'homme est infiniment préférable ; c'est-à-dire qu'il a beaucoup plus de possibilités concrètes de projeter dans le monde sa liberté[25]. » Encore une fois, Beauvoir révèle la position politique essentiellement libérale, individualiste et universelle qu'exige l'existentialisme. L'égalité des chances pour l'homme et la femme de rivaliser dans le monde que les hommes ont créé, voilà sa plate-forme électorale. Mais il n'est que juste de la décrire en ses propres termes. Elle veut que la vie des femmes s'étende, comme celle des hommes, vers « un avenir indéfiniment ouvert ». Puisque, cependant, elle n'attend rien de neuf de cet élargissement, aucune nouvelle activité, compréhension ni évaluation, l'ouverture ne semble pas vraiment indéfinie. En fait, elle ne propose pas une répétition de l'expérience masculine, qui pourrait en principe produire une nouveauté authentique, mais seulement, encore une fois, une imitation. Pour ce qui est de l'avenir, les deux fondements, l'égalité des chances et l'élargissement indéfini, ont pour résultat une même acceptation de l'homme.

Puisque S. de Beauvoir adhère à la proposition que « la liberté intérieure est complète [dans l'homme comme dans la femme] », et en même temps à la proposition que « l'immanence, c'est l'esclavage », toute acceptation de la situation de la femme comme ayant une valeur, même virtuelle serait un acte de mauvaise foi, une « abdication » de la transcendance. Donnez aux femmes les mêmes « chances d'exercer leur liberté » qu'ont eues les hommes, et elles se conduiront exactement de la même manière que l'ont fait les hommes à travers l'histoire (l'ethnographie de Beauvoir est plutôt a-historique). « Lorsqu'une femme est engagée dans une entreprise digne d'un être humain, elle sait se montrer aussi active, efficace, silencieuse, aussi ascétique qu'une homme[26]. » Comment sait-on quelles initiatives sont dignes d'un être humain ? Les initiatives dignes sont celles dans lesquelles les hommes ont été actifs, efficaces, silencieux, etc. : Beauvoir ne cherche pas à faire une évaluation indépendante. Il est plus important pour elle d'obtenir l'égalité des chances que de se préoccuper de ce à quoi sont destinées ces chances. Donc l'avenir indéfiniment ouvert est vide de programme, ou mieux, c'est le passé de l'homme qui le détermine entièrement.

Dès que l'on reconnaît des possibilités autres que la transcendance et l'universalité comme on les a comprises conventionnellement, c'est-à-dire comme les hommes les ont comprises, l'« objectivité » de Beauvoir disparaît. Elle écrit à partir d'une perspective particulière, à partir d'un moment et d'un lieu-dans-le-monde. Il s'agit, comme ses critiques le disent communément, d'une perspective masculine. Mais l'on ne peut s'arrêter là : rares sont les hommes qui auraient pu écrire un livre comme *Le Deuxième Sexe* ; la thèse rend la plupart des hommes qui le lisent mal à l'aise. Car le bien-être de l'homme a pour condition dans l'histoire la croyance que les femmes sont contentes de leur situation et qu'elles ont raison d'être contentes, que la vie qu'elles mènent est celle qui leur convient. Beauvoir ne nie pas le contentement (« la complaisance dans l'immanence ») d'au moins certaines femmes, mais elle nie que cette vie convienne aux femmes, et à cela, il est difficile au lecteur homme de répondre. Le portrait qu'elle trace de l'immanence féminine n'incite guère à l'imitation : quel homme aimerait vivre ainsi ? Et pourtant la position dans laquelle ne peuvent que se retrancher les lecteurs hommes n'est, après tout, pas très difficile, au moins en principe : laissez les femmes (si elles le peuvent) vivre comme nous ! Beauvoir propose la possibilité d'un féminisme masculin : l'universalité mâle enfin rendue vraiment universelle.

Il se peut qu'elle ait raison de donner à entendre que ce féminisme masculin s'exprime mieux chez une femme comme elle qui a adopté les valeurs mâles et « a réussi » que chez un homme désabusé et aliéné. « Pour changer la face du monde, dit-elle dans *Le Deuxième Sexe*, il faut y être solidement ancré [27]. » Il en va de même pour la critique qui précède le changement : une femme qui a trouvé son ancrage sera une meilleure critique qu'un homme qui l'a perdu – et cela même si la femme ne cherche qu'à réussir tandis que l'homme cherche à agir avec justice. Car elle est mieux à même de reconnaître « les valeurs [...] qu'atteignent concrètement les hommes », qu'il pourrait, lui, être tenté de dénigrer et auxquelles il pourrait renoncer. De nombreux féministes contemporains préféreraient le dénigrement des valeurs masculines et leur renoncement, mais c'est une position, quel qu'en soit le bien-fondé, qui ne peut être adoptée qu'après Beauvoir. Le dénigrement des valeurs dont on a été exclu est la forme classique du *ressentiment* : elle est connue, au moins en général, comme la politique du ressentiment *[sour grapes]*. Mieux vaut d'abord critiquer et surmonter l'exclusion, et ensuite évaluer les fruits de la victoire. Notre première exigence, lorsque nous considérons la situation d'un être humain opprimé, c'est (comme la sienne) simplement qu'il acquiert les mêmes droits que l'oppresseur. On appellera ces droits, comme dans *Le Deuxième Sexe*, les droits universels ou les Droits de l'homme. Ils constituent toujours, en réalité, un ensemble de droits particuliers, et la jouissance de ces droits, même si tous en avait la jouissance, ne signifierait pas la fin de la dispute ou du combat politique. Il apparaîtra que la représentation masculine de l'universalité est erronée, ou au moins qu'elle est foncièrement incomplète. Cette universalité masculine, tant que la femme en est exclue, ne sera cependant même pas mise à l'épreuve. D'où la priorité que donne Beauvoir à la politique de l'« assimilation ».

Un féminisme différent ?

Mais S. de Beauvoir insiste aussi sur la finalité de ses positions politiques, pour la femme, sinon pour l'espèce humaine en général. La femme, en effet, pourrait faire pire qu'imiter les accomplissements de l'homme en mathématique, en science, en littérature et même en philosophie (de même que les Algériens pourraient faire pire qu'imiter les positions politiques de la gauche française). Ce serait une erreur cependant de souligner que l'effort dans l'imitation, et cet effort-là seulement, suffit à accomplir la libération. « Je ne pense pas, dit Beauvoir à un journaliste dans les années 70, que la femme créera de nouvelles valeurs. Si vous pensez le contraire, alors c'est que vous croyez à une nature féminine – ce à quoi je me suis toujours opposée[28]. » Mais cette conclusion ne peut être juste. La bourgeoisie, par exemple, a certainement créé des valeurs nouvelles, très différentes de celles de l'aristocratie, même s'il n'existe pas de nature bourgeoise ou aristocratique : tout ce qui existe, ce sont des expériences sociales différentes. C'est à cause de ses croyances relatives à l'expérience des femmes que Beauvoir prétend qu'elles ne créeront pas de valeurs nouvelles, et non à cause de leur nature (quoiqu'elle ait une position plus ambivalente qu'elle ne le reconnaît ici sur le déterminisme naturel, c'est-à-dire physique) : premièrement, que l'expérience de l'immanence est entièrement non créatrice ; deuxièmement, que l'expérience de la transcendance est ou sera exactement la même pour l'homme et pour la femme. Il s'ensuit donc qu'il ne peut y avoir de position politique féministe au-delà de l'assimilation.

Mais l'une et l'autre de ces croyances sont erronées. Les critiques sociaux « solidement ancrés » dans le monde des femmes semblent être plus à même de voir l'erreur que les critiques qui ont déjà été assimilés dans le monde des hommes. Tout au moins, les critiques faites à S. de Beauvoir que je voudrais maintenant évoquer viennent de femmes qui militent dans un mouvement féministe. Ces femmes évidemment n'acceptent pas que leur revienne le domaine du foyer et de la famille dont leur sexe les rend héritières : si elles l'acceptaient, elles n'auraient jamais été amenées à faire du féminisme un projet politique. Mais elles conservent des liens de solidarité avec ce domaine : elles sont engagées dans le processus d'« autocompréhension de la femme », même si les femmes, pour la plupart, sont des épouses et des mères qui « n'ont pas beaucoup de chances de réussir », comme le disait Beauvoir, dans la lutte pour la transcendance[29]. C'est une chose certaine pour les critiques de Beauvoir que la vie de la femme avant la transcendance est déjà, à sa façon, transcendante, que la femme, telle qu'elle est, est un être-pour-soi. Mais qu'est-ce cela veut dire ? Et pourquoi n'est-ce pas là une acceptation de l'assujettissement ?

On peut tout aussi facilement se demander la question opposée : n'est-ce pas l'assujettissement qui a conduit la femme, après l'homme, à dévaloriser sa propre expérience ? Lorsque Beauvoir écrit dans *Le Deuxième Sexe* qu'en dépit de « tout le respect dont la société l'entoure, la fonction de gestation inspire un sentiment de révulsion spontanée », exprime-t-elle une sensibilité libérée[30] ? Il y a des chances pour que ses critiques, en revanche, commencent par une conception affirmative de la maternité. Parfois, l'affirmation a l'aspect d'un révisionnisme beauvoiriste. Selon *Le Deuxième Sexe*, écrit Mary O'Brien, les techniques de contraception n'ont pour résultat que la liberté sexuelle. Leur véritable importance, cependant, c'est qu'elles élargissent « le choix de la maternité ou de la paternité, l'acceptation volontaire de prendre le risque réel, par opposition au risque seulement philosophique, de donner vie ». La contraception, suggère O'Brien, fait de la grossesse une aventure existentialiste. Mais elle se demande ensuite, plus raisonnablement, « si la passivité est à aucun moment et dans aucune société une description exacte d'aucune forme de conscience reproductrice ? » La description n'est pas exacte, et cela signifie que l'immanence n'a aucune réalité sociale. La reproduction sociale est toujours différente de celle des plantes ou des animaux parce qu'elle répond toujours « aux interprétations d'une conscience rationnelle[31] ». Une ethnographie complète de la vie des femmes nous fournirait une description de ces interprétations – une description qui ne présumerait pas qu'elles sont simplement de nature idéologique et qu'elles cachent la sinistre vérité du déterminisme biologique et/ou de la mauvaise foi. La biologie fait que ce n'est que la femme qui conçoit les enfants, mais ce qu'elle fait de cette expérience, étant donné les nombreuses choses qu'elle en a faites, ne peut être déterminé biologiquement.

La thèse la plus intéressante qu'avancent (certaines) féministes contemporaines est celle d'un pluralisme dans la transcendance. Beauvoir, comme le suggère sa politique de l'assimilation, a toujours été moniste. Les femmes ne sont jamais parvenues, écrit-elle dans *Le Deuxième Sexe*, « à construire un contre-univers[32] ». Puisqu'il n'y a pas de potentiel créateur dans l'immanence, elles n'y parviendront jamais. Et puisque l'univers que l'homme « a construit » est déjà universel en principe, et que la femme n'a qu'à y entrer pour le rendre universel de fait, il est inutile qu'elle y parvienne. Mais si ce contre-univers existait déjà, non pas un contre-univers complètement différent du monde des hommes, se superposant à lui, mais donnant une réalité sociale, ou même une variété de réalités sociales, à ce qu'il peut y avoir de différent dans l'expérience de la femme ? Beauvoir ne voit pas le contre-univers parce qu'elle écrit de trop loin, trop chargée du poids de son aversion. Elle « ne représente la femme que comme victime, estropiée, mutilée, dépendante, écrit Iris Marion Young, confinée dans une vie d'immanence et contrainte à être un objet. Elle décrit rarement la force qu'ont eu les femmes et la valeur terrestre de leur travail : la manière dont [elles] ont formé entre elles des réseaux et des sociétés, la beauté durable des valeurs sociales de diligence *[care]* qu'[elles] manifestent souvent[33] ».

J'ai qualifié ce point de vue critique sur Beauvoir de pluraliste parce qu'il suggère l'existence de morales différentes, quoique toutes « transcendantes ». Mais lorsque certaines féministes contemporaines vont jusqu'à prétendre que « les valeurs masculines exaltent la mort, la violence, la compétition, l'égoïsme, le refoulement de [...] la sexualité et de l'affectivité », elles ne semblent pas adhérer très fermement au pluralisme[34]. Alors il faut insister et dire que si certains hommes ont des valeurs de ce genre, d'autres ne les ont pas. De même toutes les femmes ne mettent pas en avant et ne reconnaissent pas la « beauté immortelle » que renfermeraient le dévouement à sa famille et le rôle nourricier des « valeurs sociales de sollicitude ». Un pluralisme à deux voies, la première classée négativement, la seconde positivement, n'est en rien différent d'un antipluralisme à une voie. Il est possible, cependant, de reconnaître les différences sans les classer, et des différences, il semble en exister : des différences exprimées non pas tant comme deux ensembles distincts de valeurs que comme une gamme de sensibilités et d'orientations éthiques, le long de laquelle les hommes et les femmes sont distribués de manière inégale*. Et alors l'oppression de la femme « consiste non pas dans son empêchement de participer à une pleine humanité, mais dans le refus et la dévalorisation des vertus et des activités féminines ». De ce point de vue, l'idée même d'une humanité universelle est opprimante pour autant qu'elle mesure des groupes subordonnés selon des normes qu'ils n'ont pas contribué à établir. « Ce n'est qu'une affirmation explicite de la différence et de la pluralité sociale [...] qui pourra donner l'espoir de surmonter le sexisme[35]. »

S. de Beauvoir ne pouvait proclamer une affirmation de ce genre. Mais elle a été amenée à faire des concessions à l'idée de différence dans les années 70 : ces concessions ont une forme caractéristique qu'il vaut la peine de regarder de près. Certaines « défaillances masculines », a-t-elle dit à Alice Schwarzer en 1976, ne se trouvent pas chez la femme :

> Par exemple, cette manière grotesque qu'ont les hommes de se prendre au sérieux, leur vanité, le sens de leur importance [...]. Et puis l'habi-

* Il n'y a pas de sens à parler de différences catégorielles : mieux vaut dire que la *distribution des différences* est différente dans les deux sexes. Alors on peut parler d'un pluralisme authentique et évaluer les différentes différences... différemment. Certains critiques féministes de Beauvoir font trop rapidement l'éloge, je crois, de ce qu'elle trouve blâmable dans la vie des femmes – comme si l'oppression n'avait pas des effets négatifs sur l'opprimé. Mais « si le travail de la femme a été aussi ou plus créatif que celui de l'homme, si les réseaux de femmes et les relations qu'elles ont avec les femmes ont été une source de valeurs plus vitales que les activités publiques des hommes, si le désir féminin est plus ludique, moins rigide, que le désir masculin, alors qu'est-ce qui justifie l'affirmation que les femmes ont besoin de se libérer ? » Iris Marion Young « Humanism, Gynocentrism, and Feminist Politics », *Hypatia : A Journal of Feminist Philosophy*, n° 3, 1985, p. 181.

tude de tout voir en terme de compétition – les femmes ne font pas ça en général. Et la patience – qui peut être une vertu jusqu'à un certain point, quoique passé ce point, elle soit une faiblesse – c'est aussi une caractéristique de la femme. Et un sens de l'ironie. Et une manière directe, puisque les femmes ont les pieds sur terre à cause du rôle qu'elle joue dans la vie quotidienne. Ces qualités « féminines » sont un produit de l'oppression, mais il faudrait les garder après la libération. Et il faudrait que les hommes apprennent à les acquérir[36].

Il est intéressant que la liste de Beauvoir omette les valeurs de sollicitude. Un certain nombre d'écrivains féministes, plutôt dans sa veine, l'ont critiquée pour être tombé dans le rôle conventionnel de la femme pleine de sollicitude à l'égard de Sartre, spécialement dans les dernières années de sa vie. Kate Soper donne la bonne réponse à cette position : « C'est une convention *humaine*, ou cela devrait l'être, de pourvoir aux besoins d'un amant ou d'un compagnon de toute une vie qui est en train de mourir. Tout féminisme qui sacrifierait une telle pratique à sa pureté idéologique semblerait offrir peu d'espoir de bonheur à l'un comme à l'autre sexes[37]. » Mais s'il y a lieu de résister à ce sacrifice, il est probablement important de reconnaître même pour s'en féliciter le fait que cette convention humaine a été établie et soutenue dans une large mesure par les femmes. Pour le reste, la liste de Beauvoir est assez attrayante. Il est cependant clair dans sa dernière phrase qu'elle n'a pas l'intention d'affirmer une position pluraliste. C'est comme si elle tenait la morale pour une sorte de fonds commun de placements auquel les femmes feraient une contribution (quelque peu marginale). Et puis « il faudrait que » les hommes acceptent cette contribution, sinon le fonds cesserait d'être commun. On retrouve ici la thèse de l'assimilation, même si les femmes n'apparaissent plus comme des requérantes aux mains vides. Au vu de cette thèse, Beauvoir a raison : après la libération, lorsque les hommes et les femmes vivront une vie identique, se saisiront des mêmes opportunités, tendront vers le même avenir indéfini, ni l'un ni l'autre sexe ne sera plus patient que l'autre, plus ironique ou plus franc. De telles qualités seront toutes valorisées en général et distribuées au hasard.

Mais est-il possible, après la libération, que les hommes et les femmes aient des vies différentes ? L'incompatibilité ne semble aucunement nécessaire, tant que la distribution des qualités se fait dans le cadre de modes de vie choisis plus ou moins librement ou façonnés dans la coopération. D'où, encore une fois, la prise de position de Beauvoir sur l'égalité des chances en politique, dans les affaires, en science et en littérature, la carrière ouverte à ceux qui ont du talent est enfin accessible aux femmes : c'est le triomphe de la Révolution française. Toute protection de la différence qui occulte cette priorité est en effet dangereuse : « c'est purement et simplement, dit Beauvoir dans un entretien de 1982, un retour à l'esclavage de la femme ! ». Elle n'a aucune tolérance pour la « féminité », qu'on la décrive dans le vieux langage de l'acquiescement passif ou dans le nouveau langage de la création active. Et elle a du mépris pour tout féminisme qui rejette la politique, les affaires, la science et la littérature qui sont l'œuvre des hommes au nom d'une autre possibilité qui n'a jamais été mise à l'épreuve. C'est repousser un trop grand nombre de choses, puisque « le monde des hommes [...] est, tout simplement, le monde lui-même ». Certaines femmes, poursuit-elle, « ne veulent rien faire comme les hommes : qu'il s'agisse d'organisation, de carrière, de travail créatif ou d'action concrète. J'ai toujours considéré que nous devrions simplement emprunter et utiliser le système que les hommes ont à leur disposition[38] ». L'emprunt reste sensé, tant que l'on ne se contente pas de s'y arrêter, comme Beauvoir semble le faire. Elle tire encore ses conclusions de l'ethnographie de l'immanence qu'elle avait écrite en 1948, lorsqu'elle était déjà devenue ce qu'elle espérait que toutes les femmes deviendraient, un être de transcendance – c'est-à-dire semblable à l'homme – qui fait l'étude des indigènes plongés dans les ténèbres de l'ignorance. Les indigènes ne peuvent rien faire d'autre que d'imiter la culture et la technologie de peuples plus avancés.

Beauvoir est-elle vraiment semblable à un homme ? Sa politique n'est-elle qu'une politique d'emprunt ? Il est difficile d'imaginer un critique social homme prendre comme sujets centraux de sa critique les femmes et les personnes âgées. Il y a dans le travail de S. de Beauvoir une qualité de compassion non idéologique (qui fait entièrement défaut, par exemple, dans l'œuvre de Sartre) qui doit avoir quelque lien avec son sexe. Je ne veux pas dire avec son essence féminine ; je ne veux pas prendre la défense des affirmations dont Beauvoir se moque de manière si marquante : « la femme a un rapport particulier avec la terre, qu'elle est sensible au rythme de la lune, le flux et le reflux des marées [...], qu'elle a plus d'âme, ou qu'elle a une nature moins destructrice, etc.[39] ». Néanmoins, il existe une histoire que l'on peut raconter sur l'expérience des femmes qui explique les choix intellectuels de Beauvoir mieux que l'histoire qu'elle raconte, focalisée sur l'imitation des hommes. L'imitation en effet lui fournit ses normes critiques. Elle attaque le monde des hommes de l'intérieur, en exploitant ses valeurs « universelles ». Mais c'est aussi une critique de la femme, de l'extérieur. Et ici sa critique a besoin d'être complétée par des critiques qui ont une position différente, qui défendent des valeurs différentes explicitement, qui parlent « d'une voix différente », d'une voix qui, toujours réprimée, sourd pourtant dans le meilleure de son œuvre.

9. L'Amérique de Herbert Marcuse

Marcuse le transnational

« Elle est d'une force puissante, subtile, irrésistible, dit R. D. Laing de l'écriture de *L'Homme unidimensionnel* de Herbert Marcuse, et une belle cadence qui se meurt – chant triste et amer d'un intellectuel vieillissant qui a quitté la vieille Allemagne pour s'installer dans le Nouveau Monde[1]. » En fait, la prose de Marcuse est lourde, dure, répétitive, abstraite : elle n'est que rarement irrésistible, jamais belle. Mais son « chant » est en effet triste et amer et le plus souvent compris comme un chant européen sur une Amérique méprisée. Mais ce jugement n'est pas tout à fait juste. *L'Homme unidimensionnel* est un chant américain, ou tout au moins est-ce le chant d'un Américain. Lors de la publication du livre, Marcuse vivait aux États-Unis depuis trente ans. Il avait quitté l'Allemagne en 1933, et traversé l'Atlantique un an après ; et lorsque, après la guerre, le plus grand nombre de ses collègues de l'École de Francfort retournèrent chez eux, il décide, lui, de rester. De quelle manière devient-on un Américain ? Marcuse, dans l'Amérique transnationale de Bourne, était un citoyen typique.

Les antihéros de sa philosophie, les hommes unidimensionnels, sont aussi des Américains. J'ai le sentiment que Marcuse ne les connaissait pas si bien que cela – pas assez bien pour leur parler, en tout cas – mais il se croyait entouré d'eux, dans la rue, dans le métro, au supermarché. La recherche empirique n'était pas vraiment son fort : l'unidimensionnalité s'est imposée à lui. Pour étudier l'unidimensionnalité, il n'était pas nécessaire d'avoir un programme de travail très audacieux, simplement une dose de stoïcisme : « Peut-être que la télévision et la radio [AM] sont de ce point de vue encore plus parlantes », écrivait-il dans l'introduction à *L'Homme unidimensionnel*, « Il suffit de les écouter une heure pendant quelques jours, sans éteindre pendant les annonces publicitaires et en changeant de temps en temps de station[2]. » (Il serait peut-être fatal pour cette partie de la recherche de mettre par accident un programme de musique classique sur une station FM. Marcuse par la suite a développé sa thèse pour prendre en compte ce genre de possibilité ; dès lors, la recherche cessa complètement d'être nécessaire.) C'est là, sans doute, une expérience américaine des mass-médias ; c'est probablement aussi une idée américaine de la « preuve » – le vite-fait *[quick fix]* érigé en méthode de recherche. Mais Marcuse pouvait aussi rester assis dans son bureau et se documenter calmement sur l'homme unidimensionnel. Son livre, comme il le reconnaît lui-même, dépend d'une manière radicale des critiques universitaires et populaires des années 50 : C. Wright Mills, William H. Whyte, Vance Packard, Fred Cook et (bien que l'introduction ne les mentionne pas) David Riesman et John Kenneth Galbraith. C'étaient tous des écrivains américains qui décrivaient une réalité sociale émergente qu'ils tenaient pour essentiellement américaine. On pourrait qualifier le style « clôture théorique » que Marcuse ajoutait à leur travail de germanique ou, au moins, de transnational. Mais il croyait que cette clôture était particulièrement américaine aussi, un signe de son avancement. Il se peut qu'il ait choisi de rester aux États-Unis pour faire l'expérience de cet avancement : il recherchait un lieu, même un foyer, ayant besoin de sa critique.

Il se peut aussi que Marcuse ait savouré l'idée de vivre dans ce qu'il prenait pour une société post-marxiste. Toute sa vie, en Allemagne et aux États-Unis, il a été à la fois un philosophe prémarxiste, l'attention fixée sur Hegel (sur Marx pour autant seulement qu'il était ou que l'on pouvait l'interpréter comme étant un hégélien de « gauche »), et un théoricien social postmarxiste, dans le style (qu'il a contribué à créer) de l'École de Francfort. Les besoins d'une conscience libre le préoccupaient bien plus que les intérêts de tel ou tel groupe de travailleurs ; et il était donc tout à fait prêt à adopter la conception typiquement américaine de la classe ouvrière (américaine) comme un groupe manquant radicalement de « négativité », un groupe plus ou moins adapté à la société telle qu'elle est. Officiellement, si l'on peut dire, il déplorait la disparition du prolétariat, qui avait jadis fourni le soubassement de la critique sociale, le corps physique auquel la philosophie critique pouvait servir de tête et de cerveau. Maintenant, écrivait-il, il était impossible de démontrer qu'il existait de vraies forces sociales « qui promouvaient (ou pouvaient être conduites à promouvoir) des institutions plus rationnelles et plus libres[3] ». En pratique, cependant, il s'accordait bien à cette situation : elle ouvrait la voie à sa critique sociale. L'Amérique postmarxiste était son sujet : voilà un endroit où les besoins de l'homme étaient les plus déformés et les plus falsifiés, en partie, paradoxalement, parce que les intérêts de la classe ouvrière étaient si bien adaptés ; c'était également là que ces mêmes besoins étaient (potentiellement) les plus proches de leur satisfaction.

La conscience heureuse

Trente ou quarante ans plus tôt seulement, Gramsci avait encore pu décrire la conscience subordonnée de la classe ouvrière italienne comme une contradiction puissante, quoique latente et implicite, de l'hégémonie bourgeoise. Le problème, c'était de la rendre explicite, d'en révéler les catégories et ensuite, bien sûr, d'armer ses prophètes. Comme la plupart des critiques, Gramsci avait construit une critique partielle de sa société – *partielle*, parce qu'il y trouvait des éléments, des forces sociales (des hommes et des femmes réels) qui « allaient (ou pouvaient être orientés) vers » des destinations qu'il approuvait. La critique de Marcuse, en revanche, est une critique totale. Ce n'est pas tellement que la société américaine soit entièrement dépourvue de contradictions, mais ces contradictions ne s'exprimaient plus dans la vie quotidienne : elles n'étaient visibles qu'à un très haut niveau d'abstraction philosophique. À ras de terre, pour ainsi dire, l'« intégration des contraires », la réconciliation des forces opposées, est complète[4]. Il n'y a pas de lutte des classes : ni de guerre de mouvement ni de guerre de position. Il n'y a pas de marche en avant, pas d'avant-garde, pas de politique réelle. La critique de Marcuse de ce fait n'est pas partisane, ne prend pas le parti d'une classe. Dans les quelques derniers paragraphes de *L'Homme unidimensionnel*, il fait un geste vers « un substrat de parias et d'*outsiders* » qui pourrait encore représenter, comme l'avait fait jadis le prolétariat, « la conscience humaine la plus évoluée et la force humaine la plus exploitée[5] ». Mais ce n'est là qu'un geste, détaché du reste du livre, qui ne dit rien de la vie quotidienne et de la compréhension idéologique de ce substrat. Le livre a pour sujet toutes les autres strates, tous les autres, la masse réconciliée et intégrée. Il s'adresse, au moins formellement, à tous les hommes et à toutes les femmes unidimensionnels. L'opportunité de ce choix de destinataire est tout à fait incertain cependant, car il ne semble pas que ces personnes puissent faire quoi que ce soit (Marcuse ne fait aucune proposition). Ils semblent à peine capables, après avoir lu son livre, d'éprouver quelque malaise devant leur condition.

Aucune société ne peut être dénuée de contradictions pratiques sans être dénuée aussi de malheur quotidien. Marcuse hésite un peu dans sa description de l'état mental de l'homme unidimensionnel : sa première formule, c'est « l'euphorie dans le malheur », donnant à penser que le malheur est simplement réprimé ou, peut-être, mal compris ; la formule qu'il a préférée par la suite, c'est « la conscience heureuse », qui suggère une transformation plus profonde[6]. De toute manière, *L'Homme unidimensionnel* est une critique de ce que l'on considérerait habituellement comme une réussite politique et économique. Cette critique n'est aucunement sans précédent. Un grand nombre de critiques ont condamné le contentement de leurs semblables, et pas seulement parce que ce contentement n'était pas largement partagé ou parce qu'il était obtenu au détriment d'autres personnes. La thèse que le contentement est l'ennemi du bien-être est très ancienne, et c'est essentiellement la thèse de Marcuse. Il reste que c'est un trait décisif de la conscience heureuse d'être largement partagée. Et le bonheur en question est, jusqu'à un certain point au moins (Marcuse hésite ici aussi), un bonheur réel. Les Américains ont plus de moyens que les hommes et les femmes, les hommes et les femmes ordinaires, n'en ont jamais eus. Et comment le fait d'avoir plus de moyens peut-il être une mauvaise chose ?

La société américaine « procure les biens ». Marcuse nie que ces biens soient le bien ultime, mais il ne nie pas (ou au moins il se couvre en semblant ne pas nier) leur bien immédiat. Il soutient la critique des formes contemporaines de consommation qu'Orwell refuse de soutenir, mais en ajoutant toujours une réserve, dont le sens exact est difficile à évaluer. « Les gens se reconnaissent, écrit-il, dans leurs marchandises ; ils trouvent leur âme dans leur automobile, leur chaîne haute-fidélité, leur maison à deux niveaux, leur équipement de cuisine. » Au fur et à mesure que ces produits « bénéfiques » sont de plus en plus disponibles, leur possession devient un mode de vie. « C'est une manière de vivre meilleure qu'avant et, en tant que telle, elle constitue un puissant argument contre tout changement qualitatif[7]. » D'une part, l'âme humaine ne se « trouve » pas vraiment dans la société de consommation ; d'autre part, le bien relatif des biens disponibles rend toute autre manière pour l'âme de se « trouver » de plus en plus difficile à atteindre. Si les gens sont satisfaits ici et maintenant, ils n'ont aucune raison de chercher leur satisfaction ailleurs.

Le même problème se retrouve dans le cas de la justice, et encore une fois il vaut mieux laisser Marcuse le décrire en ses propres termes. La question est désormais celle de la force fondamentale et de la valeur de la critique elle-même. « L'indépendance de la pensée, l'autonomie et le droit à l'opposition politique sont en train d'être privés de leur fonction critique principale, soutient-il, dans une société qui, par son organisation, semble chaque jour plus apte à satisfaire les besoins individuels. Une telle société peut [à juste titre] exiger l'acceptation de ses principes et de ses institutions[8]. » *À juste titre*, et pourtant la demande n'est pas juste, car cette apparente satisfaction des besoins masque un déni du besoin humain le plus profond : celui de la liberté elle-même. La première phrase du premier chapitre de *L'Homme unidimensionnel* résume l'accusation de Marcuse : « Le confort, l'efficacité, la raison, le manque de liberté dans une société démocratique, voilà ce qui caractérise la civilisation industrielle avancée[9]. » Encore une fois, si nous

nous arrêtons sur cette accusation, il nous faut aussi nous arrêter sur ces restrictions (incertaines) : le groupe nominal « le manque de liberté » et les adjectifs qui lui sont attachés [dans le texte original]. Les Américains en effet ne sont pas libres, selon l'optique de Marcuse, mais l'absence de liberté n'a jamais été jusqu'ici aussi raisonnable, ses victimes aussi confortables, sa mise en place et son maintien aussi paisibles, ses institutions aussi démocratiques. Qu'est-ce que cela peut bien signifier ?

Notre absence de liberté, écrit Marcuse, se perpétue et s'intensifie « d'autant plus qu'il y a plus de libertés et plus de conforts [10] ». Il a parfois du mépris pour ces libertés et ces conforts (sans doute méprisables) – faiblesses dignes d'esclaves. La société américaine a la forme d'un totalitarisme sans terreur, entièrement « compatible avec un "pluralisme" des partis, des journaux, avec la "séparation des pouvoirs", etc. [11] » Ici les guillemets et le « etc. » sont des signes de dédain : les partis ne sont en désaccord que sur des détails, la séparation des pouvoirs n'affecte en rien la « coordination économico-technique », et ainsi de suite pour le reste. Mais si tout cela est vrai, on comprend mal pourquoi nous serions heureux. Un ordre politique si facile à dénoncer ne rendrait guère une critique marcusienne nécessaire. La vérité, c'est que même le « pluralisme tempéré » de la démocratie américaine a une valeur. « Une administration pluraliste vaut beaucoup mieux qu'une administration totalitaire. Une institution peut protéger [l'individu] contre une autre ; une organisation peut atténuer l'impact d'une autre ; on peut faire le calcul des possibilités de fuite et de réparation. » Marcuse poursuit avec plus de force : « Un État de droit, si restreint qu'il soit, reste infiniment plus sécurisant qu'un État au-dessus des lois ou sans lois. » C'est-à-dire infiniment plus sécurisant que ce que la plupart des gens ont eu à supporter au cours de l'histoire humaine. Mais « plus sécurisant » n'équivaut pas à tout ce que l'on entend par « meilleur » : les êtres humains ont eu des ambitions plus hautes que celle simplement d'être à l'abri des autorités. Une fois en sécurité, seront-ils encore ambitieux ? La conviction de Marcuse, qu'ils ne le seront plus, *qu'ils ne le sont pas*, le conduit à sa conclusion (à peine tempérée une fois encore) : « La démocratie est le système de domination le plus efficace [12]. »

Ainsi nous sommes heureux avec nos biens de consommation (« une vie de plus en plus confortable pour un nombre toujours croissant de gens ») et nous sommes heureux dans nos institutions politiques (« infiniment plus en sécurité » que les autres qui existent actuellemenent ne le permettraient). C'est ce bonheur rationnel qui appelle une critique marcusienne : Marcuse est, parmi les critiques sociaux, le plus grand défenseur de la conscience malheureuse. Il fait de la maxime de John Stuart Mill – « Le mécontentement de Socrate est préférable au contentement d'un porc » – un principe critique. Et sa défense de ce principe est la même que celle de Mill : si le porc savait ce que Socrate sait, il choisirait lui aussi le mécontentement[13]. Mais pour Mill, la défense n'est que spéculative alors que Marcuse est prêt, comme nous le verrons, à envisager une « dictature éducative » organisée par les agents de Socrate pour libérer les porcs de leur contentement de porcs. Il est marxiste (ou, peut-être mieux, léniniste) au moins en ce sens : il croit que les prophètes doivent s'armer ; l'avant-garde doit s'emparer du pouvoir d'État et l'utiliser. Ce qui distingue l'avant-garde marcusienne, cependant, c'est moins son savoir pratique-théorique que son mécontentement philosophique, et il n'est pas évident que ce mécontentement soit suffisant pour assurer la réussite de cette entreprise sérieuse qu'est la prise du pouvoir. La supériorité de la conscience malheureuse réside dans sa sensibilité aux valeurs, aux possibilités, aux aspirations qui ne parviennent pas à se réaliser dans les conditions sociales existantes de l'unidimensionnalité. Le malheur est négatif, et la négativité, c'est la deuxième dimension.

La conscience malheureuse conserve l'image d'un bonheur plus élevé. L'image n'a, certes, aucune représentation matérielle dans la société industrielle (américaine) avancée. Elle n'est que mentale : elle survit, pour ainsi dire, dans un cerveau dans une cuve, maintenue en vie par des transfusions philosophiques. Marcuse donne peu d'espoir sur sa survie. Tous les organismes de la civilisation moderne complotent pour rendre les gens heureux en leur apportant confort et sécurité et en supprimant leur conscience de la non-réalisation des potentialités plus hautes de la vie humaine. Et pourtant ces possibilités ont la Vérité de leur côté : elles correspondent aux besoins réels des hommes et des femmes, c'est-à-dire, ces besoins qui, s'ils étaient satisfaits, nous rendraient vraiment (ou peut-être faudrait-il dire *réellement*) heureux.

Le plus souvent, la critique sociale a pour point de départ le *malheur* réel (je veux simplement dire ici « concret ») des personnes opprimées ou assujetties ; la pauvreté écrasante des payans de Silone, par exemple, ou la profonde frustration du « deuxième sexe » de Beauvoir. La critique articule au niveau de la théorie ce qui s'articule déjà au niveau de la plainte ordinaire. Il est probable qu'il y ait entre la théorie et la plainte une tension – comme le suggèrent les descriptions de la « mauvaise conscience » – mais quelle que soit la différence de leur explication de l'oppression ou de leur proposition de réactions adéquates à l'oppression, elles ont un même sujet en commun : l'oppression elle-même. La fausse conscience du travailleur consiste, par exemple, à croire qu'il est responsable de son propre malheur ou que seulement Dieu ou le roi peut faire quelque chose pour l'aider. Mais au moins ils ont conscience de leur propre malheur. Marcuse, en revanche, vit et pense qu'il vit dans une société dont les membres, *à juste titre*, n'ont pas cette conscience : ils n'ont aucune expérience de l'oppression ; ils n'ont aucune raison de se plaindre ; ils obtiennent ce qu'ils veulent ; leurs besoins sont satisfaits. Il en résulte que sa critique sociale doit se tourner vers une réalité plus profonde. Ces hommes et ces femmes, lui faut-il affirmer, n'obtiennent pas ce qu'ils devraient vouloir. Les besoins qui sont satisfaits sont de faux besoins, qui sont d'abord « implantés » en eux, puis satisfaits pour eux. Ils ont perdu leur aptitude à l'autodétermination : le moi qu'ils se reconnaissent à travers leurs biens n'est pas (réellement) le leur.

Or, il est raisonnable de dire que l'histoire de l'esclave heureux est la création fictive des maîtres ou des intellectuels qu'ils protègent : ce n'est pas une description plausible de la conscience d'esclave. Mais il y a une autre, et plus intéressante histoire, selon laquelle nous sommes les esclaves de nos passions, aliénés de notre vrai moi mais n'appartenant à personne d'autre et, pour autant que nos passions sont assouvies, heureux dans notre aliénation [14]. Cette histoire-là est une critique, non une apologie, et c'est l'histoire que nous raconte Marcuse, quoiqu'il la mépriserait comme n'étant qu'une simple leçon de morale s'il ne pouvait attribuer la réduction en esclavage à des forces sociales malveillantes. Des forces malveillantes mais qui ne sont jamais nommées : l'attribution se fait par des verbes, jamais par des noms ; les verbes ont un objet mais pas de sujet. Les esclaves n'ont toujours pas de maîtres apparents. Leurs passions sont « implantées », le bonheur leur est « administré », eux-mêmes sont « endoctrinés et conditionnés (même au niveau de leurs instincts) [15] ». Un agent inconnu (le marché ? l'État ? l'entreprise moderne ?), œuvrant à travers les médias, génère une multitude de besoins « artificiels », et les hommes et les femmes ordinaires (vous et moi) se précipitent pour satisfaire ces besoins, les satisfont et sont heureux. Mais cela, ce n'est pas le bonheur d'un peuple libre. Ou, s'il y a une part de liberté qui consiste à décider lesquels de ces besoins implantés il y a lieu de satisfaire, dans quel ordre, moyennant quels biens particuliers, cela ne fait que prouver que, « réglementée par un ensemble répressif, la liberté peut devenir un instrument de domination puissant [16] ».

Dans l'histoire que raconte Marcuse, nous sommes tous réduits en esclavage parce que nous sommes poussés par des passions qui ne sont pas proprement les nôtres, et cet esclavage est gouverné par un « ensemble répressif », un système qui diffère de tous les systèmes antérieurs. Car dans ce système, il n'y a aucune distinction entre les gourvernants et les gouvernés : nous sommes tous unidimensionnels ;

nous sommes tous, en même temps, victime et bénéficiaire*. Il n'y a que le philosophe critique qui voit ou croit voir la fausseté de l'ensemble. Mais sa perception n'a pas le statut d'une vérité démontrée avant qu'il ne soit parvenu à nous en convaincre. Nous sommes les seuls à pouvoir dire la vérité de nos besoins. Marcuse fait un geste, au moins, vers une épistémologie démocratique : « En dernière analyse, la question de ce que sont les vrais et faux besoins, il faut que les individus eux-mêmes y répondent, mais seulement en dernière analyse. » Tant que nous sommes des esclaves, incapables d'autonomie, endoctrinés et manipulés (jusque dans nos instincts eux-mêmes), la « réponse [que nous donnons] à cette question ne peut être considérée comme [la nôtre] [17] ». Libérés du système, nous reconnaîtrions notre liberté, même si elle devait nous rendre malheureux. Non libres, il ne faut pas prendre au sérieux nos jugement de valeur. Mais ces jugements sont pourtant assez graves, pour autant qu'ils nous empêchent de nous libérer. C'est un trait particulier de ce système moderne que plus nous sommes esclaves, plus nous sommes heureux et plus nous sommes heureux, moins nous sommes capables de nous en échapper. « À quoi bon insister sur l'autodétermination tant que la vie régentée est la vie confortable et même la "bonne" [18] ? » D'où le paradoxe de la critique marcusienne : *mieux c'est, pire c'est.*

L'esclavage matériel

Des esclaves heureux dans un monde répressif : c'était là au milieu des années 60 une conception stimulante et, pour beaucoup, éclairante des masses américaines et peu de temps après françaises, allemandes et anglaises. Mais ceux qui trouvaient cette conception éclairante étaient rarement prêts à reconnaître qu'elle éclairait leur propre vie. Marcuse décrivait les autres, dont le contentement et l'inertie rendaient l'éducation philosophique si difficile. *L'Homme unidimensionnel* est un livre sinistre, et pourtant il réconforte tous ceux qui se croient vraiment malheureux – donc bidimensionnels. Mais l'argument sur les autres est-il « réellement » éclairant ? Il y a d'abord l'obscur mystère de la totalité répressive. Comment s'organise la domination moderne ? Quelles en

* La thèse de H. Marcuse a ici des ressemblances avec celle de Michel Foucault (voir le chapitre 10), car les deux auteurs cherchent à fuir l'analyse marxiste des classes et l'un et l'autre ont un fort sentiment de la perte du politique. Mais Foucault n'accepterait évidemment pas la thèse de H. Marcuse selon laquelle derrière les faux besoins de l'« homme unidimensionnel » il existe un ensemble reconnaissable de vrais besoins. Les deux hommes représentent les articulations « modernes » et « postmodernes » d'un tempérament critique semblable.

sont les structures hiérarchiques ? Quelle est la structure dominante des relations sociales ? L'unidimensionnalité, après tout, résulte de la société industrielle, des heures tardives du capitalisme avancé, des formes totalitaires de la coordination économico-technique. Mais Marcuse ne donne aucune description de tout cela, ainsi l'unidimensionnalité apparaît comme une conséquence sans cause, de même qu'elle apparaît, comme je l'ai déjà suggéré, comme un prédicat sans sujet.

Marcuse aurait pu prétendre que les hommes et les femmes unidimensionnels sont leur propre cause, les produits d'eux-mêmes dans le cours du long, difficile et amer combat contre la tyrannie et l'oppression. Le confort et la sécurité, même dans la description méprisante qu'il en fait, ne sont-ils pas les accomplissements de mouvements politiques bourgeois et ouvriers ? Il y aurait ici à raconter l'histoire d'une organisation patiente et d'une action consciente, de risques pris et de vies perdues. Marcuse ne s'intéresse aucunement à tout cela : il parvient à suggérer que le confort et la sécurité sont les dons de donateurs manipulateurs (mais inconnus) dont le seul but est de contrôler la société. Les bénéficiaires sont rationnels mais n'agissent pas dans leur propre intérêt : en effet, leur rationalité ne fait pas grand-chose, puisque l'effet à long terme de la prolifération de biens dans la société d'abondance, c'est, comme l'écrit Marcuse avec une aimable assurance, l'« abêtissement[19] ». Il n'est pas facile d'accepter sa conviction complémentaire que la société de consommation est de loin meilleure que ce qui la précédait (*avant* que nous ne devenions des crétins !) En fait, Marcuse ne se montre guère curieux de la vie quotidienne de l'homme et de la femme ordinaires ni avant ni après l'unidimensionnalité. Autre échec des lumières marcusiennes : elles n'éclairent aucunement la vie des non-éclairés. Comment vit-on sous l'égide de la conscience heureuse ? Marcuse nous demande de croire à l'existence de personnes qui réagissent instantanément et entièrement à la publicité moderne, qui sont instantanément et entièrement contentes une fois qu'elles ont acheté les biens et services proposés. Mais je ne connais personne qui soit ainsi. L'homme unidimensionnel, me semble-t-il, est une créature du texte de Marcuse, mais d'aucune société réelle (même pas de l'Amérique du XXe siècle). C'est une créature trop peu épaisse et trop malléable pour être reconnaissable.

Mais *L'Homme unidimensionnel* invite à un scepticisme plus général, que j'exprimerai sous la forme d'une maxime : esclave, donc pas heureux ; heureux, donc pas esclave. La maxime s'applique collectivement : j'admets des exceptions individuelles – des masochistes que la domination et l'abus rendent heureux ; des philosophes comme Épictète qui peuvent supporter l'esclavage parce qu'ils ont une vie intérieure. Mais une nation entière de personnes de ce genre est inconcevable. Les êtres humains tels que nous les connaissons s'indignent d'être esclaves et s'y opposent, et s'il n'y a ni ressentiment ni résistance, il est préférable de présumer que l'expérience est quelque chose d'autre que celle de l'esclavage. Même l'esclavage face à ses propres passions, si celles-ci sont maîtrisées et manipulées par quelqu'un d'autre, est producteur de ressentiment et de résistance. Nous pourrions rendre un esclave heureux, bien sûr, en lui donnant des drogues ou en contrôlant son cerveau : il se peut que Marcuse pense que des biens tels que la voiture et les machines à laver soient littéralement des narcotiques. Mais une telle conception ne pourrait pas être conservée, si l'on parlait aux hommes et aux femmes qui conduisent ces voitures ou font la lessive, et réussissent généralement à avoir en même temps d'autres objets à l'esprit. En effet, la relation des personnes avec leurs possessions est un sujet important de la critique philosophique. Mais il est improbable que les critiques dépassent les vœux pieux habituels à moins que ne les émeuvent au moins un peu de curiosité ethnographique. Marcuse n'est pas ému, et il est invinciblement pieux.

L'« esclavage » est un mot critique, mais ce n'est pas le seul mot critique, et le refus de l'utiliser pour décrire des conditions qui sont éloignées de l'esclavage au sens propre ne signifie pas que l'on ne les critique pas du tout. De même « totalitariste » est un mot critique, mais il n'est pas nécessaire de qualifier toutes les sociétés que nous souhaitons critiquer de totalitaristes. Il se peut que Marcuse ait tenu pour vrais le propos qu'il emprunte à Ionesco (avec une approbation apparente, mais sans en faire de commentaire spécifique) : « Le monde des camps de concentration [...] ne constituait pas une société exceptionnellement monstrueuse ; nous y avions l'image, et en quelque sorte la "quintessence" du monde social et infernal dans lequel nous sommes plongés quotidiennement depuis toujours[20]. » Sa propre version est seulement un peu plus prudente : « Le totalitarisme n'est pas simplement une uniformisation politique terroriste, c'est aussi une uniformisation économico-technique non terroriste qui fonctionne en manipulant les besoins[21]. » C'est possible, mais l'emploi du mot qui est proposé ne serait légitime que si la politique terroriste et l'économie non-terroriste avaient un même effet « total » sur la vie de l'individu, et Marcuse n'entreprend même pas d'établir une telle similitude. Et il ne serait pas non plus en mesure de le faire, s'il s'intéressait assez à la vie quotidienne des sujets de Staline, par exemple, et des citoyens américains.

Mais cette critique de Marcuse est trop facile. Je dois m'interroger sur les raisons qui le poussent à de telles extrémités de langage. Ce n'est pas qu'un autre vocabulaire lui fasse défaut. Songeons, par exemple, à l'un de ses livres source, *L'Élite du pouvoir*, de C. Wright Mills. Mills parvient à décrire les échecs de la démocratie américaine sans suggérer que les Américains sont des esclaves (quoique dans son cas nous serions au moins de qui nous sommes les esclaves) ou que l'élite du pouvoir exerce un pouvoir quasi absolu. Son livre n'était pas un livre sans ambition : aucun lecteur ne peut douter de la grande portée de ses intentions critiques ; mais sa thèse et le langage qui l'articulent et avaient tous deux pour contrainte sa perception sociologique : il ne nommait pas ce qu'il ne voyait pas [22]. La clôture radicale de la critique marcusienne, qui s'exprime avec des mots comme esclavage et totalitarisme, a un lien plus étroit avec l'engagement théorique qu'avec la perception sociologique. Et je ne suis pas arrivé au bout des engagements théoriques de Marcuse en décrivant ses conceptions de l'adaptation et de l'aisance matérielle de la classe ouvrière. Jusqu'ici, il en a fini uniquement avec l'optimisme marxiste. Le radicalisme véritable de sa théorie se trouve dans l'explication qu'elle donne de la civilisation contemporaine : l'unidimensionnalité telle qu'elle s'exprime dans l'art, la littérature et la philosophie postmarxiste. *L'Homme unidimensionnel* est un livre sur la mort lente de l'esprit humain, l'éclipse de la *Geist* dans le monde moderne (dont, encore, l'Amérique est l'exemple). Eu égard à l'enjeu, l'aversion que j'ai exprimé pour le vocabulaire de ce livre doit sembler mesquin.

La mort spirituelle

La négativité dans l'univers de Marcuse a deux formes fondamentales. La première, c'est la privation matérielle, qui fait ou a fait de la classe ouvrière une « contradiction vivante de la société établie ». La seconde, c'est la richesse intellectuelle ou spirituelle, d'où sont issus « les éléments oppositionnels, étrangers et transcendants, grâce auxquels la culture supérieure constituait *une autre dimension* de la réalité [23] ». Jusqu'à présent, chaque classe dominante a eu à faire face au défi des opprimés d'une part, et des personnes éclairées d'autre part, de la masse paysanne et prolétaire et de l'élite intellectuelle. Sans doute la masse est-elle toujours timorée, passive, divisée ; et l'élite souvent cooptée. Mais l'existence même de la privation et de l'Esprit assurait la bidimensionnalité de l'ordre social. Marcuse s'intéresse surtout à la seconde garantie qui en fait, croit-il, est maintenant suspendue – et avant tout en Amérique. Non que la culture supérieure ait été abolie, mais plutôt qu'elle a été « incorporée » (tout comme la classe ouvrière), et rendue inoffensive.

Des années avant la parution de *L'Homme unidimensionnel*, Randolph Bourne prétendait que l'auteur américain avait besoin d'« être protégé d'un auditoire libéral qu'il choque mais qui l'accepte néanmoins [...], qui le domestique tout en l'admirant[24] ». J'ai le sentiment que l'empressement des auditoires à être divertis au moment même où les auteurs ont l'intention de les perturber précède le libéralisme de centaines, sinon de milliers d'années. Ce qui rend le libéralisme nouveau et différent, c'est que cet empressement de l'auditoire n'est pas réprimé ; et aussi qu'on ne censure pas ce que l'auteur veut dire. La fin de la répression et de la censure est un grand acquis, et Bourne n'a aucun désir de la remettre en question. Mais elle a pour conséquence ceci : que la littérature devient moins dangereuse. Dans une société ouverte, l'absence de barrières diminue de son seul fait la force négative de la culture supérieure. Bourne pensait néanmoins que des écrivains ayant une force réelle (comme Theodore Dreiser) pourraient encore générer une résistance parmi leurs lecteurs et les contraindre à un engagement authentique. Marcuse, un demi-siècle plus tard, semble penser qu'une telle entreprise est futile. « La société avec son pouvoir d'absorption épuise les contenus antagonistes de l'art en les assimilant. Dans le domaine de la culture, le système totalitaire nouveau se manifeste précisement sous la forme d'un pluralisme harmonieux ; les œuvres et les vérités les plus contradictoires coexistent paisiblement dans l'indifférence[25]. » Marcuse ne donne l'exemple que d'un seul lieu de cette coexistence paisible : les rayons du *drugstore*, où « Platon et Hegel, Shelley et Baudelaire, Marx et Freud » côtoient les romans gothiques et les romans policiers – et que leurs acheteurs prennent tous, suppose-t-il, pour un même divertissement[26]. (Mais si c'est vraiment ce qu'ils pensent, alors il se peut que la culture supérieure les surprenne encore.)

La force de la thèse de Marcuse ressort à peine de cet exemple – qu'il tempère, de manière caractéristique, immédiatement : « Ce phénomène, dit-il du livre de poche, est en soi un bienfait réel. » J'ajouterai qu'il n'est pas minime : je viens juste de relire *L'Homme unidimensionnel* dans sa vingt-quatrième édition en livre de poche. Mais le malaise de Marcuse au sujet de Platon-au-drugstore suggère en revanche une certaine intention théorique qui fait entièrement défaut dans l'œuvre de Bourne. Marcuse cherche à mettre en cause la valeur de l'égalité culturelle. Non, à ce moment de son exposé, la valeur du libéralisme dont il dirait sans doute que, si on le prend pour ce qu'il est, c'est aussi un bienfait. L'égalité n'est pas un bienfait et ne le sera pas jusqu'au jour où on la poussera plus loin : en fait, elle ne sera pas un bienfait jusqu'au lendemain de la révolution. L'assimilation de la culture supérieure et inférieure et la disponibilité démocratique de l'art « transcendant » sont, actuellement, « historiquement prématurés ». Leur effet, c'est d'établir « une égalité culturelle mais [elles] protèg[ent] en même temps la domination ». Et ces deux choses, l'égalité et la domination, se révèlent être des facteurs qui se renforcent mutuellement. L'*inégalité*, le privilège culturel dans le passé « établissaient aussi un domaine clos où les Vérités taboues pouvaient subsister dans une intégrité abstraite - à l'écart de la société qui les supprimait ». Quand la distance sociale disparaît, disparaît aussi la transgression. Les vérités taboues deviennent une partie du fonds culturel commun, que l'on distingue, peut-être, comme des « classiques », mais qui sont « privés de leur force polémique[27] ».

Est-ce juste ? On voit mal comment la force polémique de l'art et de la littérature pourrait jamais se réaliser, pourrait devenir une force sociale, à moins que les hommes et les femmes ordinaires s'approprient les œuvres d'art et les poèmes, les pièces de théâtre, les romans, les dialogues philosophiques, et ainsi de suite, eux-mêmes. La survie « dans une intégrité abstraite » est certainement importante, et il se peut que la distance contribue à la survie. C'est une toute petite élite de clercs, par exemple, qui a, pendant de nombreux siècles, protégé et conservé le texte de la Bible. Mais la Bible n'est devenue une force sociale, n'a contribué à la polémique, que lorsqu'on l'a traduite en vernaculaire et distribuée largement, et que les gens simples se sont mis à la lire. Certes, Platon-au-drugstore n'a pas eu le même impact : il se peut que *La République* ne soit pas un texte aussi subversif. L'œuvre de Platon n'a jamais été mise au service d'une cause, mais peu de textes religieux et politiques sont susceptibles de remplir cet office. Si *La République* provoque, ce sont des individus qu'elle provoque, au cas par cas. La rendre disponible en livre de poche bon marché ne fait qu'accroître le nombre (étendre la diversité sociale) des personnes qui risquent d'être provoquées. En même temps, cette même disponibilité accroît inévitablement le nombre de personnes qui lisent Platon et que l'œuvre ne provoque pas. Cela ne veut pas dire que l'on a fait perdre à Platon son pouvoir de provocation. Il est ce qu'il était.

Quelle serait la bonne manière de traiter aujourd'hui, alors que l'égalité est « historiquement prématurée », des livres comme *La République* de Platon ? Faudrait-il que seuls les membres de l'élite intellectuelle les lisent (qu'ils soient protégés par une élite sociale) ? Ou bien Marcuse songe-t-il à une autre manière de les mettre à la disposition du reste d'entre nous ? Est-ce un tort de traiter *La République* comme un objet commercialisable, un bien de consommation culturel, qu'un éditeur est susceptible de produire pour quelques francs de moins qu'un autre ou avec une couverture plus attrayante ? Mais comment le produire autrement ? Peut-être devrions-nous saisir le livre dans une *praxis* révolutionnaire ? Mais qu'en ferions-nous une fois que nous l'aurions saisi ? De toute manière, la longue lutte pour l'école démocratique, les bourses d'État, pour la liberté de l'enseignement, pour la fin de la censure – tout cela n'est-il pas une forme de saisie ? Et le résultat, c'est ce que nous voyons : la lecture de Platon rend certains d'entre nous plus sages ; cela ne renverse pas l'ordre social.

Marcuse a une foi touchante dans le pouvoir des grands livres ; c'est peut-être sa qualité la plus américaine. Songez à sa description de l'effet de Freud-au-drugstore (et de la psychanalyse au marché) :

> Cette société supprime la vraie vérité des images les plus chères de la transcendance, en les incorporant dans l'ambiance de la vie quotidienne omniprésente. Ainsi elle démontre que les conflits insolubles deviennent maniables – la tragédie, le roman, les anxiétés et les rêves primitifs sont susceptibles d'une solution technique ou d'une « dissolution ». Le psychiatre prend soin des Don Juan, des Roméo, des Hamlet, des Faust, comme il prend soin d'Œdipe – il les soigne[28].

Eh bien, il ne les guérit pas vraiment, même pas au sens, sans doute ironique, de Marcuse, il ne leur apprend pas à s'adapter : il ne les libère pas de l'emprise de l'aliénation et de la sublimation. La psychiatrie n'est pas une réussite aussi effrayante, ni comme pratique médicale ni comme réaction culturelle. Le freudisme a introduit une nouvelle manière de lire *Hamlet*, disons, sans pour autant évincer aucune des anciennes manières de le faire. Que peut signifier le propos selon lequel la pièce fournissait jadis, une « image de la transcendance » qu'elle ne fournit plus ? Dès sa parution, le prince du Danemark a eu des significations différentes pour différentes personnes : pour certaines, c'est un héros ; pour d'autres, une représentation de la faiblesse et de l'indécision. Il a souvent servi les finalités des critiques littéraires anti-intellectualistes (et je suppose, antitranscendants), qui en ont fait un stéréotype de l'impuissance des intellectuels. Mais il ne sert jamais uniquement que leurs finalités. Aucune « solution technique » ne peut nous priver de l'énigme de Hamlet. Qu'est pour nous le prince ? Il reste une splendide occasion d'examen de soi et de débat public. Le Hamlet de la vieille culture élitiste n'était pas plus inquiétant, pas plus transgressif ou transcendant que notre Hamlet à nous.

Il est vrai, cependant, que le freudisme lui-même constituerait une force négative plus puissante si les livres de Freud étaient interdits des rayons du drugstore et si la pratique de la psychanalyse (et de la critique littéraire psychanalytique) était réprimée. On pourrait aussi – autre possibilité – conserver la force négative des doctrines de Freud pour un moment de l'avenir ou un autre si on excluait la psychanalyse de la culture commune et si on n'en discutait que dans les cercles fermés d'une élite privilégiée. L'art et la littérature en général seraient plus transgressifs et plus transcendants dans une société moins libérale, moins « admirative », moins égalitaire. L'exemple de l'Europe de l'Est étaye largement cette proposition. L'Afrique du Sud aussi. Supprimer la répression, et la transgression se réduit : voilà un autre exemple de la thèse centrale de Marcuse selon laquelle *mieux c'est, pire c'est.* Mais la thèse est ici plus désespérée. L'enjeu, c'est l'idée même (la représentation artistique, l'apologie philosophique) d'une société radicalement nouvelle, contradiction essentielle sans laquelle l'unidimensionnalité est irrémédiable. Mais que peut proposer Marcuse ? Il ne peut se faire le défenseur de la répression autoritaire et de l'inégalité culturelle. D'où ses réserves constantes (et peut-être de mauvaise foi mais de toute manière inévitables) : comme si se souvenant du Parti communiste dans la République de Weimar, il se retenait de renverser sa thèse centrale et de dire *pire c'est, mieux c'est.*

Et, bien sûr, il écrit *L'Homme unidimensionnel*, un livre qui ne sera pas assimilé, espère-t-il sans doute, pas privé de sa force polémique, pas transformé en un divertissement supplémentaire pour l'homme unidimensionnel. Il doit vouloir que le livre serve d'exemple de philosophie critique. Il est certain qu'il ne fait pas de concessions aux masses prématurément éduquées (ces vingt-quatre impressions en livre de poche l'auraient sans doute inquiété). Il écrit pour un petit groupe de personnes *réellement* éduquées, et il veut les inciter à faire un nouvel effort pour sauver ce qui de la transcendance peut, dans la culture moderne, encore l'être. Il cherche à être subversif, mais il croit que l'on ne peut l'être que d'« en haut », en occupant à nouveau les hauteurs que le libéralisme et la démocratie ont abandonnées.

Contre le langage ordinaire

La conclusion, il n'y a pas moyen de l'éviter : Marcuse est un critique antidémocratique. À peu près le seul à l'être parmi les gauchistes du XXe siècle, il est tout à fait capable de parler comme Ortega y Gasset :

> La population peut tout à son gré briser le calme partout où il y a encore de la paix et du silence, se montrer désagréable et vulgaire, offenser les bonnes manières. Cette sorte de liberté est effrayante [...]. Dans les pays surdéveloppés, une partie de la population, qui ne cesse de devenir de plus en plus importante, est comme un énorme auditoire captivé – il n'est pas captif du régime totalitaire, mais des libertés des citoyens dont les moyens d'amusement et d'édification contraignent l'Autre à partager les sons qu'ils entendent, ce qu'ils voient, les odeurs qu'ils sentent[29].

Telles sont les libertés démocratiques qui détruisent la Liberté elle-même, et à ce stade Marcuse est prêt à envisager un renversement : « Libérer l'imagination [...] présuppose de réprimer une grande part de ce qui est présentement libre dans la société répressive[30]. » *L'Homme unidimensionnel* cherche à instruire et à inspirer les agents éventuels de cette répression libératrice (l'antidote de ce que Marcuse devait appeler la « tolérance répressive » de la société libérale)[31]. Car comment plus de lecteurs ordinaires qui perturbent la paix, enlaidissent les choses, offensent les bonnes manières, se considèrent libres et satisfaits peuvent-ils « se libérer d'eux-mêmes » ? Leur libération ne peut venir que d'en haut, de la main d'hommes et de femmes qui ont de la paix, de la beauté et des bonnes manières une compréhension supérieure et philosophiquement correcte.

C'est pour cette raison que la critique sociale ne peut utiliser le langage de la masse. Au cœur de *L'Homme unidimensionnel*, Marcuse a inscrit une critique de la philosophie du langage ordinaire. Je n'aurais rien à dire là-dessus, si ce qui m'intéressait n'était pas la critique du langage ordinaire qui se trouve juste derrière, et à laquelle tout le livre sert d'exemple. Marcuse n'a aucune foi dans la créativité langagière des gens ordinaires. Le triomphe de la langue vernaculaire et ensuite des dialectes populaires, des langues argotiques à l'intérieur de la langue vernaculaire ne fait qu'ouvrir la voie de la manipulation politique et commerciale. Le langage ordinaire est un « langage expurgé, il est expurgé à la fois de son vocabulaire "orthodoxe" et aussi des signes qui expriment les autres contenus que ceux que la société fournit aux individus ». Encore : « L'univers du discours tend à se cristalliser en un univers totalement manipulé et endoctriné. » Ou bien : « Le langage qu'ils parlent, c'est aussi le langage de leurs maîtres, de leurs bienfaiteurs, des agents publicitaires[32]. » Pour Marcuse, l'époque de la novlangue *[Newspeak]* était déjà arrivée en 1964. Mais sa version de la novlangue ne semble pas nécessiter l'appareil hautement spécifique de contrôle linguistique qu'imagine Orwell : cette langue est entièrement compatible avec le pluralisme (l'existence de plusieurs argots différents) et le libéralisme (la libre expression de tout ce qui peut encore être exprimé). Je suis presque enclin à dire que la seule chose que la novlangue requiert, selon Marcuse, c'est la mort du latin. Lorsque l'élite intellectuelle n'a plus de langue propre, alors le langage ordinaire « nie et absorbe le vocabulaire transcendant[33] ».

Marcuse croit vraiment, quoique cela semble incroyable, que la critique sociale est impossible à l'intérieur du langage ordinaire. Les termes critiques ont été purgés de leur sens, ont été « totalement » transformés, de telle sorte que, comme le Balaam de la Bible, on se met à critiquer mais on ne peut que proférer des louanges. Les mots que nous connaissons et savons utiliser ne rendent possible que l'autocongratulation. Dans un essai critique, Allen Graubard a donné la meilleure réponse sur ce point :

> Ce que l'on peut dire dans le « langage ordinaire », c'est que cette société est minable de nombreuses manières ; qu'il est immoral de gaspiller de vastes ressources pour maintenir des institutions irrationnelles et oppressives alors que la plus grande partie du globe est affamée ; que la vie de beaucoup de personnes [...] est tordue et que leurs potentialités sont déformées par les valeurs et les pratiques dominantes de cette société d'abondance[34].

Graubard dit ce qu'il a à dire en utilisant un vocabulaire quotidien pour exprimer ses idées critiques, tandis que Marcuse le fait en cultivant un jargon philosophique ésotérique – non pas un langage secret, mais un langage délibérément difficile et abstrait. Il y a, insiste-t-il, « une différence irréductible entre l'univers de la pensée et du langage de tous les jours et l'univers de la pensée et du langage philosophique[35] ». L'affirmation ne pourrait guère être plus forte : si la différence est vraiment irréductible, alors la traduction est impossible, et alors les philosophes ne peuvent parler qu'entre eux. Les nombreux lecteurs non philosophes de Marcuse, à moins qu'ils ne le comprennent mal, semblent infirmer cette thèse (quoique même Marcuse tombe à l'occasion dans l'indignation vernaculaire, qui est dans son cas une atteinte à sa dignité).

Le choix d'un langage philosophique distant aide à comprendre le caractère extrêmement distant de la critique de Marcuse – peut-être aussi son caractère totalisant, car il semble penser que la nuance et la modulation sont des concessions à une concrétude non-philosophique et à un positivisme antiphilosophique. Le philosophe regarde la société, comme Camus dans l'avion le faisait du monde physique, à travers les yeux d'un Dieu absolutiste. D'où le jugement de la culture américaine dans *L'Homme unidimensionnel* : loin de tolérer et « d'admirer » la critique, ce qui pourrait conduire le critique à être de plus en plus inventif (ou scandaleux), elle la rend littéralement impossible ; elle n'incite pas ses participants nouvellement affranchis à la passivité, mais elle exclut entièrement la participation politique ; elle ne façonne pas la vie de l'Américain ordinaire de telle ou telle manière, mais elle le contrôle complètement. Ces assertions sont fausses, mais ce qui importe plus que leur fausseté, c'est le grand refus qu'elle représente, un refus d'épouser la culture populaire ou de parler avec ceux qui s'expriment dans la langue ordinaire. À en juger par ses derniers livres, Marcuse semble en fait avoir apprécié certaines formes de culture populaire ; le jazz et le rock, par exemple[36]. Mais on ne retrouve aucun indice de cette appréciation, et aucune place pour cette appréciation, dans le monde total de *L'Homme unidimensionnel*. En tant que critique social, il n'appréciait que la culture supérieure, et la culture supérieure uniquement pour autant qu'elle permet d'échapper aux mains cupides des masses à moitié éduquées.

Marcuse croyait, bien sûr, qu'un jour ces mains cupides se saisiraient de la culture supérieure et se l'approprieraient. Mais ce jour était encore loin, et le processus graduel de l'éducation et de l'implication culturelle ne le rendait pas plus proche. Comment viendrait ce jour, il ne le dit pas. Ce qu'il dit en revanche, c'est que toute tentative d'interprétation de la culture supérieure dans le langage ordinaire de masse est vouée à l'échec. Les masses ne comprendront pas la culture supérieure avant « la destruction et le refus » du langage ordinaire et de la culture de la domination qu'elle reflète[37]. Mais alors les hommes et les femmes ordinaires ne peuvent être les agents de l'écroulement et de l'invalidation. La difficulté, la distance, l'inaccessibilité de la valeur culturelle semblent exclure la possibilité d'une politique à la fois démocratique et transformatrice.

Le négatif et le positif

Il y a une vérité importante dans *L'Homme unidimensionnel* : l'insistance sur le caractère négatif de la culture supérieure, à la fois dans sa forme générale (l'art et la littérature de tout temps) et dans sa particularité (l'art et la littérature à un moment et dans un lieu donnés). Dans le monde de l'hégémonie et de l'idéologie, Marcuse trouve des « éléments oppositionnels, étrangers et transcendants » et il apprécie ces éléments d'une manière qui va bien plus loin que Gramsci, dont l'œuvre ne lui était pas familière. Marcuse a plus d'enthousiasme et il est plus systématique. La culture fournit « des images de situations qui sont inconciliables avec le principe de réalité établi[38] ». Certes, cette même culture s'accommode aussi, toujours, à la réalité du privilège et de la domination, et ses contradictions ont rarement gêné les classes dominantes. Mais les contradictions persistent, ne serait-ce que « dans l'intégrité abstraite ». L'art et la littérature sont critiques de manière implicite ou latente, même dans des sociétés – si de telles sociétés existent – où la critique elle-même n'est pas un genre reconnu ou disponible.

La même thèse vaut pour les concepts et les principes de la philosophie ou de la théorie politique dominante. Marcuse prend l'exemple (habituel) de la *polis* grecque. Socrate est un critique social, son « discours » est à la fois politique et subversif, parce qu'il explore la logique interne des idées dominantes d'Athènes. « Tenter de trouver la bonne définition du "concept" de vertu, de justice, de piété, de connaissance, devient une entreprise subversive à partir du moment où le concept suppose une nouvelle *polis*[39]. » Je suis moins sûr que Marcuse que les concepts aient des exigences ou même « une définition correcte », mais ils ont en revanche des significations opposées, certaines justificatrices et d'autres critiques. Et souvent, l'interprétation critique de leur signification est l'interprétation la plus forte, la plus plausible et même la plus « naturelle ». Socrate est un interprète critique des concepts dominants de la vie politique et religieuse grecque, et, au moins dans ce qui semble être les dialogues socratiques authentiques, il est le modèle même du philosophe du langage ordinaire. Mais ce n'est pas un modèle que Marcuse cherche à imiter. Il ne fait aucun effort pour identifier les concepts dominants de la vie américaine ; il ne s'engage pas dans un dialogue avec les Américains ordinaires. En dépit de son admiration pour Socrate, il ne pose pas de questions socratiques.

La forme de sa thèse reflète la distance d'où il écrit. Ce qu'il apprécie dans la culture supérieure, c'est son articulation de la raison universelle, qui est réprimée et dissimulée (quoique pas entièrement effacée) dans la vie quotidienne. « Le monde de l'expérience immédiate, écrit-il, [...] doit être appréhendé, transformé et complètement bouleversé, pour devenir ce que réellement il est[40]. » En fait, Marcuse montre peu d'intérêt pour une « appréhension » de l'expérience immédiate ; il sait ce qui « réellement est » sans savoir ce qui est réellement. L'essence de l'homme, c'est la liberté et la créativité ; ces deux choses dans leur forme idéale sont réellement réelles ; et il suffit d'écouter la radio pendant une heure environ pour comprendre que la Réalité n'est pas réalisée dans la société moderne. Une critique de ce genre est très facile, mais il est facile aussi, me semble-t-il, de l'ignorer. Elle n'exige de nous rien de comparable à ce qu'exigeait Socrate de ses concitoyens : qu'ils soient à la hauteur de leurs idéaux. Marcuse a des concitoyens aussi, mais il ne semble guère chercher à comprendre leur vie intérieure ou à s'y engager.

La certitude de Marcuse sur ce qui est Réel va de pair avec son acceptation naïve de la science (même des sciences sociales !) et de la technologie modernes. Quoique la science soit aujourd'hui au service des forces de l'obscurité, cet asservissement n'est pas inéluctable. En principe, il pourrait en être autrement : la science pourrait s'allier non au pouvoir mais à la philosophie, et alors notre capacité à faire le bien serait sans limite. « La science et la technique, en se réalisant historiquement ont permis de *traduire les valeurs en tâches techniques* – de matérialiser les valeurs[41]. » Depuis que l'on connaît les valeurs – l'essence de l'homme, les véritables besoins humains, et ainsi de suite – et puisqu'elles ne peuvent être contestées rationnellement, leur réalisation est l'affaire des professionnels et des experts. Il est difficile d'imaginer (à nouveau) que Marcuse croyait cela, mais c'est en fait la substance pesante de la dernière partie de son livre, la partie utopiste. Si le livre dans son ensemble exprime une philosophie critique, une philosophie de la négativité, les derniers chapitres sont une tentative de transcendance, une *élévation* marcusienne. Il fait curieusement l'effet d'un praticien moderne des « sciences de la prudence » lorsqu'il explique comment une élite de techniciens pourrait prendre en main (après la révolution) la transformation de l'Amérique :

> On peut calculer le minimum de travail grâce auquel les besoins vitaux de tous les membres d'une société peuvent être satisfaits – à condition que les ressources disponibles aient été utilisées à cette fin, sans être limitées par d'autres intérêts [...]. En d'autres termes, on peut quantifier le degré de liberté possible à l'égard de la nécessité [...]. On peut calculer quels doivent être les soins que l'on doit dispenser aux malades, aux infirmes et aux gens âgés [...]. On peut caculer comment réduire l'angoisse[42].

Est quantifiable aussi l'étendue de notre libération non seulement de la domination politique mais de la politique elle-même : cette libération sera virtuellement complète. Une fois qu'on a quantifié les valeurs, les réaliser n'est pas un problème politique. « Une autodétermination au niveau de la production et de la distribution des biens et services vitaux [c'est-à-dire la fourniture de ce dont les hommes et les femmes ont vraiment besoin] provoquerait du gaspillage. Le travail est technique[43]. » Voilà la version qu'a Marcuse de la positivité. La liberté et la vie créative se trouvent au-delà de ce genre de choses – sans doute dans le domaine de la culture, dans la culture de l'Esprit. (Mais l'Esprit ne serait-il pas maintenant privé de sa dimension négative ?)

Marcuse ne croit évidemment pas que ce travail technique sera jamais entrepris : les obstacles politiques et culturels sont insurmontables. Ses brèves remarques tout à la fin de *L'Homme unidimensionnel* sur les parias et les *outsiders* sont plus pessimistes qu'optimistes : la domination pure implique la négation pure, mais la force relative de l'une et l'autre est radicalement inégale. Ce qui intéresse vraiment Marcuse se trouve ailleurs – dans la « dictature éducative » de l'élite philosophique. La dictature, bien sûr, n'est pas plus probable que la révolution, mais elle s'accorde mieux à tout le reste de sa thèse : l'analyse des véritables besoins humains, la critique de l'égalitarisme « prématuré », le refus du langage ordinaire, la traduction technique des valeurs, et ainsi de suite. Il connaît les dangers de la dictature éducative : au moins, il les énumère avec soin. Mais uniquement ses défenseurs, croit-il, ont accepté de reconnaître la signification réelle de l'unidimensionnalité, « les conditions (matérielles et intellectuelles) qui servent à empêcher une authentique [...] autodétermination ». À cause de ces conditions, le risque de la dictature « n'est pas plus terrible que le risque que prennent actuellement les grandes sociétés libérales et les sociétés autoritaires[44] ».

« Et au fur et à mesure que les esclaves [de la société industrielle moderne] ont été conditionnés pour vivre en esclaves, pour se contenter de ce rôle, il semble nécessairement que leur libération vienne du dehors et d'en-haut[45]. » Le mot « semble » est un autre de ces étranges modalisateurs que Marcuse insère dans ses phrases, mais qu'il n'élabore jamais. Essentiellement, sa théorie critique est une explication et une justification de cette thèse sur les esclaves heureux, sans la modalisation. Il y a, cependant, un *addendum* : la libération viendra nécessairement de l'extérieur et d'en-haut *si elle vient* ; mais elle ne viendra pas nécessairement. *L'Homme unidimensionnel* est d'un pessimisme profond, en dépit de l'extraordinaire assurance de ses thèses. Au sujet de ce qui est en haut et en dehors, au sujet de la transcendance et de la saisie qu'a le philosophe de la transcendance, Marcuse est sûr de lui ; au sujet de ce qui est à l'intérieur, il est sinistre. L'assurance et le caractère sinistre ne sont pas, je crois, sans rapport l'un avec l'autre. Un engagement absolu au Réel fait de Marcuse un critique sauvage (et « total ») de la réalité concrète, mais non un critique perspicace ou précis. Il n'est pas sensible à la valeur ou à la potentialité immanente de la vie quotidienne. C'est pourquoi il n'a pas su comprendre la signification (plus tard il n'a pas non plus su comprendre les limites) de l'agitation politique de la Nouvelle Gauche *[New Left]* qui a commencé pendant qu'il écrivait et dans laquelle son livre a été absorbé, sans jamais être privé, comme il aurait dû s'y attendre, de sa force polémique. Je doute que le livre ait été d'un grand secours à ces Nouveaux Gauchistes qui cherchaient à l'utiliser comme un guide de la société américaine, une carte de notre iniquité.

Une théorie critique ne peut être élaborée, a écrit Marcuse, « qu'à partir d'une position individuelle *à l'intérieur* d'une société spécifique[46] ». *L'Homme unidimensionnel* est la preuve qu'il s'agit d'une déclaration normative, non descriptive, comme si Marcuse voulait que nous fassions comme il dit, non comme il fait. Elle traduit un souhait plus qu'un engagement, et un souhait particulièrement poignant en ce que Marcuse a librement choisi la société qu'il avait l'intention de critiquer de l'intérieur. Mais il y avait trop de choses dans la vie américaine qui le faisaient frémir. Il a choisi d'y rester, mais il y est toujours resté à distance, et son œuvre donne à penser de nouveau que la distance est l'ennemi de la pénétration critique. En fin de compte, on ne gagne, dans les batailles de l'intellect, comme dans toute autre bataille, que sur le terrain.

10. La politique solitaire de Michel Foucault

L'auteur et le sujet

Il est difficile de lire Michel Foucault et de douter que ce soit un critique social, un des critiques les plus importants des années récentes, et pourtant ses écrits philosophiques et ses « généalogies » les plus puissants (et accessibles) semblent nier la possibilité d'une critique efficace. Le ton est le plus souvent coléreux, d'une féroce et insistante colère ; on peut lire, et on lit effectivement, ses livres comme des appels à la résistance. Mais une résistance au nom de quoi ? au nom de qui ? à quelle fin ? Aucune de ces questions, me semble-t-il, ne peut recevoir une réponse satisfaisante. La critique de Foucault est un mystère, que je vais explorer, mais que je ne parviendrai sans doute pas à percer. Au cœur du mystère se trouve, une fois encore, le problème de la distance critique.

Mais avant de se tourner vers ce mystère, il est nécessaire d'examiner de près la politique de Foucault, car sa critique sociale est d'une manière importante – et d'une manière qui n'est pas très bien comprise – une critique de la politique elle-même : une critique défaillante, mais qui n'est pas pour autant moins significative. Ce qui me préoccupe ici, ce ne sont pas les positions politiques que Foucault a adoptées en réaction à des « événements » telles que les manifestations étudiantes de Mai 68, les révoltes dans les prisons françaises au début des années 70 ou la révolution iranienne en 1979. En dépit de son insistance à affirmer qu'il n'a pas de position politique et qu'il ne veut pas se situer sur l'échiquier des positions disponibles (il ne joue pas aux échecs ni à un autre jeu dont les règles nous seraient connues), il lui a été possible de réagir aux événements, et ses déclarations comme ses articles de circonstance sont, au moins jusqu'à ses dernières années, assez cohérents. Ces propos étaient du genre que l'on m'a appris à qualifier, dans le monde politique où j'ai commencé à parler, de « gauchisme infantile », c'est-à-dire, moins une façon d'adopter la thèse la plus radicale dans n'importe quelle lutte politique que de surenchérir sur elle. Mais le gauchisme infantile de Foucault n'est pas ma préoccupation principale.

Je veux traiter, en revanche, de sa théorie politique, quoiqu'il insiste aussi sur le fait qu'il n'a pas de théorie politique. Son but, a-t-il dit un jour, était « non pas [de] formuler la systématicité globale qui remet tout en place ; mais [d'] analyser la spécificité des mécanismes du pouvoir [...] d'édifier de proche en proche un savoir stratégique [1] ». Mais le savoir stratégique implique une vue cohérente de la réalité et la poursuite d'un but, et c'est sur ces deux points que je porterai mon attention : premièrement, sur la description que propose Foucault des relations de pouvoir contemporaines, de leur histoire ou de leur généalogie et deuxièmement sur son attitude face à ces relations et sur le but qu'il poursuit (quoique là réside en partie le mystère) en en parlant.

Du fait que l'on assimile Foucault à une compagnie d'intellectuels « postmodernistes » qui ont radicalement mis en question l'idée du sujet, on ne peut étudier son œuvre (en tant que son œuvre propre) qu'en ignorant certaines de ses autodénégations. Mieux vaut être explicite sur ce point : je le tiens pour un auteur au sens conventionnel du terme, le responsable des livres qu'il a écrits, des entretiens qu'il a accordés, des conférences qu'il a publiées sous son nom. Je crois qu'il soutient des thèses, même dans un sens plus large, *une thèse*. Cette croyance a pour effet de situer Foucault à l'intérieur de cette même structure du savoir qu'il espérait faire éclater. « Antidisciplinaire » (selon sa propre expression), il était en guerre contre les disciplines intellectuelles établies. C'était peut-être une guerre juste : en tout cas, elle était stimulante. Mais chacune des campagnes de Foucault avait lieu, ne pouvait qu'avoir lieu, à l'intérieur de la discipline globale du langage et des règles de la plausibilité (sinon de la vérité). Ses livres sont des fictions, dit-il, mais uniquement parce que les relations de pouvoir et les institutions disciplinaires où elles pouvaient être validées n'existent pas encore [2]. Cependant, il a de nombreux lecteurs qui semblent habiter de telles institutions, car ils tiennent ses généalogies pour exactes et même pour indiscutables ; et il a des étudiants et des disciples qui poursuivent les lignes directrices de recherche qu'il a tracées. Ses livres sont pleins de déclarations qui prétendent à une plausibilité immédiate, ici et maintenant. Il utilisait les phrases déclaratives, du moins parfois, tout en affectionnant les formes conditionnelles et interrogatives, de telle sorte que ses thèses ont souvent l'apparence d'insinuations. Les étayent, en tout cas, des notes en bas de page abondantes et une documentation (nous a-t-il assuré) obtenue laborieusement. Je lui prête donc l'intention de dire quelque chose que nous sommes tous invités à croire, et nous sommes donc tous invités aussi à ne pas en croire le contraire, c'est-à-dire à « détacher le pouvoir de la vérité des formes d'hégémonie [...] à l'intérieur desquelles pour l'instant il fonctionne[3] ». Je lui prête l'intention de soutenir une thèse qui est soit vraie soit fausse ou qui est soit en partie vraie soit en partie fausse.

A l'égard de cette thèse, j'adopterai une position « constructiviste ». Comme Foucault ne l'a jamais présentée d'une manière tant soit peu systématique, je l'assemblerai à partir de ses derniers livres et entretiens (plus politiques), en ignorant les passages que je ne comprends pas et en refusant de vivre sur les hauteurs de sa flamboyance. Je ferai ce que la plupart d'entre nous faisons avec n'importe quel livre : essayer de déchiffrer ce que l'auteur est en train de nous dire. C'est ainsi que les grands esprits sont subjugués... Lecteur de l'encylopédie chinoise de Borges, je me mettrai à ma table de travail et m'efforcerai d'en établir un index adéquat[4].

Un dernier présupposé, qui est particulièrement important puisque les réputations parisiennes ne sont pas monnaie courante aux États-Unis : je présuppose que cet effort vaut la peine d'être entrepris, non seulement parce que Foucault a eu une influence, mais aussi parce que sa description de notre politique quotidienne, tout en étant souvent présentée de manière agaçante et jamais tout à fait exacte ou assez nuancée, est suffisamment juste pour déranger – et aussi parce qu'elle est, de manière importante, fausse. Foucault ressemble en cela à son grand antagoniste dans le monde de la théorie politique, Thomas Hobbes (« Il nous faut éviter le modèle du Leviathan, dit-il, dans l'étude du pouvoir[5]. »)La comparaison ne tient pas pour ce qui est de la perspicacité ou de la lucidité, mais uniquement pour ce qui est des conceptions générales des deux écrivains. Hobbes nous donne une description de la souveraineté politique qui est d'une manière importante fausse ; dans une rhétorique ampoulée et dénuée de distinctions morales, elle saisit néanmoins quelque chose de la réalité de l'État moderne. Foucault nous donne une description qui est d'une manière importante fausse de la discipline localisée : dans une rhétorique ampoulée et denuée de distinctions morales, elle saisit néanmoins quelque chose de la réalité de la société moderne.

Pluralisme

La thèse politique de Foucault a pour point de départ la proposition bipartite suivante, la deuxième partie étant dans une large mesure implicite, parce que les intellectuels de gauche en France l'acceptent (ou l'acceptaient) généralement : 1) sous l'Ancien Régime, le roi est le chef d'État effectif, l'agent visible, efficace, nécessaire, l'incarnation concrète du pouvoir politique ; mais 2) le peuple ne gouverne pas et n'est pas l'incarnation du pouvoir dans un État démocratique moderne ; non plus que ses représentants. Les élections, les partis, les mouvements de masse, les assemblées législatives, le débat politique, tout cela est absent du « discours du pouvoir » de Foucault, et cette absence est éloquente. Elle ne demande que la plus brève des explications. « Le pouvoir ne se construit pas à partir de "volontés" (individuelles ou collectives), écrit Foucault, non plus qu'il ne dérive d'intérêts[6]. » Il n'existe pas de volonté générale ni de coalition stable ou efficace des groupes d'intérêts ; la souverainté ne fonctionne que lorsqu'il y a un souverain physique. La souveraineté populaire est une fraude, car « le peuple » n'existe pas, sauf comme une abstraction idéologique, et les abstractions ne gouvernent pas. Aucune libération n'a suivi la défaite du roi, aucun processus d'autogouvernement collectif. Dans les sociétés occidentales contemporaines, le pouvoir est dispersé, mais non comme les démocrates souhaitaient qu'il le soit, il ne va pas aux citoyens qui argumentent, votent et déterminent la politique du gouvernement central. La citoyenneté et le gouvernement ont l'un et l'autre cédé la place à l'expertise professionnelle et à l'autorité locale. Et pourtant la théorie politique moderne, conçue initialement dans les États absolutistes des XVIIe et XVIIIe siècles, n'a pas eu d'autre objet que de rendre compte de la citoyenneté et du gouvernement. Les théoriciens cherchent encore à répondre aux questions de Hobbes, que Foucault formule ainsi : « Qu'est-ce que le souverain ? Comment le souverain peut-il se constituer ? Qu'est-ce qui lie les individus au souverain[7] ? » Ils révèlent autrement dit les contraintes généalogiques de leur entreprise, qui sont destinées à légitimer un ensemble de relations de pouvoir qui se sont maintenant effondrées. C'est là une autre raison, peut-être, pour laquelle Foucault ne veut pas se qualifier de politologue. Lors de la décapitation du roi, la théorie de l'État est morte aussi : la sociologie, la psychologie, la criminologie et le reste l'ont remplacée.

Le roi n'a pas de tête : le monde politique est dépourvu de centre pratique. Foucault affine bien la « crise de la légitimité » décrite par le philosophe allemand Jürgen Habermas et débattue avec ardeur de l'autre côté du Rhin : l'État a perdu sa légitimité depuis longtemps. L'exercice du pouvoir et son acceptation ou la résistance au pouvoir ont maintenant lieu ailleurs. La thèse de Hobbes et de ses héritiers théoriques (libéraux et démocrates), était que le sujet créé et légitime son propre assujettissement en cédant certains de ses droits à l'État : ainsi l'État était juste et il était un défenseur des droits. Mais cela, c'est de l'idéologie aussi : cela ne fait que « dissimuler » les « procédures réelles du pouvoir », « les mécanismes de coercition disciplinaire », qui opèrent en dehors de l'atteinte effective de la loi. En fait, l'assujettissement a été continu : il prend aujourd'hui une forme nouvelle, il réclame une nouvelle légitimité, il crée de nouveaux sujets, porteurs non de droits mais de normes, agents mais aussi produits d'une régulation morale, médicale, sexuelle et psychologique (plutôt que légale). Notre intérêt se déplace, parce que l'action se déplace, de l'État singulier à une société pluraliste.

Il y a de nombreuses années, dans un séminaire de licence avec Barrington Moore, j'ai travaillé sur un groupe de politologues et de sociologues américains, qualifiés de « pluralistes », qui soutenaient la thèse qu'il y a une dispersion radicale du pouvoir dans la société américaine. Il n'y avait pas de souverain, pas d'élite politique, pas de classe dominante, mais un pluralisme de groupes et même d'individus. Tout le monde ou presque avait un peu de pouvoir ; personne n'en avait tant qu'il était sûr d'obtenir ce qu'il voulait tout le temps. On m'a fait comprendre que c'était là une doctrine conservatrice[8]. Elle cherchait, en niant l'existence d'un centre directeur, à subtiliser au radicalisme son objet. Et pourtant, bien sûr, un tel centre existait, quoique de manière pas toujours visible ou réfléchie ou très organisée. La loi et la politique avaient une forme, elles correspondaient à des intérêts ; et ces intérêts imposaient une forme, qui dominait sinon contrôlait absolument l'élaboration de la loi et de la politique.

On peut lire Foucault, et non de manière inexacte, comme un pluraliste : lui aussi nie l'existence d'un centre. « Le pouvoir vient d'en bas [...], il n'y a pas comme matrice générale, au principe des relations de pouvoir, une opposition binaire et globale entre les dominants et les dominés [...]. Le pouvoir n'est pas quelque chose qui s'acquiert, s'arrache ou se partage [...] Le pouvoir s'exerce à partir de points innombrables[9] », ou encore : « À chaque instant, le pouvoir est en jeu dans de petites parties individuelles[10]. » Et encore : « Le pouvoir s'emploie et s'exerce moyennant une organisation en filet [...]. les individus circulent entre ses mailles ; ils sont toujours simultanément en train de subir et d'exercer le pouvoir. Ils n'en sont pas seulement les cibles inertes et consentantes ; ils sont toujours aussi les éléments de son articulation[11]. »

Cette thèse, bien sûr, n'est pas la même que celle des pluralistes américains. Ce qui intéresse Foucault, ce n'est pas la dispersion du pouvoir jusqu'aux extrémités du sytème politique, mais son exercice à ses limites. Pour les Américains, le pouvoir se dispersait vers les individus et les groupes et ensuite il se recentralisait, c'est-à-dire, pesait à nouveau entièrement sur le foyer de la souveraineté. Pour Foucault il n'y a pas un tel foyer, mais plutôt un réseau infini de relations de pouvoir. Néanmoins, sa description semble avoir des implications conservatrices ; au moins (et ceci n'est pas la même chose) a-t-elle des implications antiléninistes. Du pouvoir, il ne peut y avoir saisie, s'il n'existe rien en son centre à saisir. Si le pouvoir s'exerce en d'innombrables points, alors c'est point par point qu'il faut le contester. « Le renversement de ces micropouvoirs n'est pas soumis à la règle du tout ou rien[12]. » « Il y a des points de résistances qui sont des cas d'espèces[13]. »

Ceci commence à faire penser à une politique réformiste, et on a en effet accusé Foucault de réformisme. Contesté à gauche, il tient ferme parfois, même s'il est mal à l'aise : « Il faut faire la distinction, a-t-il dit au collectif de rédaction d'une revue radicale, entre le réformisme comme pratique politique et la critique de la pratique politique sur le terrain où elle pourrait donner lieu à une réforme. Cette dernière [...] critique est fréquente dans les groupes de gauche et son emploi fait partie du mécanisme du microterrorisme par lequel ils ont souvent opéré[14]. » Cela est certainement vrai et peut-être, dans un certain contexte, courageux, mais évite de reconnaître la vérité que le collectif cherchait à établir : que Foucault n'était pas un bon révolutionnaire. Il n'est pas un bon révolutionnaire parce qu'il ne croit pas à l'État souverain ni à la classe dominante, et donc il ne croit pas à la prise de contrôle de l'État ni au remplacement de cette classe. Il ne croit pas à la possibilité d'une révolution démocratique car le *demos* n'existe pas dans son monde politique. Et il ne croit certainement pas à une révolution du fait de l'avant-garde : l'avant-garde n'est rien d'autre que le monarque *manqué*, autre prétendant au pouvoir royal.

La société disciplinaire

Le moment héroïque où le roi a été renversé ne peut se reproduire (au moins pour les Français : Foucault a cru un instant que les Iraniens le reproduisaient et il s'en est félicité de manière incompréhensible). Mais Foucault croit-il à la possibilité d'un héroïsme plus modeste ? Sa théorie politique, a-t-il dit un jour, est une boîte à outils non pour la révolution mais pour la résistance locale. Afin de comprendre ce qu'il faut entendre par là, et si cela est possible, il nous faut considérer avec plus d'attention les formes de discipline sociale qui remplacent le pouvoir royal. Toute société humaine a sa discipline propre, et dans toute société, passée une certaine dimension, cette discipline s'exerce aux niveaux aussi bien « micro » que « macro ». Selon la conception de Foucault, telle que je la vois, l'Ancien Régime ne requérait qu'une discipline assez relâchée au niveau « micro » ; ou peut-être, et c'est après tout une vue traditionnelle sur les sociétés traditionnelles, une coercition intermittente suffisait au fonctionnement des routines habituelles et des règles coutumières. Les interventions politiques avaient un aspect dramatique, mais elles étaient occasionnelles – comme ces châtiments horribles que Foucault décrit dans l'ouverture de *Surveiller et Punir*, qui rendaient le pouvoir royal visible et qui étaient entièrement cohérents avec un système d'application des lois en général inefficace. Mais nous vivons à une époque différente, où l'économie tout comme la société impliquent un contrôle bien plus détaillé du comportement individuel. Il s'agit d'un contrôle qu'aucune personne, aucune élite politique, aucun parti dominant ni aucune classe dominante ne peut établir ni maintenir à partir d'un seul point : d'où les « points innombrables » de Foucault et son réseau infini dans lequel, dit-il, tout s'emmêle.

De nombreux écrivains avant Foucault ont suggéré que nous vivions dans une société plus disciplinaire qu'il n'en a jamais existé auparavant. Cela ne veut pas dire que le comportement individuel y est plus routinier ou prévisible, mais seulement qu'il est soumis à des règles, à des normes, à des plans et à l'inspection autoritaire de manière plus intime, plus indiscrète. Voici une vingtaine d'années, je prétendais dans un article sur l'État-providence, que :

> La caractéristique la plus impressionnante de l'administration providentielle moderne, c'[était] la variété même de ses instruments de coercition et de dissuasion. Chaque besoin nouvellement reconnu, chaque service reçu, est créateur d'une nouvelle dépendance et d'un nouveau lien social. Même [la] reconnaissance des individus – notre visibilité durement acquise – devient le moyen d'un contrôle intensifié. Le citoyen ordinaire n'a jamais été si bien connu des autorités publiques que dans l'État-providence. Nous sommes tous dénombrés, numérotés, classés, catalogués, sondés, interrogés, observés et rangés dans des dossiers [15].

Et ainsi de suite : beaucoup ont écrit ainsi, chacun d'entre nous surestimant sans doute les possibilités de surveillance et de pacification. Nous nous inquiétions à l'idée que la révolte des masses se soit d'une manière ou d'une autre dévoyée ou, pire, ait trouvé un aboutissement inattendu.

Foucault étend et dramatise cette vue des choses tout en déplaçant l'attention de l'État-providence aux agences sociales qui opèrent, dit-il, « par en dessous ». Ses livres ressemblent plutôt aux châtiments du roi : ce sont des déclarations rhétoriques d'un grand pouvoir, quoique souvent inefficaces sur le plan de l'équivalent universitaire de l'application des lois – la production des preuves, l'argumentation méticuleuse, la prise en compte de thèses opposées. Elles ont pour objet trois réseaux institutionnels, tous l'œuvre de réformateurs des XVIIIe et

XIXe siècles : l'asile, l'hôpital et la prison, avec des incursions sur l'armée, l'école et l'usine. L'image est vivante : le sens qu'a Foucault pour saisir le détail révélateur est tout simplement extraordinaire ; aucun écrivain sur l'État ne peut l'égaler (l'État étant, après tout, invisible et impalpable). Quelles que soient les objections que l'on puisse avoir, il est impossible de lire ses livres sans le sentiment de reconnaître quelque chose.

Je reviendrai sur ce sens du détail et sur la façon dont est restituée l'expérience de la vie quand elle est prise dans un réseau disciplinaire, dans un instant. Mais d'abord un mot sur le caractère général du réseau – car il a effectivement un caractère général, même si une seule volonté ne le gouverne pas. Foucault n'est pas le Kafka de la prison ou de l'asile ; sa description est assez effrayante, mais elle n'est pas surréaliste. La société disciplinaire est une *société*, un tout social, et dans sa description des parties de ce tout, Foucault est fonctionnaliste. Personne n'en a conçu l'ensemble, et personne ne le contrôle ; mais comme par une main invisible, toutes ses parties s'emboîtent d'une manière ou d'une autre. Foucault s'émerveille parfois devant cet emboîtement : « C'est un ensemble extrêmement complexe à propos duquel on est obligé de se demander finalement comment il peut être si subtil dans sa distribution, dans ses mécanismes, ses contrôles réciproques, ses ajustements, alors qu'il n'y a personne pour avoir pensé l'ensemble[16]. » Parfois il ne fait que constater : « Si l'institution-prison a tenu si longtemps, et dans une pareille immobilité, si le principe de la détention pénale n'a jamais sérieusement été mis en en question, c'est sans doute parce que ce système carcéral [...] exerçait des fonctions précises[17]. »Le « système complexe de relations » à l'intérieur duquel ces fonctions s'acomplissent est vraisemblablement la société industrielle moderne, mais Foucault préfère parfois une dénomination plus précise. Dans sa description de la manière dont la sexualité s'est « constituée » au XIXe siècle, il écrit : « Ce bio-pouvoir a été, à n'en pas douter, un élément indispensable au développement du capitalisme ; celui-ci n'a pu être assuré qu'au prix de l'insertion contrôlée des corps dans l'appareil de production et moyennant un ajustement des phénomènes de la population aux processus économiques. Mais il a exigé davantage : il lui a fallu..., etc.[18] » Le capitalisme obtient ce dont il a besoin, quoique Foucault ne révèle pas la manière dont le processus fonctionne, et sa description des usages locaux du pouvoir semble rendre la révélation moins probable qu'elle pourrait l'être dans une théorie marxiste conventionnelle.

Une sorte de marxisme fonctionnaliste (et déterministe), néanmoins, semble fournir de quoi étayer la description que Foucault donne du pouvoir. Dans l'un de ses entretiens « insaisissables » dans lesquels il adopte et à la fois n'adopte pas de positions politiques, Foucault est amené à dire que la lutte des classes est par rapport aux luttes de pouvoir locales comme leur « garantie d'intelligibilité [19] ». Ce que cette intelligibilité signifie est une question que son œuvre n'aborde jamais explicitement. Mais ce que je tiens à relever, c'est que la garantie existe, comme le Dieu de Berkeley, et que l'accent mis par Foucault sur le caractère particularisé des relations de pouvoir n'est pas un argument pour la désolidarisation ou pour l'autonomie radicale. Il est, après tout, à la recherche d'un savoir stratégique, pas seulement tactique. Il argumente sa thèse à partir du bas, mais c'est là un mode d'analyse qui suggère, au moins par son orientation, que le monde n'est pas tout entier en bas. Même s'il ne peut trouver un État à saisir, il pourrait néanmoins localiser, d'une manière ou d'une autre, quelque part, dans le système complexe de la société moderne, un adversaire saisissable.

Foucault commence, cependant, avec la tactique, avec les relations locales du pouvoir, avec les hommes et les femmes aux niveaux les plus bas de la hiérarchie sociale ou, comme il le dirait, qui sont pris dans les fines mailles du pouvoir, comme vous et moi. Nous ne pouvons pas comprendre la société contemporaine ou nos propres vies, soutient-il, à moins de regarder de manière soutenue et de près ce genre de pouvoir et ces personnes-là : non le pouvoir d'État ou de classe ou des entreprises, pas le prolétariat ou le peuple, les masses laborieuses, mais l'hôpital, l'asile, la prison, l'armée, l'école, l'usine : et les patients, les fous, les criminels, les conscrits, les enfants, les ouvriers. Il nous faut étudier les lieux où le pouvoir s'administre physiquement et où il est physiquement subi ou opposé. En fait, ce n'est pas tout à fait ce que fait Foucault : c'est plus un historien qu'un théoricien, et le matériau qui lui sert à construire ses livres consiste pour la plus grande partie en projets et en propositions écrites pour ces lieux, les plans d'architectes, les manuels de règles et de règlements, rarement en descriptions de pratiques et d'expériences. Il n'est jamais très près des personnes sur lesquelles il écrit. Cependant, il est passionnant de voir comment prolifèrent les projets, comment des conceptions semblables se répètent pour des institutions différentes, comment les règles et les règlements, tout en ayant le caractère perfectionniste d'une anti-utopie, comme pour anticiper *1984* ou *Le Meilleur des mondes*, commencent néanmoins à esquisser la configuration de notre vie quotidienne.

Ses généalogies institutionnelles, *Histoire de la folie à l'âge classique, La Naissance de la clinique* et *Surveiller et Punir*, sont les œuvres les plus fortes de Foucault, et elles sont fortes bien que, ou peut-être parce qu'elles ne proposent aucune « garantie d'intelligibilité ». Elles pointent, cependant, vers une certaine sorte de cohérence. Car ce qu'affirme Foucault, et il a en partie raison, c'est que la discipline d'une prison, par exemple, représente une continuation et une intensification de ce qui se passe dans des lieux plus ordinaires – et elle serait impossible si ce n'était pas le cas. Ainsi tous, nous vivons en surveillant l'horloge, nous nous levons quand le réveil sonne, nous avons un emploi du temps à respecter, nous sentons le regard des autorités sur nous, nous sommes périodiquement soumis à un examen et à une inspection intime. Personne n'est tout à fait à l'abri des nouvelles formes de contrôle social. Il faut ajouter, cependant, que l'assujettissement à ce contrôle n'est pas la même chose que l'incarcération : Foucault a systématiquement tendance à sous-estimer la différence – et cette critique s'adresse au cœur de son discours politique.

Toutes les microformes de discipline ont un rôle fonctionnel dans un système plus vaste. Foucault donne parfois à ce système le nom de « capitalisme », mais il lui donne aussi une série d'autres noms plus dramatiques : la « société disciplinaire », la « cité carcérale », le « régime panoptique », et dénomination la plus effrayante (et déroutante) de toutes, l'« archipel carcéral ». Les dénominations constituent une accusation, mais non une accusation qui appelle une réaction politique. Devrions-nous renverser le régime panoptique ? Ce n'est pas si facile à faire, car il ne s'agit pas d'un régime politique au sens usuel du terme : ce n'est ni un État ni une constitution ni un gouvernement. Il n'est pas gouverné par un souverain hobbien, modelé par un fondateur ou une convention fondatrice, contrôlé par un processus législatif ou judiciaire. Le système de Foucault est plutôt comme l'incarnation physique de ce qu'il appelait dans ses premiers livres une *épistémé* : les structures sociales expriment en chair et en os le discours dominant[20]. La discipline contemporaine, soutient-il, s'est échappée du monde de la loi et du juste, qui appartient à un discours destiné à mourir, et s'est mise à « coloniser » ce monde, substituant aux principes juridiques les principes de normalités physique, psychologique et morale. Ainsi, dans son livre sur la prison : « Si le juridisme universel de la société moderne semble fixer des limites à l'exercice des pouvoirs, son panoptisme partout répandu y fait fonctionner, au rebours du droit, une machinerie à la fois immense et minuscule[21]. » Et le code au moyen duquel fonctionne cette machine est un code scientifique, non pas juridique. Sa fonction, c'est de créer des sujets utiles, des hommes et des femmes conformes à une norme, certifiés sains d'esprit ou en bonne santé ou dociles ou compétents, non des agents libres qui inventent leurs propres normes, qui, dans le langage des droits, « se donnent à eux-mêmes la loi ».

Le triomphe des normes professionnelles ou scientifiques sur les droits juridiques et de la discipline locale sur le droit constitutionnel est aussi un thème assez commun de la critique sociale contemporaine. C'est un thème qui a donné lieu à une série de campagnes, pour la défense des droits des malades mentaux, des prisonniers, des personnes hospitalisées, des enfants (à l'école et dans la famille). Foucault lui-même s'est profondément impliqué dans la réforme de l'institution pénitentiaire ou – devrais-je plutôt dire – dans une pratique politique concernant les prisons qui pourrait donner lieu à des réformes. Et en effet, des réformes il y en a eu : de nouvelles lois sur le consentement, la confidentialité, l'accès aux archives ; des interventions judiciaires dans l'administration des prisons et des écoles. Foucault a peu à dire sur ce genre de choses et a évidemment des doutes sur leur efficacité. En dépit de son insistance sur la discipline et la lutte locales, il ne s'intéresse pas dans l'ensemble aux victoires locales.

Mais quelle autre finalité sa critique peut-elle avoir ? Quelles autres victoires peut-il croire possibles, étant donné son savoir stratégique ? Songez : 1) la discipline-dans-le-détail, le contrôle précis du comportement, est nécessaire au maintien des caractéristiques (non spécifiées) à grande échelle de la vie sociale et économique contemporaine ; 2) ce genre de contrôle implique la mise en scène microscopique, le réseau finement tressé, les relations locales du pouvoir, que représente sous une forme idéale-typique la structure cellulaire de la prison, l'horaire des événements dans la prison, les sanctions extrajuridiques qu'infligent les autorités pénitentaires, le face à face entre garde et prisonnier ; 3) la prison n'est que la petite partie d'un *continuum* carcéral extrêmement articulé, dont tous les segments se renforcent mutuellement, dans lequel nous sommes tous impliqués, et non seulement comme captif ou comme victime ; et enfin, 4) l'ensemble complexe des mécanismes et des institutions disciplinaires constitue et est constitué par les sciences humaines contemporaines – thèse qui traverse toute l'œuvre de Foucault, et à laquelle je reviendrai plus tard. Les disciplines physiques et intellectuelles s'entremêlent complètement : ce qui valide le *continuum* carcéral, c'est le savoir sur le sujet humain qu'en même temps il rend possible.

Étant donné tout cela – et laissant de côté pour l'instant la question de savoir si cela constitue une description satisfaisante de la vie sociale contemporaine – comment Foucault peut-il espérer autre chose qu'une petite réforme ici ou là, un relâchement de la rigueur disciplinaire, l'introduction de méthodes plus humaines, quoique pas moins efficaces ? Quoi d'autre est possible maintenant que la révolution politique est impossible ? Et pourtant parfois, non dans dans ses livres, mais dans ses entretiens et spécialement dans la série qu'il donne au début des années 70, et qui reflète encore l'impact de Mai 68, Foucault semble apercevoir une autre grande possibilité : le démantèlement complet du système disciplinaire, la chute de la cité carcéral ; non la révolution mais l'abolition. C'est pour cette raison que l'on qualifie souvent la politique de Foucault d'anarchiste, et l'anarchie a certainement eu, à un moment donné, sa place dans sa pensée. Non qu'il imagine un système social différent du nôtre, dégagé de la discipline comme de la souveraineté : « Je pense qu'imaginer un autre système, c'est étendre notre participation dans le système actuel[22]. » C'est précisément l'idée de la société comme système, un ensemble d'institutions et de pratiques qui doit céder la place à autre chose – à quoi d'autre, nous ne pouvons l'imaginer. Il se peut que la liberté humaine ait besoin d'une société non fonctionnaliste, dont l'aménagement, quel qu'il soit, ne serve aucune finalité plus grande et n'ait aucune valeur rédemptrice. Ce qui s'approche le plus d'une description d'un tel aménagement se trouve dans un entretien publié la première fois en novembre 1971. « Il est possible, dit Foucault, que ce soient les expériences récentes de la drogue, du sexe, des communautés, d'autres formes de conscience et d'autres formes d'individualité qui fournissent la configuration approximative d'une société future[23]. » Dans ce même entretien, ayant une telle vision à l'esprit, il répudie les conséquences réformistes vraisemblables de son œuvre pénitentiaire : « Le but final de [notre] intervention, ce n'était pas que l'on étende le droit de visite des prisonniers à trente minutes ni qu'on leur fournisse des chasses d'eau, mais de mettre en cause la distinction sociale et morale entre les innocents et les coupables[24]. »

Comme le suggère ce passage, quand Foucault est anarchiste, c'est un anarchiste moral et politique. Pour lui la morale et la politique vont ensemble. C'est le code juridique qui est créateur de la culpabilité et de l'innocence, les disciplines scientifiques qui le sont de la normalité et de l'anormalité. Abolir les systèmes de pouvoir, c'est abolir les catégories juridiques et morales ainsi que scientifiques : qu'on nous débarasse de tout ça ! Mais que restera-t-il ? Foucault ne croit pas, comme le pensaient les anarchistes, que le sujet humain libre est un sujet d'un certain genre, bon par nature et chaleureusement sociable. En réalité il n'existe rien de tel qu'un sujet humain libre, il n'existe pas d'homme ou de femme naturels. Les hommes et les femmes sont toujours des créations sociales, le produit de codes et de disciplines. Et donc l'abolitionnisme radical de Foucault, s'il est sérieux, n'est pas tant anarchiste que nihiliste[25]. Car selon sa thèse, ou bien il ne restera rien, rien de visiblement humain ; ou bien de nouveaux codes et de nouvelles disciplines se produiront, et Foucault ne nous donne aucune raison pour que ceux-ci soient meilleurs que ceux sous lesquels nous vivons actuellement. Et il ne nous donne d'ailleurs aucun moyen de savoir ce que « meilleur » veut dire. Entre les systèmes sociaux comme entre les *épistémés*, il demeure neutre : il attaque le régime panoptique uniquement parce que c'est le régime sous lequel il se trouve vivre. La seule raison qu'il ait d'escalader, c'est que la montagne est là devant lui.

La politique

Est-il engagé dans son anarchisme-nihilisme ? Il a une telle façon de se retourner contre ceux qui l'imitent ou tentent de le mettre en pratique politiquement que j'ai tendance à penser que cet anarchisme-nihilisme est censé avoir une force démonstrative, et non pratique. Dans un entretien de 1977, il critique avec férocité certains de ses camarades de « lutte autour du système pénal » qui sont tombés dans « toute une idéologie naïve, archaïque qui fait du criminel [...] une victime innocente et un pur rebelle [...]. Le résultat a été une coupure entre cette campagne avec son monotone petit chant lyrique, entendu uniquement de quelques petits groupes, et les masses qui ont de bonnes raisons ne pas le tenir pour argent comptant[26] ». Pour Foucault, évidemment, le prisonnier ne peut pas être une victime innocente, car il a nié la distinction entre la culpabilité et l'innocence. Mais sa thèse plus générale semble proposer justement la position qu'il répudie ici : que chaque acte de résistance à chaque mise en scène microscopique du *continuum* carcéral, quel qu'en soit le motif, est une « pure rébellion » contre le *continuum* dans son ensemble, et pour laquelle il est toujours prêt à avoir de la sympathie. Quelles « bonnes raisons » les hommes et les femmes ordinaires ont-ils de faire la distinction entre ces actes ?

Le même problème de la distinction apparaît lorsque Foucault s'oppose à de jeunes gauchistes qui confondent l'archipel carcéral avec l'archipel du Goulag, une confusion à laquelle incite pourtant sa terminologie et d'une manière générale, le langage de ses livres. Lui-même résiste à l'incitation et critique sévèrement ceux qui y succombent. « Je redoute, dit-il, un certain usage du rapprochement goulag-renfermement [...] qui consiste à dire : nous avons tous notre Goulag ; il est là à nos portes, dans nos villes, dans nos hôpitaux, dans nos prisons ; il est ici dans nos têtes*. » Et il poursuit, avec force, en repoussant « la dissolution universaliste dans la dénonciation de tous les renfermements possibles[27] ». Mais il ne fournit aucune distinction de principe, que je sache, entre le goulag et les archipels carcéraux. Je ne pense pas qu'il le puisse, tant qu'il s'obstine à refuser l'idée de « droits fondamentaux » et à tracer une ligne de démarcation entre la culpabilité et l'innocence. Et il ne fournit pas non plus une généaologie du goulag et, ce qui est sans doute plus important, sa description de

* Ce ne sont évidemment pas seulement de jeunes gauchistes qui parlent ainsi. H. Marcuse adoptait une position semblable et il avait ses épigones, qui ne prenaient pas toujours garde à ses clauses restrictives ambiguës. Lui aussi il soutenait la thèse du totalitarisme caché des sociétés libérales, tout en s'intéressant davantage à la consommation culturelle qu'à la discipline normative.

l'archipel carcéral ne donne aucun indice de comment ou pourquoi sa propre société est irréductible à un goulag. Car une telle description rendrait nécessaire ce à quoi Foucault s'est toujours refusé : une évaluation positive de l'État libéral ou social-démocrate.

Là encore, la comparaison avec Hobbes est éclairante. Hobbes prétendait que la souveraineté politique est littéralement une nécessité : sans elle, la vie est déplaisante, brutale et brève. Il soutient tout souverain établi : la tyrannie pour lui n'est rien d'autre que « la monarchie mal-aimée ». La seule autre possibilité étant la guerre de tous contre tous, la critique sociale est toujours dangereuse et condamnable. Foucault croit que la discipline est littéralement nécessaire ; il hait toutes les formes qu'elle peut avoir, toute espèce d'enfermement et de contrôle ; le libéralisme n'est pour lui rien d'autre qu'une dissimulation de la discipline. Comme il ne peut indiquer une autre et meilleure forme de discipline, la critique sociale pour lui est nécessairement toujours une entreprise futile. Ni la constitution, ni la loi ni même le fonctionnement réel du système politique n'y changent rien, ni pour Hobbes ni pour Foucault. Ce que je veux établir, c'est que ces choses-là en réalité font toute la différence. Un des disciples de Foucault, auteur d'un essai très pénétrant sur *Surveiller et Punir*, tire de ce livre et d'entretiens associés la conclusion extraordinaire que la révolution Russe a échoué parce qu'elle « a laissé intacte les hiérarchies sociales et n'a aucunement inhibé le fonctionnement des techniques disciplinaires [28] ». En toute rigueur, c'est faux : les bolcheviks ont créé un nouveau régime qui a enseveli les hiérarchies anciennes et a largement diffusé et intensifié les techniques disciplinaires. Et ils l'ont fait à partir du cœur du système social, non à partir de ce que Foucault aime à appeler les « capillaires », du centre et non des extrémités. Foucault rend ses lecteurs insensibles à l'importance de la politique ; mais les questions politiques ont leur importance.

Les relations de pouvoir, dit-il, « sont à la fois intentionnelles et non-subjectives [29] ». Je ne sais pas ce que cette phrase veut dire, mais je pense que l'intention (non subjective ?) consiste dans l'idée que les termes contraires s'appliquent à des niveaux différents du pouvoir. Tout acte disciplinaire est planifié et calculé : le pouvoir est intentionnel au niveau tactique où le garde affronte le prisonnier ; le médecin, le patient ; l'enseignant, l'étudiant. Mais l'ensemble des relations de pouvoir, les rapports stratégiques, le fonctionnalisme profond du pouvoir est dépourvu de sujet et n'est le produit du plan de personne. Foucault ne semble pas croire en principe à l'existence d'un dictateur ou d'un parti ou d'un État qui modèlerait le caractère des institutions disciplinaires. Il fixe son attention sur ce qu'il considère comme le « microfascisme » de la vie quotidienne et il a peu à dire sur la politique autoritaire ou totalitaire – c'est-à-dire, sur les formes de discipline les plus spécifiques de son époque.

La distance critique

Mais ce ne sont pas les formes les plus spécifiques à son propre pays, et ce que croit Foucault, c'est qu'il lui faut fixer son attention sur l'exercice local du pouvoir. Il n'utilise pas non plus souvent des termes tels que « microfascisme ». Ce n'est pas un « intellectuel universel » à l'ancienne, nous dit-il, qui fournirait une description et une critique de la société dans son ensemble[30]. L'intellectuel universel appartient à l'époque de l'État et du parti, où il était encore possible de s'emparer du pouvoir et de reconstruire la société. Il est, à l'univers du savoir politique, ce qu'était jadis le roi à l'univers du pouvoir politique. Une fois que l'on a décapité le roi, le pouvoir et le savoir prennent tous deux des formes différentes. Dans ses conférences et ses entretiens du milieu et de la fin des années 70, Foucault tente d'expliquer ces formes, d'élaborer ce qu'on peut appeler une « épistémologie politique ». C'est une telle épistémologie que je voudrais maintenant examiner, car elle est la source ultime de son anarchisme-nihilisme.

Parfois, Foucaut ne semble vouloir s'engager que dans un jeu raffiné sur le mot « discipline » lequel signifie, d'une part, une branche du savoir et d'autre part, un système de coercition et de contrôle. Voici sa thèse : la vie sociale, c'est la discipline au carré. *La discipline rend la discipline possible* (l'ordre des deux substantifs est réversible). Le savoir dérive du contrôle social, et en fournit le fondement : toute forme de contrôle social dépend d'une forme particulière de savoir, et la rend possible. Il s'ensuit que le pouvoir n'est pas seulement répressif mais qu'il est aussi créatif (même si tout ce qu'il créé, c'est, disons, la « pénologie ») ; et de même, le savoir n'est pas seulement idéologique mais vrai. Cela ne rend pas pour autant le pouvoir et le savoir attrayants. Le système pénitentiaire « constitue » la pénologie au sens évident qu'il ne pourrait y avoir d'étude des prisonniers ni des effets de l'emprisonnement s'il n'existait pas de prisons. Une forme de discipline génère les données qui rend l'autre forme de discipline possible. En même temps, la pénologie fournit à la fois la logique et la structure intellectuelle du système pénitentiaire. Il ne pourrait y avoir d'exercice de la discipline, au moins d'exercice soutenu et organisé, sans savoir disciplinaire.

Le modèle est joli, quoique peut-être un peu facile. En tout cas, Foucault entreprend de le généraliser. « La vérité est de ce monde :

elle ne se produit qu'en vertu de formes de contrainte multiples. Et elle induit des effets de pouvoir constants. » Ainsi dans toute société, à chaque époque de l'histoire, il existe un régime de vérité, non planifié mais fonctionnel, que génèrent (pour nous) de multiples formes de contrainte, et qui s'impose en même temps qu'elles. Il y a certains types de discours que la société tient pour vrais « et fait fonctionner comme vrais [31] ». Il existe des mécanismes sociaux qui nous permettent de distinguer les déclarations vraies des fausses ; des sanctions aussi, afin que nous ne fassions pas d'erreurs. Foucault pense que la vérité est relative aux sanctions et le savoir, aux contraintes qui le produisent.

Il semble n'y avoir aucun point de vue intérieur ou extérieur au système social, aucune possibilité de développement de principes critiques. Je ne veux pas dire que Foucault n'est pas détaché : il est en effet si détaché qu'il semble, comme l'a écrit Charles Taylor, être nulle part, non conditionné par l'*épistémè* dominante, libre de toute contrainte disciplinaire, coupé du lien de classe ou de mouvement [32]. Bien sûr, on peut se poser les questions évidentes : quel est le fondement de son œuvre ? À quel ensemble de relations de pouvoir son antidiscipline généalogique est-elle rattachée ? Foucault est bien trop intelligent pour ne pas s'être inquiété de ces questions. Elles sont normales dans tout relativisme. Il y répond de deux manières : d'abord en disant, comme je l'ai déjà signalé, que ses généalogies sont des fictions qui attendent les « réalités politiques » qui les rendront vraies. Chaque époque invente son propre passé, mais Foucault a inventé un passé pour une époque à venir. À d'autres moments, Foucault dit plus simplement que son œuvre a été rendue possible par les événements de Mai 68 et les révoltes locales qui, çà et là, en ont résulté sur le *continuum* disciplinaire. Comme les emplois conventionnels du pouvoir génèrent et valident les disciplines conventionnelles, la résistance à ces emplois génère l'antidiscipline de Foucault. Mais je ne comprends pas comment, sur la base de ce que dit Foucault, la résistance peut valider le savoir avant que la résistance elle-même réussisse (comme la discipline contemporaine) – et ce que peut être la réussite de la résistance locale n'est pas évident.

Mais demander à Foucault de nous dire d'où il parle et de déployer ses garants philosophiques serait conforme aux exigences académiques conventionnelles et tout à fait à côté de la question. Car il n'exige aucunement de nous que nous adoptions tel ou tel principe critique ou remplacions ces normes disciplinaires par un autre ensemble de normes. Il n'est pas le défenseur d'une cause : ce n'est pas un critique social avec une finalité. Nous devons détacher notre croyance, par exemple, des vérités de la pénologie et ensuite défendre… quoi ? Pas chaque révolte pénitentiaire, car il y en a peut-être certaines que nous avons de « bonnes raisons » de ne pas défendre. Lesquelles alors ? La position de Foucault, à ce stade, devient tout simplement incohérente. L'évocation puissante du système disciplinaire cède devant une politique antidisciplinaire qui est dans l'ensemble rhétorique et affectée.

Et pourtant Foucault était profondément impliqué dans la réforme du système pénitentiaire, et parfois il semble préconiser sa propre version de la critique sociale. Ce qu'il propose à la place de l'intellectuel universel, c'est l'intellectuel « spécifique », qui cherche à subvertir ou « délégitimiser » la discipline dans laquelle il fonctionne. La critique dans le style de Foucault ne réussit, si elle réussit, que localement, dans un décor institutionnel immédiat, en un point particulier du réseau du pouvoir. Ce que fait exactement le critique, cependant, et ce que « réussir » veut dire, demeure incertain. Les écrits de Foucault, son exemple aussi, suggèrent quelque chose comme une série de provocations plutôt qu'un ensemble cohérent d'activités liées entre elles – ou, comme le soutient un critique récent de Foucault, quelque chose ressemblant plutôt à l'insubordination qu'à la dissidence politique[33]. Il n'y a pas de référence stable à des idées morales ou un engagement soutenu envers des personnes ou des institutions qui permettrait d'évaluer les résultats. C'est pourquoi Foucault ne peut distinguer différents régimes, ni au niveau « universel » de l'État ni au niveau « spécifique » de la prison. Son détachement contribue à cette incapacité : en s'étirant à l'infini, l'entreprise critique s'effondre.

Mais les hommes et les femmes ordinaires – les citoyens et les prisonniers aussi – sont entièrement capables de faire les distinctions nécessaires. Dans les révoltes pénitentiaires avec lesquelles nous pourrions à juste titre sympathiser, les prisonniers, en fait, ne remettent pas en question la ligne de démarcation entre l'innocence et la culpabilité, ni la valeur de vérité de la jurisprudence ou de la pénologie. Leur « discours » prend une forme très différente : ils décrivent la brutalité des autorités pénitentiaires ou l'inhumanité des conditions en prison, et ils se plaignent que leur punition excède de beaucoup celle à laquelle ils ont été légalement condamnés. Ils dénoncent l'arbitraire administratif, le harcèlement, le favoritisme, etc. Ils exigent l'introduction et l'application de ce qu'il vaut mieux appeler la « règle de droit ». Tout cela, il ne semble pas que Foucault, en dépit de toute sa sympathie, y ait jamais prêté attention. Et pourtant ces descriptions, ces plaintes, ces dénonciations et ces exigences mettent en évidence un point important. Foucault a certainement raison de dire que les vérités conventionnelles de la morale, du droit, de la médecine et de la psychiatrie sont impliquées dans l'exercice du pouvoir ; c'est là un fait que, dans leur détachement, oublient trop facilement les scientifiques, les sociologues et même les philosophes. Mais ces mêmes vérités réglementent aussi l'exercice du pouvoir. Elles imposent des limites à ce qu'il est légitime ou non de faire subir aux prisonniers et symétriquement elles informent les protestations des prisonniers et sont au principe de leur pouvoir de conviction. Les limites sont importantes même si elles sont, dans un sens, arbitraires. Elles ne sont pas entièrement arbitraires, cependant, pour autant qu'elles sont inhérentes aux disciplines (dans les deux sens du terme) particulières. Ce sont les vérités de la jurisprudence et de la pénologie, par exemple, qui distinguent la punition de la détention préventive. Ce sont les vérités de la psychiatrie qui distinguent l'internement du fou de l'internement d'un dissident politique. Et c'est l'engagement envers la vérité, même s'il ne s'agit que de vérité locale, qui distingue l'éducation du citoyen de l'endoctrinement idéologique.

Un État libéral ou social-démocrate, c'est un État qui maintient les limites de ses disciplines constitutives et de ses institutions disciplinaires et qui applique leurs principes intrinsèques. Les États autoritaires ou totalitaires, en revanche, outrepassent ces limites, en transformant l'éducation en endoctrinement, la punition en répression, l'asile en prison et la prison en camp de concentration. Ce sont là des définitions grossières, mais on peut facilement les rendre plus élaborées ou leur apporter des corrections. Elles indiquent, en tout cas, l'importance énorme qu'a le régime politique, l'État souverain. Car l'État est l'agent par lequel la société agit sur elle-même. C'est l'État qui établit le cadre général à l'intérieur duquel opèrent toutes les autres institutions disciplinaires. C'est l'État qui laisse ouverte ou ferme radicalement la possibilité de la résistance locale*. Les agents de toute institution disciplinaire s'efforcent, bien sûr, d'étendre leur portée et d'augmenter leur pouvoir discrétionnaire. En fin de compte, ce n'est que l'action politique et le pouvoir de l'État qui peuvent les arrêter. Tout acte de résistance locale est un appel à l'intervention politique ou juridique du centre. Que l'on songe, par exemple, aux révoltes des années 30 dans les usines qui ont conduit (aux États-Unis) à la création de procédures collectives de négociation et de revendication, aux restrictions critiques imposées à l'administration scientifique, qui constitue l'une des disciplines de Foucault, même s'il n'y fait allusion qu'occasionnellement. La réussite de ces mouvements a requis non seulement la solidarité des ouvriers, mais aussi le soutien de l'État libéral et démocratique. Et la réussite était fonction non de n'importe quel État, mais d'un État de ce genre : nous

* Comparez la thèse de Stuart Hall au sujet de la « guerre de position » de A. Gramsci, « Cela ne veut pas dire, contrairement à la lecture de A. Gramsci, par certaines personnes, que… l'État n'a plus d'importance. L'État est […] absolument central dans l'articulation des différents lieux de la contestation. Le moment où vous obtenez un pouvoir suffisant dans l'État pour organiser un projet politique central est un moment décisif, car alors vous pouvez utiliser l'État pour planifier, pousser, inciter, solliciter et punir » (S. Hall, « A. Gramsci, and Us », *Marxism Today*, Londres, juin 1987, p. 20).

pouvons facilement imaginer d'autres « ensembles sociaux » qui favoriseraient d'autres genres de discipline d'usine.

Une description généalogique de cette discipline serait fascinante et d'une grande valeur, et elle recouvrirait partiellement les descriptions de Foucault concernant la prison et l'hôpital. Mais si elle était complète, elle comprendrait une généalogie des procédures de négociation et de revendication, et cela recouvrirait une description, que Foucault ne fournit pas, de l'État libéral et de la règle de droit. Voilà une sorte de savoir – appelons-le « théorie politique » ou « philosophie du droit » – qui réglemente les aménagements d'ordre disciplinaire traversant notre société. Elle apparaît à l'intérieur d'un ensemble de relations de pouvoir et s'étend vers d'autres : elle propose une perspective critique sur tous les réseaux de contrainte. La possibilité d'un savoir de ce genre, qui est spécifique aux institutions et aux cultures politiques plutôt qu'à des « points » dans le réseau de pouvoir, donne à penser que nous avons encore besoin (je ne veux pas dire que la société ait besoin, ou que le capitalisme ou même le socialisme aient besoin, mais que vous et moi, nous avons besoin) des intellectuels universels de Foucault. Nous avons besoin d'hommes et de femmes qui nous disent que le pouvoir de l'État est corrompu ou qu'il est systématiquement mal utilisé, qui disent haut et fort qu'il y a quelque chose de pourri, et qui réitèrent les principes régulateurs moyennant lesquels nous pourrions rétablir les choses. Les intellectuels universels n'ont pas pour demeure un royaume de la valeur à l'état pur, tel que le décrit Benda : Foucault a raison d'insister sur le fait qu'un tel lieu n'existe pas, que le pouvoir ne laisse aucune valeur intacte. Ils sont parmi nous, en ce lieu, ici et maintenant, et ils trouvent dans nos lois et dans nos normes des raisons de prendre position. Mais Foucault, lui, n'est nulle part, et il ne trouve aucune raison. En colère, il agite les barreaux d'acier de la cage[34]. Mais il n'a ni plans ni projets pour faire de cette cage quelque chose qui ressemblerait davantage à un foyer.

Mais je ne veux pas terminer ainsi. Je ne veux pas demander à Foucault d'élever notre esprit. Ce n'est pas la tâche qu'il s'est donné. La question, c'est plutôt que l'on ne peut même pas être démoralisé, en colère, sinistre, indigné, renfrogné, ou amer *avec raison*, on ne peut pas être critique – à moins d'habiter un décor social et en adopter, si timidement que ce soit, les codes et les catégories. Ou à moins, et cela est beaucoup plus difficile, de construire (avec d'autres hommes et femmes) un nouveau décor et d'élaborer de nouveaux codes et de nouvelles catégories. Foucault refuse de faire l'une et l'autre de ces choses, et ce refus, qui rend ses généalogies impitoyables, est aussi la faiblesse catastrophique de sa théorie politique et de sa critique sociale.

11. Breyten Breytenbach
Le critique en exil

Vivre à distance

La « société disciplinaire » de Foucault est le refuge de Breyten Breytenbach contre une vraie société disciplinaire : une prison sud-africaine. Depuis 1983, Breytenbach est un citoyen français naturalisé qui vit à Paris, qui est reconnaissant à la France pour « sa tolérance envers les dissidents politiques », libre de voyager où il veut (quoique pas dans son pays d'origine), libre d'écrire comme il le souhaite, même « de critiquer [sa] patrie d'adoption si cela devenait nécessaire (et ce fut le cas) [1] ». Cependant, c'est principalement son Afrique du Sud natale qu'il a continué à fustiger. Il ne peut pas y vivre : c'est un exilé ou, comme il le dit maintenant, un émigré, mais c'est aussi le plus remarquable critique social sud-africain. Et le plus conscient de soi : il écrit avec une acuité, une intensité et une douleur extraordinaires sur la difficulté qu'il y a à écrire à distance, comme il lui a fallu le faire la plus grande partie de sa vie – sans avoir de contact quotidien avec sa propre langue, hors d'écoute. Sa langue, c'est l'afrikaans, et il est tenu pour l'un des meilleurs poètes à avoir jamais écrit en afrikaans, quoique la majorité de ses poèmes ait été écrite dans des pays étrangers, hors d'écoute [2]. Il se peut que la poésie soit plus facile que la critique, car le poète écoute avec l'oreille intérieure tandis que le critique ne peut se passer d'un dialogue réel. « Évidemment, pourrait-on dire, on emporte sa langue avec soi partout où l'on va – mais c'est plutôt comme de transporter les os de ses ancêtres dans un sac : ils sont blancs de silence, ils ne répondent pas [3]. »

L'exil est un lieu difficile. Mais, pour le critique social, il peut néanmoins être un lieu bénéfique – surtout pour le critique social dont le peuple s'est placé, comme le croit Breytenbach de son propre peuple, du mauvais côté de l'histoire. En France, il est, dit-il, libéré de ses racines, « détribalisé ». Ne devrait-il donc pas être capable d'écrire avec détachement et objectivité sur les Afrikaners et l'État qu'ils ont constitué ? Ce n'est pas impossible, je suppose, quoiqu'il n'y ait personne parmi ceux qui connaissent la littérature de l'exil qui puisse penser que ce soit là ses qualités principales. Et ce ne sont pas non plus les qualités principales des livres et des essais de Breytenbach. Il est lui-même très réservé sur les avantages de l'exil pour le critique social. « Le fait d'être dans un autre pays peut élargir son horizon. Il peut s'identifier avec d'autres intellectuels et rencontrer le circuit international. Ou il peut, par son exil et en fonction de ses idées politiques, s'identifier à une cause représentée par les classes opprimées. Mais c'est une identification à sens unique. C'est comme un chien amoureux de la lune[4]. » Comme les amoureux, le critique a besoin que l'on réponde à sa demande d'engagement et de préoccupation. Hurler contre un peuple éloigné, être à couteaux tirés avec une carte, cela ne sert pas à grand-chose.

Aucune personne de bons sens, conclut Breytenbach, ne choisit l'exil, ne préfère « vivre loin de l'intime communication qu'il entretient avec les siens ». Si elle a le choix. Si elle peut aller dans le sens de ses préférences. On ne quitte pas l'Afrique du Sud, dit-il, pour un climat meilleur ou pour de l'argent. C'est la répression politique qui fait partir : on préfère l'exil à la prison[5]. Exilé, on fait tout ce qui est possible pour conserver le lien qui a été brisé avec sa patrie, pour résister au silence mortel, « au moins pour ce qui est des problèmes centraux de votre pays » ; tel est le destin ultime de l'exilé. Écrire est un moyen de résister, et j'aimerais ici pouvoir utiliser les livres de Breytenbach afin d'explorer ce que le critique a à dire lorsqu'il écrit en exil, et le genre de lien qu'il conserve avec un peuple dont il a, plus radicalement qu'aucun autre, rejeté la politique et la société. Breytenbach est un cas spécial, parce qu'il est retourné en Afrique du Sud, non comme critique, mais comme militant clandestin, en silence, avec de faux papiers. Maintenant, cependant, après sept ans de prison, il semble (parfois) s'être résigné à son exil :

– Vous considérez-vous français ?
– Je vis en France.
– Et l'Afrique du Sud ? Pensez-vous que vous y retournerez ?
– Non ; Je pourrais faire de la rhétorique, jouer au petit malin et dire : *Je suis là-bas*. Mais non[6].

L'exil et la politique clandestine

Le premier départ de Breytenbach n'avait pas une motivation politique : il quitte l'Afrique du Sud à vingt ans pour trois ans d'errance, d'emplois divers, d'écriture et de peinture. En 1962, il s'installe à Paris, plutôt comme un expatrié vivant la vie de bohème que comme un exilé politique, et il y fait la connaissance d'une vietnamienne qu'il épouse, Yolande Ngo Thi Hoang Lien. En 1964, il publie son premier livre de poésie en Afrique du Sud : il sort trois autres livres au cours des six années suivantes, et la force de son écriture est presque immédiatement reconnue par ses compatriotes afrikaners qui semblent prêts (presque trop prêts) à estimer leurs poètes comme si n'importe quel usage authentiquement poétique de la langue nationale pouvait servir la cause nationaliste (cela devient ensuite pour le poète une source d'angoisse considérable). Mais lorsque Breytenbach veut revenir en Afrique du Sud et y recevoir en personne divers prix littéraires qui lui ont été décernés, on refuse un visa à sa femme, et on menace de l'arrêter en vertu de l'*immorality act* – du fait qu'il vivait avec une femme d'une autre race. C'est à ce moment que commence, à proprement parler, son exil. Opposé depuis longtemps à l'*apartheid*, c'est maintenant qu'il se met à en parler dans ses écrits et à construire une position politique.

Poète errant (peintre aussi) et expatrié parisien, Breytenbach avait déjà fait une rupture décisive avec la société afrikaner (évasion du philosophe version artiste) :

> Autant que je le peux, je m'oppose à
> Mon peuple : habitants de la caverne[7].

Mais plus il écrit sur la politique, plus il devient évident qu'il n'est pas encore vraiment sorti de la caverne : pesait sur lui un poids terrible de culpabilité et de rage. Dans l'œuvre de la fin des années 60 et du début des années 70, cela se manifeste dans des diatribes véhémentes : parfois sa poésie parvient à contenir cette culpabilité et cette rage, parfois cela explose, parfois cela tout simplement se substitue à sa poésie. Lorsqu'il dénonce les habitants de la caverne, il ne parle pas la langue du soleil. En dépit du thème réitéré, dans sa fantaisie en prose *Om te vlieg* (*Voler*, 1971), que « le blanc est mort », les sentiments les plus profonds de Breytenbach sont encore liés à ses compatriotes afrikaners « blanchâtres », qui restent très vivants. Sa position politique reflète ce lien, comme le font ses tentatives répétées, motivées par des raisons personnelles et politiques, pour revenir à ce qu'il décrit alternativement comme le pays de la mort et le jardin du paradis.

En 1973, les autorités reviennent sur leur décision (elles auront bientôt des raisons de le regretter) et délivrent des visas à Breytenbach et à sa femme pour une visite de quatre-vingt-dix jours. Il passe son temps à parler avec sa famille et avec des amis et à montrer le pays à sa femme. Mais il parle aussi lors d'une conférence sur la littérature afrikaans, attirant une grande foule d'étudiants enthousiastes et dénonçant le régime de l'*apartheid*. Tout au long de sa visite, il est suivi par des agents de sécurité et, lors d'une série d'entretiens bizarres, on lui propose d'espionner des dissidents en exil à son retour à Paris. Au lieu de cela, il écrit *Une saison au paradis*, étrange et beau livre, fait de poésie obsédante et de prose étonnamment inventive, composé de souvenirs intimes, de notes de voyage, de théorie politique – un chant d'amour et de haine pour son pays et son peuple. Le livre, curieusement, passe la censure et il est publié cinq ans plus tard en Afrique du Sud, en afrikaans, avec seulement quelques suppressions mineures, alors que Breytenbach était en prison[8].

De retour à Paris au milieu des années 70, il met en place un petit groupe politique ayant à peu près les mêmes orientations que le mouvement Conscience noire de Steve Biko – et en opposition avec la ligne officielle du Congrès national africain (ANC) que domine, pense Breytenbach, le Parti communiste. Tout en se faisant l'avocat d'un État unitaire et démocratique dans lequel la majorité noire se réaliserait, il pensait qu'il était nécessaire que les militants blancs travaillent de leur côté dans leur propre peuple. « Tout comme je respecte le Noir qui essaie d'améliorer le sort de son peuple, de même, je crois, que le Noir ne me respectera que dans la mesure où je suis prêt à œuvrer pour la transformation de ma communauté, et non si je tente de lui dire ce qu'il doit faire[9]. » C'est là un autre exemple de ce que j'appelle la morale réitérative, et elle est censée s'opposer à l'universalisme faux des communistes, qui étaient occupés à « replâtrer les vrais problèmes de la conscience culturelle » (et à dire à tout le monde, aux Blancs comme aux Noirs, ce qu'il fallait faire). Les communistes connaissaient en détail le cours nécessaire du processus historique et la fin nécessaire du mouvement de libération. Breytenbach avait surtout des idées sur la lutte immédiate. Ces idées étaient cependant des idées léninistes – « regrouper les éléments progressistes [...] dans une avant-garde révolutionnaire » – et elles repoussaient Breytenbach vers une politique aussi secrète et élitiste que celle du parti[10].

En 1975, il revient en Afrique du Sud sous un faux nom, avec de faux papiers, pour une mission clandestine. On n'avait pas réfléchi précisément à ce qu'il devait y faire ; et il n'avait pas non plus été préparé à mener une vie secrète – quoique cela ne semble guère excuser l'inconséquence extraordinaire de sa conduite. Son compatriote afrikaner André Brink a donné à penser qu'il avait en fait cherché à se faire arrêter afin que son propre peuple lui fasse expier sa culpabilité[11].

Pour ma part, je soupçonne qu'il fuyait tête baissée son exil. Le fait d'écrire sur l'*apartheid* à Paris en toute sécurité devait lui apparaître comme manquant d'authenticité, dépourvu de risque et lui donner un sentiment d'impuissance. Breytenbach était un autre de ces critiques qui courent après l'héroïsme et, peut-être à juste titre, ne veulent pas faire de l'exil lui-même un acte d'héroïsme. En tout cas, la police sud-africaine avait infiltré son groupuscule et, suivi dès son arrivée à Johannesburg, il devait se faire arrêter à son départ, avec la majorité de ceux qu'il était parvenu à rencontrer.

Je ne reprendrai pas les détails de ses deux procès ni des sept ans d'emprisonnement (à la fin desquels il aurait pu donner des leçons sur les vertus de la détention à des réformateurs de la vie carcérale tel que Foucault*). Ses réflexions sur l'action politique clandestine sont ici plus importantes. La clandestinité en politique, quoique ses protagonistes fassent tout pour pénétrer la société qu'ils cherchent à transformer, est curieusement semblable au détachement en critique sociale. Breytenbach décrit la pureté de pensée, la conscience politique accrue, la discipline politique et la loyauté intense qui caractérisent une bande de militants secrets. La clandestinité, comme l'exil, libère une poignée de personnes dévouées de leurs liens habituels. « Le fait même d'avoir choisi l'action [clandestine] implique d'habitude que l'on établisse une distance entre soi-même et les groupements politiques traditionnels et déclarés de son pays. » Libérés de la famille et des amis, de la religion, des parties et des mouvements de masse, les militants peuvent trouver leur propre voie, guidés uniquement par leur conception personnelle de la vérité et de la justice. Mais c'est là une représentation romantique de la vie secrète, et Breytenbach a une histoire moins reluisante à raconter : « Comment les moyens corrompent les personnes, comment les groupes [clandestins] ne reconnaissent plus que leurs propres lois, comment ils deviennent si épris de leur propre analyse, si fermés sur eux-mêmes, et si piégés lorsque ces analyses se révèlent être fausses que la seule manière de s'en sortir, c'est de mettre en œuvre des formes de terrorisme [de plus en plus] vigoureuses. » Ce genre de politique a-t-il jamais été efficace, demande-t-il, « sauf en dehors de quelques cas, en permettant aux clandestins d'acquérir du pouvoir [12] ? »

Sorti de prison, Breytenbach renonce à la politique secrète, critique la vie des cellules clandestines (qu'il qualifie de « colonies d'habitants de sépulture » – ce qui est plus réducteur encore que de parler de

* Il y a eu une controverse considérable sur le comportement de Breytenbach lors de son premier procès où, sous la pression de sa famille et peut-être désorienté après des mois en régime cellulaire, il a semblé présenter ses excuses et être docile. Pour une description hostile, voir Martin Garbus, *Traitors and Heroes : A Lawyer's Memoir*, New York, Atheneum, 1987, pp. 3-31. La description de Breytenbach lui-même se trouve dans *Confessions véridiques d'un terroriste albinos*.

caverne) et limite son activisme à l'écriture. Sa conception de l'*apartheid* reste inchangée mais il se représente maintenant la stratégie et la tactique différemment. S'il faut toujours travailler dans sa propre communauté, les noirs parmi les noirs, les blancs parmi les blancs, il faut aussi s'occuper de la conscience actuelle de la communauté dans son ensemble et non seulement de la conscience aiguisée de son propre petit groupe. Il écrit en 1983 :

> Peut-être devrions-nous nous [accommoder aux processus plus lents] ; peut-être devrions-nous, très paradoxalement, étendre notre confiance au peuple et à toutes les organisations de masse que le peuple bâtit. Ah ! Mais cela signifie que nous devons accepter la notion que notre méthode et nos buts peuvent être modifiés et même complètement changés [...] puisque nous perdrons alors le contrôle de l'évolution dont nous ferons partie. N'est-ce pas cela qu'implique l'expression « le pouvoir au peuple » [13] ?

On pourrait dire que l'organisation de masse la plus importante que le peuple afrikaans ait mis bas, c'est le parti national – et Breytenbach n'a certainement pas l'intention de s'incliner devant les nationalistes. Tout ce qu'il prétend, c'est que les intellectuels avec leurs doctrines correctes ne devraient pas chercher à s'adjuger la direction de l'opposition au nationalisme : ils devraient participer à la politique d'opposition, dire ce qu'ils ont à dire, et ne pas s'inquiéter de perdre le contrôle.

De toute manière, on ne s'attend pas à ce que Breytenbach soit le défenseur des doctrines correctes : il a l'esprit trop rapide, critique, ludique, ironique ; sa plume va en zigzag ; ses thèses sont provisoires. « En fait, la Vérité n'existe pas », dit-il quelques mois après sa mise en liberté à la branche hollandaise du PEN club. « Nous sommes trop fragiles et inconstants pour cela ; nous travaillons avec trop d'incertitudes. Il y a plutôt la formation de quelque chose qui ressemble pauvrement et provisoirement à la 'vérité' [14] ». Plusieurs membres du PEN club s'attendaient sans doute à une position plus absolue d'un homme qui venait d'émerger d'une des versions les plus modernistes de l'enfer. De la souffrance devait sortir la certitude. Mais si telle est l'attente habituelle, Breytenbach était résolu à la décevoir. Il était certes lié à la cause du pouvoir politique noir et il était prêt (aujourd'hui) à reconnaître l'ANC comme l'organisation de masse représentant le mieux cette cause. Mais cette cause ne pouvait être qualifiée simplement de « correcte », le lien qu'il entretenait avec elle n'était aucunement inconditionnel : Breytenbach restait un critique, même s'il n'occupait pas une position idéologique définie. Sa conception de son propre peuple, des Afrikaners, était même encore « plus fragile et inconstante ».

L'amour et la haine, l'identification et le rejet, prenaient une telle intensité qu'*Une saison au paradis* paraît maintenant, rétrospectivement, comme un livre presque doux (objectivement, il ne l'est aucunement). Breytenbach vivait, et ce qu'il écrivait avait pour thème l'une des expériences les plus difficiles que puisse vivre le critique social : l'exil, l'isolement et la défaite. Comment le critique en vient-il à « accepter les processus plus lents » lorsque cette plus grande lenteur est d'une lenteur infinie ? Comment maintient-il un lien avec son peuple, son pays et sa culture lorsque chacun est désespérément impliqué dans une politique abominable ?

Le critique et sa tribu

Un des thèmes récurrents dans les écrits de Breytenbach depuis sa remise en liberté, c'est le rejet pur et simple de sa propre identité : « Je ne suis pas Afrikaner[15]. » Dans *Une saison au paradis*, il avait utilisé des pronoms de la première personne, même dans ses phrases les plus dures. « Nous, les plus blancs, écrivait-il, nous sommes l'écume d'une civilisation fondée sur l'injustice[16]. » Maintenant il répète que l'injustice est inscrite dans l'identité : utiliser le nom, c'est faire une déclaration politique ; rejeter le nom, c'est rejeter la politique qui lui est associée. À un moment, brièvement, il semble avoir cru nécessaire de rejeter l'afrikaans aussi, comme si rien ne pouvait être dit dans cette langue qui ne signifie l'oppression. Mais toute position de ce genre entraîne un jugement faussé de sa propre poésie, qui véhicule clairement d'autres significations : la colère, le reproche, la culpabilité et, mais plus rarement, l'espoir dans l'avenir. En effet, l'Afrique du Sud d'aujourd'hui est beaucoup plus proche que ne l'était l'Amérique décrite par Marcuse en 1964 d'une société totalitaire dans laquelle « l'univers de discours tend à se cristalliser en un [...] univers manipulé et endoctriné[17] ». Mais l'afrikaans n'est néanmoins pas la novlangue d'Orwell : on peut encore lui faire servir des fins libératrices (et aussi d'autres fins : c'est « notre délicate langue de l'amour »), et Breytenbach a en fait continué à s'en servir, se décrivant maintenant, avec humour, comme le seul poète français à écrire en afrikaans.

Cela n'est pas tout à fait juste non plus. La stratégie critique de Breytenbach – qui reflète, je crois, ses sentiments les plus profonds – a été de se forger une nouvelle identité, non pas afrikaner, mais certainement pas non plus française (même si, comme il le dit, « il vit en France »), et ni séparé ni détaché, ne cédant pas aux conditions de l'exil (quoique pour certains auteurs, dit-il, « l'exil puisse être une terre à explorer »). Sa nouvelle identité, c'est d'être Sud-Africain. Il se décrit encore – car l'identité du critique, son autodésignation, est une question qui doit être résolue pour que l'entreprise critique puisse avancer – comme « un blanchâtre Africain sud-africain qui parle l'afrikaans [18] ». Et parlant comme l'un d'*eux*, Breytenbach fait la revendication que Camus faisait pour son peuple. « Les blancs d'Afrique du Sud sont africains : ils sont là [il écrit ceci à Paris] pour rester. » Mais il ajoute une réserve qui n'a pas son équivalent chez Camus : les solutions aux problèmes résultant du fait qu'ils restent « sortiront d'un domaine de références socioculturelles noires [19] ». Breytenbach est Africain comme Camus n'a jamais été Algérien, et cette identité n'est pas une simple construction conceptuelle élaborée pour les besoins de la critique : ce n'est pas une invention poétique. C'est un authentique produit de l'histoire : les Afrikaners sont devenus une des tribus africaines, hybride comme toutes les autres ; et l'afrikaans est une langue créole, le néerlandais du XVIIe siècle, mais radicalement simplifié avec des enrichissements malais et africains, en rien semblable au français de Camus. C'est une langue que les Afrikaans partagent avec les métis *[coloreds],* qui ont sans doute joué le plus grand rôle dans son développement : une langue qui appartient maintenant à l'Afrique plutôt qu'à l'Europe et qui invite ceux qui la parlent à tenter un rattachement semblable.

La critique de Breytenbach découle de sa nouvelle identité. « L'*apartheid*, dit-il, est un immense effort pour réprimer la formation d'une nation sud-africaine - sur les plans politique, économique, culturel et par conséquent racial – ce qui devrait être la chose la plus normale du monde, étant donné notre interdépendance et nos origines mutuellement hybrides [20]. » L'effort réussit, l'*apartheid* marche, mais seulement en coupant l'Afrikaner du peuple de son propre pays et de « l'Africain du Sud qui est en lui ». C'est *son* identité comme Afrikaner, création d'une volonté politique délibérée, qui est artificielle, de telle sorte qu'aujourd'hui « le génie de la tribu afrikaner, c'est la négation, la répression, le retrait et la réaction [21] ». Dire non à tout cela, ce n'est pas s'abuser ou se rejeter : cela ressemble à la connaissance de soi, plutôt qu'à la haine de soi. Et, de même, rejeter l'*apartheid*, ce n'est pas un acte de trahison, quoique ce soit ainsi que le qualifieront les dirigeants de l'État – qui sont eux-mêmes en guerre contre la grande majorité de (ce que Breytenbach appelle) leur propre peuple. « Je n'essaie absolument pas de nier l'*africanité* de ceux qui nous dirigent actuellement : je dis cependant que l'opposition est patriotique, qu'elle vient de l'intérieur, pour guérir la nation sud-africaine [22]. »

Un patriote de l'Afrique du Sud, oui ; mais par rapport à sa propre tribu, Breytenbach est marginal, dissident, subversif. Il reconnaît sa responsabilité et donc sa solidarité : « Ce qui existe dans ce pays a été perpétré en notre – en *mon* – nom, dans notre – dans *ma* – langue. Bien que je ne sois le délégué de personne à part moi-même et mes puces, je ne peux ni ne veux me dissocier de ce gâchis [23]. » Mais une solidarité de ce genre est une torture perpétuelle, et se dissocier, profiter de sa marginalité, est une tentation permanente. La tentation prend de nombreuses formes différentes, et on a le sentiment que Breytenbach les a toutes connues. En 1985, il décrit, dans les notes de ses *Feuilles de route* (un livre qu'il faut lire à partir du début et de la fin en même temps), l'une des formes les plus communes de la fuite politique : « Beaucoup d'entre nous ont projeté notre impuissance et notre marginalisation dans un “ailleurs” romantique et potentiellement révolutionnaire. » Il s'agit là d'une description, bien que seulement partielle, de sa propre politique au début des années 70 dans laquelle les radicaux tiers-mondistes se substituent à lui et à ses camarades. Maintenant il affirme ce que je tiens pour le thème central de sa critique, comme aussi de sa poésie : « *L'essentiel ne se passe pas ailleurs* [24]. » Le propos que j'ai cité dans mon introduction, selon lequel « la poésie est le courant principal », dit la même chose, peut-être de manière un peu désespérée, puisqu'il semble insister sur ce qui (selon toutes les règles du sens commun) est manifestement faux. Mais c'est la vérité poétique de Breytenbach. Le poète-critique s'adresse au cœur de son peuple, offre des « interprétations qui font sens » aux réalités sociales de son pays. Il ne peut pas se dissocier : il ne peut choisir quelque autre pays qui convienne mieux (bien qu'« il vive en France »). S'il est marginal par rapport au monde que l'*apartheid* a construit, il se déclare néanmoins être dans le courant principal de sa propre histoire et de sa culture nationale.

Le poète-critique qui « est dans le courant principal » a deux tâches à accomplir, soutenait Breytenbach en 1983 : « Il est celui qui questionne et qui critique implacablement les mœurs, les attitudes et les mythes de sa société [...] ; il est aussi celui qui exprime les aspirations des siens [25]. » Dix ans plus tard, lorsqu'il écrivait *Une saison au paradis*, Breytenbach était parvenu à accomplir ces deux tâches, pas facilement, c'est vrai, non sans déplacements radicaux d'accents et changements de tons mais aussi sans contradictions manifestes. Car il avait trouvé dans la communauté afrikaner de l'intérieur, parmi les familles d'agriculteurs loin des villes, des aspirations qu'il pouvait exposer avec franchise : des aspirations à l'unité et à l'harmonie avec la terre et le peuple d'Afrique. Il trouvait, ou il croyait trouver, l'Africain du Sud dans l'Afrikaner, et il interprétait cela comme une espèce d'humanisme prénationaliste, qu'un critique en harmonie avec son peuple pouvait encore sauver, même s'il restait très peu de temps pour le faire. Aujourd'hui, la tâche à accomplir est la même, mais il n'est pas certain qu'il reste assez de temps pour l'accomplir. Qui, après tout, soutient l'*apartheid* ? Quels intérêts l'idéologie de la séparation sert-elle ? Une fois que l'on a accompli la critique des attitudes afrikaners, reste-t-il quelque chose à espérer des aspirations afrikaners ? Les critiques de Breytenbach l'ont comparé à Camus, qui était incapable de faire la rupture finale, d'abandonner sa tribu, de reconnaître, comme l'a écrit l'un d'eux, que « l'histoire a dépassé l'humanisme afrikaner[26] ».

Il y a certainement eu des humanistes afrikaners et il existe aussi une tradition de la *volkskritiek* à laquelle il se peut bien qu'appartienne Breytenbach, ne serait-ce que comme cas extrême. La *volkskritiek* ne peut opérer, selon le poète afrikaner N. P. van Wyk Louw, son aîné, que si le critique est en relation étroite avec son peuple et s'il est « prêt à partager sa honte[27] ». Je pense que Breytenbach partage réellement la honte, bon gré, mal gré, prêt ou non. Mais il est clair dans ses écrits depuis son incarcération qu'il accepte mal ce lot : peut-être pense-t-il que les années en prison l'ont purifié de la honte. Plus important encore, il nie maintenant sa propre culpabilité, et répudie toute politique que gouverne la culpabilité : « La culpabilité et tout ça [...], le sentimentalisme des *mea culpa* qu'a engendré la culpabilité, ça, c'est terminé. Laissez cela aux juges et aux prêcheurs ! Ne soyez pas vous-mêmes prêcheur ou juge[28]. » S'il y a eu un moment de sentimentalisme au sujet de (certains membres de) sa tribu, au moins il ne transférera pas cette sentimentalité aux tribus que sa propre tribu opprime. Cela fait-il de lui un critique détaché et objectif de toute la *volke* africaine, libéré de la honte et de la culpabilité qu'entraîne l'appartenance personnelle ? Pas tout à fait, car lorsqu'il dit « Je ne suis pas afrikaner », il le dit à ses compatriotes afrikaners : il ne cherche pas à décliner son identité devant les autres tribus ou devant quelque auditoire international. Il veut que son propre peuple réitère la répudiation : il veut qu'ils *deviennent* des Afrikaners selon la nouvelle définition du concept.

S'accrocher

Depuis le début de son engagement politique, Breytenbach s'est qualifié de révolutionnaire : il ne lui semblait pas possible de réformer l'*apartheid*, de le rendre plus humain, de le libéraliser ou de l'assouplir. De petites victoires de cet ordre ne pouvaient que renforcer le système. L'Afrique du Sud ne deviendrait pas un lieu convenable avant qu'« on ait fait s'effondrer les structures actuelles du pouvoir en détruisant les bases sur lesquelles elles reposent[29] ». Les *Sestigers*, l'avant-garde sud-africaine des années 60, insistait-il, ne faisaient, par leurs protestations littéraires, que légitimer le régime. Les réformateurs étaient des défenseurs inavoués de l'*apartheid.* Breytenbach les dénonce dans un poème de 1969, au plus haut moment de sa ferveur radicale – sa muse ici l'abandonnant entièrement :

les lécheurs de cul aux nombreuses langues de la bourgeoisie [30].

Mais ce genre de choses n'était que la laide manifestation d'un conflit intérieur : l'adjectif et le nom de l'identité de Breytenbach (telle qu'elle se définissait alors) étaient en guerre l'un contre l'autre : *Afrikaner radical.* Même un engagement minimal sur l'adjectif semblait retirer tout sérieux au nom.

Une quinzaine d'années plus tard, Breytenbach exprime le dilemme dans une prose plus vivante et plus inventive que le poème de 1969 :

Je pourrais dire – oui, d'accord, je dois les chasser de la baignoire, j'essaie de faire lever la sensibilité afrikaner de l'intérieur, et par conséquent je commence par le pain que nous rompons ensemble, même si c'est par le biais d'un baragouinage commun, je veux dire le langage, je veux dire le *taal.* Sinon comment avoir voix au chapitre ? Mais comment éviter les courbettes, les agenouillements et les coups de couteau dans le dos, les compromis, la corruption morale, dans mes tentatives pour « m'accrocher [31] » ?

Un écrivain sérieux cherchant à travailler *de l'intérieur* (la double préposition *from within* est fréquente dans les essais de Breytenbach) un peuple qui se trouve du mauvais côté de l'histoire ne peut guère échapper au doute de soi. S'il est censuré ou interdit, comment peut-il atteindre les personnes qu'il lui faut atteindre ? S'il n'est pas censuré, interdit, n'est-ce pas le signe qu'il s'est compromis, qu'on l'utilise ? « Vous aurez alors à décider si votre position, que vous avez adoptée afin de survivre, et qu'on autorise maintenant à exister, ne fait pas que rendre, objectivement, l'État totalitaire plus fort en lui donnant un miroir aux alouettes de souplesse interne [32]. » Breytenbach a pris sa décision : ses livres, ses poèmes, ses essais sont publiés en Afrique du Sud (je ne trouve pas de nombreux signes d'adaptation). Quoiqu'il n'y vive pas, il « s'accroche ».

Que Breytenbach soit critique des révolutionnaires noirs comme des réformateurs blancs est aussi un signe de sa volonté de « s'accrocher ». Je ne veux pas dire qu'il cherche à se situer sur un terrain neutre à égale distance de la révolution et de la réforme. Le milieu n'est pas, selon lui, une question de découverte intellectuelle : c'est une difficile création politique. Et il semble croire parfois que le moment de la création est depuis longtemps révolu. Observez le temps des verbes dans les phrases suivantes : « Un terrain d'entente politique [...]

n'aurait pu être trouvé que s'il y avait eu, disons, deux ou trois mille prisonniers politiques blancs[33]*. » Telles que les choses se présentent maintenant, les Blancs, mêmes les radicaux blancs, se sont montrés peu crédibles face à la politique révolutionnaire. C'est ce qu'il dit, parfois : pourtant il est lui-même engagé, sinon dans la politique révolutionnaire, au moins dans une politique d'un certain genre, la politique culturelle, la guerre de position de Gramsci (« lever la sensibilité »), et il est résolu à être engagé à ses propres conditions, responsable de ses propres actions. « La responsabilité implique la liberté d'être critique. Peu de positions sont aussi dégradantes que celle de compagnon de route[34]. » Et encore, dans le même essai, « Noir sur blanc », dans lequel il affirme la non-pertinence du radicalisme blanc : « Je ne peux admettre que mon engagement soit décidé par l'acceptation ou le rejet, l'approbation ou le mépris, de mes compatriotes noirs[35]. »

Camusien là encore : « Je ne peux agir autrement que comme je suis. » Il est un de ces Sud-Africains à la peau blanchâtre, une partie du problème ; néanmoins, il est « là pour rester », « une minorité qui devra adapter sa position après la prise de pouvoir [noire][36] ». La prise de pouvoir lui paraît inévitable, pas l'ajustement – quoiqu'il paraisse convaincu que le pouvoir noir, quel qu'en soit le caractère, ne produira pas un nouvel *apartheid*, une image en miroir du système actuel. « Il est concevable, écrivait-il dans un appendice à ses mémoires de prison, que l'État totalitaire actuel soit remplacé par un État qui sera totalitaire d'une manière différente, et ne tolérera pas d'autres écoles révolutionnaires de pensée, qui sera plus hégémonique [puisqu'il aura un soutien majoritaire] mais sans le racisme[37]. » Il n'est pas difficile d'imaginer la critique que le critique s'est valu pour cette phrase. Par la gauche, il est accusé de provocation, comme si un critique de gauche ne devait jamais prononcer le mot « totalitarisme » – tandis que les écrivains qui se situent juste à sa droite, les *Sestigers*, les réformateurs, les libéraux, s'inquiètent qu'il soit trop prêt à se précipiter dans ce totalitarisme différent (comme il s'était précipité en prison ?). Peut-être devrait-il s'arrêter plus longuement sur les détails de l'« ajustement » : comment les Blancs seront-ils protégés dans le nouveau régime ? Il est assez clair qu'il souhaite leur protection : il insiste sur leur place dans un nouvel État d'Afrique du Sud quel qu'il soit. Mais il insiste aussi sur le fait qu'ils ne peuvent revendiquer leur place qu'au cours d'une lutte politique dont la finalité doit être de saper et de renverser la place

* C'est ce qui distingue l'exil de B. Breytenbach de celui de I. Silone, dans l'Italie fasciste, des milliers de camarades de I. Silone, étaient en prison – y compris, en 1929, son propre frère. Le frère de B. Breytenbach, en revanche, est officier supérieur dans l'armée sud-africaine. I. Silone, avait subi une défaite politique, mais il pouvait s'imaginer la poursuite de la lutte : pour B. Breytenbach, la politique est elle-même problématique.

qu'ils occupent actuellement. Sans lutte, pas de revendication : l'Afrikaner devra « faire confiance à sa nurse noire pour le tenir dans ses bras et ne pas le laisser tomber[38] ».

Cette dernière phrase (extraite d'un entretien de 1986) est plus une plaisanterie et un avertissement qu'une thèse. Comme l'avait compris Camus, même les personnes qui ont tort ont des droits, et peuvent à juste titre réclamer la sécurité de leur avenir. Mais, prétend Breytenbach, il y aurait une manière d'indécence à se concentrer sur les droits des Blancs et sur la sécurité des Blancs alors que le régime *apartheid* demeure et que les Noirs sont :

> en état d'arrestation, Anéantis,
> Lapidés
> Pendus
> Flagellés
> Utilisés
> Torturés
> Crucifiés
> Interrogés
> Assignés à résidence
> Condamnés aux travaux forcés
> Banis en des îles obscures jusqu'à la fin de leurs jours[39].

Le critique doit plutôt s'efforcer de créer une nouvelle conscience dans son peuple de ce qui se fait en son nom. Non seulement *pour* eux (comme on aurait pu le dire des *pieds-noirs* en Algérie, les bénéficiaires dans l'ensemble passifs de la domination française) mais *par* eux. Les Afrikaners sont les agents de leur propre domination, et il revient au critique de maîtriser les maîtres dans la compréhension collective qu'ils ont d'eux-mêmes, de créer une nouvelle conscience afrikaner. Mais il ne cherchera pas à le faire au moyen du mensonge : il ne se liera pas à l'orthodoxie des opprimés ; ils ne fera pas de jolis tableaux d'un avenir libéral et démocratique. En fait, l'avenir est radicalement incertain, et plus le régime de l'*apartheid* dure, plus il est susceptible d'être sanglant. Il se peut qu'une nouvelle oppression suive l'ancienne. Il faut de toute manière que l'ancienne soit démantelée. « Il n'y pas d'autre voie[40]. »

La critique et l'exil

Peut-on mener depuis Paris la guerre de position afrikaner ? Breytenbach ne représente-t-il pas, en dépit de son affirmation réitérée qu'il a « épousé à jamais la cause du peuple sud-africain », le cas extrême d'un intellectuel isolé ? Le vecteur de toutes ses impulsions contradictoires, c'est l'exil et en exil, il se retrouve au bout de ses possibilités, un homme ne tenant plus qu'à un fil. Nous pouvons le placer dans une série : d'abord Marcuse et Foucault abandonnent tout l'espoir qu'ils ont pu avoir à un moment pour la classe ouvrière – et pour eux-mêmes comme intellectuels de mouvement ou de parti, liés aux forces de changement social. Et ensuite Breytenbach abandonne tout l'espoir qu'il a pu avoir pour la nation (en remplacement de la classe ouvrière) ; non seulement la sienne, mais l'autre aussi : l'Afrikaner et l'Africain sont l'un et l'autre victimes de son amer réalisme, et lui aussi renonce à son ambition de jouer un rôle activiste. Tous les dieux ont échoué : le critique se réconcilie enfin avec un athéisme complet. Il est en exil à Paris où il y vit confortablement, simplement parce que n'importe qui peut vivre confortablement à Paris, la ville que les réfugiés et les expatriés tiennent pour être la leur : « La France aux Français ; Paris est à nous[41] ! »

Cette esquisse saisit quelque chose du tempérament de Breytenbach (je veux dire le tempérament de ses écrits), mais elle fait l'impasse sur l'engagement qui se trouve, de manière improbable, quelque part au-delà de l'athéisme. Pourquoi reste-t-il à Paris pour écrire *Au sujet de l'Afrique du Sud* ?

> Pour en finir. Pour atteindre la clarté. Pour continuer, aussi, à lutter. Je sais que les structures du pouvoir sont pratiquement immuables et quand elles sont renversées, il y a fort à parier qu'on les remplace par d'autres qui sont aussi exclusives et qui permettent autant de manipulations [...]. Je dois m'y accrocher en espérant déclencher quelque part des systèmes d'alarme [...]. Je sais, n'est-ce pas, que je n'ai pas besoin de croire que l'objectif peut être atteint pour continuer à avancer [...]. En outre, un engagement continu ne peut qu'être perçu comme une forme de solidarité ou de soutien - par ceux qui, dans leurs régions de transit et dans leurs prisons, ont besoin de sentir une préocupation humaine afin de survivre[42].

C'est le caractère limite de sa situation qui le maintient en vie comme critique. Il ne peut pas se résoudre au silence, comme l'a fait Camus, car son peuple est encore le maître de son destin – ce qui veut aussi dire qu'il existe des agents de police, des tortionnaires, des oppresseurs qui agissent en son nom, bien qu'il fasse ce qu'il peut pour s'en distancer : « Je ne suis pas afrikaner. » Il ne peut vivre en Afrique du Sud ; il ne peut pas abandonner l'espoir que sa propre tribu sud-africaine (celle dont la langue est sa « langue intime ») trouvera une manière de faire la paix avec les autres tribus. S'il est constamment déçu par l'échec de son peuple à constituer une résistance spécifiquement afrikaner, il ne peut pas encore s'en éloigner : il ne peut mettre un terme à sa colère même s'il ne peut pas non plus reconnaître l'espoir que cette colère implique. Il ne peut pas non plus s'affilier aux adversaires organisés de l'oppression afrikaner, car bien qu'il soutienne leur lutte, il le fait sans les illusions qu'ils exigent de leurs partisans. De toute manière, il est de ceux qui ont la peau blanchâtre, douloureusement conscient des « problèmes de la conscience culturelle ». Chez Breytenbach, la relation est devenue désespérée. Il sait que le critique ne peut être efficace qu'en parlant « dans sa propre langue, dans son propre pays », et le voilà confortablement installé à Paris et parlant français[43]. Néanmoins, il n'a pas accepté son exil ni substitué un engagement plus général et plus abstrait à l'engagement particulier qu'il ne peut qu'à peine soutenir, « comme un chien amoureux de la lune ». Que peut faire d'autre un critique en exil ? « Il doit s'obliger à maintenir un dialogue avec l'intérieur [...]. Il doit aboyer sur toutes les frontières[44]. »

Conclusion
La critique aujourd'hui

Faire face à la défaite

J'aurais pu choisir onze autres critiques sociaux. Chaque ami que j'ai consulté m'a proposé une liste différente. Mais n'importe quelle liste de critiques impliqués dans l'un des mouvements que recouvre l'expression d'Ortega y Gasset, « la révolte des masses », donnerait lieu aux mêmes questions que celles dont j'ai traité, et sous à peu près la même forme. La seule manière de comprendre ces questions, me semble-t-il, c'est d'étudier les intellectuels engagés, les uns après les autres – des personnes qui ont laissé la révolte façonner leur vie, quoique sans se soumettre à ses organisateurs et à ses nouvelles autorités.

Les portraits que j'ai esquissés ne correspondent pas souvent au stéréotype du critique de gauche. Les vrais critiques ne sont pas à la hauteur, pour la plupart, de la conception de l'héroïsme qui a dominé, non pas l'histoire, mais l'idéologie de la gauche. J'ai à plusieurs reprises fait allusion à cette conception, principalement pour créer un contraste. Considérons-là une dernière fois [1]. Le critique de gauche stéréotypé brise ses liens avec son monde local et familial (bourgeois, petit bourgeois, conformiste, religieux, protégé, provincial, etc.), s'en échappe dans des circonstances dramatiques, se détache de tout lien émotionnel, prend du recul pour voir le monde avec une lucidité absolue, étudie ce qu'il voit (de manière scientifique, en accord avec les conceptions les plus avancées), découvre des valeurs universelles comme pour la première fois, trouve ces valeurs incarnées dans le mouvement des opprimés (une classe, une nation, un sexe, le sien ou l'autre – tant que la « découverte » est objective, peu importe), décide de soutenir le mouvement et d'en critiquer les ennemis, qui sont souvent des personnes semblables à ce qu'il était. Le critique s'attache à la révolte populaire, parfois en négociant les conditions de son rattachement, parfois sans le faire. Le plus souvent, suggère le stéréotype, les conditions ne sont pas négociées dans le détail : le plaidoyer inconditionnel de Sartre pour le FLN algérien est un exemple typique. Du fait que les opprimés représentent l'universel ou, autre possibilité, l'ordre social de l'avenir, à quoi des conditions serviraient-elles ?

Une telle description n'est pas absurde : elle ne serait pas stéréotypée si, au moins en quelques endroits, elle ne rencontrait pas le type. Mais elle prend l'aspect d'une description théorique, non d'une biographie. Elle se lit comme un ensemble d'instructions : si vous voulez devenir un critique social, faites ceci et cela. La plupart des critiques sociaux, s'ils sont un tant soit peu bons, vivent sans manuel et ce qu'ils font, ce qu'il leur arrive, est plus compliqué et plus intéressant que ne le suggère le stéréotype. Il est inhabituel de trouver quelqu'un qui lui corresponde vraiment – ainsi Rosa Luxemburg, lorsqu'elle écrit dans une lettre à son amie Mathilde Wurm qu'elle n'accorde pas une place particulière dans son cœur à la lamentation des Juifs [2]. Je suis sûr que c'est avec fierté qu'elle a écrit ces mots, car elle prétendait avoir accompli la rupture nécessaire avec son propre passé et avec son propre peuple : maintenant son cœur était également ouvert à la souffrance de tous. Mais qu'on imagine Ignazio Silone écrivant une phrase de ce genre au sujet des paysans des Abruzzes, Orwell au sujet des Anglais, Camus au sujet des pieds-noirs, ou même Breytenbach au sujet de sa « tribu » afrikaner… Si intense qu'ait pu être leur lutte avec leur passé et avec leur peuple, peu de critiques parviennent à s'éloigner beaucoup du lieu où ils ont commencé. Ils ont beau traverser des océans et des continents ; les distances géographiques se mesurent pour eux en centaines et en milliers de kilomètres ; mais la distance critique se mesure encore en centimètres, et chaque centimètre se parcourt avec inquiétude, avec douleur, fait l'objet d'une réflexion et d'une rétrospection intenses.

L'objectivité absolue en fait est un but qui n'est jamais atteint : le critique est dès le départ un partisan. Son esprit et son cœur sont partiaux, particuliers : il ne se libère jamais tout à fait et ne choisit jamais librement ses engagements, mais se débat plutôt pour mettre de l'ordre dans les engagements qu'il a déjà pris. L'universalité n'est pas non plus là où il s'attend à la trouver. Alors qu'il y a peut-être bien (comme je le crois) une valeur universelle à s'opposer à l'oppression, les opprimés ont leurs propres valeurs, leurs propres intérêts aussi, et leurs valeurs et leurs intérêts sont souvent en conflit. Les opprimés ne sont pas les agents désignés d'une transformation historique globale : ils ne sont pas impatients d'accomplir la mission que le critique leur assigne. Les mouvements qu'ils créent, héroïques à leur origine, deviennent par la suite léthargiques, bureaucratiques, corruptibles. Les victoires qu'ils obtiennent sont incomplètes, et faites de compromis ; et souvent ils ne gagnent pas. Si les masses peuvent se mobiliser, elles peuvent se démobiliser et se laisser dominer par des élites militantes qui agissent en leur nom – quoique aussi au nom du détachement, de la science et d'un faux universalisme. Dans le meilleur des cas, ni la libération nationaliste ni la révolution socialiste ne sont à la hauteur des normes du critique social ; et parfois les nouveaux régimes sont aussi mauvais que les anciens ; parfois ils sont bien pires. Que fait alors le critique ? Comment fait-il face, comme tout critique du xxe siècle a eu à le faire, à la défaite et à la déception ?

Une manière de réagir, c'est de cesser d'être un intellectuel critique, de devenir plutôt un apologiste, défendant, en fermant résolument les yeux, ce qui ne peut plus être défendu les yeux ouverts. Je n'ai pas tenté ici de décrire les formes variées de la capitulation critique, dont le stalinisme est de loin la plus importante dans la politique de gauche. La critique a ses chants du cygne, et ses fins sordides tout autant que ses débuts héroïques. Les trahisons intellectuelles existent en effet, quoiqu'elles ne correspondent que rarement à la description qu'en donne Benda : ce sont des considérations de lieu et de pouvoir plutôt que des liens d'affection qui les induisent. Mais la capitulation et la trahison sont des questions pour un autre livre (bien qu'elles soient des questions qui intéressent aussi la critique sociale – du fait, par exemple, des dissidents de l'Europe de l'Est[3]).

Une autre réaction, plus intéressante à mes yeux parce qu'elle est la conclusion la plus évidente du détachement et de la prétention universaliste, c'est de généraliser sa critique, de devenir un critique universel soumettant le monde entier à sa critique : la modernité, la culture populaire, la société de masse, la bureaucratie, la science et la technologie, l'État-providence, et n'importe quoi d'autre qui puisse se présenter à lui. Herbert Marcuse est proche de ce genre de position (et de nombreux autres exemples se trouvent parmi les « théoriciens critiques », ceux qui, à gauche, admirent la Grèce et Rome, les rousseauistes tardifs, comme aussi, ce qui est plus prévisible, les communautaires conservateurs et les fondamentalistes religieux). Le ton de ce genre de travail suggère une version collectiviste de la misanthropie, quoique n'y soit condamné que ce que l'homme moderne, l'homme des masses, a fabriqué. Ayant perdu ses illusions sur la révolte populaire, et n'ayant guère d'intérêt pour la vie quotidienne du peuple, le critique universel fait de nécessité vertu et revient à une conception antérieure de l'entreprise critique : celle de Benda et celle qui le précède. Ils gagnent les cimes et, comme s'ils ne l'avaient jamais habitée eux-mêmes, dédaignent la caverne. S'ils ne sont pas parfaitement détachés et objectifs, ils font en tout cas peu de discrimination en choisissant les objets qui leur déplaisent.

Une troisième réaction, que recommande Foucault, mais dont il ne donne pas d'exemple, c'est de devenir un critique à petite échelle, en acceptant comme prix de la défaite une localisation radicale de l'activité critique. L'intellectuel à la Foucault aimerait jouer au moins un rôle mineur dans la « guerre de position » de Gramsci, mais il a perdu tout espoir de coopération sociale ou d'alliance politique. Il n'est pas tant un critique professionnel qu'un critique dans le petit monde de sa profession, et la profession la plus habituelle de nos jours, pour un critique social, est celle d'universitaire : d'où les guerres critiques des années 80, qui n'ont aucune résonance en dehors du monde universitaire, puisque les critiques n'ont plus aucun lien concret avec les personnes, les partis ou mouvements à l'extérieur. La critique universitaire, dans ces circonstances, tend de plus en plus à l'hermétisme et à l'obscurité gnostique : même les commentateurs du critique ne le comprennent que difficilement[4].

De la désolidarisation à la solidarité, et retour : le critique social qui évoluait librement s'attache aux causes populaires et aux luttes historiques et, l'instant d'après, il évolue à nouveau librement. Est-ce là le cours de la critique au XXe siècle ? Benda se situe à son début, exalté et optimiste ; Gramsci et Silone, Buber et Camus, se débattent avec les dilemmes de l'engagement, sans trouver de solution ; Marcuse se situe vers la fin, exalté, mais sinistre. Dans un de ses textes les plus résignés à l'exil, Breyten Breytenbach saisit le ton de la fin, l'élégie à rebours :

> Le monde devient plus gris, plus doux, moins dense [...]. Les modèles se sont fixés. Il y a bien sûr les exemples évidents : la digitalisation, l'ordinormalisation, la computérisation de l'être humain et de son monde. L'accoutumance à vivre dans l'équilibre de la terreur. L'acceptation de la survie ne peut être assurée qu'en fabriquant et en vendant des instruments porteurs de mort. Le fait d'exister avec la nécessité de la torture et des disparitions. De s'essuyer la bouche et de voter. De réparer les W.-C., d'acheter des chemises en Nylon. Des esprits qui n'ont besoin d'aucun repassage[5].

Tout cela, c'est le bavardage du critique universel. Il a un sens (et il n'est pas obscur), mais il lui manque la spécificité et la force de la critique sociale plus ancienne : il se compare mal à la prose merveilleusement tactile, presque caressante que Breytenbach met en œuvre pour décrire son Afrique du Sud. Sommes-nous condamnés au bavardage ? Est-ce ainsi que terminent les critiques sociaux déçus ?

Mais la fin ne me semble pas, comme tous les débuts, à ce point inévitable. Seul a été brisé le lien idéologique entre le critique et le peuple, la confiance doctrinale dans la mission historique de telle ou telle classe ou nation. Il ne fait pas de doute que cette rupture laisse quelques critiques errer librement, déçus et désolidarisés. Mais il ne s'agit pas d'une conséquence nécessaire, car le lien moral n'est pas brisé ; ou il n'est pas nécessaire qu'il se brise ; il peut être renouvelé ; ou bien l'on peut simplement « s'accrocher ». La critique sociale n'a pas besoin d'identifier positivement un agent historique – comme si la découverte de Marcuse, qu'il n'y a pas de forces sociales dont on puisse dire avec certitude qu'elles soient des forces libératrices, signifiait la fin de la critique, le dernier mot de la critique, après quoi commencerait le bavardage. Je ne vois aucune raison d'admettre la thèse que la critique est prisonnière de la théorie, et encore moins d'une théorie particulière comme le marxisme, qui est si vulnérable à la réfutation historique. Cela aide, bien sûr, d'avoir une théorie, d'avoir quelque prise sur les forces qui sont à l'œuvre dans la société, un ensemble plus ou moins systématique d'attentes relatives à l'avenir. Mais quand la théorie s'effondre, nous pouvons encore nous fier, comme le dit Silone, à notre sens moral comme « guide de la connaissance ». Quand j'ai lu cette phrase la première fois, j'ai présumé que Silone voulait dire, un guide de la connaissance morale. Je crois maintenant qu'il était plus ambitieux : le sens moral est aussi un guide de la connaissance sociale et politique et peut-être un meilleur guide que la théorie effondrée ne l'a jamais été – ne serait-ce que parce qu'il est plus généralement partagé. C'est un pouvoir de perception et de compréhension, sinon, comme l'est la Raison théorique, de domination : il rend la participation intelligente possible, sinon le contrôle rationnel. La liberté, la justice, la démocratie, la domination, l'oppression, l'exploitation, la cruauté, la violence, la terreur, le meurtre collectif, le gouvernement totalitaire – tel est le langage politique du XXᵉ siècle, une époque de grands espoirs, de grands risques, d'efforts désespérés, de points culminants effroyables. Qui peut douter que ce langage soit mieux utilisé par une personne ayant une sensibilité morale sans théorie que par une personne moralement obtuse ayant la plus formidable théorie possible ? De toute manière, le critique sensible, encore attaché à ses semblables, peut « s'accrocher », bien qu'il puisse blesser en « s'accrochant » : la sensibilité morale est l'armure de la survie critique.

Le miroir de Hamlet

Breytenbach donne une bonne définition des tâches du critique ainsi protégé : mettre en cause sans répit les platitudes et les mythes de sa société et exprimer les aspirations de son peuple. Cette seconde tâche n'est possible, évidemment, que si le peuple a effectivement des aspirations qui vont au-delà de l'ordre social dans lequel il se trouve, ou qui s'y heurte. Si les masses sont entièrement satisfaites, comme le prétend Marcuse, alors il ne reste au critique que la tâche ingrate de critiquer ce contentement, qu'il espère remplacer par ses propres aspirations insatisfaites, produits de son détachement et de sa réflexion solitaire. Mais pourquoi quelqu'un accepterait-il ce remplacement ? Et que peut faire le critique lorsqu'il est refusé ? Ce sont là des questions difficiles pour le critique universel, mais il n'est pas nécessaire qu'elles mettent en cause l'entreprise critique elle-même. Imaginez un critique qui n'est pas détaché, qui n'évolue pas librement ou qui n'est pas isolé. Il se conçoit plutôt comme un être social, « un homme d'une certaine région, d'une certaine classe et d'une certaine époque » (Silone), critique de « son propre monde » (Bourne). Ses valeurs, même ses valeurs universelles, sont celles d'une personne particulière, et elles sont partagées par un ensemble particulier d'autres personnes : des « valeurs moyennes » (Camus). Même si le critique a une version personnelle des valeurs moyennes, elles conservent un air de famille. Il peut ainsi présumer de son appartenance et exprimer ses propres aspirations pour la vie collective qu'il partage. Même s'il commence par lui-même, il parle à la première personne du pluriel. Ce que nous valorisons et voulons, ce que pourtant nous ne possédons pas, dit-il, c'est ceci. C'est ainsi que nous souhaitons vivre et pourtant nous ne vivons pas ainsi.

Nous critiquons la société tout comme nous critiquons nos amis, en présumant que les termes de la critique, les références morales, sont communes. L'écrivain, dit encore Breytenbach, « nous adresse ses paroles comme des miroirs ». Pourquoi est-ce là une activité critique ? Parce que nous ne voyons pas dans le miroir de l'écrivain ce que nous voulons voir. Songez au cas célèbre de Hamlet et de sa mère. « Vous ne bougerez pas que je n'aie présenté à vos yeux un miroir où vous pourrez plonger jusqu'au fond de vous ». Le miroir de Hamlet est le plus puissant des instruments critiques. Et son pouvoir critique ne dépend pas d'une conception utopique du mariage ou de la maternité : aucune théorie radicalement innovatrice des devoirs de l'épouse ou de la mère n'est nécessaire. Hamlet compte sur un accord moral : la conception qu'a sa mère de la manière dont elle devrait se comporter est la même que la sienne.

> […] asseyez-vous, taisez-vous
> Que je vous torde le cœur ; car j'y parviendrai
> S'il est d'une matière un peu malléable,
> Et s'il n'est pas devenu dans la pratique du crime [*custom*]
> Du bronze fortifié contre tout émoi [*sense*][6].

Le mot *custom* [dans le texte original], fait référence au comportement quotidien, aux apparences que nous produisons, au vernis de respectabilité que nous voyons ou espérons voir en regardant dans notre propre miroir. Et *sense* signifie « sentiment » ou « émotion » mais aussi « sens moral » et « sens commun », qui donnent forme et finalité à nos sentiments. Dans le miroir de Hamlet, sa mère voit à la fois ce qu'elle est (réellement) et ce qu'elle souhaite être au plus profond d'elle-même :

> Tu tournes mon regard vers le fond de mon âme[7].

De même le critique social tourne notre regard vers le fond de notre âme – une activité qui est superflue, encore une fois, si nous sommes collectivement ou individuellement sans âme, moralement insensibles ou obtus. Il présume que nous avons une âme plus ou moins semblable à la sienne : c'est là son hypothèse de départ et, étant donné cette hypothèse, son propre miroir est aussi efficace que celui de Hamlet*. Avec ce miroir, il accomplit les tâches que lui assigne Breytenbach. Premièrement, il nous montre à nous-mêmes tels que nous sommes, faux-semblants brisés, débarrassés de notre maquillage moral, nus. Il est alors comme ces photographes réformateurs des époques progressives et du *New Deal* – Lewis Hine et Walker Evans, par exemple – qui ont joué un rôle si central dans la dénonciation du travail des enfants, des bidonvilles et de la pauvreté rurale, « déchirant [...] le voile qui camoufle et mystifie le système brutal de production[8] ». Une fois que le voile est retiré, que l'on *voit* le système, aucun autre commentaire n'est nécessaire. Mais le critique est aussi un commentateur qui fournit, en outre, une description ou une interprétation de ce que, dans notre for intérieur, nous voudrions être : tous nos grands espoirs et toutes les images idéales de soi et de la société. J'ai dit de Hamlet et de sa mère que leur conception partagée du mariage et de la maternité n'avait rien d'utopique. Mais je ne cherche pas à exclure l'utopie de la critique sociale : je veux seulement souligner le fait que les espoirs et les idéaux ont une localisation réelle, dans notre « âme », dans notre conscience quotidienne du monde moral. Ce n'est que l'ordre social dans lequel se réalisent les espoirs et se poursuivent les idéaux qui n'est localisé nulle part. Le fait de dresser le miroir a pour objet de démontrer que l'ordre idéal n'est pas ici, ou que nous ne sommes pas là où il se trouve. Les histoires que nous nous racontons au sujet de la réalisation de la liberté et de l'égalité ne sont pas vraies : il suffit de regarder dans le miroir et de voir.

* On ne manquera pas de demander : mais que dire si le critique parle à un nazi convaincu qui regarde dans le miroir, s'admire dans ses bottes et avec ses croix gammées, arrogant et cruel ? Une telle personne se tient en dehors du monde de l'accord moral. Le critique s'adresse à tous ces hommes et ces femmes, de loin le plus grand nombre, que l'image dans le miroir met mal à l'aise.

Le critique regarde d'abord, et puis il contraint le reste d'entre nous à regarder : « Vous ne bougerez pas que je n'aie présenté à vos yeux un miroir. » Nous n'avons pas besoin d'autres yeux pour voir ce qui doit être vu : nous sommes là où nous sommes. C'est une erreur, en critique sociale comme en philosophie morale, de supposer que nous devons échapper à notre situation pour la décrire de manière adéquate. S'il vise l'objectivité, écrit le philosophe et théologien Franz Rosenzweig (un collaborateur de Buber qui est ici en parfait accord avec lui) :

> Le penseur doit procéder avec audace à partir de sa propre situation subjective. La seule condition que nous impose l'objectivité, c'est que nous parcourions l'horizon dans sa totalité ; mais nous ne sommes pas obligés de faire ce parcours d'aucune autre position que celle où nous nous trouvons, et nous ne sommes pas non plus obligés de le faire à partir d'une position quelle qu'elle soit. Nos yeux ne sont, en effet, que nos yeux à nous ; pourtant il y aurait folie à croire qu'il faut nous les arracher afin de voir comme il faut[9].

« L'horizon dans sa totalité », dans ma métaphore du miroir, fait référence à l'image que nous présente le miroir : il faut que toutes les défigurations morales soient reconnues, mais aussi, afin que l'objectivité ne soit pas perdue, ce qu'il y a de beau. On peut penser que les miroirs ne mentent pas, mais les personnes apprennent à regarder dans un miroir de manière à ne voir que ce qu'elles veulent voir. Le critique attire l'attention sur le reste.

Il y a autant de miroirs qu'il y a de critiques sociaux et autant de miroirs qu'il y a de personnes prêtes à regarder dans le miroir. Chaque miroir, chaque image à son nom propre ou son pronom possessif. Le miroir de Hamlet pourrait servir à tout le Danemark (et montrer ce qui est pourri dans l'État) mais seulement s'il pouvait convaincre les Danois de faire face à leur image collective, et seulement s'il pouvait lire l'image à la lumière des aspirations danoises. Chaque fois qu'elle attire l'attention sur des images particulières et exprime des aspirations particulières, la critique est une activité pluraliste. Du fait de ce pluralisme, le critique a une troisième tâche qu'il faut ajouter à celles de Breytenbach : il doit combattre la tendance qu'ont ses semblables, ses compagnons critiques aussi, à penser que lorsqu'ils regardent le miroir, ils voient le monde entier. Les tares qu'ils dénoncent révèlent celles de tout le monde ; leurs aspirations sont des fins universelles ; leur propre âme est l'âme du monde. Le seul péché grave de la critique sociale de gauche a été, il me semble, de prétendre avec insistance que la lecture correcte d'une seule image, une seule explication théorique de la vie sociale, peut tout dire de la société humaine. Il est, je suppose, possible de voir le monde dans un grain de sable – au moins, on peut y « voir » tous les autres grains de sable. Il n'est pas possible d'étudier un seul groupe de personnes, même un groupe très « avancé », et d'y voir tous les autres. C'est pourquoi le critique est contraint d'imaginer d'autres personnes qui regardent le miroir, bien qu'il ne puisse voir ce qu'elles y voient : il lui faut reconnaître la reconduction infinie de sa propre activité critique.

Telles sont donc les trois tâches de la critique : le critique dénonce les apparences trompeuses de sa propre société ; il exprime le sentiment le plus profond qu'a son peuple de la manière dont il devrait vivre ; et il souligne qu'il existe d'autres formes de falsification comme d'autres espoirs et d'autres aspirations tout aussi légitimes. Je ne veux pas dire que tout espoir ou toute aspiration ait la même légitimité. Une telle conception du monde est par trop relâchée : aucun critique social ne peut l'accepter. Il n'est pas vrai non plus que la signification de la dénonciation critique soit toujours locale et particulière. Si la pourriture au royaume de Danemark comprend le meurtre et la trahison, alors chacun d'entre nous peut la distinguer. Dans certaines circonstances, nous nous trouvons tous devant le même miroir. Mais dans certaines circonstances seulement : le critique qui oublie l'importance de « son propre langage, de son propre pays » (Breytenbach) n'écrit pas une critique puissante ou persuasive. Ni sa dénonciation de la laideur ni son expression des valeurs ne sonneront justes. Il ne lui sera pas possible non plus de reconnaître que les autres sont différents.

La critique nationale-populaire

Je ne prétends pas que ce modèle hamlétien de la critique sociale soit une garantie contre l'échec de la critique ou un remède souverain contre les troubles de la désolidarisation. Dans le monde de la critique, rien n'est jamais garanti ni souverain. Le modèle propose une manière de procéder une fois que les dieux du communisme et du nationalisme ont échoué. Les philosophes critiques ne trouvent aucun instrument humain que leur auraient révélé les Cieux ou leur aurait indiqué l'Histoire pour la mise en œuvre de leur critique : l'intellectuel affilié ne peut plus compter sur l'institution qui lui a délivré sa carte. Mais les hommes et les femmes ordinaires continuent à espérer une vie meilleure et les dirigeants politiques continuent à se justifier en termes idéaux, prétendant servir les espoirs du peuple. Le critique élabore les espoirs, interprète les idéaux, les oppose à son image de la réalité sociale. Leur confrontation a pour finalité de mettre les personnes en mouvement. Ce n'est que rarement que le critique peut s'allier à des personnes déjà en mouvement, des « forces sociales », comme on les appelle communément, qui marchent – mais jamais à la manière d'une armée exécutant un ordre – en direction de l'objectif critique. Les critiques ne sont pas des généraux. Ce ne sont que des critiques, et il leur faut trouver satisfaction dans une activité qui est plus souvent moralement irritante que matériellement efficace.

Il reste qu'ils espèrent qu'elle sera efficace : c'est la forme naturelle que prend leur ambition. L'efficacité est plus probable, me semble-t-il, lorsque le critique opère selon le mode que Gramsci qualifie de « national-populaire ». Cela signifie pour moi que la forme est nationale, le contenu, populaire ou mieux, l'idiome, national, la thèse, populaire. Le critique idéal qui opère selon ce mode est loyal envers des hommes et des femmes en difficulté – opprimés, exploités, appauvris, oubliés – mais il voit ces personnes et leurs difficultés, la solution possible à leurs difficultés dans le cadre de l'histoire et de la culture nationales. La nation, et non la classe, est l'unité pertinente, même lorsque le critique est plus sensible aux préjudices que subit une classe. Il ne peut exprimer les aspirations de la classe ouvrière, par exemple, que s'il comprend que l'appartenance complète à la communauté nationale est ce que recherche la majorité des travailleurs. L'appel de la culture commune est puissant, et la critique ne demande pas qu'on s'y oppose. Au contraire, le critique doit parler la langue du pays, la langue ordinaire ; et si sophistiqué et savant soit-il, il doit maintenir une certaine continuité avec les traditions de la plainte ordinaire. La critique nationale-populaire est compréhensive, tout comme l'est la conception de la littérature chez W. H. Auden :

> Et la fable pieuse et le conte grivois ont
> Leur part dans la gloire littéraire totale[10].

Ainsi en va-t-il de la critique : la gloire n'appartient pas qu'à l'équivalent critique du poète épique ou tragique. Si le critique parle à ses semblables, il doit aussi parler avec eux, et lorsqu'il semble antipatriotique, il lui faut souligner que, d'un point de vue plus profond, il est patriotique. « Un mouvement qui n'honore pas les valeurs constantes d'une société, n'a pas une maturité suffisante pour entreprendre d'en modifier la forme[11] », écrit le critique polonais Adam Michnik à propos du syndicat *Solidarnosc*. Si nous prenons cette norme au sérieux, il nous faut reconnaître qu'au XXe siècle, un grand nombre d'hommes et de femmes qui ont fait de la critique sociale ont manqué de maturité – souvent des hommes et des femmes très savants et ayant un grand talent pour la philosophie. Ils ont manqué de respect pour l'opinion de leurs semblables : ils ont insisté trop rapidement sur les vertus de la solitude héroïque et de la sagesse solitaire.

Parfois, il faut bien sûr que le critique demeure seul, comme l'a fait Silone lorsqu'il a rompu ses liens avec ses camarades du Parti, comme l'a fait Orwell lorsqu'il s'est efforcé de maintenir une politique de gauche contre les apologies habituelles du stalinisme, comme l'a fait Beauvoir lorsqu'elle a condamné la participation des femmes à leur propre assujettissement, ou comme le fait aujourd'hui Breytenbach, en exil, dans l'impossibilité de vivre sous le régime de l'*apartheid*. Mais les valeurs qui rendent cette position possible ne sont pas les valeurs privées du critique social. Ou, plus exactement, lorsqu'elles sont ses valeurs privées, elles l'opposent à son propre peuple en un sens plus radical que ne le demande la critique (ou que ne le permet la critique « adulte ») : les affirmer revient à faire une déclaration de guerre. « Toute éthique de la solitude, écrit Camus dans *L'Homme révolté*, suppose la puissance [12]. » Ce qui est conçu dans la solitude s'énonce cruellement. Lorsque le critique cherche à mettre en œuvre ses novations éthiques, il n'a pas assez de soutien, ou même de compréhension populaire : ce n'est que par la force qu'il peut imposer ses idées. Il parle peut-être une langue ésotérique. Peut-être ses idées sont-elles trop distantes de la culture du peuple auquel elles s'adressent. Il est probable que ce genre de solitude est volontaire : il existe très peu de critiques dans la longue histoire de cette discipline qui, protestant désespérément, aient été contraints à l'incompréhensibilité. Le plus souvent, l'incompréhensibilité est un choix que l'on fait en vue de ce qu'elle peut donner en retour : l'héroïsme individuel ou la rectitude sectaire.

L'intellectuel national-populaire, en revanche, parle la langue ordinaire. Il a ce que Breytenbach appelle une « langue impolie » mais il n'est pas inculte ou asocial : il n'attaque que la fausse civilité, les conventions polies, qui dissimulent les préjudices contre une classe, une race ou un sexe et qui transforment les valeurs en idéologies. La forme que prend son attaque varie selon les caractéristiques de sa culture, mais il est vraisemblablement attentif à l'histoire nationale, trouvant dans le passé de son peuple (sa littérature et son art ainsi que sa politique) un garant de sa critique du présent. En ce sens, le prophète biblique était un intellectuel national-populaire : il s'adressait au cœur de son peuple même lorsqu'il critiquait le plus sévèrement son comportement, leur rappelant l'Égypte, le Sinaï, l'Alliance – les événements sacrés, objets de célébrations rituelles, qui en faisaient un *peuple*. Il soutenait la cause des pauvres et des opprimés sans prétendre qu'ils n'avaient aucune part à la vie commune. Et, en dépit de sa rage, il maintenait en même temps un lien de solidarité avec son peuple. Sa rage était l'expression de sa solidarité : ce n'était que le comportement de son propre peuple qui le mettait en rage [13]. Je ne veux pas dire que ce genre de critique réussit nécessairement ou toujours, ou même souvent. Le succès des prophètes était en général du genre que l'on appelle aujourd'hui un « succès critique », c'est-à-dire qu'ils impressionnaient d'autres critiques. Mais le peuple lisait et relisait leurs livres : ils touchaient le cœur de ceux à qui ils s'adressaient, même s'ils ne modifiaient pas le comportement qu'ils critiquaient. La critique sur le mode national-populaire est potentiellement efficace. Et ce qui est tout aussi important, c'est que son efficacité ne dépend pas d'un emploi de la force.

Mais nous avons peut-être plus l'habitude de l'apologie nationale-populaire. Comment est-il possible de garantir le caractère critique des thèses de ce mode ? Il n'y a pas de garantie, bien sûr ; et il n'y a pas non plus de garantie sur les thèses énoncées sur le mode de la distance et de la solitude. Le critique solitaire ou isolé, voué, comme le suggère Camus, à l'exercice du pouvoir, est susceptible de perdre son approche critique des instruments du pouvoir – comme les intellectuels marxistes à l'égard du Parti communiste. Le critique national-populaire est exposé aux mêmes dangers (je mets de côté le danger du sentimentalisme, contre lequel la distanciation est un remède authentique ; mais ce danger-là est d'une signification intellectuelle relativement mineure). Il peut lui aussi devenir prisonnier de l'instrumentalisme : ne pas être critique de l'État qui fortifie la nation, du mouvement ou du parti qui défend le peuple. Ces échecs de la critique sont le résultat de ce que Silone appelle la mentalité fasciste, qui accorde une valeur au mouchoir tout en méprisant le nez.

On dit souvent que la loyauté envers sa nation ou envers son parti fait passer l'intellectuel de la critique à l'apologie, et on fait alors de la loyauté elle-même une cible de la critique. Ainsi dans les années 50, Philip Rieff dans une attaque sévère du conformisme des intellectuels américains écrit : aujourd'hui, « c'est la loyauté, et non la vérité, qui fournit la condition sociale par laquelle l'intellectuel découvre son environnement ». Le résultat, c'est que la critique sociale dérive régulièrement vers la science politique, « de la New School [for Social Research] vers la Rand Corporation[14] ». Il se peut que Rieff ait saisi la dérive, quoiqu'il faille dire que les deux institutions, quelque trente années plus tard, continuent de coexister – puisque les deux institutions ou leurs équivalents, faisant obstacle à la répression, ont toujours coexisté. Mais le couple loyauté-vérité est une mauvaise dichotomie. Comme je l'ai soutenu dans l'introduction, la vérité n'a jamais été en elle-même la passion motrice du critique social. Même le misanthrope de Molière, en dépit de sa défense classique du dire vrai critique, a un autre moteur. Il n'est pas vrai non plus que la critique soit possible comme pratique sociale si la loyauté fait défaut. Certes, on avait accusé les intellectuels qui avaient fondé la New School d'un manque de loyauté pendant la Première Guerre mondiale. Mais nous n'avons aucune raison de répéter cette accusation. Ils faisaient partie des réformateurs d'une longue tradition américaine[15]. Voués (comme Randolph Bourne) à l'élévation sociale, quelle société cherchaient-ils à élever ?

Ce sont les autorités qui qualifient le critique de déloyal. Et elles ont raison au moins de ce point de vue : aucun État, régime, dirigeant, parti, mouvement ou comité central n'obtient sa loyauté inconditionnelle. Idéalement, le critique est un homme sans maître, une femme sans maître, qui refuse de rendre hommage aux pouvoirs qui sont en place. C'est ce refus qui établit la distance critique, et aucun autre refus n'est nécessaire au nom de la critique. Les ruptures douloureuses avec la famille et les amis, si fréquentes dans la vie des critiques sociaux, sont le résultat, et non une condition, de leur activité critique. Il en va de même de l'exil : le critique n'abandonne pas son pays afin de trouver la vérité ; il l'abandonne afin de vivre selon la vérité qu'il a découverte. Au moment même de son départ, il accuse les hommes et les femmes qu'il laisse derrière lui de désertion : ce sont eux qui ont abandonné les valeurs constantes de leur société, non lui. La distance critique qui est pertinente est moins une question de perspective intellectuelle ou de circonstance personnelle qu'une question de position politique. Ce qui est crucial, c'est l'indépendance du critique, le fait d'être dégagé de la responsabilité gouvernementale, de l'autorité religieuse, du pouvoir corporatiste, de la discipline d'un parti.

Le critique social est une figure de l'opposition, et il lui faut rester indépendant pour maintenir cette position. Mais je ne crois pas qu'il soit nécessaire de décrire la posture critique, à la manière de Sartre, comme une opposition absolue, un antagonisme indifférencié : de voir en lui un écrivain qui écrit « contre tout lecteur ». Cette description transporte dans le monde de la critique sociale la conception qu'a d'elle-même l'avant-garde littéraire : « L'homme de lettres, écrivait Baudelaire, est l'ennemi du monde[16]. » Mais Sartre n'était un ennemi du monde qu'en France : son inimitié, il l'abandonnait bien rapidement lors de sa visite à Cuba ou en Chine, ou en écrivant sur Alger. L'opposition absolue est un genre de mauvaise foi. De même, la thèse trop générale d'un écrivain comme Marcuse est un genre de mauvaise théorie, qui est intellectuellement inauthentique comme est moralement inauthentique la position sartrienne. Elle a le défaut de ne pas reconnaître ou de ne pas prendre en compte ces aspects de notre monde qui restent ouverts, sur lesquels on peut encore travailler, auxquels nos concitoyens sont encore attachés. La maxime qui guide le critique doit être plus flexible : quand ça pue, dites que ça pue ; et quand ça ne pue pas, ne dites pas que ça pue.

La signification politique de l'opposition absolue reçoit une formulation précise dans un manifeste de Philippe Sollers, alors épigone sartrien : « Les intellectuels sont dans l'opposition. Par principe. Par nécessité pratique [...]. Ils s'opposent à toutes les majorités comme aussi à toutes les oppositions qui espèrent devenir la majorité. » Ce à quoi Breytenbach, installé dans son exil parisien, a donné exactement la bonne réponse : la thèse de Sollers montre, dit-il, « une incapacité à distinguer entre différents types de régimes politiques[17] ». L'arrogance du pouvoir trouve son allié secret dans l'arrogance de l'opposition. Car la critique n'agitera jamais le monde à moins d'être dirigée contre des traits spécifiques du monde que le critique n'est pas le seul à trouver injustifiés, oppressifs, brutaux ou injustes. Il faut donc que le critique soit loyal envers les autres, envers tous ces hommes et ces femmes pour qui un changement de régime fera une différence. Il ne peut pas ne pas prendre en compte leurs intérêts comme il ne peut non plus répudier simplement, grossièrement, leurs valeurs. Il s'oppose à ceci ou à cela : il ne s'oppose pas en bloc à tout.

Mais cette critique partielle, différenciée n'est pas plus facile (je crois qu'elle est beaucoup plus difficile) que l'absolutisme. L'intellectuel critique s'élève vers une position absolutiste comme un enfant grimpe à un arbre, sans jamais songer qu'il lui faudra redescendre : c'est de l'aventurisme. Le critique qui refuse l'absolutisme refuse aussi l'ivresse des cimes. Il se positionne dans le peuple : il éprouve, comme Gramsci dit qu'il le devrait, les « passions élémentaires ». Mais il prend des *positions* qui diffèrent des siennes, car le peuple est souvent guidé par les idéologues de l'État ou du parti et lui, il ne l'est pas. Son indépendance l'éloigne des hommes et des femmes ordinaires ainsi que des bureaucrates et des administrateurs. Il s'éloigne petit à petit du peuple-nation afin de critiquer ce que la majorité de ses concitoyens trouve louable. Parfois, persécuté par le régime et ne recevant pas un appui suffisant du peuple, il lui faut partir en exil. Mais même en exil, il ne peut pas embrasser l'absolutisme. Il est critique du régime, non du peuple ; ou d'une partie du peuple, et pas d'autres ; ou du peuple dans un sens, pas dans un autre. L'exil qu'il vit est une condition physique, non pas morale – ce qui revient à dire du critique en exil ce que Michnik dit des exilés polonais des années 50 : en partant, « ils ne se sont pas situés en dehors de la nation[18] ». Pourquoi ? Parce qu'ils continuaient à s'identifier à la nation, à en défendre les intérêts, à en interpréter les valeurs ; et parce que la distance était davantage pour eux une cause de douleur que de gloire.

Le désespoir et l'espoir

En écrivant sur Silone, je me suis opposé à l'idée que son « retour » à la chrétienté hérétique qu'il avait d'abord découverte dans son village natal témoignait de son désespoir. Mais le désespoir ne serait guère une réaction inadéquate à la politique du XXe siècle. Dans un sens, bien sûr, cette politique ouvre la voie de la réussite critique : il y a beaucoup à critiquer, tant de régimes laids, de partis et de mouvements corrompus, de chefs qui ont failli, de fausses idéologies. La critique sociale aujourd'hui est un genre riche en possibilités et riche aussi en accomplissements. Quelques-uns des plus grands de ces accomplissements, j'en ai parlé ici ; mais songez aux livres que j'ai omis : *La Pensée captive* de Czeslaw Milosz, *La Nouvelle Classe* de Milovan Djilas, *Les Cols blancs* de C. Wright Mills, *La Crise de la légitimité* de Jürgen Habermas, et bien d'autres descriptions fortes et négatives des sociétés dans lesquelles nous vivons. Mais toutes ces réussites sont des réussites de la critique, et non des réussites matérielles : elles rendent le monde visible, elles ne le refont pas. L'espoir, qui était si vif il y a quelques décennies, que la critique contrôlerait et donnerait forme à la révolte, semble aujourd'hui mort et disparu. En fait, cet espoir est mort plusieurs fois : dans les années 20 et au début des années 30, avec la montée du fascisme ; à la fin des années 30, avec la guerre ; dans les années 50, avec la dénonciation (tardive) du stalinisme ; à la fin des années 60, avec l'autodestruction de la *New Left*. Qui peut compter les défaites ou évaluer l'étendue de la déception ? La dernière année de la Deuxième Guerre mondiale, le romancier E. M. Forster justifiait le désespoir : « Le désespoir n'a rien de honteux. En 1938-1939, plus un homme peut prendre de désespoir à bord sans couler, plus il est vivant [19]. » Il faut s'inquiéter, cependant, de la qualité de sa vie.

L'important, c'est de ne pas couler – et comment flotter sauf en critiquant ce qui se passe sur les eaux autour de soi ? « À chaque étape et dans chaque situation, écrivait Buber, on peut faire quelque chose [20]. » J'aurais tendance à dire, presque toujours : la critique ne se fait jamais sans raisons et sans garants, mais il y a des moments terribles où elle devient futile. De toute manière, ce n'est que deux ans après la justification du désespoir de Forster qu'Orwell, dans l'attente d'une révolution anglaise et d'un gouvernement travailliste, a écrit son pamphlet *The Lion and the Unicorn* ; seulement six ans plus tard que Silone est retourné en Italie et a rejoint le Parti socialiste ; seulement neuf ans plus tard que Buber a affronté le fait, parfaitement inespéré, de l'indépendance d'Israël. Les occasions de la critique, ce qui veut dire aussi, les occasions d'espérer, se présentent même aux pires moments. Ainsi convient-il au critique d'être prêt et en attente : de maintenir son indépendance, de rester à l'écoute de la plainte commune, de polir son miroir. Il est comme un banlieusard qui attend son train (mais il n'y a point d'horaire).

Ce ne sont pas uniquement les guerres mondiales, les crises révolutionnaires ou les luttes de libération qui produisent les occasions de la critique. Nous n'opérons pas toujours sur une échelle aussi grandiose : et, pour des raisons évidentes, nous ne devrions pas non plus le vouloir. Les insurrections locales, les campagnes de réforme, les grèves économiques, les batailles électorales – tous ces événements ne sont pas nécessairement moins importants ou moins porteurs d'espoir que les révolutions. Ils ne sont que moins dangereux, et beaucoup plus fréquents. Le critique doit aujourd'hui travailler à la mise en relation du petit événement avec une vision plus large, et atteler les protagonistes à leur propre idéalisme hypothétique. Il fonctionne dans un rôle que Foucault prétend dépassé, mais qui en fait ne sera jamais dépassé : le critique est un « intellectuel universel », un critique des structures de pouvoir qui freinent la participation du peuple à la vie politique (y compris les structures de pouvoir des partis et des mouvements populaires). Il a un sens (qui n'appartient pas qu'à lui) de ce à quoi la société dans son ensemble devrait ressembler. Mais l'intellectuel universel n'est pas sur la crête d'une montagne, maître de tout ce qu'il voit : il ne prétend à aucune autorité, il n'émet aucun ordre. Partie prenante lui-même, il travaille à une certaine distance difficile à fixer, en équilibre entre la « solidarité » et le « service ». Il est, chaque fois qu'il le peut, l'ennemi de la désolidarisation. Chercher sa voie dans les petites batailles comme dans les grandes, être fidèle aux espoirs de la révolte populaire, survivre par-delà les défaites, maintenir une forme de critique qui soit interne à la politique démocratique, qui lui soit pertinente et qui soit loyale envers elle, telle est, en critique sociale, la définition du courage.

Notes

Introduction

1. Dans la discussion qui suit, je me fonde principalement sur des conversations avec des critiques sociaux qui me sont proches mais aussi sur la littérature du marxisme, de la « théorie critique » et de l'avant-garde. Voir Max Horkheimer, *Théorie traditionnelle et théorie critique*, Paris, Payot, 1978, en particulier l'essai qui a donné son titre au recueil ; et Renato Poggio, *The Avant Garde*, Cambridge, Mass., Harvard University Press, 1968, en particulier les chapitres 6, « The State of Alienation » et 7, « Avant-Garde Criticism ».

2. Amos 5 : 21. N.d.T. : toutes les traductions de la Bible sont empruntées à la Bible de Jérusalem, Paris, Desclée de Brouwer, 1975.

3. Platon , *Apologie de Socrate*, 30e, *Œuvres complètes*, t. 1, Paris, Belles Lettres, 1951.

4. Osée 8 :4.

5. Platon, *Apologie de Socrate*, 31e, *Œuvres complètes*, t. 1, Paris, Belles Lettres, 1951.

6. Karl Marx, *Le Capital*, in *Œuvres, Économie*, t. 1, trad. J. Roy, Paris, Gallimard, La Pléiade, p. 550.

7. Voir Mark Curtis, « The Alienated Intellectuals of Early Stuart England », *Past and Present*, n° 23, nov. 1962, pp. 25-43.

8. Alasdair MacIntyre, *Herbert Marcuse : An Exposition and a Polemic*, New York, Viking, 1970, p. 102.

9. Jerrod Seigel, *Bohemian Paris : Culture, Politics, and the Boundaries of Bourgeois Life, 1830-1930*, New York, Viking, 1986, pp. 10-11.

10. Charles Russell, *Poets, Prophets, and Revolutionaries : The Literary Avant-Garde from Rimbaud Through Postmodernism*, New York, Oxford University Press, 1985, pp. 29-30.

11. Karl Marx, *Pour une critique de la philosophie du droit de Hegel : Introduction*, dans *Œuvres, III, Philosophie*, Paris, Gallimard, La Pléiade, t. 3, 1982, p. 390.

12. Sur la langue et le style du *Manifeste*, voir Marshall Berman, *All That is Solid Melts into Air : The Experience of Modernity*, New York, Simon and Schuster, 1982, chap. 2.

13. Herbert Marcuse, *L'Homme unidimensionel*, Paris, Minuit, 1968, notamment le chap. 7.

14. Edmund Wilson, *The Dead Sea Scrolls : 1947-1969*, New York, Oxford University Press, 1969.

15. Breyten Breytenbach, *Feuilles de route : Essais, lettres, articles de foi*, Paris, Seuil, 1986, pp. 185-186.

16. Amos 7, pp. 16-17.

17. Platon, *Apologie de Socrate*, 36 a, *Œuvres complètes*, t. 1, Paris, Belles Lettres, 1951.
18. *Ibid.*, 30 a ; Amos 3, 2.
19. Matthieu 10, pp. 34-36
20. Simone de Beauvoir, *Le Deuxième Sexe*, t. 1, Paris, Gallimard, 1949, p. 111.
21. Je dois cette image à Irving Howe.
22. Martin Buber, *Une terre et deux peuples : la question judéo-arabe*, Paris, Lieu commun, 1983, p. 33.
23. Sur la difficile question des conceptions morales de Marx, voir Steven Lukes, *Marxism and Morality*, Oxford, Oxford University Press, 1986.
24. Seyla Benhabib, *Critique, Norm and Utopia : A Study of the Foundations of Critical Theory*, New York, Columbia Press, 1986.
25. Shakespeare William, *Hamlet*, III, 4.178, traduction d'Y. Bonnefoy, in *Œuvres complètes*, Paris, Formes et Reflets, 1957.
26. Christopher Lasch, *The New Radicalism in America, 1889-1963 : The Intellectual as a Social Type*, New York, Vintage Books, 1967, p. 256.
27. *Ibid.*, p. xv.
28. Voir la première version du *Contrat social*, in Jean-Jacques Rousseau, *Œuvres complètes*, t. 3, Paris, Gallimard, La Pléiade, 1964, p. 287.
29. Bertolt Brecht a exploré ces questions à la fin des années 20 et au début des années 30 dans une série de pièces de théâtre, dont la plus connue est *La Décision*, in *Théâtre complet*, t. 2, Paris, L'Arche, 1974, p. 209 s. Voir la discussion dans Russel, *Poets, Prophets*, pp. 219-221.
30. José Ortega y Gasset, *La Révolte des masses*, Paris, Le Labyrinthe, 1986.
31. Cité dans Joseph Frank, *Dostoïevsky : The Stir of Liberation, 1860-1865*, Princeton, Princeton University Press, 1986, p. 175.
32. K. Marx, *Pour une critique de la philosophie du droit légal*, p. 392, 397.

Julien BENDA

1. Julien Benda, *La Trahison des clercs*, Paris, Grasset, 1975.
2. *Ibid.*, p. 190.
3. *Ibid.*, p. 222.
4. J. Dillenberger, *Martin Luther : Selections from His Writings*, Garden City, N.Y., Doubleday, Anchor, 1961, p. 380.
5. J. Benda, *La Trahison*, p. 132, 148, 198.
6. *Ibid.*, p. 144.
7. *Ibid.*, p. 165 note.
8. *Ibid.*, p. 236.
9. *Ibid.*, p. 140.
10. *Ibid.*, p. 132.
11. *Ibid.*, p. 170.
12. *Ibid.*
13. *Ibid.*, pp. 202-203 note.
14. *Ibid.*, pp. 119-122.
15. *Ibid.*, p. 163.
16. *Ibid.*, p. 136n, 219.
17. Rapporté dans Ray Nichols, *Treason, Tradition, and the Intellectuals*, Lawrence, University of Kansas Press, 1978, p. 81.
18. J. Benda, *La Trahison*, p. 136.
19. *Ibid.*, p. 221.
20. *Ibid.*, pp. 177-178.
21. Cité dans R. Nichols, p. 90.

22. J. Benda, *La Trahison*, p. 219.
23. Cité dans R. Nichols, p.164.
24. J. Benda, *Exercice d'un enterré vif, juin 1940-août 1944*, Genève, Éd. des Trois Collines, 1944, p. 174 ; repris dans *La Jeunesse d'un clerc* suivi de *Un régulier dans le siècle* et de *Exercice d'un enterré vif*, Paris, Gallimard, 1989, p. 374.
25. J. Benda, *La Trahison*, p. 112.
26. *Ibid.*, p. 203.
27. Isaiah Berlin, *Personal Impressions*, H. Hardy ed., New York, Viking Press, 1980, p. 151.
28. *Ibid.*, p. 147, 149.
29. R. Nichols, p. 128.
30. J. Benda, *Exercice*, p. 175.
31. Paul Nizan, *Les Chiens de garde*, Paris, Maspero, 1982, p. 62.
32. R. Nichols, voir aussi D. L. Schalk, *The Spectrum of Political Engagement : Mounier, Benda, Nizan, Brasillach, Sartre*, Princeton, Princeton University Press, 1979, pp. 40-41.
33. J. Benda, *Un régulier dans le siècle*, Paris, Gallimard, 1937, p. 198.
34. J. Benda, *Exercice*, p. 172.
35. L.A. Coser, *Men of Ideas*, New York, The Free Press, 1965, p.360.
36. J. Benda, *La Trahison*, p. 168.
37. *Éthique du Talmud (Pirke Avot)*, 1, 10.
38. J. Benda, *La Trahison*, p. 202.

Randolph BOURNE

1. Christopher Lasch, *The New Radicalism in America, 1889-1963 : The Intellectual as a Social Type*, New York, Vintage Books, 1967, p. 101, 256.
2. Lettre à Alyse Gregory, citée dans *The World of Randolph Bourne*, Lillian Schlissel ed., New York, E. P. Dutton, 1965, p. XXXI.
3. Lettre à Prudence Winterroud, p. 298.
4. Bruce Clayton, *Forgotten Prophet : The Life of Randolph Bourne*, Baton Rouge, Louisana State University Press, 1984, p. 24.
5. « The Social Order of an American Town », cité dans B. Clayton, p. 80.
6. Randolphe Bourne, « This Older Generation », in *The Radical Will : Selected Writings 1911-1918*, Olaf Hansen ed., New York, Urizen Books, 1977, pp. 162-163. C'est le recueil le plus complet des essais et des articles (il n'inclut aucune lettre), et je le citerai à chaque fois que cela sera possible ; abrégé ensuite SW.
7. *SW*, p. 166.
8. Randolph Bourne, « A Moral Equivalent for Universal Military Service », in *History of a Literary Radical*, Van Wyck Brooks ed., New York, B. W. Huebsch, 1920, pp. 193-194.
9. R. Bourne, « Youth », *SW*, p. 104.
10. R. Bourne, « This Older Generation », *SW*, pp. 167-168.
11. R. Bourne, « The Life of Irony », dans *SW*, pp. 142-143.
12. Lettre à Prudence Winterroud, citée dans *The World of Randolph Bourne*, p. XIX.
13. R. Bourne, « Traps for the Unwary », *SW*, p. 483.
14. R. Bourne, « The art of Theodore Dreiser », *SW*, pp. 248-264.
15. R. Bourne, « Trans-National America, SW, pp. 248-264.
16. R. Bourne, « The Jew and Trans-National America », in *War and the Intellectuals*, Carl Resak ed., New York, Harper and Row, 1964, p. 132.

17. R. Bourne « Trans-National America », p. 249.
18. *Ibid.*, p. 255.
19. R. Bourne, « Traps for the Unwary », *SW*, p. 483.
20. Raymond Williams, *Culture and Society, 1780-1950*, New York, Columbia University Press, 1958, pp. 325-326, 328.
21. R. Bourne, « The Price of Radicalism », *SW*, p. 209.
22. Lénine, « Ce que sont les "amis du peuple" et comment ils luttent contre les sociodémocrates » (1894), in *Œuvres choisies*, t. 1, Moscou, Éd. en langues étrangères, 1948, p. 86 sq.
23. R. Bourne, « Traps for the Unwary », *SW*, p. 483.
24. R. Bourne, « The Life of Irony », *SW*, p. 144.
25. C. Lasch, *The New Radicalism in America*, p. 256.
26. Cité dans Charles Forcey, *The Crossroads of Liberalism : Croly, Weyl, Lippmann and the Progressive Era, 1900-1925*, Oxford University Press, New York, 1961, p. 273.
27. R. Bourne, « The Collapse of American Strategy », dans *The World of Randolph Bourne*, p. 168.
28. R. Bourne, « The War and the Intellectuals » et « A War Diary », *SW*, p. 313, 327.
29. R. Bourne, « Twilight of Idols », *SW*, p. 343.
30. R. Bourne, « A War Diary », *SW*, p. 324.
31. R. Bourne, « The war and the Intellectuals », *SW*, p. 307.
32. R. Bourne, « Twilight of Idols », *SW*, p. 342.
33. *Ibid.*, p. 343.
34. *Ibid.*, p. 345.
35. Floyd Dell, cité dans C. Forcey, *Crossroads*, p. 275.
36. Cité dans B. Clayton, *Forgotten Prophets*, p. 215.
37. R. Bourne, « The War and the Intellectuals », p. 315.
38. R. Bourne, « Twilight of Idols », p. 346.
39. R. Bourne, « A War Diary », p. 329.
40. Lettre à Van Wyck Brooks dans *The World of Randolph Bourne*, p. 320.
41. R. Bourne, « The State », *SW*, p. 359, 361.
42. *Ibid.*, p. 365.
43. R. Bourne, « Old Tyrannies », *SW*, p. 171.
44. *Ibid.*, p. 173.
45. Lettre à Sara Bourne dans *The World of Randolph Bourne*, p. 326.

Martin BUBER

1. Martin Buber, *Je et tu*, Paris, Aubier, 1992. Voir aussi les contributions de Nathan Rotenstreich, Maurice Friedman, Malcom Diamond, et Emmanuel Levinas dans *The Philosophy of Martin Buber*, Ill., Paul Arthur Schilpp et Maurice Friedman ed., La Salle, Open Court, 1967.
2. L'histoire m'a été racontée par Uri Simon, le fils d'Ernst Akiva Simon, un des amis les plus proches de Buber.
3. Martin Buber, *Une terre et deux peuples : la question judéo-arabe*, trad. D. Miermont et B. Vergne, Paris, Lieu commun, 1983.
4. Cité dans Friedman, *Martin Buber's Life and Work : The Latter Years, 1945-1965*, New York, E. P. Dutton, 1983, p. 345.
5. *Ibid.*, p. 365.
6. M. Buber, *Israel and the World : Essays in a Time of Crisis*, New York, Schocken, 1963, pp. 217-28. « Nationalism » est traduit par Olga Marx.
7. *Ibid.*, p. 225.

8. *Ibid.,* p. 216.
9. Sanhédrin 74a. La citation n'apparaît pas dans le texte de Buber : je l'ai utilisée pour en illustrer la signification.
10. M. Buber, *Israel and the World*, p. 221.
11. M. Buber, *Une terre et deux peuples*, p. 124.
12. *Ibid.*, p. 119.
13. Amos 9, 7 ; Buber, *Israel and The World*, p. 224.
14. M. Buber, *Une terre et deux peuples*, p. 115.
15. M. Buber, *Israel and the World*, p. 248.
16. M. Buber, *Une terre et deux peuples*, p. 109.
17. M. Buber, *Israel and the World*, pp. 234-235.
18. Cité dans l'introduction de Mendes-Flohr de *Une terre et deux peuples*, p. 32.
19. *Ibid.*, p. 189.
20. *Ibid.*, p. 219, 290.
21. M. Buber, *Israel and the World*, p. 25. Sur Buber dans les années 40, voir Idit Zertal « The Poisoned Heart : The Jews of Palestine and the holocaust », *Tikkun* 2, n° 2, 987, 20.
22. M. Buber, *Une terre et deux peuples*, p. 52.
23. *Ibid.*, p. 288.
24. *Ibid.*, p. 225.
25. *Ibid.*, p. 174.
26. *Ibid.*, p. 231.
27. *Ibid.*, pp. 236-237.
28. M. Buber, *Israel and the World*, p. 111 (c'est l'auteur qui souligne). Une version plus complète du discours inaugural se trouve dans M. Buber, *Pointing the Way*, New York, Schocken, 1974, pp. 177-191.
29. M. Buber, *Une terre et deux peuples*, p. 210.
30. M. Buber, *Israel and the World*, p. 255.
31. M. Buber, *Une terre et deux peuples*, p. 291.
32. *Ibid.*, p. 215
33. *Ibid.*, p.371.
34. *Ibid.*, p. 291. La traduction anglaise dit « Israelite », mais je doute que M. Buber ait voulu s'identifier si rapidement avec le nouvel État.
35. *Ibid.*, p. 291.
36. M. Buber, *Israel and the World*, p. 257.
37. M. Buber, *Une terre et deux peuples*, p. 384.
38. M. Buber, *Israel and the World*, p. 261, *Une terre et deux peuples*, p. 329.
39. M. Buber, *Israel and the World*, p. 258 ; sur ce thème, voir Bernard Susser, *Existence and Utopia : The Social and Political Thought of Martin Buber*, Rutherford, N.J, Fairleigh Dickinson University Press, 1981, pp. 147-152.
40. M. Buber, *Une terre et deux peuples*, p. 323.
41. *Ibid.*, p. 329.
42. M. Buber, *Pointing the Way*, p. 217, *Une terre et deux peuples*, p. 315.
43. M. Buber, *Israel and the World*, p. 111.

Antonio GRAMSCI

1. Voir, par exemple, *Marxism and Democracy*, Alan Hunt ed., Londres, Lawrence and Wishart, 1980.
2. Antonio Gramsci, *Selections from the Prison Notebook*, éd. et trad. Quinton Hoare and Geoffrey Nowell Smith, New York, International Publishers, 1971, p. 238. Cette sélection a établi le texte qui fait autorité pour les Gramsciens anglo-

phones ; il est bien introduit et utilement annoté ; mais Hoare et Smith ne disent rien à leurs lecteurs de leurs principes de sélection. Qu'ont-ils omis et pourquoi ?

N.d.T. En français, le lecteur pourra se reporter aux *Carnets de prison* 6-9, Paris, Gallimard, 1983, *Carnets* 14-18, Paris, Gallimard, 1990, *Carnets* 19-29, Paris, Gallimard, 1992. *Les Carnets* 1 à 5 sont encore à paraître.

3. A. Gramsci, *Selections*, p. 239.

4. *Ibid.*, pp. 132-133.

5. *Ibid.*, p. 453.

6. Frank Parkin, *Marxism and Class Theory : A Bourgeois Critique*, New York, Columbia University, 1979, p. 81.

7. A. Gramsci, *Selections*, p. 9 ; voir aussi p. 323.

8. *Ibid.*, p. 324.

9. *Ibid.*, p. 327 ; p. 333 sur la « conscience contradictoire » des personnes ordinaires.

10. *Ibid.*, p. 326 note.

11. K. Marx et F. Engels, *L'Idéologie allemande*, Paris, Éditions sociales, 1988, p. 111.

12. *Ibid.*, pp. 40-41.

13. A. Gramsci, *Selections*, pp. 181-182.

14. Cité dans Chantal Mouffe, « Hegemony and Ideology in A. Gramsci », dans *A. Gramsci, and Marxist Theory*, Chantal Mouffe ed., Londres, Routledge and Kegan Paul, 1979, p. 181. A mon avis, c'est la meilleure description de ce que A. Gramsci a pu entendre par « hégémonie ».

15. A. Gramsci, *Selections*, p. 395.

16. *Ibid.*, p. 324, 333.

17. *Ibid.*, p. 350.

18. A. Gramsci, « Quelques thèmes de la question méridionale » in *Écrits politiques*, t. 3, Paris, Gallimard, 1980, p.327 s.

19. Cité dans John Cammett, *Antonio Gramsci, and the Origins of Italian Communism*, Stanford, Stanford University Press, 1967, p. 78. Sur les années à Turin voir aussi Martin Clark, *Antonio Gramsci, and the Revolution That Failed*, New Haven, Yale University Press, 1977, et Gwyn Williams, *Proletarian Order : Antonio Gramsci, Factory Councils and the Origins of Communism in Italy, 1911-1921*, Londres, Pluto Press, 1980.

20. J. Cammett, *Antonio Gramsci*, p. 88.

21. Lénine, « Ce que sont les "amis du peuple" et comment ils luttent contre les sociodémocrates » (1894), in *Œuvres choisies*, t. 1, Moscou, Éd. en langues étrangères, 1948, p.86.

22. A. Gramsci, *Selections*, p. 334.

23. *Ibid.*

24. Sur « Apprendre à rester assis », *ibid.*, p. 42.

25. *Ibid.*, p. 334.

26. *Ibid.*, p. 197.

27. Cité dans James Joll, *Antonio Gramsci*, Harmondsworth, Penguin, 1978, p. 53.

28. Cité dans Harold Entwistle, *Antonio Gramsci*, Conservative Schooling for Radical Politics, Londres, Routledge Kegan Paul, 1979, p. 72. C'est un livre extrêmement utile, qui rompt avec la dévotion excessive des Gramsciens contemporains.

29. A. Gramsci, *Selections*, p. 186.

30. *Ibid.*, pp. 330-331.

31. *Ibid.*, p. 331, 418.

32. *Ibid.*, p. 398.

33. *Ibid.*, p. 37

34. *Ibid.*, p. 40.

35. *Ibid.*, pp. 35-36 (c'est l'auteur qui souligne). Le « caractère » d'un parti, écrit A. Gramsci p. 268, se révèle dans sa « résistance aux pressions qu'exercent des cultures dépassées ».
36. *Ibid.*, p. 43.
37. J. Cammett, *Antonio Gramsci*, p. 12.
38. Alastair Davidson, *Antonio Gramsci : Towards an Intellectual Biography*, Londres, Merlin Press,1977, fournit une bonne description des années sardes de A. Gramsci.
39. A. Gramsci, *Selections*, p. 418.
40. Cité dans A. Davidson, *Intellectual Biography*, p. 181.
41. A. Gramsci, *Selections*, p. 19, 20.
42. *Ibid.*, pp. 77-79.
43. *Ibid.*, p. 195.

Ignazio SILONE

1. Arthur Koestler, *La Corde raide*, Paris, Calmann-Lévy, 1953, repris dans *Œuvres autobiographiques*, Paris, Laffont, 1994, p. 222.
2. Ignazio Silone, *Sortie de secours*, Paris, Del Duca, 1965, p. 84.
3. *Ibid.*, p. 84.
4. *Ibid.*, p. 85.
5. I. Silone, *Fontamara*, Paris, Grasset, 1981, p. 280.
6. I. Silone, *Le Pain et le Vin*, Paris, Grasset, 1939, pp. 148-149.
7. *Ibid.*, p. 163.
8. I. Silone, « On the Place of the Intellect and the Pretensions of the Intellect », in George de Huszar ed., *The Intellectuals : A Controversial Portrait*, Glencoe, 111, Free Press, 1960, pp. 262-263.
9. I. Silone, *Sortie de secours*, p. 86.
10. *Ibid.*, pp. 145-146. Pour cet essai, j'ai utilisé la traduction par Darina I. Silone,, « The Choice of Comrades », dans *Voices of Dissent*, New York, Grove Press, 1958, p. 328. Le passage entre crochets ne se trouve pas dans la traduction française. (NdT).
11. I. Silone, *Sortie de secours*, p. 146.
12. *Ibid.*
13. *Ibid.*, p. 86.
14. George Mosse a utilisé cette phrase pour caractériser I. Silone, lors d'un séminaire à l'Université hébraïque de Jérusalem (mai 1987), où j'ai lu une première version de ce chapitre.
15. I. Silone, *Sortie de secours*, p. 87.
16. I. Silone, *Le Pain et le Vin*, p. 294.
17. I. Silone, « On the Place of the Intellect », p. 261.
18. I. Silone, *Le Grain sous la neige*, Paris, Grasset, 1942, p. 244 : le passage entre crochets ne figure pas dans la traduction française (NdT).
19. I. Silone, *Sortie de secours*, p. 108.
20. I. Silone, *Le Pain et le Vin*, pp. 134-135.
21. I. Silone, *Le Grain sous la neige*, p. 41.
22. I. Silone, *Le Pain et le Vin*, p. 84.
23. I. Silone, *Le Grain sous la neige*, p. 458.
24. Henri Troyat, *Tolstoï*, Paris, Fayard, 1965.
25. Nicola Chiaromonte, « Silone, the Rustic », *Survey* 26, n° 2, Spring 1982, 44.
26. Thorstein Veblen, « The Intellectual Pre-eminence of Jews in Modern

Europe », dans *Essays in Our Changing Order*, New York, Viking Press, 1934, p. 227.

27. I. Silone, *Le Pain et le Vin*, p. 34.

28. I. Silone, *Une poignée de mûres*, Paris, Del Duca, 1969, pp. 124-125.

29. Michael Harrington, *The Accidental Century*, Baltimore, Penguin, 1966, p. 201.

30. I. Silone, *Le Pain et le Vin*, p. 293.

31. I. Silone, *Sortie de secours*, p. 7.

32. I. Silone, *Sortie de secours*, p. 153.

33. I. Silone, *Sortie de secours*, p. 134, 121.

34. *Ibid.*, p. 109.

35. I. Silone, *Sortie de secours*, p. 154. Les mots entre crochets ne se trouvent pas dans la traduction française (NdT).

36. N. Chiaromonte, « Silone, the Rustic », p. 44.

37. I. Silone, *Le Grain sous la neige*, p. 419.

38. *Ibid.*

39. I. Silone, *Sortie de secours*, pp. 155-156.

Georges ORWELL

1. Raymond Williams, *George Orwell*, New York, Columbia University Press, 1981. En lisant Williams sur Orwell, j'ai été beaucoup aidé par l'essai vivant et perspicace de Paul Thomas intitulé « Mixed Feelings : Raymond Williams and George Orwell », *Theory and Society* 14, nº 4, July 1985, pp. 419-444.

2. George Orwell, *La Catalogne libre : 1936-1937*, Paris, Champ libre, 1982, pp. 13-14.

3. R. Williams, *Politics and Letters : Interviews with New Left Review*, Londres, Verso, 1981, pp. 384-392. « Patriotisme social » est utilisé la première fois dans l'interview du rédacteur de la NLR mais Williams l'adopte (voir p. 386).

4. R. Williams, *George Orwell*, p. 12, 24.

5. G. Orwell, « Inside the Whale », dans *The Collected Essays, Journalism and Letters of George Orwell*, t. 1, Sonia Orwell et Ian Angus ed., New York, Harcourt, Brace and World, 1968, p. 515 ; abrégé désormais *CE*.

6. J'ai cité le poème tel qu'Orwell le cite dans « Inside the Whale ». Auden a revisé le poème en 1939, en omettant le vers sur le « meurtre nécessaire ». Pour la version revue et corrigée, voir *The English Auden : Poems,Essays and Dramatic Writings :1927-1939*, Edward Mendelson ed., NewYork, Random House, 1977, pp. 210-212 ; les modifications sont décrites par Mendelson pp. 424-425.

7. G. Orwell, « Inside the Whale », t. 1, p. 516.

8. G. Orwell, « The Proletarian Writer », dans *CE*, t. 2, p.38.

9. G. Orwell, *The Road to Wigan Pier*, New York, Harcourt, Brace and Company, 1958, p. 261.

10. *Ibid.*, pp. 179-180.

11. *Ibid.*, p. 180.

12. G. Orwell, *La Catalogne libre : 1936-1937*, p. 234.

13. R. Williams, *George Orwell*, p. 91.

14. G. Orwell, *The Road to Wigan Pier*, p 180.

15. G. Orwell, *Et vive l'aspidistra !*, Paris, Gallimard, 1978, p. 327.

16. Lionel Trilling, « Introduction » dans Georges Orwell, *Homage to Catalonia*, Boston, Beacon Press, 1955, p. XV.

17. G. Orwell, *1984*, Paris, Gallimard, 1950, p. 17, 138, 196, 200.

18. L. Trilling, p. XVIII.

19. G. Orwell, *The Lion and the Unicorn, CE*, t. 2, p. 97.

20. *Ibid.*, p. 57 (C'est l'auteur qui souligne).
21. G. Orwell, « My Country Right or Left », *CE*, t. 1, p. 539 ; répété dans *The Lion and the Unicorn*, t. 2, p. 103.
22. G. Orwell, *The Lion and The Unicorn*, t. 2, p. 109.
23. G. Orwell, « Notes on Nationalism », *CE*, t. 3, p. 362.
24. G. Orwell, *The Lion and the Unicorn*, t. 2, p. 68.
25. R. Williams, *Politics and Letters*, p. 391.
26. G. Orwell, *The Lion and the Unicorn*, t. 2, p. 95.
27. Voir l'appréciation de Williams sur ce point dans *George Orwell*, p. 87.
28. Alex Zwerdling, *Orwell and the Left*, New Haven, Yale University Press, 1974, p. 16.
29. Richard Wollheim, « Orwell Reconsidered », *Partisan Review* 27, nº 1, Winter 1960, pp. 95-96.
30. A. Zwerdling, pp. 9-10 ; voir aussi intr. George Orwell, *British Pamphleteers*, vol. 1, George Orwell and Reginald Reynolds, eds., Londres, A. Wingate, 1948.
31. G. Orwell, *The Lion and the Unicorn*, t. 2, p. 96
32. Voir G. Orwell, « James Burnham and the Managerial Revolution », *CE*, t. 4, p.160
33. G. Orwell, « Rudyard Kipling », *CE*, t. 2, p.195
34. A. Zwerdling, p. 13.
35. G. Orwell, *The road to Wigan Pier*, p. 212.
36. G. Orwell, « Charles Dickens », *CE*, t. 1, p. 459.
37. G. Orwell, « Arthur Koestler », *CE*, t. 3, p. 235.
38. R. Williams, *Politics and Letters*, pp. 391-392.
39. G. Orwell « Preface to the Ukranian Edition of Animal Farm », in *CE*, t. 3, p. 404-405.
40. G. Orwell, « As I Please », in *CE*, t. 3, p.226.
41. Voir George Woodcock, *The Crystal Spirit : A Study of George Orwell*, New York, Schocken Books, 1984, pp. 217-219.
42. G. Orwell, « Koestler », *CE*, t. 3, p. 236.
43. G. Orwell, *1984*, p. 62, 117.
44. Irving Howe, *Politics and the Novel*, New York, Meridian Books, 1957, p. 236.

Albert CAMUS

1. Herbert R. Lottman, *Albert Camus*, Paris, Seuil, 1985.
2. Simone de Beauvoir, *La Force des choses*, t. 2, Paris, Gallimard, 1963, p. 277 ; Conor Cruise O'Brien, *Albert Camus of Europe and Africa*, New York, Viking Press, 1970, pp. 88-93. O'Brien continue en suggérant une interprétation de *La Chute* qui en rachète les défauts mais qui ne me paraît pas plausible.
3. A. Camus, *Carnet, janvier 1942-mars 1951*, Paris, Gallimard, 1964, p. 232.
4. *Ibid.*, p. 318.
5. S. de Beauvoir, *La Force des choses*, t. 2, p. 100.
6. A. Camus, *Carnets*, p. 22.
7. *Ibid.*, p. 73.
8. Jean-Paul Sartre, *Plaidoyer pour les intellectuels*, Paris, Gallimard, 1972, p. 70.
9. S. de Beauvoir, *La Force des choses*, t. 2, p. 239.
10. *Ibid.*, p. 381, 397 ; t. 2, pp. 124-125, 145.
11. J.-P. Sartre, *Plaidoyer pour les intellectuels*, p. 71.
12. S. de Beauvoir, *La Force des choses*, t. 2, p. 245.

13. Cité dans Philip Thody, *Albert Camus : 1913-1960*, Londres, Hamish Hamilton, 196l, p. 2l2

14. Franz Fanon, *Pour la révolution africaine : écrits politiques*, Paris, Maspero, 1969, p. 77.

15. Jules Roy, *La Guerre en Algérie*, Paris, Julliard, 1960, p. 206.

16 A. Camus, « Misère de la Kabylie », *Actuelles III : Chronique algérienne 1939-1958*, Paris, Gallimard, 1958, pp. 3-90.

17. Cité dans R. Nichols, *Treason, Tradition, and the Intellectual*, Lawrence, University of Kansas Press, 1978, p. 164.

18. A. Camus, *Carnets*, p. 103.

19.. *Ibid.*, p. 185.

20. A. Camus, « Crise en Algérie », *Actuelles III*, p. 122.

21. Cité dans Lottman, *Albert Camus*.

22. A. Camus, « Lettre à un militant algérien », dans *Actuelles III*, pp. 126-127.

23. A. Camus, « Avant-propos » dans *Actuelles III*, p. 14

24. C.C. 0'Brien, *Camus of Europe and Africa*, p. 102.

25. A. Camus, « Avant-propos », p. 25.

26. *Ibid.*, p 17.

27. A. Camus, *Carnets*, p. 224.

28. A. Camus, « Avant-propos », p. 19.

29. *Ibid.*, p. 14.

30. A. Camus, « Algérie 1958 », dans *Actuelles III*, p. 200.

31. A. Camus, « Crise en Algérie », p. 95.

32. A. Camus, « Avant-propos », p. 20.

33. A. Camus, « Appel pour une trève civile », dans *Actuelles III*, p. 176.

34. A. Camus, « Avant-propos », p. 27.

35. J. Roy, p. 207.

36. A. Camus, « Avant-propos », p. 15 ; A. Camus, *Résistance*, p. 114.

37. J. Roy, p. 206.

38. C.C. O'Brien, p. 105.

39. A. Camus, « L'artiste et son temps », dans *Actuelles II*, Paris, Gallimard.

40. A. Camus « Appel pour une trève civile », dans *Actuelles III*, Paris, Gallimard, p. 183.

41. P. Thody, *Albert Camus*, p. 210.

Simone de BEAUVOIR

1. Voir Michel Le Doeuff, « Simone de Beauvoir and Existentialism », *Feminist Studies* 6, n° 2, 1980, pp. 277-289, et Linda Singer, « Interpretation and Retrieval : Rereading Beauvoir », *Hypatia : Journal of Feminist Philosophy*, n° 3, 1985, pp. 231-238.

2. Simone de Beauvoir, *La Force de l'âge*, Paris, Gallimard, 1960, p. 492.

3. S. de Beauvoir, *La Force des choses*, t. 2, Paris, Gallimard, 1963, p. 257.

4. C'est la thèse d'un essai non publié de Sonia Kruks sur Beauvoir et le poids de la situation que Kruks a eu la gentillesse de me laisser lire.

5. S. de Beauvoir, *Le Deuxième Sexe*, t. 1, Paris, Gallimard, 1949.

6. Alice Schwarzer, *After The Second Sex : Conversations with Simone de Beauvoir*, New York, Pantheon, 1984, p. 36, 70.

7. S. de Beauvoir, *Le Deuxième Sexe*, t. 1, p. 60, 110, 113.

8. *Ibid.*, t. 1, p. 57, 64.

9. *Ibid.*, t. 1, p. 110.

10. *Ibid.*, t. 2, p.235.

11. *Ibid.*, t. 1, p. 92.

12. *Ibid.*, t. 2, p.148.
13. *Ibid.*, t. 2, p. 307.
14. *Ibid.*, t. 1, p. 112.
15. *Ibid.*, t. 1, p. 69.
16. A. Schwarzer, p. 43.
17. S. de Beauvoir, *Le Deuxième Sexe*, t. 1, p. 203.
18. *Ibid.*, t. 1, p. 101.
19. *Ibid.*, t. 1, p. 216. Voir la thèse de Mary Evans selon laquelle l'analyse de Beauvoir tend vers « la reproduction féminine, moyennant une émancipation essentiellement bourgeoise, d'une grande partie de ce que Beauvoir trouve le moins acceptable dans la société occidentale », dans *Simone de Beauvoir : Feminist Mandann*, Londres, Tavistock, 1985, pp. 124-125.
20. S. de Beauvoir, *Le Deuxième Sexe*, t. 1, p. 29.
21. A. Schwarzer, p. 45.
22. S. de Beauvoir, *Le Deuxième Sexe*, t. 1, p. 222.
23. *Ibid.*, t. 2, p. 562.
24. *Ibid.*, t. 2, p. 429.
25. *Ibid.*, t. 2, p. 455.
26. *Ibid.*, t. 2, p. 403.
27. *Ibid.*, p. 220. A peu près trente plus tard, Beauvoir se décrit dans les années 40 comme une femme qui avait « abdiqué, sur certains aspects cruciaux au moins, sa féminité. Si je formule cela en termes économiques… j'étais devenue une collaboratrice de classe » (cité par Carol Ascher, *Simone de Beauvoir : A Life of Freedom*, Boston, Beacon Press, 1981, p. 129). Mais à l'époque, la collaboration passait pour de la camaraderie : elle était plus à l'aise avec les hommes qu'avec les femmes.
28. A. Schwarzer, p. 46.
29. Jean Bethke Elshtain, *Public Man, Private Woman : Women in Social and Political Thought*, Princeton, Princeton University Press, 1981, pp. 306-310, Mary O'Brien, *The Politic of Reproduction*, Boston, Routledge and Kegan Paul, 1983, pp. 65-76. La meilleure présentation critique des thèses récentes sur les valeurs féminines se trouve dans Jean Grimshaw, *Philosophy and Feminist Thinking*, Minneapolis, University of Minnesota Press, 1986.
30. S. de Beauvoir, *Le Deuxième Sexe*, p. 240.
31. C.C. O'Brien, p. 75.
32. S. de Beauvoir, *Le Deuxième Sexe*, t. 2, p. 444.
33. Iris Marion Young, « Humanism, Gynocentrism, and Feminist Politics », *Hypatia, A Journal of Feminist Philosophy*, n° 3, 1985, p.176. Pour quelques signes de l'existence d'un « contre-univers », voir Patricia Meyer Spacks, *Gossip*, Chicago, University of Chicago Press, 1986.
34. I. M. Young, « Humanism », p. 176 (elle ne rapporte pas ses propres conceptions) ; pour une description plus équilibrée, quoique non moins catégorique des différences morales entre hommes et femmes, voir Carol Gilligan, *In a Different Voice : Psychological Theory and Women's Development*, Cambridge, Mass., Harvard University Press, 1982.
35. I. M. Young, p. 180.
36. A. Schwarzer, p. 78.
37. Kate Soper, « The Qualities of Simone de Beauvoir », *New Left Review*, n° 156, March-April 1986, p. 128.
38. A. Schwarzer, pp. 116-17.
39. *Ibid.*, p. 78.

Herbert MARCUSE

1. Ronald D. Laing, compte rendu de *L'Homme unidimensionnel, New Left Review* 26, July-August 1964, p. 80

2. Herbert Marcuse, *L'Homme unidimensionnel*, Paris, Minuit, 1968, p. 26.

3. *Ibid.*, p. 309.

4. *Ibid.*, p. 20.

5. *Ibid.*, pp. 311-312.

6. *Ibid.*, p. 33, 110.

7. *Ibid.*, p. 37, 40.

8. *Ibid.*, p. 30. L'expression entre crochets ne se trouve pas dans la traduction française (NdT).

9. *Ibid.*, p. 29. La traduction substitue à la série d'adjectifs dans le texte original une série de substantifs (NdT).

10. *Ibid.*, p. 63.

11. *Ibid.*, p. 31.

12. *Ibid.*, p. 84.

13. John Stuart Mill, « Utilitarianism », dans *The Philosophy of John Stuart Mill*, Marshall Cohen ed., New York, Modern Library, 1961, p. 333.

14. L'histoire a de nombreuses versions conservatrices ; pour la première de ses versions de gauche, voir Jean-Jacques Rousseau, *Discours sur les origines de l'inégalité*.

15. H. Marcuse, p. 34.

16. *Ibid.*, p. 35.

17. *Ibid.*, p. 34. M. Walzer adapte le texte de H. Marcuse pour s'identifier aux esclaves *(NdT)*.

18. *Ibid.*, p. 81.

19. *Ibid.*, p. 296. Il faut préciser, pour comprendre la position critique de Walzer à l'égard de H. Marcuse que la traduction française pour moronization ne rend pas la virulence du texte de H. Marcuse : dans le commentaire de Walzer, je traduis morons par crétins *(NdT)*.

20. *Ibid.*, p. 114, (cité d'un article dans *La Nouvelle Revue Française*, juillet 1956).

21. H. Marcuse, p. 31.

22. C. Wright Mills, *The Power Elite*, New York, Oxford University Press, 1956.

23. H. Marcuse, *L'Homme unidimensionnel*, p. 62, 90

24. Randolph Bourne, « Traps for the Unwary », *Selected Writings, 1911-1918*, Olaf Hansen ed., New York, Urizen Books, 1977, p. 483.

25. H. Marcuse, p. 94.

26. *Ibid.*, p. 97.

27. *Ibid.*, p. 98.

28. *Ibid.*, p. 104.

29. *Ibid.*, pp. 298-299.

30. *Ibid.*, pp. 304-305.

31. Voir l'essai de H. Marcuse intitulé « Repressive Tolerance », dans Herbert Marcuse, Barrington Moore Jr., and Robert Paul Wolff, *A Critique of Pure Tolerance*, Boston, Beacon Press, 1965.

32. H. Marcuse, *L'Homme unidimensionnel*, p.120, 248, 242, mais p. 121, H. Marcuse fait une remarque très différente et probablement plus exacte : « La société exprime ses besoins directement dans le matériau linguistique mais non sans opposition ; la langue populaire s'en prend avec un humour amer et provocateur au discours officiel et semi-officiel. » La touche dominante, ce sont les situations dans mon texte qui la suggèrent.

33. *Ibid.*, p. 139.

34. Allen Graubard, « One-Dimensional Pessimism : A Critique of Herbert H. Marcuse's Theories », dans *Beyond the New Left*, Irving Howe ed., New York, McCall Publishing Company, 1970, p. 161.
35. H. Marcuse, p. 225.
36. H. Marcuse, *Vers la libération*, Paris, Minuit, 1969, p. 40.
37. H. Marcuse, *L'Homme unidimensionnel*, p. 241.
38. *Ibid.*, p. 105.
39. *Ibid.*, p. 134. H. Marcuse parle d'intention au lieu d'exigence, mais la traduction de M. Wittig s'insère sans difficulté dans le texte de M. Walzer (NdT).
40. *Ibid.* p. 162.
41. *Ibid.*, pp. 284-285 (c'est l'auteur qui souligne).
42. *Ibid.*, p. 285.
43. *Ibid.*, p. 306.
44. *Ibid.*, p. 72.
45. *Ibid.*, p. 71.
46. *Ibid.*, p. 266 (c'est M. Walzer qui souligne).

Michel FOUCAULT

1. Michel Foucault, « Pouvoirs et stratégies », *Les Révoltes logiques*, t. 4, 1977, p. 97.
2. M. Foucault, « Les rapports du pouvoir passent à l'intérieur des corps », *La Quinzaine littéraire*, 1er-15 janvier, 1977, p. 6.
3. M. Foucault, « Vérité et pouvoir », *L'Arc* 70, 1977, p. 26.
4. Sur l'Encyclopédie de Borges voir M. Foucault, *Les Mots et les Choses*, Paris, Gallimard, 1966, p. 10.
5. M. Foucault, *Power/Knowledge, Selected Interviews and other writings, 1972-1977*, C. Gordon ed., New York, Pantheon, 1980, p. 102 (conférence inédite en français, *NdT*).
6. M. Foucault, « Les rapports du pouvoir passent à l'intérieur des corps », *La Quinzaine littéraire* n° 247, 1er-15 janvier 1977, p. 5.
7. *Ibid.*
8. Voir dans Peter Bachrach et Morton S. Baratz, « The Two Faces of Power », *American Political Science Review 56*, 1962, pp. 947-952.
9. M. Foucault, *La Volonté de savoir, Histoire de la sexualité*, vol. 1, Paris, Gallimard, 1976, pp. 123-124.
10. M. Foucault, « Pouvoir et corps », *Quel corps ?*, Paris, Maspero, 1978, p. 32.
11. M. Foucault, *Power/Knowledge*, p. 98 ; (conférence inédite en français *NdT*).
12. M. Foucault, *Power, Truth, Strategy*, p. 126 (*L'Arc* 70, 1977 reproduit partiellement la conférence d'où cette citation est extraite mais non la phrase elle-même.)
13. M. Foucault, *La Volonté de savoir*, p. 126.
14. M. Foucault, *Power/Knowledge*, p. 96 (conférence inédite en français *NdT*).
15. Michael Walzer, « Dissatisfaction in the Welfare State » (1967), dans *Radical Principles : Reflections of an Unreconstructed Democrat*, New York, Basic Books, 1980, p. 33.
16. M. Foucault, « Pouvoir et corps », *Quel corps ?*, Paris, Maspero, 1978, p. 34.
17. M. Foucault, *Surveiller et Punir : naissance de la prison*, Paris, Gallimard, 1975, p. 276.
18. M. Foucault, *La Volonté de savoir*, p. 185
19. M. Foucault, « Pouvoirs et stratégies », *Les Révoltes logiques*, n° 4, 1977, p. 95.

20. Sur la signification du terme *épistémè*, voir M. Foucault, *Les Mots et les Choses*, pp. 13-16.
21. M. Foucault, *Surveiller et Punir*, pp. 224-225.
22. M. Foucault, *Language, Counter-memory, Practice : Selected Essays and Interviews*, Donald F. Bouchard ed., Ithaca, Cornell University Press, 1977, p. 230.
23. *Ibid.*, p. 231.
24. *Ibid.*, p. 227.
25. Pour une critique quelque peu différente de l'anarchisme de Foucault, voir J. G. Merquior, *Foucault*, chap. 10, Londres, Fontana, 1985.
26. M. Foucault, *Power/Knowledge*, p. 130, *L'Arc* 70, 1977, reproduit partiellement la conférence d'où cette citation est extraite mais non la phrase elle-même, *NdT*).
27. M. Foucault, « Pouvoirs et stratégies », *Les Révoltes logiques*, n° 4, 1977, pp. 89- 91.
28. Paul Patton, « Of Power and Prisons », in Foucault, *Power Truth, Strategy*, p. 126.
29. M. Foucault, *La Volonté de savoir*, p. 124.
30. M. Foucault, « Vérité et pouvoir », *L'Arc* 70, 1977, p. 126.
31. *Ibid.*, p. 131.
32. Charles Taylor, « Foucault on Freedom and Truth », *Political Theory* 12, 1984, pp. 179-180.
33. Jim Merod, *The Political Responsibility of the Critic*, Ithaca, Cornell University Press, 1987, p. 158.
34. Je dois cette image à Clifford Geertz.

Breyten BREYTENBACH

1. Breyten Breytenbach, *Feuilles de route*, Paris, Seuil, 1986, p. 24.
2. Pour des traductions anglaises d'une sélection de poèmes, voir *In Africa Even the Flies Are Happy*, Londres, John Calder, 1978.
3. B. Breytenbach, *Feuilles de route*, p. 91.
4. *Ibid.*, p. 91.
5. *Ibid.*, pp. 255, 91.
6. *Ibid.*, p. 278.
7. Cité dans Jack Cope, *The Adversary Within : Dissident Writers in Afrikaans*, Le Cap, David Philip, 1982, p. 168.
8. B. Breytenbach, *Une saison au paradis*, Paris, Seuil, 1986. J'emprunte plusieurs détails biographiques de l'introduction de l'édition anglaise de A. Brink. La communication de Breytenbach, intitulée « A View from Outside », est reproduite pp. 151-162.
9. B. Breytenbach, *Une saison au paradis*, p. 154. L'analyse de Breytenbach de l'ANC se trouve dans *Confessions véridiques d'un terroriste albinos*, Paris, Stock, 1984, pp. 78-82.
10. B. Breytenbach, *Feuilles de route*, p. 85.
11. J. Cope, *The Adversary Within*, p. 178.
12. B. Breytenbach, *Confessions véridiques*, pp. 84-90.
13. *Ibid.*, p. 90. (sauf pour les mots entre crochets, qui sont repris par M. Walzer ci-dessous *NdT*).
14. B. Breytenbach, *Feuilles de route*, p. 120.
15. *Confessions véridiques* ; *Feuille de route*, p. 123.
16. B. Breytenbach, *Une saison au paradis*, p. 212.
17. H. Marcuse, *L'Homme unidimensionnel*, Paris, Minuit, 1968, p. 248.
18. B. Breytenbach, *Feuilles de route*, p. 42.

19. *Ibid.*, p. 285.
20. *Ibid.*, p. 52.
21. *Ibid.*, p. 70.
22. *Ibid.* p. 23, 24.
23. B. Breytenbach, *Une saison au paradis*, p. 154.
24. B. Breytenbach, *Feuilles de route*, p. 297 : une « note » qui commente un essai écrit en 1971.
25. *Ibid.*, p. 119.
26. Neil Lazarus, « Longing, Radicalism, Sentimentality : Reflections on Breyten Breytenbach's, *A Season in Paradise* », *Journal of Southern African Studies* 12, nº 2, avril 1986, p. 177.
27. N. P. van Wyk Louw, *Lajale Verset*, in *Versamelde Prosa*, t. 1, pp.166-168. Je dois cette référence à Hermann Giliomee.
28. B. Breytenbach, *Confessions véridiques*, p. 360.
29. Cité dans J. Cope, *The Adversary Within*, p. 173.
30. *Ibid.* p. 172.
31. B. Breytenbach, *Feuilles de route*, pp. 249-250.
32. *Ibid.*, p. 19.
33. *Ibid.*, pp. 248-249 ; Voir J. Cope, p. 166.
34. B. Breytenbach, *Feuilles de route*, p. 125.
35. *Ibid.*, p. 250.
36. *Ibid.*, p. 249.
37. B. Breytenbach, *Confessions véridiques*.
38. Cité dans Hermann Giliomee, « Apartheid and the Afrikaner Literary Tradition of Loyal Resistance », article pour la conférence sur la politique et l'écriture sud-africaine, Montpellier, mai 1987, p. 27.
39. B. Breytenbach, « Breyten prays for himself », *In Africa Even the Flies Are Happy*, p. 6.
40. B. Breytenbach, *Confessions véridiques*.
41. B. Breytenbach, *Feuilles de route*, p. 22, 252.
42. *Ibid.*, p. 40.
43. La phrase *« in jou taal, in jou land »* provient d'un discours que B. Breytenbach a prononcé à l'Université Stellenbosch en avril 1986 – sa seule visite en Afrique du Sud après sa sortie de prison (on lui a toujours refusé un visa depuis). Le texte se trouve dans *Die Suid-Afrikaan*, Fall 1986, p. 12.
44. B. Breytenbach, *Feuilles de route*, p. 92.

Conclusion

1. La meilleure source reste Jean-Paul Sartre, *Plaidoyer pour les intellectuels*, Paris, Gallimard, 1972. Voir ma discussion au chapitre 7.
2. Cité dans Walter Laqueur, *A History of Zionism*, New York, Holt, Rinehart and Winston, 1972, p. 435 ; ma critique de ce propos suit celle de Laqueur.
3. La description classique de la capitulation critique est dans Czeslaw Milosz *La Pensée captive : essai sur les logocraties populaires*, Paris, Gallimard, 1988.
4. On trouve une critique utile de Foucault et du travail universitaire qu'il a inspiré dans Jim Merod, *The Political Responsibility of the Critic*, Ithaca, Cornell University Press, 1987, notamment le chap. 7.
5. B. Breytenbach, *Feuilles de route ; essais, lettres, articles de foi*, Paris, Seuil, 1986, p. 36.
6. W. Shakespeare, *Œuvres complètes*, *Hamlet*, traduction de Y. Bonnefoy, III, 4.34-38, Paris, Formes et reflets, 1957.
7. *Ibid.*

8. Alan Trachtenberg, « Ever-the Human Document », in *America and Lewis Hine*, Walter et Naomi Rosenblum ed., New York, Aperture, 1977, p. 129, cité dans Robert Westbrook, « Lewis Hine and the Ethics of Progressive Camerawork », *Tikkun* 2, n° 2, 1987, p.25.

9. *Franz Rosenzweig : His Life and Thought*, Nahum Glatzer ed., New York, Schocken, 1961, p. 179.

10. *The English Auden : Poems, Essays, and Dramatic Writings, 1927-1939*, Edward Mendelson ed., New York, Random House, 1977, p. 183.

11. Adam Michnik, *Letters from Prison*, Berkeley, University of California Press, 1985, p. 198.

12. Albert Camus, *L'Homme révolté*, Paris, Gallimard, La Pléiade, 1965, p. 447.

13. Voir ma discussion sur le prophète Amos dans Michael Walzer, *Interpretation and Social Criticism*, Cambridge, Mass., Harvard University Press, 1987, chap. 3.

14. Cité dans Irving Howe, « This Age of Conformity », *A World More Attractive : A View of Modern Literature and Politics*, New York, Horizon, 1963, p. 259.

15. Voir Peter M. Rutkoff et William B. Scott, *New School : A History of the New School for Social Research*, New York, Free Press, 1986, chap. 1.

16. Baudelaire et Sartre sont cités dans Renato Poggioli, *The Theory of the Avant-Garde*, Cambridge, Mass., Harvard University Press, 1968, p. 111, 126.

17. B. Breytenbach, *Feuilles de route*, p. 176.

18 A. Michnik, *Letters from Prison*, p. 20.

19. Cité dans Samuel Hynes, *The Auden Generation : Literature and Politics in England in the 1930s*, Princeton, Princeton University Press, 1982, pp. 338-339.

20. Martin Buber, *Une terre et deux peuples : la question judéo-arabe*, Paris, Lieu commun, 1983, p. 183.

Notes du traducteur

Les termes *alienation, detachment, connection, commitment* (et termes associés), les termes clés du texte, sont traduits respectivement par isolement, détachement, solidarité et engagement ou détermination (et termes associés), le dernier terme étant aussi traduit exceptionnellement par parti pris ou adhésion (et termes associés).

Le terme *radicalism* (et termes associés) est traduit par radicalisme (et termes associés), ce qui est un américanisme – le terme *leftist* par de ou à gauche et exceptionnellement par gauchiste.

Par ailleurs, les termes *argument, claim* (n.), *argue/claim* (v.) et *account* (n., v.) sont habituellement traduits respectivement par thèse, prétention/affirmation, prétendre/affirmer et explication/description (n.) ou rendre compte (v.) et le terme *politics* par politique, comme le mot *policies*, par discours ou thèse politique.

L'expression politiquement correcte *men and women*, très fréquente dans le texte de Walzer, n'est pas toujours reprise dans la traduction. Le mot *suspect*, lui aussi fréquent, est le plus souvent traduit par penser.

Remerciements

J'ai travaillé à ce livre pendant sept à huit ans, et plus d'amis que je ne pourrais en énumérer ici ont lu chacun de ses chapitres. J'ai bénéficié de leurs critiques et de leurs suggestions. J'ai donc eu moi aussi ma propre compagnie de critiques à l'Institute for Advanced Studies, à l'Institut des hautes études de l'université hébraïque à Jérusalem, où j'ai passé six mois en 1987, et au sein de plusieurs universités où j'ai donné des conférences sur la critique sociale. Le chapitre sur Albert Camus était à l'origine une conférence donnée dans le cadre des Yakov Talmon Memorial Lectures. Celui qui concerne Michel Foucault a été présenté la première fois à l'université de Princeton. Benda, Camus et Foucault ont fait l'objet de mes conférences Brick à l'université du Missouri. Foucault a encore servi de thème pour la conférence Matchette à l'université de Brooklyn.

Quelques personnes m'ont fourni une aide particulière : Adi Ophir pour le chapitre sur Buber ; Michael Rustin pour Gramsci ; Franco Ferraresi et James Scott pour Silone ; Joan Scott, Linda Gordon, Susan Okin et Jane Mansbridge pour Simone de Beauvoir ; Clifford Geertz pour Foucault ; Hermann Gilliomee pour Breytenbach.

Irving Howe a lu tous les chapitres et, bien qu'il ait été et soit encore en désaccord sur quelques points de ma thèse, il est entré sans réserves dans mon projet. Ses conseils ont toujours été précieux, à la fois sur des questions de fond et sur des questions de style. Il est un critique social autant qu'un critique littéraire exemplaire, et ce livre est en partie le sien. Il est aussi pour une part le livre de Judith Walzer, avec qui j'ai sans cesse parlé des vertus comparées de la critique solidaire et de la critique désolidarisée. Elle se révèle être ma critique la plus solidaire. De mes amis à Jérusalem, j'ai appris la signification de la fidélité dans la critique, et c'est pour cette raison que je leur dédie ce livre.

Le chapitre sur Julien Benda est la version revue d'un essai publié à l'origine dans *Conflict and Consensus : A Festschrift in Honor of Lewis A. Coser* (édité par Walter W. Powell et Richard Robins, The Free Press, Macmillan,1984). Des versions antérieures des chapitres sur Camus et Foucault ont paru dans *Dissent*. Un échange avec David Bromwich sur Camus (également dans *Dissent*) m'a aidé à clarifier ma thèse. La citation du poème « Breyten prie pour lui-même » est empruntée à *In Africa Even the Flies are Happy* de Breyten Breytenbach, traduit par Denis Hirson et reproduit ici avec l'aimable autorisation de l'auteur et de son éditeur John Calder (1976, 1977 par Yolande Breytenbach et Meulenhoff Nederland, Amsterdam, et pour la traduction 1978 par John Calder).

Le personnel de l'Institut de Princeton, ainsi que celui de Jérusalem aussi, ont été d'un grand secours. Je suis particulièrement reconnaissant, à Lynda Emery pour sa compétence et sa patience.

Table des matières

TRANSCODAGE : I.G.S. CHARENTE-PHOTOGRAVURE À L'ISLE-D'ESPAGNAC
IMPRESSION : BUSSIÈRE CAMEDAN IMPRIMERIES À SAINT-AMAND (CHER)
DÉPÔT LÉGAL : JANVIER 1996. N° D'ÉDITION 1424001 (1/2821)